ANDRÉ BEAUNIER

Les Idées
et les Hommes

Deuxième série

« APRÈS LA GUERRE »

ESSAIS DE CRITIQUE - FRANCE, BELGIQUE, ALLEMAGNE

UNE FRANCE NOUVELLE

PARIS

LIBRAIRIE PLON

PLON-NOURRIT et Cᵉ, IMPRIMEURS-ÉDITEURS

8, RUE GARANCIÈRE — 6ᵉ

1915

Il a été tiré de cet ouvrage :

10 exemplaires sur papier de Hollande, numérotés de 1 à 10.

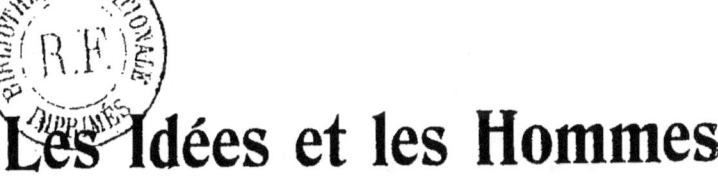

Les Idées et les Hommes

DEUXIÈME SÉRIE

DU MÊME AUTEUR :

PARIS. TYPOGRAPHIE PLON-NOURRIT ET Cie, 8, RUE GARANCIÈRE. — 21084.

ANDRÉ BEAUNIER

Les Idées et les Hommes

Deuxième série

« APRÈS LA GUERRE »

ESSAIS DE CRITIQUE : FRANCE, BELGIQUE, ALLEMAGNE

UNE FRANCE NOUVELLE

PARIS

LIBRAIRIE PLON

PLON-NOURRIT et Cie, IMPRIMEURS-ÉDITEURS

8, RUE GARANCIÈRE — 6e

1915

Ce nouveau recueil d'essais porte la marque du temps où il fut composé. A ce titre, il a peut-être la valeur d'un témoignage. Les premiers chapitres sont de plusieurs mois antérieurs à la guerre ; les autres, contemporains de la guerre. Je les ai encadrés entre deux conférences, l'une donnée au mois de janvier 1914 : et je crois qu'on y sentira le malaise dont a souffert la plus malheureuse génération française, née à la veille de la défaite et qui attendit la revanche trop longtemps pour y être encore jeune ; la seconde, donnée au mois de mars 1915 : et elle indique les espérances qui s'épanouirent alors. Ainsi, ce livre va d'une mélancolie aux promesses de sa consolation.

LES
IDÉES ET LES HOMMES

APRÈS LA GUERRE [1]

MES SOUVENIRS

Au moment de raconter mes souvenirs, je sens que je me suis lancé dans une aventure un peu effrontée. Mes souvenirs, modestes, ont deux inconvénients, s'ils n'intéressent que moi et me touchent excessivement. Mais nos souvenirs ne sont pas uniquement nous ; plutôt ils sont les êtres que nous aimions, les êtres, les idées, les objets. Objets lointains, idées mortes pour nous et êtres qui ont eu deux façons de mourir, soit qu'on leur ait clos les paupières, soit que nous ayons cessé de les aimer. L'homme le plus heureux, tout son passé est la vie d'un regret : ce mot veut dire le deuil et aussi le remords. Il n'y a de gaieté qu'à être actif ; et nous n'avons d'activité que par notre imagination. Ainsi nous enchante l'avenir, où nous sommes les maîtres d'un bel arrangement. A l'égard du passé, nous sommes immobiles et nous nous attristons.

(1) Il s'agit de l'autre guerre, — la Guerre, comme nous disions ; — cette conférence a été donnée, le 16 janvier 1914, sous les auspices de la Société des Conférences.

**

1

Mais enfin, voici, non pas mes souvenirs, ceux d'un garçon de mon âge, et dont le nom n'importe guère. Ses souvenirs et les miens se confondent; pour lui prêter mes sentiments, à peine me faut-il un peu d'hypocrisie et de décente habileté. En disant ce que nous étions, j'apporte les aveux, l'orgueil meurtri, la rancune peut-être et l'espoir trompé de nos pareils et, je n'ose dire, de toute une génération française; mais nous avons été plusieurs, et beaucoup (si je ne me trompe) à tenter la vie semblablement.

Bref, je suis né vers la fin du deuxième Empire, et dans une petite ville de Normandie, voisine de Paris au point qu'elle appartient, ou peu s'en faut, à l'Ile-de-France. Une petite ville très blanche, au creux d'une vallée et tout entourée de collines. Une rivière y coule, qui est un affluent de la Seine; une rivière qu'on ne voit presque pas. Elle a son lit caché sous les rues et les maisons; puis, en quelques endroits des faubourgs, elle apparait, entre deux ponts, entre deux moulins abandonnés, toute verte d'herbes et miroitante de tessons. Un peu mieux, on la voit dans les caves; et elle est habitée par des rats. Une petite ville qui vous a un air tout neuf, quand vous la découvrez de la gare, qui est sur la hauteur. Si vous y demeurez quelque temps, vous ne tardez pas à vous apercevoir de sa douce et gentille ancienneté. Elle est vieille et pimpante; et je l'aime de tout mon cœur; je l'aime tant que, le jour où je lui menai (vous dirait mon ami) celle que j'aime tant, j'ai eu peur que toutes deux n'eussent pas l'une pour l'autre cette amitié que j'ai pour elles deux.

Il y a de vieilles villes qui sont augustes pour avoir refusé de bouger depuis des siècles : c'est leur dignité farouche. Ma vieille ville n'est point de celles-là. Plus exactement elle aurait le sourire gracieux et aimable des personnes très âgées qui ont le goût charmant de ne pas attrister la jeunesse et qui, à leur bonnet noir, mettent un ruban mauve. Je ne me suis aperçu de ses précautions que plus tard, quand je l'ai revue après l'avoir quittée depuis longtemps. Avant cela, je ne me doutais pas qu'il y eût, dans sa grâce, aucun effort. Je l'avais connue ainsi, comme une grand'mère dont vous ignorez l'âge. Elle a sa cathédrale, puis une autre église d'époque beaucoup plus reculée, puis une haute tour, mince et carrée, dite la tour de l'Horloge et qui date des Anglais : l'heure y sonne si lentement qu'elle endort toute hâte et vous donne à croire les journées indéfinies. Elle a des rues qui sont la rue Grande, la rue Chartraine, la rue de la Préfecture, des rues assez larges et droites, bâties de maisons quasi neuves et entre lesquelles bouffent amplement les feuillages des marronniers, sur les grilles des jardins. La rue, quelquefois, aboutit à une sorte de route au sol usé : les cailloux de sa structure y apparaissent à vif, usés eux-mêmes. Ou bien, voici une ruelle, si encaissée entre les maisons bossues et inégales que les voitures n'y peuvent passer; deux bornes la ferment, auxquelles jadis une chaîne devait s'attacher : on voit encore les premiers anneaux, scellés dans la pierre et à la fois rouillés et polis, la pierre devenue par le frotte-ment des passants luisante comme du marbre. Il y a aussi une allée d'arbres et qui longe la rivière. On l'appelle, d'un nom romanesque et un peu vénitien, l'allée des Soupirs... Il y a enfin de vieilles petites rues; et notamment la rue de la Petite-Cité, où j'avais un grand-oncle, qui était juge de paix, et qui était boiteux, comme on dit que l'est la justice, et qui pourtant, bien-tôt octogénaire, sautait à la corde pour nous amuser. Des favoris courts encadraient son visage. Autour du cou, il portait une cravate de linge blanc, plusieurs fois tournée et, par ses angles très fins, attachée d'un nœud minuscule. Son nez long, ses gros sourcils, ses lèvres minces et serrées, lui composaient une physiono-mie sévère. S'il ne vous voyait pas, il semblait bougon; mais, à peine vous avait-il aperçu, il plaisantait avec la plus affable drôlerie. J'ai assisté à l'une de ses au-diences. Son tribunal était chez lui, sur une estrade. Il écoutait avec patience et bonne foi les plaideurs. Ensuite, il annonçait : « Le tribunal se retire dans la chambre de ses délibérations ! » Tout simplement, il se levait, se plaçait derrière son fauteuil, se tournait vers le mur, grommelait : « Le tribunal délibère... » Puis il annonçait : « Le tribunal ! » Alors il s'asseyait de nouveau et rendait son jugement. C'était un homme universellement respecté qui, en outre, avait et méritait la réputation d'un original. Il me semble qu'il n'y a plus de ces originaux. La rapidité furieuse avec laquelle nous vivons ne laisse pas aux caractères le loisir de se marquer. L'on ne voit que des gens qui courent. C'est la longueur du temps qui favorise la lente perfection des âmes particulières ; et c'est la solitude. Il n'y a plus de solitude, à présent ; et il n'y a plus de durée. Il n'y a plus d'ennui : et l'ennui était la serre chaude où florissaient les plantes rares. De plus en plus, les hommes se ressemblent comme des frères, à mesure que d'ailleurs ils s'aiment de moins en moins les uns les autres. La province, analogue au passé, préserve et surtout préservait les singularités pittoresques. Mon grand-oncle m'apparait comme un type excellent de l'ancienne vie française. Du reste, il avait en horreur les nouveautés. Il considérait le gaz d'éclairage et les locomotives comme des imaginations redoutables et diaboliques. Cependant, il aimait l'humanité ; et il se repentait de n'avoir rien inventé, fût-ce (disait-il) les boutons de corozo. Il faisait de la tapisserie.

Dans ma petite ville, l'existence était assez quiète, et non morose, mais tranquille. Assez quiète pour être l'asile du repos ; et trop quiète pour que s'y plût beaucoup une jeunesse ardente.

> Je n'y pus demeurer ; j'y voudrais bien mourir,

dit, au sujet de Douai sa ville natale, Marceline Desbordes-Valmore. Dans les petites villes, chacun sait le chemin du cimetière ; et chacun y a ses tombes, la tombe où il ira dormir s'il ne fut pas un fol qui est allé

ailleurs tenter le plaisir. Les destinées ont, les unes et
les autres, une habitude, un cours régulier, où la mort
a sa place. A Paris, la mort est un accident. Cette petite
ville que j'ai quittée enfant, je n'aurais pas su m'y
plaire très longtemps. Vers l'adolescence, on cherche
l'absolu; et il vous semble que l'absolu est à Paris...
« Je n'y pus demeurer, j'y voudrais bien mourir... »

Aux alentours, dans un rayon peu étendu, nous
avions nos promenades. Passé l'octroi, l'on suivait une
avenue qui s'appelait le Chemin vert. Nous y rencon-
trions, fort souvent, Monseigneur, en promenade avec
son grand vicaire. Monseigneur nous tendait son
anneau d'améthyste à baiser et nous donnait sa bénédiction. Puis on arrivait à une route; et il y avait un
endroit qui était l'Écho. Une de mes jeunes amies se
vantait de ce qu'un jour, ayant demandé à l'Écho :
« Écho, m'aimes-tu? » il lui eût très distinctement
répondu : « Beaucoup! » Je le crois bien.

Nos cerceaux lancés, nous courrions et nous nous
poursuivions, nous grimpions aux talus. Au retour, un
peu las, je prenais la main de mon père et me laissais
traîner. J'avais sommeil. Dans le faubourg, à chaque
fois, une véritable tristesse m'envahissait, à voir les
petites maisons, noires et basses, des ouvriers. Il y
avait des pots de fleurs sur les fenêtres; et des volubilis
montaient à des ficelles. Il y avait un petit café, dont
le store peint représentait une forêt sombre et Geneviève de Brabant. Je frissonnais de chagrin. L'on me
disait : « Ne deviens pas boudeur! » Plus tard, beaucoup plus tard, j'ai refait tout seul cette promenade. Je
ne l'ai pas refaite tout entière : le chagrin ne me le per-
mit pas.

Une ville travaille, ou flâne; elle accomplit sa destinée de tous les jours. Ainsi font les gens, fidèles à leur
tâche ou calmes dans l'oisiveté d'une heure. Leur plus
belle pensée, ils la tiennent en réserve dans leur âme.
Ainsi, ma petite ville, toute son auguste pensée est dans
sa cathédrale.

Je ne puis songer à mon enfance et ne pas songer à cette cathédrale. Je me souviens des messes matinales. On est sorti de bonne heure, encore un peu engourdi de sommeil et douillet de la tiédeur du lit. La fraîcheur du dehors vous caresse la tête et les mains. A la messe de midi, il y avait un peloton d'infanterie au bas des marches de l'autel. Pour l'élévation, quand Dieu est dans l'hostie, l'officier commandait le « présentez armes! » Et les tambours de retentir, de me bouleverser à merveille. On a supprimé cet usage. Combien je le regrette! Nos penseurs et maîtres ont craint de réunir ainsi le sabre (disent-ils) et le goupillon, dualité pourtant excellente. Que les jours de confession me touchaient bien! L'abbé qui dirigea mon enfance était un homme de l'indulgence la plus exquise. La plupart des péchés que j'avais à lui confier, il me disait que ce n'était pas grand'chose et que, pour commettre un péché terrible, il faut avoir eu l'intention très nette d'offenser Dieu. Je ne l'avais pas. Et il me réconfortait. En échange de ma sincérité scrupuleuse, il me faisait un précieux don : le sentiment de l'innocence parfaite, qui vous rend l'âme endimanchée.

Ma cathédrale n'est pas l'une des plus magnifiques, mais l'une des plus jolies certainement, l'une de celles où l'art gothique, pure invention du génie de la France, s'est le plus tôt manifesté, l'une des plus gracieuses, des plus aimables et blanches. Aussi loin que je me la rappelle, je l'ai toujours vue avec des échafaudages. Dans mon enfance, on réparait la nef; et les fidèles se tenaient, pour la messe, dans le chœur et le transept. Ensuite, on a réparé le chœur; et c'est alors dans la nef que se disait l'office. Maintenant, elle est comme neuve; et quel bonheur qu'on ait achevé les travaux avant l'arrivée au pouvoir des vandales qui ont juré la perte de nos églises!... Les monuments gothiques, par leur immensité compliquée et aussi par le principe même de leur construction, se distinguent de toute autre architecture. Ils ne sont pas de la pierre posée à jamais sur de la pierre : ils sont de la force en activité de poussée et de résistance. Ils sont des organismes : il en résulte qu'ils sont, comme des organismes, sujets à des maladies. Leur santé a besoin d'être sans cesse entretenue. Divers esthéticiens le leur reprochent, comme une tare et comme une faiblesse de leur beauté. Pas moi! Et, si j'admire l'équilibre éternel d'un Parthénon qui, sans la barbarie des peuples, serait debout, combien me semble plus poignante la destinée des cathédrales, soumises, de même que des vivantes, à la double menace de vieillir et de mourir : les organes se détériorent, les arcs-boutants commencent de se lasser et leur moindre défaillance est mortelle. Nos cathédrales qui, par la sublime réussite de leur élancement, sont l'Église triomphante, sont aussi, par leur continuel besoin de secours, l'Église souffrante. Et elles symbolisent ainsi la vie de la croyance, qui réclame une incessante volonté, un soin perpétuel. La croyance n'est pas une acquisition une fois faite, mais une durable conquête.

Ces vérités auxquelles je donne présentement une forme à peu près dialectique, je les ai toujours possédées, non ainsi, non certes rédigées de cette manière, mais confusément peut-être et en tout cas intimement, à l'état d'impressions qui, pour n'être pas formulées, n'étaient pas moins vivantes au fond de ma conscience. Une grande partie de mon existence était gouvernée par la cathédrale. Eh bien, si j'entrais à la cathédrale par une petite porte de côté, encombrée d'étais et d'échelles, si j'entendais le grincement des scies sur la pierre neuve et si je voyais au flanc du monument le chantier de la réparation, n'est-il pas vrai que, dès l'enfance, j'aie connu l'Église souffrante?

L'Église! Et, de même que moi, les enfants d'alors, une abondante poignée des hommes qui ont aujourd'hui passé quarante-cinq ans, nous avons, dès le premier âge, connu non seulement l'Église, mais tout ici-bas souffrant. Lorsque la guerre a éclaté, ces garçons avaient un an ou deux. Et l'on peut conclure de là que nos souvenirs de la guerre sont peu de chose... Les gens qui doutent de nos souvenirs, je renonce à les persuader. Ils ont, d'ailleurs, des souvenirs autrement nets que les miens. Ils avaient aussi des devoirs et notamment — ah! je le dis! — le devoir d'être vainqueurs. Dans cette ville provinciale, mes parents habitaient l'une de ces grandes maisons très incommodes, où il y a beaucoup de place perdue et qui n'ont pas leurs pareilles à Paris. La drôle de maison, riche de corridors et de greniers! Et elle se continuait, après la salle à manger, par une immense galerie couverte, au bout de laquelle il y avait la cuisine. Cette galerie, nous y jouions les jours de mauvais temps; les autres jours, nous étions dehors. De sorte que, cette galerie, je me la rappelle surtout avec le bruit sempiternel que faisait sur les vitres la pluie. Drôle de maison, charmante maison, d'architecture peu méditée et qui, dans son arrangement, avait admis le hasard : elle en était bien plus humaine et accordée avec nous. Plus tard, beaucoup plus tard, je l'ai revue. Et je ne l'ai pas reconnue : on l'avait transformée. La moitié de son rez-de-chaussée était devenue un magasin pour un marchand d'instruments de musique; tambours, trompettes et pianos et trombones, la grosse caisse et les cymbales. J'ai cru entendre tout cela sonner, rouler, mugir, glapir et tintinnabuler, à la place où j'avais laissé du silence autrefois. Au premier étage, une vaste chambre donnait sur une terrasse et puis, au delà, sur des jardins. Les soirs d'été, auprès de la fenêtre, mon père, après le dîner, fumait. Mon souvenir est la tiédeur de l'air, le soir embaumé des arbres voisins et, dans le ciel, le cri des martinets qui approchait, qui multipliait son vacarme, exaspérait sa frénésie, et puis s'éloignait et, loin, très loin, me donnait l'idée des immenses distances. Les nuages s'éclairaient de nuances roses et mauves; le ciel verdissait. A un moment passait un souffle de vent frais, qui éteignait le soir. Je le guettais. Alors, mon père se levait; il fermait la croisée. Un jour était fini.

Mon souvenir des soirs de mon enfance est animé d'un autre épisode. La retraite militaire parcourait la ville. Elle ne passait pas dans notre rue. Je l'entendais par instants, puis elle mourait dans le silence, puis elle éclatait encore, plus ou moins atténuée par la distance, interceptée par des obstacles d'arbres ou de maisons, et ainsi, du silence aux clameurs, inégale, prolongeant son refrain d'allégresse et de mélancolie, ses éclats de cuivre, ses ritournelles, sa claire allégorie d'énergie et de sommeil. Parfois, les vitres de la maison frémissaient. Tout s'apaisait enfin.

Dans cette maison-là, mes parents ont eu, en 1871, dix-sept Prussiens à loger. Si je dis que je me rappelle ces dix-sept Prussiens, ce n'est pas tout à fait cela. J'ai peine à séparer, dans ma mémoire, les incidents qui, j'en suis sûr, y ont laissé une trace et le commentaire qui ensuite a complété, interprété les indices matériels. Pourtant, chacune des anecdotes, je la place avec certitude en un point déterminé de la maison ; je la vois très précisément ici ou là, et l'une à l'embrasure d'une porte. Et l'un des Prussiens qui, un jour, m'avait pris dans ses bras, — à cause d'un tel gamin, je suppose, qu'il avait laissé chez lui, — je suis certain de me rappeler comment mon père, furieux, m'arracha des bras du sensible gaillard : une querelle survint. Du reste, aujourd'hui, hélas ! peu importe.

J'avais, avec mes parents, deux grand'mères, l'une nommée grand'mère et l'autre bonne-maman. Celle qui était bonne-maman est morte cette même année 1871 ; et, si mes doigts savaient suivre sur le papier l'esquisse que mes yeux y posent, je la dessinerais telle exactement que je l'ai vue le jour qu'elle m'a fait cadeau d'un petit zouave en carton peint, vêtu de laine. Ma mère, cette même année 1871, fut malade et pensa mourir. Et mon parrain, colonel au début de la guerre, général à Sedan, fut tué à la tête du 1er hussards, son aide de camp tué près de lui, du même obus. Le général avait un frère, de qui j'ai tout oublié, dont je

sais seulement qu'il voyageait, je ne sais pas comment
ni à quel titre, par toute la terre. Il avait apporté d'Asie,
pour ma mère, une boîte en laque et incrustée de fins
dessins de fleurs en nacre, une boîte que j'estimais la
plus belle chose qu'il pût y avoir en ce monde, et qui,
pour venir de l'Extrême-Orient, me donnait à rêver.

Même si, mes vains souvenirs, je les complète involontairement des récits ultérieurs, nous sommes cependant, mes contemporains et moi, les enfants de la
défaite. Nous sommes, parmi les Français vivant
aujourd'hui, ceux qui ont reçu la défaite comme leur
présent de berceau. Toute notre vie, ensuite, c'est la
guerre qui l'a marquée. Les petites choses un peu insignifiantes que je raconte n'ont pas d'autre objet que
d'expliquer cela et d'en tirer, je l'avoue, notre excuse.

Dans la grande maison provinciale que j'indiquais,
imaginez ce que fut la tristesse inconsolable, et même
après le départ des Prussiens. Il faut compter aussi
comme l'une de nos malchances la gêne matérielle et
enfin l'appauvrissement qui résulta de l'année funeste
dans les familles d'honnête bourgeoisie. Ce n'est pas
tout à fait rien, dans l'aventure de l'enfance. Mais,
principalement, la tristesse, le découragement. *Cui non
risere parentes...* Le poète a trouvé ces mots de compassion délicate pour les enfants qui n'ont pas eu le rire
autour de leur éveil. Eh bien, quand nous étions dans
nos berceaux, nos parents avaient perdu l'entrain de
rire — l'entrain de rire, mais non pas la tendresse. Et je
ne crois pas me tromper en disant que depuis lors apparaît, et apparaît dans nos livres, qui sont les signes les
plus évidents de nos âmes, un sentiment dont la particularité n'est pas antérieure à cette époque, un sentiment à la fois triste et tendre, composé de ces deux
douceurs, et tel que nous avons peine à concevoir une
tendresse qui ne soit pas triste. C'est que nos mères, si
aimantes, ne souriaient pas ou souriaient parmi des
larmes. Nous ne savons plus séparer des larmes la tendresse.

C'est pour moi un sujet d'étonnement, la dépendance où sont les plus modestes et petites existences, à l'égard des grands événements nationaux. Je sens bien ce qu'il y a, en apparence, de démesuré dans mes propos et d'emphatique, en apparence, dans le fait que, pour expliquer une enfance et d'autres, j'appelle à moi l'énorme histoire de la Guerre. Une nation n'est pas un tas de sable dont on ôte une brouettée sans rien changer à ce qui reste; elle est un corps et toute cellule subit les péripéties de ce corps. J'invoque ici de célèbres témoignages : il est facile de les mettre au point d'une destinée. En 1835, Alfred de Vigny, analysant le chagrin qui tourmente sa jeunesse, note que sa génération, née avec le siècle, vint prendre l'épée au moment où la France la remettait dans le fourreau des Bourbons. Et Musset : « Pendant les guerres de l'Empire, tandis que les maris et les frères étaient en Allemagne... » Cette page du préambule de la *Confession*, je sais bien ce qu'on lui reproche : elle est une page à effet. Mais, je l'ai sue par cœur, au temps de mon adolescence ; et bien d'autres avec moi : nous nous la récitions en frémissant. C'était dans un lycée parisien qui, de même que le collège du jeune Vigny, avait un peu l'air d'une caserne. Notre uniforme était une tunique à boutons d'or et un képi, un uniforme de soldats. L'heure de nos différents exercices, l'heure même de la récréation était marquée par des roulements de tambours qui retentissaient aux échos des couloirs et qui retentissaient dans nos frêles poitrines. Cette ordonnance encore militaire de notre vie enfantine était un reste de l'ancienne organisation impériale, laquelle, voici un siècle passé, prenait les enfants pour en faire des soldats. C'était un reste du victorieux Empire ; et c'en était tout le reste. Cependant l'époque de la grande guerre perpétuelle et perpétuellement triomphale était abolie ; et nos professeurs ne nous donnaient plus qu'un enseignement pacifique. Les enfants de mon âge n'avaient point eu leurs premiers ans bercés par les chants de la victoire, mais

par les déplorations de la défaite. Autour de nos berceaux, il y avait eu l'immense malheur et le chagrin
muet. Alors, quand nous eûmes nos beaux seize ans et
que nous lûmes cette page, de quelle envie n'évoquions-
nous pas les jeunes hommes du premier Empire, qui
étaient nés dans la gloire de la France et dont les pères
avaient l'allure de vainqueurs! De quel désir ne cher-
chions-nous pas, dans le passé, Murat qu'on croyait
invulnérable et l'Empereur qui ne devait pas mourir!
De quelle jalousie ne poursuivions-nous pas les jours où
la mort réclamait un linceul de pourpre!

On est un peu surpris, quand on lit la *Confession
d'un enfant du siècle*, — et c'est-à-dire, en fin de compte,
la désolante aventure d'un débauché, — de voir cette
aventure de débauche placée sous l'invocation des plus
majestueuses tribulations nationales, placée sous l'invocation de l'histoire. En faut-il tant, demanderons-nous,
pour interpréter une fugue galante? et, parce qu'on a
aimé George Sand avec une lyrique imprudence, faut-il
donner à cette frivole entreprise, pour marraine, la
France et, pour parrain, Napoléon? N'est-ce pas déranger bien du monde? Peut-être. Mais je crois — et je le
crois parce que je l'ai senti — que les grandes commo-
tions des peuples, épopées splendides ou cruelles défaites,
ont une influence minutieuse et de tous les instants sur
chacun de nos actes, — si peu que nous soyons, — sur
chacune de nos pensées, et voire sur chacune de nos
folies sentimentales ou idéologiques.

Nous avons, nous autres, subi le contre-coup de la
guerre à un point tel que j'ai la certitude de ne rien
faire, je n'ose dire, qui n'en soit la conséquence, et qui,
du moins, ne soit modifié profondément par elle. Nous
sommes, depuis l'enfance, des blessés; et nous avons,
en dépit de nous, une infirmité que nous portons, ah!
comme nous pouvons. Les jeunes hommes de l'Empire
premier, ce furent des enfants de vainqueurs. Et, jusque dans leurs poèmes et dans leurs amours, cela se
doit apercevoir : la prodigieuse vitalité du romantisme,

son enthousiasme, comme aussi la fougue des passions
que peint un Balzac, l'énergie impériale les avait sus-
cités. En nous pareillement, et même si nous n'en
avons guère conscience, nos actes et nos rêves doivent
attester que nous sommes les enfants de ceux qui n'ont
pas été des vainqueurs. Il y a une vérité dogmatique,
et, à son défaut, il y aurait une vérité psychologique
dans cette idée chrétienne que les fils ont à payer pour
leurs pères.

Eh bien! les Vigny, les Musset, de quoi se plaignent-
ils? Les soleils d'Austerliz ne les égayaient-ils pas? Nous
les voyons l'un et l'autre composer une philosophie de
la désespérance; et, la désespérance, Musset la conduit
théoriquement à la débauche; Vigny la mène au nihilisme. Ils se plaignent de n'avoir plus à se battre et
d'être nés après le triomphe accompli. Nous avons à
nous plaindre davantage, nous qui étions dans les bras
de nos mères quand fut accomplie la défaite.

Qu'avons-nous fait?

Premièrement, qu'avions-nous à faire? Aujourd'hui,
je le vois si nettement que je m'étonne que nous ne
l'ayons pas vu dans une évidente clarté. Je vois aussi
très sûrement notre erreur; et je m'étonne que nous
l'ayons commise. Nous portions notre blessure au flanc,
il fallait d'abord nous guérir. Au lieu de quoi, la blessure bandée en toute hâte, nous avons été ailleurs, à
d'autres exploits. Nous pâtissions d'une défaite: il fallait préparer la revanche. Il fallait y mettre le temps,
et tout le temps nécessaire. Il fallait ne point penser à
autre chose: les heures qu'on occupe à préparer la vengeance de loin sont déjà la vengeance.

Nous avons failli à notre devoir, qui n'était pas seulement un devoir mystique, mais un devoir logique.
Cela, je l'avoue. Et j'accepte la moitié du reproche:
l'autre moitié, je la retourne à d'autres, parmi lesquels
il y a nos aînés qui, articulant contre nous le reproche,
nous ont été le plus sévères et sont, à mon avis, le plus
coupables. Dès le lendemain de la guerre et dans les

années suivantes, un apophtegme paradoxal a régné en France. Il ne valait rien, mais il a séduit tout le monde. C'est un mot, si je ne me trompe, de Gambetta : « Pensons-y toujours, n'en parlons jamais! » Il fallait en parler toujours! Et je ne sais pas comment s'y est trompé cet avocat, cet orateur — ce Méridional, en outre, et ce garçon de Cahors; cependant, et à tous ces titres, il n'ignorait pas ce que la parole ajoute au sentiment.

Il fallait en parler sans cesse, et non de la défaite : nous la sentions! mais de la représaille. On a fini par nous conduire à croire qu'on ne l'espérait plus, qu'on ne l'attendait plus. Alors s'est déclarée, dans les âmes françaises, une étrange maladie et que j'ose appeler l'amour mystique de la défaite. Nous nous sommes complu à nous figurer que nous étions, dans l'histoire, le peuple martyr et que nous avions notre grandeur à bien subir notre passion. Cette maladie dure encore : depuis un quart de siècle, on a édifié, sur notre sol français, plusieurs centaines d'architectures emblématiques, toutes chargées des plus mauvais souvenirs de la guerre; ce sont les bizarres trophées de la déconvenue. Cette maladie dure encore : dans l'épopée impériale, nous choisissons, pour la commémorer, la bataille de Waterloo, qui est un malheur de nos armées, et non point Austerlitz, qui en fut la joie. Il est absurde, il est pervers et dangereux d'aimer la défaite! J'ai beau chercher dans la mémoire de ma prime jeunesse; je n'y trouve qu'un de nos aînés qui nous ait préconisé la revanche : c'est Déroulède. Ses *Chants du soldat*, je les compare à nos images d'Épinal, non pour les dénigrer, mais pour en admirer la franche qualité populaire et française : ils n'en ont pas à l'étranger!... Images d'Épinal; et aussitôt je me rappelle maintes journées puériles passées à coller sur des feuilles de carton les bandes de soldats pareils, puis à les découper et puis à les dresser et à les ranger en bataille et, turcos, à leur réciter : « Le petit turco se battait en brave... » Cela, dans le silence de la maison morne et très douce, de la maison désormais en deuil et qui, d'année en année, alla de deuil en deuil, de la maison triste à jamais et taciturne.

Qu'avons-nous fait? Le devoir de guérison, nos aînés le négligeaient; et ils ne nous l'ont point enseigné. Qu'avons-nous fait? Notre initiative extraordinaire, dérisoire, pathétique, assez belle, la voici. Le devoir de revanche, nous ne l'avons pas méconnu : nous l'avons transposé, d'une manière extrêmement singulière. Et c'est toute l'histoire de mon temps.

Posons ce principe : toute nouvelle génération, dans ce pays (ailleurs, je n'en sais rien), a besoin d'un orgueil, ou d'une vanité, enfin d'une fierté. Pendant des siècles, des séries de générations françaises ont eu à vivre sur l'idée qu'elles appartenaient à la race invincible. Nous, les premiers, nous avons été d'abord déçus et humiliés. On avait cru les armes françaises indomptables : or, elles durent céder à la force. Telle fut la soudaine révélation de l'événement. Alors, il nous a pris une grande horreur de la force; et notre fatuité, il nous a fallu la chercher ailleurs. En peu de mots, l'œuvre de mes contemporains ou camarades, ce fut de refaire une fatuité française, quand l'autre parut détraquée.

En 1792, dans le désastre de la monarchie française, pour le service de laquelle toute son ascendance l'avait préparé, le jeune Chateaubriand, qui rejoignait l'armée des princes, fourra dans sa giberne des cartouches et le premier manuscrit d'*Atala*. Aux abords de Thionville, déposant son fusil et s'asseyant, il relisait et corrigeait l'histoire poétique de sa fille sauvage. Et, en 1823, Alfred de Vigny, dans ses garnisons méridionales, tout près de l'Espagne où la guerre et la gloire sont pour d'autres, écrit *Eloa* : il institue, pour son intime contentement, la foi nouvelle qui sera celle de sa vie; il organise le rite quasi religieux de cette équivalence, la gloire militaire et la poésie. Eh bien, Chateaubriand aux abords de Thionville et Alfred de Vigny à Bayonne

sont les maîtres et les précurseurs de notre effort. Vigny
surtout, qui, privé de se battre, instaure si consciem-
ment le culte de l'Esprit pur. Et nous aussi, chassés de
l'activité efficace, nous nous sommes réfugiés ailleurs.
La différence est que, lui, dans sa retraite de méditation, laissait une patrie glorieuse encore ; nous, une
patrie vaincue.

Ces mots rendraient notre attitude détestable... Nous
n'avions pas oublié notre patrie ; mais, au lieu de travailler à lui rendre la couronne qu'elle avait perdue,
nous cherchions pour elle une autre couronne.

La force nous avait offensés. Nous avons détesté la
force. Et, notre fatuité, nous l'avons demandée à la suprématie de l'intelligence. Diversion magnifique ; et
subtitution périlleuse : plus tard, nous nous en sommes
aperçus. Il n'est pas aujourd'hui de vérité qui me pa-
raisse plus évidente que celle-ci : rien, absolument
rien, ne remplace la suprématie de la force ; et rien,
absolument rien, ne remplace pour une nation la victoire réelle et matérielle de son armée sur le champ de
bataille. Je le vois clairement. Au lendemain de la
guerre, c'est un fait qu'on ne l'a pas vu ou que, ne vou-
lant pas le voir, bientôt on ne l'a pas vu, — et que si,
parmi les Français, il y en a qui sont plus excusables
que d'autres de ne l'avoir pas vu, ce sont les enfants et
les adolescents dont je parle, mes amis et mes camarades, près de qui l'on « y pensait toujours et n'en
parlait jamais » et qui étions fort jeunes et tout dépourvus au temps où l'erreur prit sa plus ferme consis-
tance.

Les collèges et les lycées où nous avons organisé nos
doctrines de la revanche intellectuelle me paraissent des
lieux d'histoire aussi poignants que ces abords de Thionville et cette garnison de Bayonne, même si parmi nous
il n'y eut ni un Chateaubriand ni un Alfred de Vigny.
Que nous étions intelligents ! Il me semble que je puis
le dire, quand aussi je reconnais et j'affirme nos torts.

Avant d'être mis au lycée, j'avais à la maison, tous

les jours, un vieux professeur, très doux, très bon, très patient. Il possédait une admirable écriture, déliée, élégante, ornée de boucles, et, pour me ressasser les exceptions de la grammaire sans que la rigueur de la règle eût à en souffrir, une voix très persuasive. Les caprices de la dérivation verbale, s'il rougissait d'avoir à me les révéler, comme un désordre bien fâcheux, il obtenait de moi leur pardon. Je vois encore ses mains et les poils de ses phalanges, un peu roux et qu'à travers la croisée dorait le soleil. Quand il exposait une importante affaire de syntaxe, je regardais son visage, si bienveillant, mais tout marqué de petite vérole. Et, si j'ai su alors un peu de calcul, c'est à compter les petits trous qu'il avait sur le nez. Veuille sa mémoire excuser l'affectueuse familiarité de mon respect. Chaque année, avant les vacances, il me donnait un prix, que j'avais gagné sans émules. Et, une fois, ce fut le *Capitaine Corcoran*. Il me disait : « Il faut bien écrire, pour être un jour un bon Français... » Mon Dieu, je l'ai cru!... J'allai ensuite, comme externe, au lycée de ma ville natale. Je n'étais qu'un bambin : déjà l'on prêtait une attention vigilante à mes études. Une place de premier, on la célébrait. Un hiver, le froid fut terrible et la neige tomba si abondamment qu'un matin, pour me conduire au lycée, l'on dut en hâte déblayer la porte, où la neige montait plus haut que moi. L'on dut, dans la partie la plus difficile du chemin, me porter. M'eût-on fait manquer la classe? Non. Et c'est mon père qui me porta. Comment n'eussé-je pas senti que le savoir est une chose de conséquence, un trésor inestimable?

Enfin, je fus au lycée à Paris, où ma famille était venue s'établir : car ainsi le voulurent les hasards, souvent douloureux, de la destinée. Dans la cour du moyen collège, enfant plus triste que tous les autres, j'étais seul un jour à l'écart. Mon père vint me voir; il me surprit. Or, d'habitude, à la maison, je vantais comme des hauts faits la gaieté du lycée. Mensonge anodin, bravade. Et puis, soudain, la pudeur d'être vu triste et délaissé. Je fondis en larmes.

Dans la cour des grands, je n'étais plus ce pauvre mioche. Je me rappelle cette cour, nos réunions d'adolescents cloîtrés et nos finesses. Une grande cour carrée, encadrée de hauts murs. Si les plus vifs d'entre nous étaient assez ardents à des parties de balles, nous étions plus nombreux et — le ridicule de ce mot ne me gêne pas beaucoup — plus choisis, à préférer l'ambulante causerie, par groupes lents, autour de ce préau de prison. Quels péripatéticiens nous étions! et férus de littérature à un point tel que presque tous nos sentiments avaient dans les livres leurs symboles précieux.

Mes premières amours (si vous le permettez), ce furent des jeunes filles qui ont de jolis noms romanesques. Ce fut quelque temps Velléda — oui, celle des *Martyrs*; je l'allais voir dans le jardin du Luxembourg, en marbre, et qui appuyait si coquettement son menton sur ses doigts, et qui avait un jupon court. Je la délaissai, tout un printemps, pour Cymodocée. Notre salle d'étude, un ancien réfectoire de moines, aux murs épais et au plafond voûté, donnait sur la cour, dont les petits arbres semblaient des tiges de cadrans solaires : leur ombre était une ligne droite et mince, qui tournait autour d'eux, chétive et lente, comme une maigre chèvre autour de son piquet. Mais il entrait, par les fenêtres, malgré les barreaux, des rayons de soleil. Je me souviens d'un rayon de soleil qui, un jour, éclaira, sur mon volume des *Martyrs*, l'image de Cymodocée, flattant de ses belles mains son vieux père. Cette Cymodocée était, si je ne me trompe, de Tony Johannot. Je me la rappelle, très peu vêtue, d'une robe de lin qui s'écartait pour laisser voir des bras délicieux, une poitrine jolie. J'aimai cette petite-fille d'Homère. Elle me persuada par son martyre moins que par ses attraits helléniques. Eudore, jeune homme élégant et courageux, ah! que je fus jaloux de lui! Et Blanca, de l'*Abencérage*, que de poèmes je lui dédiai! Mais combien j'aurais préféré de lui offrir, comme Aben-Hamet, une gazelle du désert aux jambes fragiles, couchée parmi des feuilles de palmier, dont la peau fine eût retenu l'odeur du bois d'aloès et de la rose de Tunis. Dans la troupe de mes petites amies, je n'oublie pas Nausicaa qui joue avec ses compagnes sur la prairie et Briséis, petite esclave qui ne s'éloigne du jeune Achille que mécontente.

Les étonnants lettrés que nous étions, sur nos seize ans! Les ferveurs de notre âge trouvaient dans les livres leur aliment et leur objet; la littérature ne nous était pas une étude froide. Cependant, les livres qu'on nous donnait, pour le travail de la classe et même pour la lecture plus libre des jeudis, n'étaient pas très aguichants. Je ne sais comment arrivèrent à nous, dès leurs débuts, les premiers décadents et symbolistes, les poètes les plus déraisonnables. Si nous ne les comprenions pas à merveille, nous avions grandement raison; mais, quant à ne pas du tout les comprendre, nous ne nous y fussions pas résignés, car nous avions le goût d'être intelligents. Et puis, dans cette poésie extravagante, il y avait un surcroît de littérature qui nous devait enchanter. Ces poètes aimaient les mots et leur subtil arrangement jusqu'à omettre le sens des mots et l'intention logique de la syntaxe pour le seul jeu de faire chanter aux syllabes une musique imprévue.

Au commencement et à la fin des classes, le professeur récitait la prière. Dans l'intervalle, les classiques latins et grecs nous invitaient à une idée de la vie épicurienne et, par moments, stoïcienne, enfin dépourvue de toute analogie avec les préceptes évangéliques. En dépit du catéchisme et de sa persévérance hebdomadaire, nous recevions une éducation païenne... Le mélange d'une éducation païenne et chrétienne date de la Renaissance. Il a formé l'âme française, qui lui doit une double grâce. Mais, au dix-septième siècle, ce mélange paradoxal est vivant; plus tard, il devint une juxtaposition. Au début des *Martyrs,* Chateaubriand fait concourir pour la précellence la muse païenne et la muse chrétienne. Il entend, puisqu'il est le restaurateur du christianisme, accorder le triomphe à la chrétienne. Mais les choses tournent de façon que la païenne est plus délicieuse. Et, quoi qu'il en soit, les deux muses sont dissociées par leur émulation. L'enseignement qu'on nous donnait fut principalement païen. Chrétiens, il nous entretenait dans un état de trouble moral qui n'était ni désagréable, ni vulgaire ; et il nous révélait le plaisir de l'incertitude : nous en avons abusé.

La jeune génération qui aurait dû être celle de la revanche, pour se délivrer de la honte qui lui fut comme un second péché originel, on la préparait à fournir des lettrés de sensibilité ravissante, des artistes exquis. Il m'est impossible de ne pas penser que nos maîtres, ou les maîtres de nos maîtres, avaient bel et bien renoncé à la revanche des armes. En recherchant la revanche de l'esprit, avons-nous été au gré de leurs désirs ? ou bien n'avaient-ils pas du tout de désirs et, ce que nous avons fait, avons-nous inventé de le faire ? Cet alibi de notre orgueil est bien de nous, il me semble.

Je me demande si aucune génération française eut, dès sa prime jeunesse, le spectacle d'un tel nombre de destructions si néfastes. Plus tard, on nous a vu l'esprit bohème : nous avons grandi parmi les démolisseurs.

La première destruction (je l'ai dit), c'avait été celle de l'orgueil français. Puis, au lycée, auprès d'excellents humanistes, nous avons vu se détruire l'ancienne idée de l'antiquité. C'est une catastrophe moins célèbre que l'autre, et moins tragique : mais elle eut de grandes conséquences. Autrefois, l'antiquité grecque et latine était une époque, pour ainsi dire, dégagée du temps et de l'espace ; une époque privilégiée, où vécut un symbole d'humanité. Racine et Fénelon plaçaient en Grèce et dans le Latium des personnages d'une réalité si générale qu'ils sont les types mêmes des vertus, des vices, des passions. Ils avaient choisi l'antiquité pour le moment idéal de leur humanité quasi réelle et quasi fausse, j'entends historiquement fausse et humainement réelle. L'antiquité, vue ainsi, était le chef-d'œuvre, élaboré lentement, d'une longue pensée. Quand j'étais un petit écolier, je ne posais pas la question de savoir s'il y eut jamais, à Mycènes, puis sur la mer entre les brillantes Cyclades, puis sous les murs troyens, un chef nommé Agamemnon : je n'en doutais pas. Je ne doutais pas d'Iphigénie : elle existait, pour moi, d'une vie exemplaire et authentique. Ma génération d'écoliers est à peu près la dernière qui ait eu cette idée ancienne de l'antiquité ; puis elle est la première peut-être qui, dans les hautes classes, avec des professeurs savants, ait reçu la révélation d'une antiquité toute différente. Les historiens et leurs auxiliaires, archéologues, philologues, épigraphistes et numismates, ont appliqué à l'étude des âges classiques une méthode positiviste et rigoureuse, qui a donné de redoutables résultats. Maintenant, c'est au milieu d'un ensemble divers et abondant que nous apparaissent, diminuées, plus concrètes, réduites à leur vérité, Athènes et Rome, deux groupes de faits sur lesquels s'exerce la critique des érudits, comme sur les autres points de l'espace et du temps. Ainsi, l'antiquité a perdu quelque chose de son prestige. Elle est immobilisée à sa date, dans un passé où va notre science plutôt que notre familière sympathie. Elle est là-bas, très loin ; nous l'y laissons, faute de pouvoir désormais l'amener à nous. Avec nos soins d'archéologues, ne l'avons-nous point à jamais reconduite chez elle ? Accompagnera-t-elle encore, comme autrefois, le chemin que l'humanité fait au long des âges ?

L'antiquité qui était une sorte de miracle de l'histoire et, par l'histoire, le don d'un emblème, et qui devient tout simplement un épisode de l'histoire, ne dites pas : — Eh bien, voilà tout ; ce n'est point une affaire !... L'antiquité, telle que la concevaient les humanistes, était une vivante joie ; elle était une maxime d'existence. Mais, l'antiquité des érudits s'émiette et se détache de nous. Or, on nous donnait une éducation païenne : cela même se défait, s'éparpille et n'est plus qu'un divertissement d'antiquaires. Une fois encore, nous étions abandonnés.

Suite des destructions, et leur achèvement. Où triompha, dans la douleur presque amusante, notre jeunesse, ce fut dans la classe dite de philosophie. Quelle année d'un incroyable tumulte mental ! Dès le premier jour, il y eut du nouveau, une sorte d'avertissement Notre professeur, un homme de grand talent, nous interrogea, fut très bon, très attentif ; mais je trouvais à toutes choses un air de solennité : je pressentais une révélation. Notre étude ne serait plus la même ; il aurait moins à nous enseigner des faits qu'à éveiller notre réflexion. De la façon la plus simple, il nous tint des propos encourageants : mais il avait donc à nous encourager ? Il nous donna une première idée de la philosophie : un désert s'ouvrit devant nous. Ses paroles étaient, avec leur familiarité même, un peu augustes. Quand il eut fini son exposé, il se tut, après nous avoir engagés, disait-il, à méditer : je m'en souviens, et de la peur que j'éprouvai devant la méditation.

Ce professeur n'était pas un forcené ni un dogmatiste. Il ne nous apportait pas un système. Plutôt, et par un scrupule de conscience, il nous présentait, sur les diverses questions, les systèmes divers. Il ne les approuvait pas, les uns et les autres, également ; tout de même, il ne les anéantissait pas au profit de l'un d'entre eux. Et nous avons connu la profusion des systèmes. La Grèce antique avait sa religion, ses habitudes, son usage de la vie, quand, des écoles d'Asie Mineure, comme d'autant de cachettes, sortirent ces colporteurs de toutes idéologies, les sophistes. On les appelle des sophistes : et la sagesse est à la racine de leur nom ; mais la plaisanterie dialectique est dans la réunion de leurs systèmes, originellement séparés et qui, se trouvant ensemble, ont à lutter les uns contre les autres avec les armes les plus malignes. Ils sortirent de leurs cachettes et promulguèrent chacun sa doctrine; même si aucun d'eux n'eût prôné le scepticisme, le scepticisme résultait de leurs rencontres. La Grèce en fut bouleversée, au point de craindre une déroute des esprits; elle se dépêcha de réagir, avec tant de hâte qu'elle se trompa de coupable et condamna Socrate, malencontreusement. Eh bien, ce trouble de la Grèce, nous l'avons éprouvé, durant notre année de philosophie, en nous-mêmes. Le père Cousin, qui était un orateur et un homme avisé, avait imaginé son éclectisme, philosophie de pédagogue. Son éclectisme est un stratagème pour classer et pour encager les systèmes les uns auprès des autres; il il les encageait, non sans les avoir préventivement apprivoisés. De ces bêtes sauvages, il faisait des animaux domestiques; il les dressait à vivre ensemble sans se griffer et sans se mordre. Avec une petite honnêteté intellectuelle, ce père Cousin avait le sentiment net de ses volontés universitaires. En 1885 ou 6, ses précautions n'étaient plus à la mode. Avec plus d'honnêteté intellectuelle, on avait aussi moins de prudence. Et, les systèmes, on nous les présentait à l'état libre, à l'état sauvage, à l'état de véritable hostilité.

Nous étions précédemment des lettrés; nous devînmes des idéologues. Avec quel plaisir! Ce fut, en vérité, une année enivrante. La philosophie est la recherche de la vérité : mais elle est aussi le plaisir de la dialectique. C'est ce plaisir qui nous enivra. Le jeu de la dialectique nous apparut comme la réussite la plus exquise de l'intelligence.

Un matin, — je ne cesserai jamais de me rappeler ce matin : c'était au printemps, à la saison où, même dans les prisons scolaires, pénètre la tiédeur du renouveau, si romanesque — ce matin, que n'apprîmes-nous pas? Le professeur nous avait exposé les systèmes de Hume et de Berkeley, d'où il résulte, en fin de compte et pour dire les choses en gros, que le monde n'existe pas. Système ravissant, qui, avec les plus fins artifices et avec les sortilèges de la dialectique, aboutit à l'idéalisme universel et à la négation d'une réalité indépendante de l'esprit.

Le positivisme est assez rassurant; et le déterminisme, s'il attriste les âmes qui ont la passion de la liberté métaphysique, a du moins quelque chose d'énergique et de puissant : la succession des causes et de leurs effets en chaîne ininterrompue empêche que ne s'éparpille le monde. S'il ne nous le met pas dans les mains, il nous suffit de tenir la chaîne par un des chaînons pour savoir que le reste y est accroché. Mais l'idéalisme berkeleyen nous fait vivre dans la fragilité des apparences; et il a beau nous dire que les apparences ont la solidité d'une réalité extérieure, il nous déroute. Nous n'avons plus autour de nous que les phénomènes : ce sont comme les images des choses, images derrière lesquelles les choses se sont évanouies. Autour de nous, c'est encore trop dire : les images ne sont pas hors de nous; elles sont en nous et il y a une espèce d'absurdité à nous interroger sur la ressemblance de ces images et de leurs modèles. Ces images n'ont pas de modèles. La substance, derrière les phénomènes, s'est anéantie; il ne reste qu'une fantasmagorie inconsistante et bien réglée, à laquelle notre habitude sert de loi, notre habitude ou, en d'autres termes, la nécessité constitutive de notre esprit. Bref, et selon le charmant évêque de Cloyne, le monde extérieur n'existe plus.

Quel effondrement ! C'était la plus vaste destruction à laquelle notre enfance ou notre adolescence eût assisté : le monde.

L'année précédente, on m'avait appris que le poète Homère n'avait pas existé. J'en éprouvai beaucoup de peine, jusqu'au moment heureux où j'éconduisis les pédantesques billevesées des critiques allemands. L'anéantissement du monde, après que l'anéantissement d'Homère m'avait tant attristé, ne m'attrista point du tout. Pourquoi? N'y ai-je point cru? Si; parfaitement si! Je me rappelle avoir passé des mois étranges, décevants et divertissants, à vivre parmi les apparences illusoires comme un petit Hamlet collégien. Mais, d'étape en étape, nos maîtres nous avaient amenés à être de tels connaisseurs et amateurs de la destruction que l'anéantissement du monde fut le dernier de leurs tours et le plus brillant.

Quand j'y songe, voilà une extraordinaire aventure. Nous n'étions pas des impies ou des furieux. Si j'essaie de me rendre compte du sentiment avec lequel nous accueillîmes cette nouvelle du monde qui n'existe pas, voici ce que je trouve. Les jeunes hommes du premier Empire, ceux dont parlent et Musset dans la *Confession d'un enfant du siècle* et Vigny dans *Servitude et grandeur militaires*, ceux qui avaient parcouru l'Europe à la suite de l'Empereur et qui revenaient tout couverts de la gloire prise par la vertu de la force, ils n'auraient pas accepté comme nous, bien volontiers et de cœur complaisant, d'esprit satisfait, d'esprit vengé, l'anéantissement de l'univers où ils rayonnaient d'allégresse. Ils étaient contents, je suppose, dans le monde extérieur, contents de lui. Nous, si nous avons accepté si bien et avec joie l'anéantissement du monde extérieur, c'est que, dans la réalité, nous n'étions pas contents.

Nous n'étions pas contents d'elle : la réalité nous avait offensés.

On dit qu'il y a des gens qui ont besoin d'une guerre pour y anéantir leurs péchés individuels : tant pis pour eux ! Nous avions besoin de l'anéantissement du monde pour effacer le péché de la défaite. C'est ainsi que nous avons fui la réalité vers la dialectique.

Parmi les écrivains de notre génération, je crois qu'on ne trouve pas beaucoup de réalistes. Non ; car il y a, entre la réalité et nous, un malentendu. La réalité, nos écrivains la négligent; ou bien ils la traitent à leur façon de satiristes, humoristes et polémistes. Ils la ridiculiseraient plutôt que de l'embellir et plutôt même que de lui être fort attentifs.

Ne me laisse jamais seul avec la nature,
Car je la connais trop pour n'en pas avoir peur,

disait Vigny. Et, la réalité, nous l'éconduisons comme Vigny la nature.

Nous n'avons guère donné de réalistes, si nous en avons donné un seul. Mais que de philosophes ou, mieux encore, d'essayistes, les essayistes étant de tels amateurs de philosophie que, pour ne sacrifier aucune idée à une autre, ils n'ont pas de système et prennent leur plaisir avec tous les systèmes! Je ne sais si jamais on a vu telle quantité, telle qualité aussi, de fins idéologues. Entre 1885 et 1890, quand nous étions autour de nos vingt ans, cette nouvelle poésie qui s'est épanouie eut des poètes absurdes et, quelques-uns, dénués de talent; elle eut aussi des poètes qui furent de grands inventeurs de rythmes, de sentiments et d'images. Surtout, leur initiative, celle du symbolisme, est une réaction véritablement hardie et souvent belle contre le réalisme et son ignominie, une réaction de l'idéalisme, quelquefois imprudent. Placer des symboles dans la réalité concrète, peupler d'allégories l'univers, c'est audacieusement substituer aux faits leur signification plus ou moins authentique : c'est imposer à la réalité ses nobles et purs emblèmes. Un tel changement allait-il se produire dans les autres arts? Dans la peinture, il semble que ce fût impossible, si la peinture est plus attachée que nul art à la copie de la réalité. Cependant les impressionnistes substituaient à l'exacte réalité, disons à la réalité objective, une réalité subjective, toute faite de nos perceptions les plus rapides, les moins insistantes et enfin de celles qui, avec le plus de légèreté, effleurent seulement l'apparence des choses, pour en marquer la fragile mobilité. Au surplus, je ne prétends pas qu'ils avaient raison (et je sais bien que, presque tous, ils avaient tort). Mais enfin, ces diverses tentatives concordent et aboutissent toutes à renier ou à mépriser le réel.

On s'étonnera bientôt, et l'on s'étonne déjà peut-être, de tout ce charmant et singulier badinage qui, depuis un quart de siècle, témoigne du goût français et qui est le caractère principal de notre littérature et de notre esprit : badinage littéraire, badinage philosophique et badinage universel; une manière mélancolique et narquoise; jamais la plaisanterie n'avait si amplement régné sur tout le domaine de la rêverie, du sentiment, de la méditation. Il est possible que les historiens à venir en soient déconcertés. Mais, quoi! cette génération qui donne aujourd'hui ses fruits et ses fleurs, — et quelques fruits véreux et quelques fleurs tachées, de belles fleurs et de beaux fruits dans le nombre, — s'est, faute d'une revanche vraie, hâtée d'acquérir une prééminence; sûre de sa fatuité légitime, elle a voulu, n'étant pas la plus forte, être la plus intelligente. Et c'est ainsi qu'elle inventa ce badinage, qui est une sorte de suprématie générale sur les idées, une domination spirituelle et, à l'égard de toutes les idées, une désinvolture élégante et magistrale, une tyrannie nonchalante et gracieuse. Aucune génération française s'est-elle également grisée d'idées? Je ne le crois pas. Les Goncourt disaient d'eux qu'ils étaient des hommes pour qui le monde extérieur existe : nous avons été des hommes pour qui le monde extérieur n'existe pas et pour qui existent les seules idées.

Mais le monde extérieur existe; et enfin, nous l'avons bien vu. Si l'on examine les écrits nouveaux de mes contemporains, on y découvre des traces de repentir. Ces essayistes de l'idée pure retournent à la réalité, non sans quelque ennui peut-être. Une génération nouvelle arrive, extraordinairement différente de nous, et à laquelle nous aurons été utiles, un peu comme les ilotes ivres que les Spartiates montraient aux adolescents pour les détourner d'un tel vice. Nous semblons leur dire : — Ne faites pas ce que nous avons fait; ce que nous n'avons pas fait, eh bien, faites-le, car il est temps!

Les choses sont allées, ces dernières années, si loin,
si mal, qu'il est facile de discerner ce dont il ne faut
plus. Nous qui avions vingt ans il y a vingt-cinq ans,
peut-être ne possédions-nous pas les mêmes témoignages, les preuves qu'on a maintenant. Il me semble
qu'en 1890, le problème n'était pas aussi net qu'aujourd'hui. Nous avons, pour notre malheur, institué
maintes expériences dont il n'y a plus qu'à profiter.
Nous avons accordé notre confiance à des idées et à des
gens qui ont dupé notre espoir. Nous avons vu tourner
à la caricature quelques-uns de nos rêves préférés.
Disons aux nouveaux jeunes gens : — Soyez autres !

Ils ont le goût de la force et la double énergie, celle
du corps et celle de l'esprit, celle qui fait les soldats et
celle qui fait les croyants. Le scepticisme qui fut, je
n'ose dire la formule, mais l'habitude de notre jeunesse, ne nous était pas du tout pénible. Je ne prétends
pas qu'il nous divertissait ; et ne pourrait-on pas le prétendre ? Les nouveaux jeunes gens sont impétueux, si
mes renseignements sont justes : le scepticisme leur
serait une souffrance. Je me figure qu'ils n'ont pas
toutes nos délicatesses raffinées. Tant mieux !

Je leur demande aussi de ne pas nous mépriser sans
aucune indulgence. Notre génération démodée fut probablement la plus malheureuse génération française.
Des moralistes vont répétant à l'envi : « Demeurez
dans la maison de vos pères. » Seulement, la maison
de nos pères était démolie ; ou bien, non pas en
décombres, mais dévastée par la mort, l'humiliation,
le chagrin. Nous ne pouvions pas y rester : nous étions
jeunes, nous aussi ; et, somme toute, nous avions
inventé un orgueil, qui, s'il a tourné mal, avait quelque
gentillesse imprudente, condamnable par conséquent,
un peu absurde, un peu héroïque tout de même.

ESSAIS DE CRITIQUE

I

VILLON

« Il fauldroit avoir esté de son temps à Paris, et avoir congneu les lieux, les choses et les hommes dont il parle », dit Clément Marot de Cahors, dans la préface de l'édition qu'il a donnée de Villon. Il regrette que les deux Testaments soient tout pleins de noms bientôt inconnus et d'allusions à de petits faits qui n'ont laissé nul souvenir. Il conseille donc aux poètes de ne pas prendre leurs sujets « sur telles choses basses et particulières ». On ne lit pas les Testaments, je crois, sans être un peu du même avis que Marot. Mais le conseil de Marot est dangereux, qui engagerait les poètes à éviter la particularité. En cherchant la généralité, les poètes ne traitent plus que lieux communs. Il est remarquable que plusieurs des grandes œuvres auxquelles la postérité demeure le plus fidèle, — et, par exemple, la *Divine Comédie*, — soient, dans tout leur détail, attachées à de menus événements, oubliés quelques-uns. Or, le poète ainsi témoigne de sa vie réelle; et il n'est de réalité que particulière : mais il n'est rien aussi de plus général que la vie.

Cependant « l'industrie des legs » que fait Villon

(comme dit Marot) nous échappe très souvent; et, pour
en attraper la signification, l'ironie ou la gentillesse, il
faudrait avoir été de son temps à Paris. Marot renonçait
à un tel privilège, Marot qui, un demi-siècle après la
mort de Villon, sentait déjà « l'antiquité de son parler »
et la notait dans un langage dont nous sentons à notre
tour l'antiquité : que de vieillesse accumulée sur la
jeunesse d' « ung povre petit escollier » !

Il y a, pour retourner à lui un peu, l'érudition. Et,
parce que certains érudits entassent tout uniment de la
poussière sur de la poussière, nous sommes tentés de
redouter leur besogne; mais, bien faite, leur délicate
besogne est le rajeunissement perpétuel de l'humanité.
Recourons à ce beau stratagème. Grâce aux deux
volumes que M. Pierre Champion — précédemment
l'auteur d'un *Charles d'Orléans* très remarquable —
vient de consacrer à *François Villon*, nous aurons
connu les lieux, les choses et les hommes dont parle
ce poète; nous aurons été de son temps à Paris, mieux
et plus facilement que Marot.

M. Pierre Champion a utilisé les travaux patients et
admirables d'Auguste Longnon, de Marcel Schwob et
de Gaston Paris. Il les a contrôlés, et il les a, sur
quelques points, corrigés. Surtout, il les a complétés
par ses recherches personnelles, qui ont été considé-
rables, minutieuses et constamment récompensées de
précieuses trouvailles. Sur Villon lui-même et son existence, il n'apporte pas de nouveaux documents. Ce qu'il
a étudié, avec un soin parfait et avec une ingéniosité
subtile, c'est le temps de Villon; et c'est l'entourage de
Villon, ses amis, ses légataires, le monde où a vécu cet
écolier, ce poète, ce sacripant, son milieu, les conditions de son activité, ses paysages de rues ou de grands
chemins, de sorte que Villon nous devient tout à fait
intelligible; nous entrons dans le secret de sa conscience et nous concevons familièrement ses bizarreries :
les incidents que nous savions s'éclairent d'une lumière
qui leur donne du naturel et de l'évidence.

J'aimais, s'il faut l'avouer, maints huitains que je
n'entendais pas beaucoup : « *Item*, à Jehan Raguyer je
donne... *Item*, à Robin Troussecaille... *Item*, et à
Michault Culdou. — Et à sire Charlot Taranne... »
Mon plaisir était le bruit des syllabes, le rythme des
mots si drôlement agencés, certes obscurs et qui soudain
se dévoilaient, montrant un bout de pensée cocasse ou
polissonne, laquelle aussi tournait parfois au plus doux
sentiment. Et je m'attendrissais sur Guillaume Cotin,
sur Thibault de Vitry, deux pauvres clercs, parlant
latin, paisibles enfants sans querelle, humbles et bien
chantants au lutrin. Villon leur donne, « en attendant
de mieux avoir », le revenu d'une maison qui n'est pas
à lui. Or, Guillaume Cotin et Thibault de Vitry étaient,
en 1456, de vieux, riches et gros chanoines de Notre-
Dame. Villon se moque d'eux, quand il les habille en
Éliacins. Et il emploie contre eux son procédé de plaisanterie le plus habituel, qui est l'antiphrase. Il fait
opulents les miséreux, gras les maigres, sages les fols,
piteux les cruels. Il donne aux Quinze-Vingts des
lunettes. Il organise toute une mascarade de raillerie et
s'en amuse. Les chanoines de Notre-Dame, il les déteste ;
il a, pour les détester, ses propres rancunes et, principalement, les rancunes de tout un chapitre. Les chanoines de Saint-Benoît sont les ennemis des chanoines
de Notre-Dame ; il y a entre eux un long passé d'émulation, des froissements de protocole, des insolences,
des révoltes. Et c'est au cloître Saint-Benoît, dans la
communauté même et dans une maison à l'enseigne de
la Porte-Rouge, que Villon fut élevé, chez maître Guillaume de Villon, son « plus que père » ; c'est là qu'il
eut le seul asile dont il usât lors de ses bons jours.
En 1449, quand il avait dix-huit ans, il a vu les chanoines de Notre-Dame venir, pour affirmer leur suzeraineté, chanter au lutrin de Saint-Benoît le Bétourné,
le jour de la fête du saint. Maître Guillaume Cotin et
maître Thibault de Vitry avaient de vieilles voix cas-
sées. Les chanoines humiliés de Saint-Benoît n'en

firent-ils pas des gorges chaudes? Et François Villon n'a oublié ni la méchanceté ni la bisbille, quand il vante ces pauvres clercs, éloignés de toute querelle et si bien chantants au lutrin.

De tels renseignements sont délicieux, à mon gré. Ils nous permettent de placer Villon dans son groupe, de le lier à ses entours et de ne plus l'apercevoir, comme un phénomène saugrenu, dans un isolement contraire à toute vérité imaginable. Il a ses préjugés, qui sont l'étoffe où brode sa fantaisie. Et il s'échappe de ce groupe; précisément, il s'en échappe : et c'est la preuve qu'il y était. Les indications qui nous sont fournies, touchant ce groupe, j'en nourris mon idée de Villon. Et, à ses différences, si nettes sur un fond moins coloré mais de nuance forte, je le distingue.

Aux chanoines de Notre-Dame, dont il se moque avec les autres chanoines de Saint-Benoît, il lègue les revenus de la maison Guillot-Gueuldry. Et la maison Guillot-Gueuldry, rue Saint-Jacques, on l'a dénichée : Gueuldry, un boucher, ne payait pas la rente des étaux qu'il avait pris à bail. Et voilà le mauvais payeur, célèbre alors à Saint-Benoît, que Villon cède à ses légataires Guillaume Cotin et Thibault de Vitry!... Parmi les gens de Notre-Dame, il y en a un, seulement un, qu'il épargne : c'est le bon feu maître Jehan Cotart. Celui-là, il n'a pour lui qu'amitié. Cela lui date d'un procès qu'il eut avec Denise, une fille amoureuse. Jehan Cotart fut le procureur de Villon devant l'official; et, pour ce, Villon lui dut les honoraires d'un patard, qu'il ne paya pas; et Cotart ne réclamait rien. En conséquence, le bon feu maître Jehan Cotart est bien traité. Villon lui accorde l'éloge de fameux buveur : au surplus, quoi de mieux? En l'honneur de ce très digne homme, il invoque « Père Noë, qui plantastes la vigne, vous aussi, Loth... » S'ensuit un badinage. Villon l'a vu, Cotart, qui, s'allant coucher, chancelait, trépignait « comme homme bu »; et, une fois, il se fit une bigne, tombant, à l'étal d'un boucher. Bref, de tout cœur, il

recommande à Dieu l'âme du bon feu maître Jehan
Cotart.

Il suffit de lire Villon pour sentir la vérité de sa
poésie. Il n'y a pas, entre sa poésie et lui, l'intervalle
d'un artifice; mais sa poésie est lui-même, lui devenu
spontanément cette poésie-là. Je ne sais si jamais un
art a été plus adhérent à la personne de l'artiste, si
jamais le poète et sa poésie ont eu cette identité
vivante. C'est ainsi que les Testaments nous émeuvent
deux fois en une fois, par tant d'art et tant de réalité
ensemble. On nous aide à goûter ce double attrait si
puissant de son œuvre, quand on nous montre son
exactitude et qu'il a cueilli au pré, mouillées encore,
les fleurs de son bouquet.

A sa mère, Villon a légué une ballade pour prier
Notre-Dame; et c'est la mère de Villon qui parle; et il
y a un dizain (qui fait oraison dans toutes les mémoires)
où cette bonne femme dit ce qu'elle voit, avec peur et
liesse, au moûtier dont elle est paroissienne. Elle le dit
de telle sorte qu'on ait pu désigner cette église : l'église
du couvent des Célestins, dédiée sous le titre de l'Annon-
ciation, église que décrit en ce temps-là Guillebert de
Metz comme ceci : « Aux Célestins est paradis et enfer
en peinture, avec autres pourtraictures en un cuer à
part. *Item* devant le cuer de l'église, à ung autel, est
painte ymage de Notre-Dame, de souveraine maistrise. »
Auprès du paradis, tout en harpes et luths, et de l'enfer
« où damnés sont boullus », contraste saisissant, la
mère de Villon, à la main une chandelette, prie et fait
un gémissement. Elle ne sait pas lire et elle est une des
humbles chrétiennes en faveur de qui l'Église, durant
le moyen âge, multiplia sa belle imagerie, offrant aux
yeux, comme un livre manifeste, les murailles sculptées
ou peintes, l'évangile lumineux des vitraux; et, en
général, les sermons commentaient le précepte de ces
tableaux.

Passant du triste au gai avec une soudaineté capricieuse, mêlant la plainte, la satire, la douleur et une

allégresse toute voisine des larmes, Villon s'amuse
d'être si pauvre et d'avoir tant de légataires. Il donne
tout, voire ce qu'il n'a pas; et il donne aussi ce qu'il a
et qui n'est pas grand'chose. Le stratagème du testament le divertit le mieux du monde. Mais ce testament
plein de jolie extravagance, il le compose sur le modèle
des testaments authentiques. M. Pierre Champion, qui
a examiné ces paperasses, nous l'apprend. On rédigeait
alors un testament pour le plus modeste cadeau. Une
pauvre femme lègue à sa paroisse, en mourant, sa robe
du dimanche et son chaperon, à sa filleule son lit et, à
une malheureuse qui avait eu la figure déchirée par les
loups, son cotillon de tous les jours. Pareillement,
Villon lègue à ses amis les pièces de son costume, ses
chausses garnies de semelles, ses houseaux, sa robe
rognée, ses meubles médiocres, son lit, une table, un
pain, des paniers et sa librairie. C'est tout ce qu'il possède. M. Pierre Champion a publié l'inventaire après
décès des biens laissés par un écolier du collège d'Autun,
qui vécut vers la fin du siècle et qui s'appelait maître
Guillaume Levavasseur. Eh bien! cet inventaire, c'est
trait pour trait celui de Villon. L'objet le plus cher,
estimé plus de trente sols parisis, est un lit garni de son
traversin et de sa couverture de laine bariolée; mais on
ne prise pas à plus de deux sols parisis le pourpoint
d' « oustadine » noire doublé de futaine blanche, avec
un bonnet noir et un gris.

Nous voyons très bien Villon, dans sa petite chambre
du cloître Saint-Benoît, parmi ses meubles, sous la
tutelle de maître Guillaume, son « plus que père »,
homme savant et respecté. Il a reçu la meilleure éducation, dans un monde grave et aimable de religieux et
de juristes, un peu chicaneurs, dogmatiques, très sûrs
d'eux-mêmes, dépourvus de tout scepticisme, bons
Français, fidèles au Roi, très attachés à la mémoire de
Charles V, qui a donné à « messeigneurs de Saint-
Benoît » le droit de seigneurie, et très férus encore des
exploits qu'on raconte de Du Guesclin, le compagnon

de ce bon roi, et très amis de la Pucelle : quand
Charles VII résolut de réhabiliter Jeanne d'Arc, l'un
des mémoires fut signé de Jean de Montigny, chanoine
de Saint-Benoît. En lisant les vers où Villon célèbre
« Claquin le bon Breton » et « Jehanne la bonne Lorraine
qu'Anglois bruslèrent à Rouen », l'on devine que lui
reviennent à l'esprit — et ils le touchent — les récits
qui ont éveillé les ferveurs de son enfance. L'année où
il naquit, Du Guesclin était mort depuis cinquante ans
et, cette année même, les Anglais brûlaient Jeanne
d'Arc. Il a été bien élevé, préparé à une vie pareille à
celle dont maître Guillaume de Villon lui présentait
l'exemple honorable et quiet. Et il était un bon enfant,
avant que de se muer en mauvais garçon. Il a passé ses
examens : à dix-huit ans, il est inscrit parmi les bache-
liers sur le registre de la Nation de France, à l'Université; à vingt et un ans, c'est-à-dire aussi jeune que les
règlements l'y autorisaient, il obtient la licence, *licencia
docendi*, pour laquelle il a dû prouver qu'il avait étudié
Porphyre, les Catégories, les premières et les secondes
Analytiques, Boëce sur les Topiques et la Division et
suivi cent leçons sur les mathématiques, l'astronomie,
la métaphysique et la morale. Plus tard, au temps de son
repentir, il dit qu'il fuyait l'école; peut-être ne fut-il
pas un élève bien régulier. Mais il eut ses diplômes : ne
lègue-t-il pas, dans son petit Testament, aux pauvres
clercs de la cité la « nomination qu'il a de l'université » et dont il ne fait point usage?... Divers indices
mènent M. Pierre Champion à conjecturer qu'il a été
clerc de procureur ou qu'il a travaillé chez quelque
trésorier des finances. Il avait beaucoup de relations, et
louables. Il a dû commencer une destinée respectable
et tranquille.

Et puis, il a mal tourné. Comment cela lui advint-il?
Sans doute, prompt de nature et faible de caractère,
céda-t-il à l'influence des camaraderies périlleuses. Il
eut pour camarade, notamment, Régnier de Montigny,
« noble homme » de par sa naissance et, de fait, un

garnement, tricheur au jeu, décrocheur d'enseignes,
excitateur de vacarmes nocturnes, pilleur d'étalages,
tueur de sergents et qui finit à la potence. Il eut pour
autres camarades une bande extraordinaire d'écoliers
larrons et desquels M. Pierre Champion a trouvé, dans
les archives procédurières, les scandales surprenants.
Quelle bohème de fripons et, au besoin, de meur-
triers, cette séquelle étudiante! Farces énormes et lar-
cins; une prodigieuse facilité à continuer la plaisanterie où qu'elle aille et, sans scrupule aucun, jusqu'aux
délits et aux crimes. L'on ne croirait pas aisément à un
tel désordre de facétie brutale si chacune des anecdotes
qui en illustrent l'histoire n'était, par l'historien,
munie de ses textes et preuves. Autour de ces garçons,
les « filles mignotes », et plus filles que mignotes,
« vivans en vileté et désordonnées en amour », la Tou-
chaille, la Saucissière, Catherine la boursière, Jeanneton
la tapissière, Marion l'Idole, consolatrice des enfants
perdus, et la belle saunière, et la belle bouchère, et la
belle herbière, et celle qu'on disait la plus belle de
toutes et « celle qu'on appeloit belle simplement », et
de gentilles et d'ignobles jusques à la grosse Margot.
Avec ces « fillettes », avec les pipeurs et les marau-
deurs, dans les rues, les terrains vagues, dans les
décombres et les tavernes, François Villon prend du
bon temps.

Il se déprave ainsi. Encore faut-il concevoir qu'il ait
subi la tentation de la vie étrange où il s'est lancé. Il
avait l'esprit mobile et aventureux. En outre, les Porphyre, Boëce et autres, philosophes ou grammairiens,
l'ennuyaient : il était paresseux pour lire. La jurispru-
dence l'ennuyait aussi; et, s'il a été clerc de procureur,
il n'eut pas envie d'être, un jour, procureur. La religion? Il n'avait pas les façons d'un grand docteur; et il
était seulement pieux. Que faire? Il ne fit rien de bon.
Et il était imprévoyant, de manière à ne pas regarder
devant lui où conduisent les mauvais chemins.

On doit aussi, non pour le juger, mais pour le comprendre, tenir compte de cette époque où il eut son adolescence. Le pays a enduré l'invasion des Anglais; il a terriblement souffert : et ces crises nationales ont pour effet de démoraliser les gens. On n'ignore pas ce que fut l'état du royaume à l'avènement de Louis XI. La guerre est finie : tout ce qu'elle contenait de force et de fougue dans sa dure discipline se relâche, se répand et veut jouir de sa liberté. Une énorme vitalité, délivrée de ses contraintes, débridée, se rue à ses désirs, lesquels ne sont point délicats. Et il y a, dans le royaume, une atmosphère de folie, que les plus fins reniflent, s'ils ont les narines bien ouvertes. Tel est Villon, le nez au vent.

Voilà des causes générales de dissipation. Mais il en est de plus singulières et qui semblent avoir été, pour le pauvre Villon, déterminantes. A peine avait-il vingt-cinq ans, un soir de la Fête-Dieu, quand il tua Philippe Sermoise. On avait porté en procession Notre-Seigneur dans tout le quartier Saint-Benoît. La liesse de la journée animait encore les rues. Le soir, Villon était assis dans la rue Saint-Jacques, sur un banc de pierre. Sermoise arrive; Sermoise, un prêtre, mais furieux. Il invective contre Villon et, de sa dague, le frappe au visage. Villon lui plante dans l'aine une dague qu'il avait, lui aussi, cachée sous son petit manteau. Sermoise mort, Villon se sauve : durant sept mois, il est hors de Paris, soumis au gré de maints hasards. Et il revint; mais il avait, dans son passé, ce préambule. Et, quand il tua Sermoise, il était en légitime défense, en défense assez légitime; cependant, il avait tué Sermoise. Puis, entre ces garçons, d'où venait la haine? On soupçonne des rivalités d'amour.

Il y a, dans la jeunesse de Villon, deux femmes qu'il a aimées, et non comme « filles mignotes », mais de vraie passion. Et il l'avoue quand « ses grands deuils en sont passés ». Il parle d'elles; et il affecte de rire : même, il injurie violemment leur souvenir. Il ne les aime plus, ni Marthe, ni Catherine de Vausselles: Il les a aimées et il garde sa rancune, qui est de l'amour perverti. Catherine de Vausselles et Marthe lui ont été complaisantes, trompeuses. Elles l'ont mis dans la mélancolie où un tendre jeune homme est le plus déraisonnable. Elles l'ont déçu quand il était crédule ; et, quand il leur dédiait son esprit gracieux, elles l'ont envoyé aux plus viles consolations.

Du moins, il y alla !... Et j'ai pitié de lui, mais aussi des jolies Catherine de Vausselles et Marthe qui, au long des jours oublieux, a perdu son nom de famille. On ne peut rendre ces deux jeunes femmes responsables de ce qu'il a fait depuis lors. Les tavernes, le jeu et la débauche : ce n'est rien. En peu de mots, il devint cambrioleur. L'affaire du collège de Navarre ne se prête pas à des interprétations indulgentes. Avec d'autres, avec Colin de Cayeux, fils d'un serrurier parisien et qui tenait de son père la façon de prendre les serrures, avec Petit Jehan, plus effronté encore et plus habile, et avec Guy Tabary, un peu niais, qu'on abusait et qui vendit la mèche, Villon opéra dans une entreprise de crocheteurs. Ils travaillaient avec l'instrument qu'on appelait déjà rossignol ; et, dans la chapelle du collège, ils volèrent cinq cents écus d'or. Colin de Cayeux, plus tard, fut pendu. Villon, après le vol, s'éloigna de Paris, à tout hasard. Il partit pour Angers. Et, à Angers, il combine pour ses camarades et lui un autre coup. Il avait un parent là-bas, un oncle, moine dans un des couvents de la ville. Le bon apôtre n'est-il pas venu, tout gentiment, voir cet oncle ? Par l'oncle ou autrement, il aura des avis relatifs à un religieux d'Angers très riche et qu'il sera fructueux de dévaliser.

Tout cela suppose la préméditation, l'adresse abominable et une bande organisée. Villon est l'un des garnements de cette bande, il n'en est pas le chef. Et, si Petit Jehan montre sa maîtrise au moment bref du crochetage, Villon prouve sa suprématie dans la préparation prudente et savante des affaires. Donc il en est plus longtemps occupé : il vit avec ce souci inquiétant.

Il y a toutes raisons de croire que, pendant les mois ou les années de sa vie errante, il se mêla aux Coquillards, ou compagnons de la Coquille, voleurs de grands chemins, voleurs dans les foires où ils s'introduisaient déguisés en marchands, voleurs partout et qui avaient leurs indicateurs, recéleurs, complices de tout genre, leur discipline, leur administration secrète et leur jargon que Villon sut, parla, écrivit et consacra de la musique de ses vers. Il a vécu dans l'ignominie, et sans nulle excuse. Il volait de l'argent; et il a été un cambrioleur comme un autre.

Qu'il en soit venu là, Villon qui avait une mère si bonne et dévote, et Villon que maître Guillaume de Villon éleva si bien, et Villon qui était Villon, cela déroute. Mais qu'en étant venu là, il ait été pourtant ce poète, cela vous embarrasse l'intelligence et vous interdit. Le Petit Testament est postérieur au meurtre de Philippe Sermoise; et l'incomparable merveille du Grand Testament, postérieure au vol du collège de Navarre et au voyage d'Angers.

Il a été ce cambrioleur et ce poète. Quel poète! Il a inventé une poésie. Il devait quelque chose de son art à Eustache Deschamps et (plus, à mon gré, que M. Pierre Champion ne l'accorde) au grand Rutebeuf : quelque chose de son art, mais non cette habileté souveraine qui fait qu'on n'ose pas l'appeler habileté. C'en est une pourtant, et à laquelle on a envie de rendre hommage en disant qu'elle n'est pas volontaire, comme si alors elle avait le caractère d'une aubaine surnaturelle et d'un cadeau à peu près divin. Il a de ces vers qui ont l'air d'avoir fleuri ; et d'autres qui ont les couleurs du soir; et d'autres qui semblent tombés du ciel. Si on les regarde, on admire la réussite de l'ouvrage, l'effet d'un mot, d'une voyelle qui, placée là, sonne à ravir et vous alarme. Quelle science accomplie du rythme, varié sans cesse, docile aux guises de la sensibilité la plus mobile, et frissonnante, parfois abandonnée à son chagrin, débile, pleurante, et parfois agitée de colère, émue de véhémence, et bientôt adoucie on ne sait comment, passant vite, par des nuances menues et nettes, de la tristesse à la gaieté ou, par des secousses graduées, du rire aux sanglots!... Pour tant de merveilles, une langue imparfaite, et qui a certainement toutes les plus belles ressources du vocabulaire, une abondance même un peu excessive, mais qui corrige son désordre par la justesse des vocables, proches encore de l'origine, et vifs, et neufs, et nés de bonne lignée latine; ce qui manque, c'est la syntaxe, pour assembler le trésor verbal et pour le ranger. Et souvent on aurait l'impression de colliers défaits, de chainettes rompues, si le rythme ne suppléait la syntaxe; il prend les mots, les tient, les attache et compose avec eux les phrases, en vertu de sa logique, non dialecticienne, mais spontanée, pareille aux gestes de l'émoi : logique poétique, perpétuellement renouvelée, et qui ne peut continuer la pensée une fois éteinte (comme le raisonnement tout seul continue) et qui ne vit que dans l'ardeur.

Cette poésie qu'a inventée Villon, c'est (pour emprunter à Baudelaire) un cœur mis à nu. Villon a imaginé de ne dissimuler rien, fût-ce vanité ou vergogne. De vanité, il n'en a pas : et plutôt il se rabaisserait. Sans doute il attribue volontiers à des chagrins d'amour le motif des départs extrêmement précipités auxquels l'incitait, pour tout dire, la nécessité de n'être pas auprès de ses juges le lendemain d'un crime ou d'un délit; mais, quoi? n'est-ce pas le plaisir d'amour qui le tenta et la peine d'amour qui le déconfit premièrement? Et puis, ses amours mêmes, il ne les vante pas. De vergogne, il n'en a guère; et l'abjection de sa misère, l'a-t-il voilée? S'il ne raconte pas toute l'anecdote de ses fautes, il en avoue les conséquences, les prisons, la pauvreté, le vagabondage, la déchéance physique et morale, l'infamie. Et, s'il discute avec ses juges, s'il les accuse de félonie et les châtie, il ne discute pas avec Dieu : et, tous ses torts, il les confesse. Il les proclame, voire; mais sans nulle forfanterie : et il ne récrimine pas. Il

dit qu'il n'a pas eu de chance. Il n'a pas eu la chance
de ce Diomédès, larron de mer, qui, sur le point d'ex-
pier par la mort ses pirateries, fut en dialogue avec
Alexandre; et Alexandre lui donna du bien, de sorte
que, riche, il devint honnête homme. Et, Villon, si
Dieu lui eût fait rencontrer un autre piteux Alexandre...
C'est tout le reproche qu'il fait à Dieu; et il sourit
parce que l'histoire, malgré le témoignage de Valère
qui fut nommé le grand à Rome, lui paraît un peu
forte et qu'on ne saurait demander à Dieu ces fortunes.

Il a été cambrioleur, condamné à la pendaison; il a
échappé au supplice, mais il l'a encouru. Il n'est pas
un révolté; il ne va point se rebiffer contre le sort et
se vêtir de fatalité orgueilleuse. Sa poésie n'est pas
auprès de lui comme un objet d'art qu'il cisèle avec
sa dextérité indifférente. Sa poésie est en lui. Et ainsi,
le miracle, le voici : comment cette poésie a-t-elle évité
la bassesse?

Elle n'est basse aucunement. C'est que l'âme d'où
elle émane n'était basse aucunement. Une âme légère
et qui s'envole comme une alouette. Elle retombe et se
souvient de s'être envolée. Une âme si douce, aimable
et tendre que ses paroles ont des inflexions câlines et
des caresses amoureuses. Une âme si enfantine qu'on a
pitié d'elle et de ses plaintes qui vous désespèrent. Une
âme si pieuse que peut-être jamais on ne s'est adressé à
Dieu avec plus de tremblante certitude et avec plus de
confiance, j'allais dire, amicale. Une âme si pure qu'on
voit jusqu'au fond d'elle et qu'elle ressemble à une eau
où il y a des débris et des feuilles, mais point de vase :
débris et feuilles sont dans l'eau et ne l'ont pas salie.
Une âme si préservée, si ingénue qu'elle est telle que
Dieu l'a faite.

Et le problème, qui a reculé, reste le même : comment une telle âme a-t-elle été celle d'un cambrioleur
et gibier de potence? Ce problème moral, si nous
savions le résoudre, la poésie de Villon serait par là
tout éclairée. Mais l'étonnant problème! Et ne comp-

tons pas le traiter à la rigueur : le dernier mystère d'une âme résiste à l'analyse et, en définitive, demeure comme un peu d'absolu.

Il y a, au tome second de *François Villon, sa vie et son temps*, une image qui représente « le truand parlant à son âme ». M. Pierre Champion l'a trouvée dans un manuscrit de la Bibliothèque nationale, où elle n'illustre pas un poème de Villon, mais un traité du « secret parlement de l'homme contemplatif à son âme ». Dans un décor de châteaux et de tours, qui forme un beau paysage autour de cette aventure, le truand est debout, tenant d'une main son chapeau, de l'autre un bâton de chemineau : un pauvre diable emmitouflé de vieux habits, engoncé d'un mauvais manteau, les genoux déchirés, les pieds dans de grosses savates; et mal peigné, non peigné, une figure hâve, lippue, pointue, et une trogne. Seulement, les yeux pleins de rêve. C'est qu'il a rencontré son âme. Son âme : une petite jeune fille nue, les cheveux répandus sur le dos, un joli visage candide, sage et innocent, un cou charmant, des bras minces d'adolescente, des jambes longues, des seins puérils, un corps « poli, souef, si précieux », deux ailes qui montent des épaules, deux ailes qui, ramenées en avant, cachent avec modestie l'aine et les cuisses.

Cette image est un poignant chef-d'œuvre et de peinture et de pensée. Elle veut dire que nous ne ressemblons pas à nos âmes.

Elle résume, avec une merveilleuse vivacité visible, cette dualité de l'âme et du corps, qui est l'enseignement de l'Église et qui est aussi l'affirmation première de toute philosophie spiritualiste. Or, je ne prétends pas que la philosophie spiritualiste soit une erreur qu'on ait reconnue et je consens qu'elle gouverne encore nos croyances. Mais enfin, nous avons eu des philosophes monistes, les uns métaphysiciens et qui voulaient tout rapporter à la seule efficace de l'âme, les autres physiciens et qui n'admettaient nulle réalité que matérielle. Même si nous ne les lisons pas et si nous n'acceptons pas leurs conclusions, les systèmes dégagent des influences qui changent l'atmosphère intellectuelle d'une époque. Puis, avertis, les spiritualistes eux-mêmes étudient les concomitances de l'âme et du corps : ils en montrent l'union plutôt que l'indépendance.

Bref nous avons beaucoup de mal, désormais, à nous figurer l'âme et le corps séparés comme, sur l'image, le sont le truand et cet ange féminin, qui se rencontrent, se reconnaissent, et causent un instant, et s'en iront chacun de son côté.

Or, il me semble qu'au moyen âge cette dualité ne fut pas seulement une hypothèse de philosophie, ou un acte de foi, un dogme : elle fut l'évidence ; et elle fut un principe de pensée. Qu'on veuille y songer. Toute la littérature, à peu près, et tout l'art du moyen âge est allégorique. Et dira-t-on que la mode était à cet ornement ingénieux ? La mode, oui ; mais une mode a quelque raison d'être en dehors du simple caprice, et une mode qui a duré des siècles. L'allégorie, au moyen âge, est bien un artifice de littérature et d'art, mais un artifice auquel on attribue de la réalité. On croit à elle. L'Ancien Testament n'est-il pas l'allégorie que le Nouveau Testament développe ? Et l'univers entier n'est-il pas une grande allégorie authentique des « senefiances » que Dieu y a placées, une libre allégorie et qui a sa destinée, et vaut par elle-même ? Entre l'esprit du moyen âge et le nôtre, il y a cette différence : comme nous tendons à l'unité et comme nous concevons qu'une synthèse, de plus en plus stricte, nous mène à la vérité, il voyait toutes choses sous la catégorie de la dualité, sous les espèces doubles de l'âme et du corps. Ainsi, le dualisme était vivant et agissant.

Le *Débat de l'âme et du corps* est un des plus anciens poèmes du moyen âge — Gaston Paris le date du douzième siècle commençant — et l'un de ceux qu'on a lus très longtemps, si nous en jugeons par les nombreuses

rédactions qui en ont été faites : le corps et l'âme sont
en querelle : et les reproches vont leur train, pathétiques reproches du corps abandonné à la perdition, de
l'âme menée à la damnation. Deux pèlerins, qui devaient
cheminer ensemble et qui se seraient l'un l'autre délais-
sés ou induits en erreur, discuteraient sur ce ton-là,
s'étant égarés, leurs torts mutuels. Et Villon a repris ce
thème, il l'a modifié, mais il en a gardé le principe dans
son Débat du cœur et du corps de Villon, en forme de
ballade.

Il serait facile de pousser trop loin, jusqu'au paradoxe et peut-être à quelque absurdité, ce que j'indique
et voudrais atténuer sans me dédire. Mais, pour un Villon, l'âme et le corps sont deux êtres. La mort les
séparera; on le sait bien et la religion le déclare. Ils
sont, dès ce monde, assez distincts de nature et de qualité pour que l'âme garde sa candeur native quand le
corps est à ses folies. Villon l'a cru au point de ne pas
savoir qu'il le croyait et au point de réaliser, dans son
horrible vie, ce prodige. Il lui a dû de conserver, étant
le truand redoutable, cette âme pareille à un ange ailé
que ne profanent pas les truanderies de son affreux
compagnon. Et, quand cette âme rencontrait ce corps,
elle le regardait avec compassion, avec chagrin, avec
des yeux qui souriaient parmi leurs larmes. Elle avait
pitié de lui, et pitié d'elle. Or, ce qui la touchait et, au
récit de leurs rencontres, nous émeut, c'est le débat de
l'instinct mauvais et de la bonne volonté, de l'espérance
et du repentir, le débat de toute vie humaine et sa
grande tribulation.

1er octobre 1913.

II

CAËRDAL

M. André Suarès signe, à la *Nouvelle Revue française,* une « chronique de Caërdal »; et il a publié, sous ce titre, *Voyage du condottière,* le récit d'un voyage qu'il a fait en Italie. Le condottière s'appelle Jan-Félix Caërdal. Je ne crois pas indiscret de considérer Caërdal comme le personnage littéraire de cet écrivain souvent admirable, très solitaire, volontiers difficile et qu'on ne saurait aborder sans nul embarras. Or, dans les pages liminaires du *Voyage,* l'auteur trace lui-même un portrait de son Caërdal; et, de cette façon détournée, il nous indique assez nettement ses volontés d'art : il nous aide à l'approcher.

Si l'on dit que voilà bien des cérémonies, je ne dis pas non. Et certes nous allons, avec plaisir, plus familièrement à la plupart des œuvres contemporaines. Mais enfin, lisons les premières lignes de *Cressida.* La belle Cressida, qui aime sa beauté, non ses amants, dit à Troïlus : « Troïlus, vous allez me coiffer. Toutes mes femmes m'ont quittée pour voir mourir Hector. Mais vous êtes là, Troïlus. Vous vous battrez demain. Vous défendrez la Ville, les tombeaux, les palais, et tant de causes justes. Vous tuerez votre ennemi, ou vous vous ferez tuer. Vous pleurerez demain. Et, pour rêver, attendez cette nuit. Votre beau génie trouvera le temps d'enfanter quelque prodige à l'insomnie, une œuvre d'art ou une action héroïque. Mais, à présent, vous allez me coiffer. Prenez le peigne qui me vient, je

crois, de notre Prométhée lui-même : Pandore est la
plus antique de mes tantes, et ce peigne d'or sensible,
frémissant comme une lyre, est un de ses legs. Tenez-le
avec soin, et promenez-en l'archet dans mes cheveux,
que vous aimez et que j'aime plus encore. Mais gare à
vous si vous en arrachez un seul, et me faites crier. »
Et Troïlus : « Tes cheveux, doux guêpier de caresses
gardé par d'innombrables aiguillons, tes cheveux sont
la ruche où tu m'enfermes pour jouer de mon cœur, et
pour y piquer les dards de toutes tes abeilles... » Si l'on
est sensible aux attraits de la littérature et à son charme
différent de tout autre, on est ici content. Les jolies
phrases! et qui, dans l'esprit, se placent à côté de l'invocation à Cynthie des *Mémoires d'outre-tombe*. Ainsi,
l'effort qu'il nous demande, cet écrivain le récompense.

Voici Caërdal. Il a toujours été « en passion » ; et on
l'a « peu compris ». Il ne sépare pas la pensée de l'action ; mais on agit avec « les armes que le siècle vous
prête » et, ses actes, ce sont les livres qu'il accomplis-
sait : nul acte ne lui a paru « digne d'un regard », qui
ne fût digne aussi « d'être élevé à la beauté d'une
œuvre ». Bref, « il n'a vécu que pour l'action : c'est
vivre pour la poésie... Artiste enfin, dans un temps où
personne ne l'est, et puisqu'il n'est plus d'autre moyen
de dominer sur le chaos, où s'avilit l'action ». Caërdal
a un ennemi : le temps. Mais il sait le vaincre ; et,
comme il cherche la durée, il atteint à l'éternité. Cela
veut dire, et très justement, que l'art est le secret
d'éterniser les minutes. A mon gré, la question n'est
point alors de savoir si l'œuvre passera les âges :
l'œuvre, dès l'instant qu'elle réalise une idée, l'immo-
bilise et la détache de la fuite universelle. Un artiste
ne peut-il être défini un homme plus touché qu'un
autre de tout ce que la vie contient de mort perpétuelle et qui a résolu de résister là contre? C'est le paradoxe de l'art; un paradoxe dont l'héroïsme exalte
Caërdal. Il triomphe de la mort, en imagination; et,
comme son imagination réalise sa volonté de pensée, il

ne distingue pas le rêve et la réalité. Mais, si Caërdal
« perd l'illusion de la durée, son désespoir ne connaît
plus de bornes ». La substance de son art : son émoi.
C'est son émoi qu'il éternise par le moyen de l'art. Je
disais : une idée. Seulement, il n'admet pas l'idée toute
pure et, pour ainsi parler, l'idée sans lui. Non qu'il
dédaigne l'idée et dédaigne l'objet. Car il diminuerait
ainsi sa richesse et, partant, sa joie. Mais il entend
réaliser ensemble toutes choses et lui. Je crains de ne
pas énoncer les principes de Caërdal aussi clairement
que je l'aurais souhaité. Au surplus, il ne cherche pas
à être si commode : « Il paraît étranger partout, et
ne l'est pas pourtant. Il a dû s'y faire à sa vive souffrance. Autour de lui, il crée la solitude. Il ne s'épargne pas lui-même : parfois Caërdal isole Caërdal ».
Ceci encore : il y a, dans la pensée de Caërdal et dans
son œuvre, une apparence de désordre; c'est abondance. Mais, ce désordre, il le maîtrise. L'art ne con-
siste-t-il pas à maîtriser le désordre? Car l'ordre est la
vie et la durée; et l'art, qui est le vœu de la durée, ne
fait qu'organiser le désordre. Caërdal aime les chants
populaires : c'est qu'au triomphe de sa puissance il
associe les multitudes. Caërdal aime surtout la musique;
c'est qu'elle évoque et, disons, ramasse tout le détail
que les simples mots laissent échapper, gaspillent.
Voilà son esthétique. Une esthétique de vive souffrance, dit-il. Et d'orgueil! Il s'intitule « vrai condottière de la beauté »; il s'est croisé « pour servir l'art
véritable et la cause de la grande action » : la grande
action, la beauté.

Quant à l'orgueil de Caërdal, M. André Suarès a
écrit ailleurs (*Sur la vie*, à propos de Charles Baudelaire) : « Il faut être orgueilleux avec les hommes,
modeste avec son œuvre et bien humble avec l'art. »
Après avoir été, pendant beaucoup de pages, très
orgueilleux avec les hommes et, notamment, avec son
lecteur, Caërdal a de ces phrases qui font qu'aussitôt

on lui pardonne. Il y a souvent à lui pardonner. Il vous traite sans ménagement Il n'a aucune complaisance; on l'en félicite. Mais il n'a aussi nulle obligeance; et je me trompe ou l'on n'évite pas toujours d'être un peu impatienté, ne fût-ce qu'un instant. Il méprise la facilité. Il la méprise, par exemple, chez Musset, et hardiment. Ce qu'il blâme alors, c'est la facilité avec laquelle écrit ce poète : or, le poème écrit facilement se lit de même. Et Caërdal : « Que la facilité est donc une vertu perfide! C'est un don puéril, et proprement le génie des enfants... » Il appelle Musset un enfant bien doué, « trop précoce pour être artiste ». Je ne suis presque pas de son avis. Mais il ajoute : « Dans l'œuvre du grand artiste, il doit y avoir beaucoup de peine, et de la grande peine; il ne faut pas qu'on l'y sente, peut-être; mais il faut que la difficulté y soit. La douleur de créer est une loi sévère. Je ne crois pas aux œuvres faciles; elles sont facilement oubliées. Tout doit venir de loin, pour aller loin. » Je suis un peu de son avis. Je l'approuve de protester (laissons le génie de Musset) contre des œuvres si faciles qu'en vérité l'on n'y devine pas une volonté réfléchie. Ces petites œuvres, qui flattent la paresse du lecteur, ont l'inconvénient d'abaisser l'art d'une époque. Elles vous gâtent le lecteur : ensuite, il refuse une nourriture plus forte. Notre littérature contemporaine ne s'est-elle pas du tout avilie de cette manière?

Je ne crois pas qu'un écrivain doive se faire un idéal de l'extrême facilité. Je ne l'engage pas non plus à chercher la difficulté. Je voudrais qu'en tâchant d'être facile, l'écrivain prît son parti de la difficulté inévitable : mais seulement de celle-là. S'il prétend à une extrême facilité, il renonce à rendre les idées qui sont, par leur qualité même, difficiles. Et il y a de telles idées : ce sont peut-être les plus belles et les plus dignes de tenter un écrivain. Mais, s'il ne tâche point d'être, dans la difficulté, aussi clair que la qualité même de l'idée le lui permet, il rebute son lecteur. Mettons que ce soit peu de chose. En outre, il n'a point accompli tout son devoir d'écrivain, qui est de réaliser sous les espèces de la beauté intelligible le mystère de la pensée. Le devoir de l'écrivain : surtout, le devoir de l'écrivain français, quand toute notre littérature est un emblème de clarté.

Quelques-uns des ouvrages de M. André Suarès — et, notons-le, non les plus récents — ont le tort d'être excessivement difficiles, parfois inutilement difficiles : *Voici l'homme* et *Bouclier du Zodiaque*. D'ailleurs, que de beautés dans ces deux livres ! « Sur le ciel de la Saint-Martin, un nuage clair, un seul, une aile qui se retire vers le sud : le soleil dit adieu de la main... » *Bouclier du Zodiaque* est un recueil d'images dessinées avec finesse et force, gravées, coloriées à ravir et toutes pleines de significations ou, mieux, d'allusions aux plaisirs et aux douleurs qui passent dans la nature et dans l'âme comme des fantômes. Habiller joliment les fantômes de l'âme et de la nature, jeu exquis de l'art ! *Voici l'homme* est un recueil de notes qui, même dans leur réunion, gardent un air éparpillé, plutôt un air éperdu. L'économie des chapitres ne réussit pas à les composer. Éparpillées, elles fatiguent l'attention ; mais, éperdues, elles ont une sorte de sauvagerie farouche et frissonnante. Elles sont dominées, toutes, par la menace de la mort. Elles sont des idées et des plaintes ; des cris qui s'exhalent en musiques singulières ; du désespoir, et tout excité d'allégresse : la plus vive ardeur spirituelle résiste contre le néant, et chante, et prodigue ses suprêmes prouesses. « La vie, ô amour, qui sauvera la vie ?... La lumière du cœur, qui ne se couche point... O mort, geôlière aux verrous de fer, brute sourde, qui t'a donné ces cachots éternels? Voici l'amour qui pleure : Amour, le frère du soleil, dans la prison de l'ombre... Le soir tombe à genoux. Et ce blessé sanglant, ayant frémi, se couche pour mourir tandis que ses lèvres pâlissent et que ses yeux verts se plombent... » Qui assemble ainsi les mots est un grand poète ; et qui, à de telles phrases, éprouve

** 4

peu de joie n'aime pas la littérature. Pour en trouver de telles, et à profusion, il suffit qu'on ouvre *Voici l'homme* et *Bouclier du Zodiaque*.

Cependant, j'avoue que, dans ces deux livres, les trésors charmants et magnifiques sont très durement confondus, mêlés aussi de quelques bijoux moins rares. Et nous nous embrouillons; l'auteur ne nous aide pas à nous débrouiller. L'auteur ne nous aide jamais. L'auteur ne nous aime pas; l'auteur nous hait et nous méprise. « Il faut être orgueilleux avec les hommes » : il nous traite en hommes.

Il nous maltraite surtout dans ces deux livres, *Voici l'homme* et *Bouclier du Zodiaque*. Ailleurs encore, par endroits, il a peu de ménagements. Mais, comme il nous enchante aussi, n'allons pas le traiter avec tant de désinvolture. Avec son goût de la difficulté, s'il a tort, il a du moins ses raisons qui, en quelque manière, nous inciteraient à lui donner raison. Plusieurs de ses pages, et de ses livres, sont obscurs, et voire le sont terriblement, parce qu'il a refusé de suivre pas à pas la marche lente de l'idée. Il brûle les étapes; il brûle celles qui ne lui plaisent pas : il ne consent à s'arrêter qu'aux splendides étapes. Une idée qui se développe n'est pas à tout moment splendide. Elle a son chemin dans un pays très inégal; et, avant d'arriver à des sommets, elle a longé des routes mornes et plates; puis elle descend d'un sommet pour en gagner un autre par ces routes. Eh bien ! très souvent, M. André Suarès nous fait sauter d'un sommet à un autre, de telle façon que le bond nous a un peu étourdis. Il dédaigne les routes plates et mornes. Plutôt que de nous y mener, il nous fatigue sans pitié. Quelquefois, il nous a laissés sur les routes : et il est déjà parti; nous n'avons pas su l'accompagner. Mais s'il résout ainsi, à sa guise violente, le problème de suivre une idée, du moins a-t-il, en véritable artiste, conscience du problème, l'un des plus embarrassants de la littérature et de l'art. Flaubert, écrivant pour le théâtre, se désolait de rédiger des phrases telles qu'on en débite naturellement, telles qu'il faut bien qu'on en prête à ses bonshommes et bonnes femmes : le théâtre imite la vie, où l'on n'est pas éloquent, et poète beaucoup moins. Dans les rapports qu'ont ensemble l'art et la réalité, qui pâtira? Il y a, parmi la réalité, du médiocre : l'artiste est bien tenté de l'éconduire. S'il éconduit tout le médiocre, le reste s'écroule. Pareillement, il y a du médiocre à traverser, dans le passage d'un élément à l'autre d'une idée; et il est périlleux de supprimer tout le médiocre. Mais on le peut consacrer, en lui imposant le style. C'est, il me semble, ce que fait Flaubert dans ses romans. C'est aussi ce que fait M. André Suarès de temps en temps. S'il ne supprime pas ces intermédiaires que je disais et qui conduisent d'une idée à la suivante, et qui n'ont pas d'autre valeur que celle-là, et qui ont ce rôle humble et honorable, il les embellit : même, il lui arrive de trop les embellir. Certaines idées sont, dans un ensemble de pensée, les servantes des idées principales : il pare et costume ainsi que les princesses les servantes, du moment qu'il les admet; et il ne les souffre pas autrement. Il résulte de là un peu plus de confusion. Il résulte enfin de tout cela que, si le naturel est, dans le style, une vertu bien aimable, les œuvres de M. André Suarès, qui ont tant de vertus éclatantes, n'ont pas cette amabilité.

En le remarquant, je n'offense pas Caërdal. Il fait fi de cette amabilité. Mais alors, qu'est-ce donc que cette littérature qui ne désire pas de plaire, qui s'accommode assez bien de déplaire, qui aurait honte de séduire trop aisément le lecteur, qui ne tient pas à le persuader, qui le tarabuste et qui, en fin de compte, s'impose avec de si merveilleux prestiges? La littérature, pour Caërdal, c'est la fin par excellence. Nous avons des écrivains si occupés ailleurs que l'on rougit, à leurs propos, de les entendre dire : « C'est de la littérature! » avec une arrogance de penseurs. Qu'ils pensent; et qu'ils abandonnent au prochain le culte frivole et passionné de la littérature! La littérature est, de nos jours, employée à

un grand nombre d'usages, indignes quelques-uns. Les
gens qui l'emploient, et fût-ce pour des apostolats qui
ne sont pas tous répréhensibles, finiraient par la détourner d'être un absolu. J'entends bien nos procura-
teurs; ils ont le sourire et demandent : « Qu'est-ce que
la littérature? » On bavarde, et peut-être la plume à la
main : ce n'est pas de la littérature. Afin de répandre
une opinion qui vous entête, on écrit des livres : et ce
n'est pas nécessairement de la littérature. Il y a un
malentendu, et qui vient de ce que la littérature a (en
apparence) le même outil dont se sert tout le monde et
pour l'usage le plus familier : les mots et les phrases,
mots identiques, et gouvernés par la même syntaxe.
Alors, où commence la littérature? Les autres arts, celui
du peintre, par exemple, ou du sculpteur ou la musique,
évitent cette confusion. Les mauvais peintres, sculpteurs
et musiciens sont pourtant des peintres, sculpteurs et
musiciens; et tout écrit n'est pas de la littérature. Aux
différentes époques de l'histoire, il a fallu que l'écrivain revendiquât l'indépendance de son art. C'est ce
que fait Racine quand il affirme que son poème n'a pas
d'autre objet que de plaire. Mais aujourd'hui Caërdal
veut que la littérature coure le risque de déplaire. Il
va loin; et il donne à la revendication cet accent nouveau, plus effronté. C'est qu'il a d'autres barbares à
repousser; et c'est qu'il a senti le danger d'une petite
concession : de là, son intransigeance et de là son insolence. Plus on voit menacée la littérature, — et qui
doute qu'elle ne le soit? — plus montrent d'impatience
et de résolution ses défenseurs; plus ils sont humbles
avec l'art et orgueilleux avec les hommes. Ils gardent
la forteresse. Ce n'est pas leur faute, s'ils ont dû trans-
former en forteresse d'ésotérisme la cathédrale ouverte
d'abord à tout venant : les barbares saccageaient ce
qu'on leur offrait à regarder et pillaient au lieu de
rêver leurs oraisons. Pour protéger la merveille fragile
des statues saintes, la cathédrale d'Albi a des murailles
formidables de citadelle. Peut-être le temps est-il venu

où le service de la littérature prend un caractère héroïque. Attaquée par des ennemis, évidents quelques-uns, les autres non, et par des maladroits, et par des sournois, la littérature a ses paladins : le condottière Caërdal est l'un d'eux.

Seulement, on s'épouvante; et l'on dit que voilà le plus dangereux mandarinat, ces paladins étant des mandarins. Soyons calmes : nous avons peu de mandarins, à l'encontre des foules. On craint que, séparée des foules généreuses et, enfin, de la vie abondante, la littérature ne s'étiole. Magistral souci des bons vivants!... M. André Suarès a maintes fois dénoncé ce malin sophisme. Dans ses deuxièmes essais *Sur la vie*, il écrit : « La poésie n'est rien, sinon la vie idéale. C'est donc la vie réelle, en sa réalité supérieure. L'art est le salut de la nature, l'accomplissement de la vie. On ne peut opposer l'art à la vie. » Et, dans le *Voyage du condottière* : « Il n'y a pas de grands peintres, ni de grands poètes : il n'y a que de grands hommes. » Ailleurs encore, dans la troisième série des essais *Sur la vie* : «Les mots vivants font le poète et l'écrivain. Ils font aussi l'homme qui pense. Poésie, ce n'est pas de chercher des rimes sous la lune; mais le don de sentir la vie par soi-même, et d'exprimer ce qu'on sent... Les mots pleins, l'os avec toute sa moelle de sens, de nature et d'image, les mots ne sont pas un chiffre abstrait pour l'homme véritable, qui est le poète. » Oui, le sophisme est de prétendre que la littérature, menée à sa perfection, se sépare de la vie. N'est-elle pas l'art des mots? et les mots ne sont-ils pas les signes de la réalité? Mais, dit-on, la différence est de la réalité aux signes : si vous prenez les signes pour la suprême réalité, vous perdez de vue la réalité authentique. Plaisanterie! L'intelligence humaine — et concevons-nous un autre mode intellectuel? — ne saisit pas la réalité même : elle en saisit les signes. Plus il y a de réalité dans les signes qu'elle en attrape, et aussi plus elle saisit de réalité. Or, la litté-

rature vraie consiste à mettre dans les mots toute la
réalité qu'ils peuvent contenir; plus exactement, à ne
pas méconnaître la réalité qu'ils contiennent. Ainsi, la
vraie littérature donne le plus de réalité que puisse
jamais assumer l'esprit humain; et la fausse littérature,
celle qui improvise les mots et les gaspille, improvise
la réalité, la gaspille. Elle la touche à peine; et elle ne
sait pas ce qu'elle en touche : au surplus, elle n'en
touche rien.

Corollaire : « La haine de l'art, c'est la haine de la
forme... » Et c'est, du même coup, « l'oubli de la vie ».
N'essayons pas de séparer la littérature, ou l'art des
mots, et la prise en possession de la vie. Seulement,
l'art des vrais mots! Ce sont les mots vivants; ce sont
les mots qui, ayant vécu, vivent encore. M. André
Suarès, avec la meilleure énergie, proteste contre l'absurdité des langues artificielles. Et ces langues artificielles, pour éviter quelques objections parmi d'autres,
consentent à n'être pas des idiomes littéraïres : elles
seront, disent-elles, pratiques. Mais leurs mots inventés
ne sont pas les signes d'une réalité concrète : ils ne
sont les signes de rien du tout; de sorte qu'ils impli-
quent du mensonge. Les langues artificielles, voici le
comique de l'aventure : elles serviraient à cette niaiserie que leurs tenants appellent littérature; c'est avec la
réalité que n'ont pas de rapport ces instruments pratiques. Langues artificielles, les volapucks qu'on a
forgés; langue artificielle, une langue de néologismes
et le futile parler contemporain, celui des faux littérateurs. M. André Suarès, avec la même énergie, proteste
contre la réforme de l'orthographe, qui dénuerait les
mots de leur passé, qui leur ôterait le témoignage de
leur longue vie, de leur longue et pleine réalité. Il
écrit : « Les mots ne sont des mots, comme on dit, du
vent et plus vain que le souffle d'un fou dans un trou
de serrure, les mots ne sont vides que pour les gens
sans latin... Le latin porte la raison de France : il fait
raisonner juste, parce qu'il fait vivre les termes du rai-

sonnement... Le français sans le latin est une langue
de hasard, comme les autres, abandonnée à la charité
publique. Dans le latin, le français est noble; il vit
selon son rang, qui est le plus élevé; il a ses titres de
famille et d'héritier, sa maison, son foyer millénaire,
son père et sa mère authentiques : enfin il est né...
Pour un Français, le latin est un exercice à mieux être
ce qu'il est. »

Caërdal refuse les doctrines : elles lui masqueraient
la réalité. Il ne leur permet pas de le borner; il cherche
la réalité au delà des doctrines. Mais la raison pour laquelle il refuse les doctrines indique au moins la
volonté qu'il a placée hors de toute incertitude : la
volonté de conquérir, condottière, une ample réalité,
que l'art organise, l'art étant l'ordre et, l'ordre, la vie.
Telle est son idée de la littérature : on le voit, ce n'est
pas le badinage que flétrissent les bons vivants et
hommes d'action. D'ailleurs, ne l'a-t-il pas déclaré?
homme d'action, il le serait : « Il n'a jamais eu une
pensée pour la politique, sans frémir de ne pas tenir
l'empire. Il a toujours été partagé entre la passion des
héros et celle des saints. » M. André Suarès ajoute :
« C'est pourquoi il était artiste. »

M. André Suarès s'amuse de ce Caërdal qu'il a créé
à sa ressemblance mentale, et comme un emblème plutôt que comme un portrait de ses velléités profondes.
L'emblème agrandit gaiement le portrait. Ramenons à
leur exacte signification les velléités emblématiques de
Caërdal. Faute d'être le héros et l'empereur, il est le
condottière de la beauté : c'est que, présentement,
Caërdal ne trouve pas, dans nos circonstances, l'occasion d'agir et d'être à sa guise efficace. Il accuse la
plèbe indocile et constate que, pour penser, il faut être
seul. Il accuse l'époque et la démocratie. Il s'est retiré
hors du monde où certains fantoches se croient si actifs
et le sont peut-être : mais ils sont, dans l'anarchie, des
agents de désordre; et faire du désordre, ce n'est point
agir. L'action véritable, c'est l'empire de l'ordre sur le

désordre. Il faut donc aller autre part; et la littérature est l'alibi, l'unique alibi. Je crois que Caërdal approuve Salluste qui, écarté de la politique, déclare aussi belle que le gouvernement l'histoire. Il donne à la pensée de Salluste un sens plus large encore : il affirme l'identité de la littérature et de l'action; s'il les distinguait, ne serait-ce pas pour attribuer à la littérature, synthèse de toute la réalité active, la suprématie?

C'est pourquoi Caërdal est artiste. Examinons les victoires du condottière. Chacun de ses livres est l'une de ses conquêtes. Eh bien! ses conquêtes, on peut les distribuer ainsi : conquête de la nature, conquête des hommes, conquête de soi; et puis le règne.

Conquête de la nature : le *Voyage du condottière* et le *Livre de l'émeraude*. Le condottière s'est emparé de l'Italie et de la Bretagne. Dans le *Livre de l'émeraude*, la Bretagne a son charme, sa couleur et ses nuances. Elle apparaît comme « la plus noble terre qui soit dans le Nord, à la fin des temps où il y eut des peuples singuliers et des provinces libres »; elle mire sur l'Océan « sa figure de sirène mélancolique » : mourante, la belle émeraude jette son dernier feu. M. André Suarès l'a peinte quatre-vingt-une fois; ou bien il a consacré à ses divers aspects quatre-vingt-une études, chacune achevée comme un tableau : dans cette variété, nous apercevons l'unité d'une âme, celle de la Bretagne, que révèlent tantôt un paysage, tantôt l'un de ses habitants et l'anecdote d'une destinée dirigée par elle. Le voyage italien déroule les pays augustes et jolis, les horizons d'histoire et les intentions des artistes.

Conquête des hommes, — et des grands hommes, non de la multitude avec qui l'on est orgueilleux : — *Wagner*, *Tolstoï vivant* et les *Trois hommes*, Pascal, Ibsen et Dostoïevsky. Ce sont les héros et les saints de Caërdal; et il en a d'autres : ce sont du moins ses préférés. Notons qu'il admire Tolstoï et l'aime. On s'attendait peut-être que son esthétique et l'éthique de *Voici l'homme* le rapprochât plutôt de Nietzsche. Or, il est sévère à Nietzsche; il écrit : « Les livres de Nietzsche sont des essais au chef-d'œuvre ; mais cet Apollon est toujours en cage ; il fait le dieu, en vrai Phébus d'université, à bésicles d'or : tout de même, son char est une chaire et son Pégase une rosse allemande harnachée de lexiques in-folio. » La préférence accordée à Tolstoï contre Nietzsche est significative et, en quelque mesure, montre que Caërdal ne se confine pas volontiers dans une littérature inactive. Mais n'allons pas le croire tolstoïen, non plus. Tolstoï l'a tenté. Le volume intitulé *Tolstoï vivant*, où il a réuni plusieurs essais de dates différentes, indique les tribulations du zèle qu'il a eu pour l'auteur d'*Anna Karénine* : essais contradictoires, l'un « pour Tolstoï », un autre qui hésite « pour et contre Tolstoï », et le dernier « contre Tolstoï ». Puis, après cela, quand le vieillard est parti de chez lui afin d'aller mourir en vagabond selon ses principes, une « prose de l'évasion », rythmée comme un poème, le célèbre : « Le Vieux aux gros sourcils (qu'ils soient buissons à la Saint-Yves, pour que les bouvreuils y nichent) cherche dans la forêt un coin pour sa hutte d'ermite. Ses cheveux blancs sont plus blancs, et plus blanche sa barbe blanche; et plus gris ses yeux d'eau sur le sable, comme l'écorce du bouleau par la pluie d'avril, ou comme les prunelles de la lionne caressante. Déjà le visage du saint anachorète s'illumine; et les ailes des anges fleurissent dans ses rides... » Puis, quand Tolstoï est mort, il y a (troisième série des essais *Sur la vie*) le dialogue si beau, d'une si grave poésie, des chênes d'Yasnaïa Poliana : « Dors, à présent, vieux homme noueux. Le vent ne mêlera plus les écheveaux de ta barbe blanche, comme la barbe de Jupiter pendue à la fourche des branches. Pour nous, frères chênes, gardons notre père Tolstoï, sur le tertre, d'une grandeur unique par le site, qui domine la plaine infinie... » On trouvera de pareilles beautés intelligentes et de pareilles musiques dans les chapitres que M. André

Suarès a composés touchant Pascal, Ibsen et Dostoïevsky.

Mais il dit : « Le voyageur est encore ce qui importe
le plus dans un voyage... Comme tout ce qui compte
dans la vie, un beau voyage est une œuvre d'art : une
création. De la plus humble à la plus haute, la création
porte témoignage d'un créateur. Les pays ne sont que
ce qu'il est... » Voyage à travers les pays ou voyage à
travers les livres et les pensées. De sorte que le voyageur, en conquérant les pays et les pensées, songeait à
lui premièrement, à Caërdal. Cependant il était bien
attentif à ce qu'il rencontrait, à ce qu'il examinait; il
ne se dépêchait pas de l'apercevoir et d'y continuer son
habitude. Au contraire, il avait grand soin de ne pas
appauvrir le spectacle et, ainsi, de ne pas diminuer sa
conquête. Les thèmes qu'il s'est proposés, il les traite
« objectivement » : c'est par égard pour eux et par
égard pour lui, on le comprend. Mais, de toutes façons,
la conquête qu'il a poursuivie avec le plus de diligente
ardeur, la voici.

Conquête de soi : elle occupe tous ses livres. L'un
des épisodes les plus poignants et les plus riches de
conséquences est consigné dans le volume qui a ce
titre, *Sur la mort de mon frère* : conquête de soi contre
la douleur. L'auteur quelquefois prête à un suppléant
qu'il appelle François Talbot sa souffrance qu'il étudie;
et puis, la fiction se défait : et il note sa douleur, tout
simplement, avec quelle dignité, quelle sincérité d'accent, quelle délicatesse du sentiment le plus tendre et
le plus malheureux! A peine ose-t-on, sur un livre de
ce genre, épiloguer. Mais, dans l'œuvre de M. André
Suarès, il marque une crise importante. C'est ici que
commence l'extrême solitude à laquelle l'écrivain, par
son orgueil, se condamnait déjà et qui maintenant lui
devient un farouche devoir autant qu'une nécessité.
C'est ici, en outre, que le cœur, aimant naguère à se
guinder, connaît de naïves alarmes, n'y résiste pas et,
maître de lui pourtant, s'abandonne. A se ressaisir, la

lutte est noble et pathétique. Il y a, dans l'œuvre de
M. André Suarès, cette angoisse.

Pourquoi ne pas dire, tout bonnement : M. André
Suarès écrit des récits de voyages, de la critique et des
essais?... Il est possible qu'en insistant un peu trop sur
le système dogmatique et singulier qui fait l'armature
de son œuvre, je l'aie involontairement desservi. Alors,
qu'on le lise en négligeant le système et en goûtant
l'art seulement, un art délicieux d'invention, d'adresse
et de nouveauté, un art sans cesse ingénieux et qui
prodigue ses trouvailles, un art où les repentirs même
ont la pureté des lignes décisives, un art spontané à la
fois et savant, un art qui abuse de ses prestiges et qui
est donc prestigieux. Mais il fallait aussi qu'on pût distinguer la pleine signification de cette œuvre et, dans
cet art, une idéologie : car l'œuvre de M. André Suarès
mérite la double couronne; elle a cette double beauté.

Il est possible, d'autre part, que M. André Suarès
donne lui-même une importance exagérée au système
de sa pensée. Je ne l'affirme pas. Dégagée de l'appareil
qui la contraint, cette littérature ne fleurit-elle pas
mieux?... Caërdal affiche la haine des doctrines; et il
écrit : « L'homme de génie n'a pas de doctrines. »
Mais il ajoute : « Elles varient avec ses propres efforts
à vivre; car on ne vit point, à moins de renouveler
continuellement sa vie. » Et c'est encore une doctrine,
je le disais. Caërdal, qui réprouve les doctrines,
s'échappe rarement de ses doctrines, moins changeantes
qu'il ne le croit.

Ce sont les doctrines de la conquête. Or, j'annonçais :
après la conquête, le règne. Il me semble qu'au point
où est arrivée l'œuvre de cet écrivain, nous assistons à
l'accomplissement de la conquête et, pour ainsi parler,
aux préludes du règne. On voudrait, à présent, que la
polémique aboutît à la sérénité. Caërdal avait à écarter, fût-ce par la violence, les barbares. Ne les a-t-il
pas écartés? S'il continue de les maltraiter, les dédaigne-

t-il suffisamment? Il les dédaigne; et il s'apaise. Son
dernier livre, l'adorable *Cressida*, témoigne d'un esprit
qui, après tant de combats, sait profiter de la victoire.
Cressida et Troïlus, et puis Hélène qui a vieilli, Ménélas qui s'est conservé, Andromaque embellie de sa tristesse, et Diomède si fougueux, et le raisonnable Ulysse,
Pandarus qui, de sa tour, répand des vérités premières
et, descendu de sa tour, débite des sornettes, à l'occasion scandaleuses, et l'ombre de Pâris élégante et vaniteuse, et Polyxène au tombeau, et Cressidès vont et
viennent dans ce poème, allégories amusantes du désir,
de l'amour et de la mort, et de la frivolité, petite mort
perpétuelle. Leur querelle est un badinage trempé de
larmes. Et Cressida, tout en pleurant, comme elle rit!
tout en souriant, comme elle pleure! Dans son bavardage de coquetterie, passent de telles phrases : « La
nuit est la cendre bleue d'un jour qui s'est consumé de
tendresse; » de telles phrases, qui sont les plus fines
conquêtes de Caërdal et ses promesses magnifiques.

1er novembre 1913.

III

LA NOUVELLE MARIANNE

Renée Néré, cette héroïne de Mme Colette Willy, dans *la Vagabonde* et *l'Entrave,* je l'appelle ainsi, la nouvelle Marianne, en souvenir de la charmante fille dont Marivaux a raconté les aventures. Ce n'est pas la dénigrer. Le roman de Marivaux, un peu lent, peut-être un peu long, n'est-il pas un chef-d'œuvre? Les deux romans de Mme Colette Willy, *la Vagabonde* et, *suite de « la Vagabonde »,* *l'Entrave,* en dépit de quelques défauts, les uns gracieux, les autres non, j'hésite à n'en pas dire autant.

Il y a de l'analogie et, malgré les apparences, beaucoup d'analogie entre Marianne et Renée. Les différences, on les devine. On les verra mieux, si l'on distingue aussi les ressemblances : et l'on apercevra certains caractères tout récents — plusieurs, à mon avis, très dangereux — de notre littérature.

Marianne était une petite enfant. Sur la route de Bordeaux, avec un gentilhomme et une jeune dame, un laquais et une femme de chambre, elle voyageait en carrosse. Des voleurs survinrent; ils tuèrent tout le monde, excepté Marianne. Marianne fut recueillie par de bonnes gens. On ne sut pas et elle ne sut pas qui elle était, noble ou roturière, bâtarde ou légitime. Et la voici jetée dans le hasard. Renée, autre accident, a fait un mauvais mariage. Elle a quitté son mari, elle a divorcé. Et la voici jetée dans le hasard, elle aussi. Marianne, quand nous la connaissons, a une quinzaine

d'années. Il lui manque (elle n'en souffre pas) l'expérience conjugale dont Renée est pourvue. Mais, inno-
cente, elle n'est pas niaise. Quand M. de Climal est
trop bon pour elle et vante les cheveux qu'elle a, « du
plus clair châtain », les touche, les caresse, elle
remarque dans les yeux du bonhomme « quelque chose
de si ardent » qu'elle se dit : « Il se pourrait bien faire
que cet homme-là m'aimât comme un amant aime une
maîtresse. » Petite fille avertie!... C'est que, dans son
village, elle a vu des amants; elle a entendu parler
d'amour; elle a lu, à la dérobée, des romans; ajoutez
« les leçons que la nature nous donne » : les regards
de M. de Climal lui parurent « d'une espèce suspecte ».

M. de Climal sera éconduit. Marianne, en sanglotant,
s'écriera : « Vous savez que je sors d'entre les mains
d'une fille vertueuse qui ne m'a pas élevée pour
entendre de pareils discours; et je ne sais pas comment
un homme comme vous est capable de me les tenir,
sous prétexte que je suis pauvre. » Quitte à n'être pas
un homme comme lui, le vieux libertin ne craint pas
d'insister. Marianne, qui a les yeux baissés et mouillés
de larmes, l'écoute cependant. Elle aura, pour le chas-
ser, toute son énergie, dès qu'elle sentira que M. de
Climal la compromet auprès d'un aimable garçon,
jeune et dont elle est éprise. Alors, elle rend à M. de
Climal l'argent et les robes, cadeaux qui désormais
l'offensent; ou bien veut-il qu'elle jette par la fenêtre
argent et robes?... « Je détachais mes épingles et je me
décoiffais, parce que la cornette que je portais venait
de lui, de façon qu'en un moment elle fut ôtée, que je
restai nu-tête avec ces beaux cheveux dont je vous ai
parlé et qui me descendaient jusqu'à la ceinture. J'étais
dans un transport étourdi qui ne ménageait rien; j'éle-
vais ma voix, j'étais échevelée, et le tout ensemble
jetait dans cette scène un fracas, une indécence qui
alarmait M. de Climal et qui aurait pu dégénérer en
avanie pour lui... » Renée Néré danse dans un café-
concert. Soudain, l'on frappe à la porte de la loge où

elle s'habille. Paraît un inconnu, grand, sec et noir, qui salue et débite une phrase de trop vive admiration. « Je ne dis rien à cet imbécile. Moite, essoufflée encore, la robe demi-ouverte, j'essuie mes mains en le regardant avec une férocité si visible que sa belle phrase meurt, coupée. Faut-il le gifler? marquer sur ses deux joues mes doigts encore humides d'eau carminée? Faut-il élever la voix et jeter à cette figure anguleuse, toute en os, barrée d'une moustache noire, les mots que j'ai appris dans les coulisses et dans la rue?... » Comme M. de Climal auprès de Marianne, l' « envahisseur » de Renée insiste. Alors : « Vous allez filer tout de suite! J'ai fait preuve d'une longanimité incompréhensible et je risque une bronchite en n'enlevant pas cette robe où j'ai eu chaud comme trois déménageurs! » A l'idée que la danseuse ôtera sa robe, l'envahisseur reprend « sa figure sombre et triste »; et nous supposerons qu'il a les « yeux ardents » de M. de Climal.

Violentes l'une et l'autre, les deux scènes sont analogues. Seulement, les mots qu'on apprend dans les coulisses, Marianne ne les connaît pas; les mots qu'on apprend dans la rue, elle ne les dit pas et n'a point envie de les dire. La lingère chez qui, au lieu d'être sur les planches, elle travaille en dit quelques-uns : « Ah! ah! — elle est furieuse contre M. de Climal; — vous retirer de chez moi pour vous mettre en chambre avec quelque canaille? Ah! pardi, celle-là est bonne! Voyez-vous ce vieux fou, ce vieux pénard avec sa mine d'apôtre!... » Ainsi parle la lingère, non Marianne. Renée Néré est plus hardie que la lingère. Il n'y a guère de mots qu'elle refuse. Ceux qu'elle néglige, ses camarades du café-concert sont là pour les dire, et aussi les élégantes personnes qu'elle rencontre à Paris ou bien sur la Côte d'azur. Terrible vocabulaire! Quand Renée elle-même redoute une de ses « crises de grossièreté », l'on frémit. Elle demande : « Quel ancêtre mal embouché aboie en moi avec cette virulence, non seulement verbale, mais sentimentale?... » Un ancêtre qui, d'ailleurs, n'est point suranné : il a pris le ton du jour, et le plus mauvais ton du jour, avec un soin d'artiste curieux, un peu maniaque. Eh bien! j'aime mieux les gros mots que les néologismes; pourtant, je ne les aime pas. Et j'accorde que, la plupart du temps, Mme Colette Willy réussit, en argot, des phrases très pittoresques et assez amusantes. Mais, parfois, elle abuse de la permission. C'est, à mon gré, beaucoup trop de grossièreté. Une sorte de gaminerie la rend moins désobligeante, puis l'adresse de l'écrivain l'orne d'une grâce comique; c'est tout de même plus de grossièreté qu'il n'en fallait. Virulence verbale et sentimentale : oui! Les situations, dans *la Vie de Marianne*, sont (ne l'a-t-on pas vu?) scabreuses. Le dialogue de Marianne et du vieux libertin n'est pas un épisode pour *la Bibliothèque rose*. Marianne en signalait l'indécence. Mais l'auteur, qui s'adresse à la bonne compagnie, veille à ne la point offenser : les rudesses de la parole et du geste, il les a finement adoucies. Je crois que, de nos jours, la bonne compagnie est un peu éparpillée : ce n'est pas toujours la faute des écrivains, s'ils ne savent où la trouver. En outre, elle supporte volontiers ce qui l'aurait choquée jadis; elle a pris un langage très vif et de quelque effronterie. Au surplus, Marivaux, qui pare de mots honnêtes les pensées les moins chastes, n'évite pas toute hypocrisie.

Cette hypocrisie, c'est l'art, en somme. C'est l'art d'autrefois. L'art consistait à « imiter », — non pas à copier, — le « serpent » et le « monstre odieux ». Il fallait, dans l'imitation, faire entrer le plus de réalité possible; non pas une réalité toute nue : une réalité bien habillée, déguisée, que le lecteur se plaisait à reconnaître sous le déguisement. Telle est, si je ne me trompe, la volonté de nos poètes classiques et encore la volonté de nos écrivains à l'époque de Marivaux. Depuis lors, on a cherché la réalité avec un zèle de plus en plus entreprenant. On l'a aimée, ma foi, comme le vieux libertin Marianne, très satisfait de ce qu'elle se décoiffe et laisse pendre ses cheveux ; on l'a aimée, comme l'envahisseur Renée Néré, très aguiché de sa robe « demi-ouverte », disons ouverte. On a aimé la réalité pour elle-même, toute nue ; on lui a ôté son déguisement, l'art d'autrefois.

La nouvelle Marianne n'est pas hypocrite. Je ne sais si, auprès d'elle, Marianne de Marivaux ne semble pas un peu perverse. La nouvelle Marianne serait plutôt cynique : elle l'est. Pour préférer l'une ou l'autre, il faut choisir entre quelque cynisme ou quelque perversité.

Marianne, de Marivaux, un bon prêtre l'a élevée. Mais elle n'a pas beaucoup de sentiments religieux. Du moins, les sentiments religieux ne sont pas ce qui l'empêche de tourner mal. Si elle croit en Dieu, parce qu'elle ne pense guère à n'y pas croire, elle n'est pas une âme que les préceptes chrétiens sauvegardent et conduisent. Renée Néré, je ne sais pas si elle croit en Dieu. Songeant à qui l'aima sans être payé de retour, elle écrit : « Tu ne sauras plus rien de moi jusqu'au jour où mes pas s'arrêteront et où s'envolera de moi une dernière petite ombre, qui sait où?... » Elle croit au hasard, qu'elle appelle son maître et son ami ; elle a, pour le hasard, une étrange crédulité : c'est presque de la foi, se dit-elle, et elle ajoute : « Vraiment, le jour où mon maître le hasard porterait en mon cœur un autre nom, je ferais une excellente catholique. » Elle n'en est pas là, dans *la Vagabonde* ou *l'Entrave*. Elle s'en aperçoit et, semble-t-il, avec un frisson de regret. C'est tout ce que je vois de religieux en elle ; et c'est, à présent, peu de chose : un frisson passe vite. En fait de religion véritable, c'est tout ; ce n'est presque rien. Mais, comme une religion, il y a en elle le souvenir de son enfance, cher souvenir, si précieux qu'à peine, dans sa vie indigne de lui, l'ose-t-elle éveiller : elle a peur de le profaner. Il s'éveille tout seul. L'enfance à la campagne, dans les jardins et dans les champs, parmi

** 5

les calmes et lents travaux, sous la lumière naturelle, dur contraste avec la ville et ses folies!

Aujourd'hui, l'amant parti, Renée Néré est à regarder la rue, par la fenêtre de sa chambre, dès l'aube. Une fièvre la tourmente, une déception de la volupté, un amour ému de rancune. Elle regarde : « Le ciel et le pavé mirent l'un dans l'autre une blancheur passagère, avant le lever rouge du soleil; c'est ce candide moment que les jardiniers de mon pays, soucieux de cueillir des fruits fermes et froids, nommaient l'heure des fraises... » Elle rêve autour de ces mots et autour du passé qu'ils évoquent dans sa mémoire : c'est un rêve meilleur et plus sain que l'amertume sensuelle. Pendant ses tournées de danseuse, en province, elle s'échappe et, dans les environs des villes, se promène afin de respirer « l'odeur du gazon, de la terre remuée », odeur forte et douce. Un clair de lune « qui se mire aux buis et aux lauriers luisants » la divertit de toutes les concupiscences. Sur la route qui va de Monte-Carlo à Nice, une bruyante compagnie ne la détourne pas de goûter le beau soir qui tombe et de frémir à la rapidité de ces minutes qui sont le splendide symbole de toute brièveté. Elle aime la nature et, plus que la nature, la campagne. C'est pour elle un sentiment tutélaire, si dans sa pensée la campagne et l'enfance honnête sont réunies. Durant tout le roman de *la Vagabonde*, elle évite de succomber aux plus viles tentations; elle ne se dégrade pas. On la sent préservée : le souvenir de son enfance, comme une vague religion, la préserve. Marianne qui, en fin de compte, demeure plus intacte, c'est aussi, en quelque manière, son enfance qui la préserve : plus encore que son enfance, sa naissance. Elle est une fille de qualité. D'abord, on l'ignorait. On l'apprend; et l'auteur désire qu'alors on ne soit pas surpris d'avoir vu Marianne si sage. Renée, à qui le sort n'a point ménagé de ces aubaines quasi merveilleuses, Renée plus vraie et aussi plus touchante! Mais, enfance paysanne ou illustre naissance, Renée et Marianne sont deux petites chattes qui ont le souci de la propreté. Marianne réussit encore mieux, et parfaitement bien, à se garder intacte : c'est qu'elle a plus de chance et moins de difficultés. Dans *la Vagabonde*, Renée montre une délicieuse habileté, pour se tirer des occasions périlleuses. La débauche qui l'entoure ne la touche pas. J'ai vu, dans les khanis de Grèce et dans l'ordure où se vautraient gens et animaux, les rouliers et les porcs, de petites chattes si blanches, que leurs robes immaculées étaient, parmi la boue et l'ignominie, un paradoxe d'élégance : telle m'apparaît Renée dans la fange de *la Vagabonde*. Elle a de fines précautions, pareilles à des coquetteries. Elle accomplit des miracles de vertu. Les prouesses de son dédain sont ravissantes. Elle a une excellente opinion d'elle-même; et son orgueil la défend : un orgueil joli. Elle ne fait pas la mijaurée. Elle est contente de ses victoires; et elle ne les proclame pas. La *Vie de Marianne* et *la Vagabonde* : deux études et analyses de la pudeur féminine. Seulement, l'auteur de *la Vagabonde*, étudiant et analysant les manèges de la pudeur, n'a pas toujours évité l'impudeur de l'écrivain réaliste.

La pudeur de Marianne et celle de Renée ont cette analogie encore : elles ne dépendent pas d'une morale. Marianne est bien détachée de son catéchisme et Renée, plus évidemment, détachée de toutes les doctrines. Ainsi, la pudeur serait une spontanéité absolue, un instinct délicat. Ce n'est pas ce que Marivaux et Mme Colette Willy ont voulu démontrer; la *Vie de Marianne* et *la Vagabonde* ou *l'Entrave* ne sont pas destinées à une démonstration. Mais, comme il y a, dans ces romans, beaucoup de vérité, l'on est, en les lisant, mené à conclure, de même qu'en examinant la vie réelle. Et c'est un bon signe. D'ailleurs ici, *la Vagabonde* et *l'Entrave* l'emportent sur la *Vie de Marianne*. Le subtil Marivaux abonde en remarques ingénieuses, pénétrantes, malignes; je ne crois pas que ces diverses remarques se réunissent et forment une vivante unité.

L'on dirait un peu de maximes qu'un moraliste aurait
assemblées et illustrées d'exemples persuasifs. Chacune
des maximes nous séduit par son exquise justesse; et,
ce qui manque, c'est une philosophie. Or, si l'auteur
de *la Vagabonde* et *l'Entrave* n'a pas eu l'ambition de
formuler une thèse, une philosophie résulte de ces deux
romans : peu importe que l'auteur ne l'ait point cherchée.

Renée Néré, je l'indiquais, a une âme toute dévastée.
Elle ne possède plus ses croyances : ce qu'on nomme
les préjugés, elle le sacrifie. Elle avait une existence
régulière. Il lui a semblé que cette existence était
pleine de mensonges, de duperie et de vilenie. Elle
s'en est évadée. Où va-t-elle? Au hasard. Elle n'a pas de
fortune. Elle doit gagner son pain de chaque jour. Que
faire? Et c'est ainsi qu'elle entre au café-concert, comme
danseuse. Il y a, dans ce choix, de la désinvolture et
du défi. Que deviendra-t-elle? Ce qu'elle deviendra
dépend du hasard et d'elle-même, non du hasard uniquement, plutôt de la façon qu'elle aura de traiter le
hasard, de l'accepter ou de le refuser, de réagir contre
lui. Elle dit : «Je n'ai plus foi qu'en lui (le hasard), —
et en moi. En lui surtout, qui me repêche lorsque je
sombre et me saisit, et me secoue, à la manière d'un
chien sauveteur dont la dent, chaque fois, perce un peu
ma peau... Si bien que je n'attends plus, à chaque
désespoir, ma fin, mais bien l'aventure, le petit miracle
banal qui renoue, chaînon étincelant, le collier de mes
jours. » Elle se trompe : ce n'est pas le hasard qui la
sauve; c'est elle qui, à maintes reprises, se sauve du
hasard. Tout le roman, les deux romans, c'est l'histoire
de ses initiatives, plus ou moins énergiques, souvent
découragées, tremblantes.

Elle n'a pas eu un autre projet que de vivre; et,
puisque les disciplines l'ont offensée, elle vivra sans
discipline. Ou, du moins, elle se le figure. Le paradoxe
de son engagement au café-concert, c'est un caprice de
liberté, caprice impertinent et qui lui prouve mieux à

elle-même sa liberté. Voilà tout ce qu'elle a fait d'abord ;
et ce fut toute son intention. Mais elle aurait agi de
cette manière, notons-le, si elle avait résolu d'instituer
une expérience de psychologie et de morale, si elle
s'était demandé, comme un philosophe : que devient
un être qui, n'ayant plus ni croyances, ni préjugés, ni
famille, s'abandonne à ses velléités et au hasard? *La
Vagabonde* et *l'Entrave* ne posent pas dogmatiquement
ce problème, et cependant le posent, le supposent et y
répondent. Aussi disais-je que ces deux romans contiennent une philosophie. Or, il n'est pas de problème
plus grave, à une époque où, même si l'on ne suit pas
les pessimistes jusqu'au bout de leur chagrin, l'on
observe que les liens de la famille se défont, que les
préjugés se détraquent et les croyances subissent de
fortes tribulations. Il y a du nihilisme dans les âmes.
Où conduira les âmes ce nihilisme? L'âme de Renée est
toute nihiliste : regardons-la; son aventure est un
emblème.

Faute d'un évangile, Renée a ce dernier recours : sa
raison. C'est, en effet, ce que disent les plus libres penseurs. Ils nous la baillent belle. La raison, des principes
établis, déduit les conséquences : elle ne fournit pas les
principes. Et la raison, pour Renée sans principes, est
un instrument dont elle n'aura point l'usage. Que
reste-t-il à Renée? Ses instincts. La pudeur est l'un
d'eux. Elle n'est que l'un d'eux; et d'autres instincts
seront, avec la pudeur, en vive concurrence. S'il y a
des instincts divers, et rivaux, et de qualité inégale, les
uns tout chauds d'animalité, les autres tout frémissants
de spiritualité, leur lutte sera de nature morale. La
préférence que Renée accordera tantôt à l'un, tantôt à
l'autre, témoignera de sa maîtrise morale ou de sa
défaillance. Le soir, dans sa loge, avant son entrée en
scène, déjà maquillée, elle voit au miroir son visage,
comme celui d'une étrangère aux yeux profonds, les
paupières frottées d'une pâte violette. L'étrangère a
« des pommettes de la même couleur que les phlox des

jardins et des lèvres d'un rouge noir, brillantes et ver-
nies ». L'étrangère la regarde et va lui parler, va lui
dire : « Est-ce toi qui es là?... Là, toute seule, dans
cette cage aux murs blancs que des mains oisives, impa-
tientes, prisonnières, ont écorchés d'initiales entrela-
cées, brodés de figures indécentes et naïves? Sur ces
murs de plâtre, des ongles rougis, comme les tiens, ont
écrit l'appel inconscient des abandonnés... Derrière toi,
une main féminine a gravé : *Marie*... et la fin du nom
s'élance en parafe ardent, qui monte comme un cri...
Est-ce toi qui es là, toute seule, sous ce plafond bour-
donnant que les pieds des danseurs émeuvent comme le
plancher d'un moulin actif?... Pourquoi es-tu là, toute
seule? et pourquoi pas ailleurs?... » Ainsi parle à Renée
une étrangère qui est Renée ou bien, en définitive, qui
est sa conscience. Et autant dire qu'à tout le nihilisme
de l'âme a survécu la conscience. Une conscience elle-
même langoureuse et mélancolique : elle ne vous
adresse pas de reproches; elle vous invite à n'être pas
gaie.

Cette conscience, comme la pudeur de Marianne ou
de Renée, est un instinct, naturel en quelque mesure;
et puis elle est le reste d'un passé : bonne naissance de
Marianne ou bonne enfance de Renée. Elle n'est plus
qu'un instinct, qu'une velléité parmi d'autres. Et
Renée, qui a éconduit toutes les idées directrices, vit
de par ses velléités. Elle les examine; elle leur est bien
attentive; elle connaît leur détail. Mais, quand elle se
décide en faveur de l'une d'elles, ne croyons pas qu'elle
ait cédé à des arguments d'une autre sorte : elle a laissé
à ses velléités leur liberté élémentaire. Dans *la Vagabonde*, aux derniers chapitres, elle prend le parti de
rompre une amitié qui était un peu des fiançailles,
voire assez urgentes. Cela modifie toute sa destinée.
Elle ne réfléchit point aux inconvénients et avantages
de l'alternative. Elle est en wagon, revenant à Paris;
elle rêve, et très vaguement. Le rêve aboutira, elle ne
sait comment. Et, si on lui demandait pourquoi elle a

préféré ceci ou cela, elle ne le saurait pas : ceci ou cela
s'est préféré en elle. Dans la suite de *la Vagabonde*,
l'Entrave, elle était sur le point de rentrer chez elle,
tout droit, quittant Genève. Elle accepte d'aller à Lau-
sanne; puis elle accepte de faire une promenade en
bateau, une promenade qui, une fois encore, modifiera
sa destinée. « J'hésite, puis j'accepte, non que j'aie
envie d'une promenade en bateau. Mais, depuis mon
arrivée à Ouchy, ma journée est gâtée par un malaise
de ratage, de maldonne, de faux départ, un malaise
qu'on pourrait encore dissiper, en se dépêchant beaucoup, par exemple, et je ne sais par quel moyen. Je ne
sais pas non plus ce que je suis venue chercher ici, mais
je sais fort bien que je ne l'ai pas eu, et qu'il s'en faut
peut-être d'un instant, d'un mot, d'un court repos sur
l'eau lisse, que je parte rassérénée. » Dans le récit
qu'elle fait de ses aventures, elle omet presque toujours
les événements; ou elle les mentionne très vite. Les
événements comptent très peu; ce n'est pas eux qui
mènent l'histoire : et l'histoire s'accomplit dans la
pénombre de la rêveuse pensée.

Il y a deux sortes de psychologie : celle des idées
claires et distinctes, et puis celle des petites perceptions.
Il y a la psychologie de la raison et celle des velléités
ou de l'instinct. Nous ne sommes pas tout uniment
raison; et les psychologues des idées claires et distinctes négligent quelquefois le principal. Mais il ne
s'agit pas seulement des systèmes psychologiques : il
s'agit de la vie morale. La prépondérance accordée aux
petites perceptions, que d'autres appellent subconscience, est le signe d'une transformation mentale très
singulière. Si l'on s'en rapporte aux velléités et à l'instinct, si l'on se livre, corps et âme, à la subconscience,
n'est-ce pas qu'on a renoncé aux principes clairs et
distincts et qu'on échappe au net gouvernement de la
raison? La psychologie de *la Vagabonde* et *l'Entrave*
caractérise à merveille l'héroïne de Mme Colette Willy,
sa détresse morale. Or, la psychologie des petites per-

ceptions, avec sa minutie, avec son extrême ténuité, avec sa finesse précieuse et avec son incertitude, n'est-ce pas un peu, — sous une forme nouvelle et due en partie à des philosophies récentes, — n'est-ce pas un peu l'ancien marivaudage? Non le marivaudage des mots, celui des sentiments. Au temps de Marivaux, la psychologie cartésienne a commencé de se défaire; et l'on essaye d'une autre psychologie, moins évidente et qui mène à la psychologie des petites perceptions ou de la subconscience. Il y a, entre Marianne et Renée, cette analogie encore.

Les velléités suffisent-elles à ordonner une vie morale? Voilà le problème auquel sont, comme involontairement, consacrées *la Vagabonde* et *l'Entrave*. Oui, semble répondre *la Vagabonde*. Renée a esquivé les tentations redoutables et sauvegardé sa chaste solitude. Mais la réponse de *l'Entrave* est : non. Renée a cessé d'être cette vagabonde si fière. Elle songe : « Être libre!... Je parle tout haut, pour que ce beau mot décoloré reprenne sa vie, son vol, son vert reflet d'aile sauvage et de forêt... En vain!... » Elle est tombée ou retombée dans le servage de l'amour. Un bel amour? Non pas. Un amour qui a paru beau un instant, grâce à la ferveur première; et puis le plus malheureux des amours. L'amoureux, quelque temps, abandonne Renée. Il revient à elle; pourquoi? Et elle ne se dégage pas; pourquoi?... « Que nous revivions ensemble, depuis deux mois, c'est un miracle devant lequel je m'incline, comme on doit devant un prodige, sans chercher d'explication. On m'avait donné, quand j'étais enfant, une rainette qui était bleue, au lieu d'être verte, et lorsque je demandais : — Pourquoi est-elle bleue? — On ne sait pas, me répondait-on. C'est un prodige... » Elle dit : « L'amour, qui seul nous rassemble... » et elle veut dire que cet amour est peu de chose. L'amant désenchanté affirme, et brutal, que ce n'est que du désir... « Sans force pour mentir, je me mis dans ses bras, et je fermai les yeux pour qu'il ne vit pas que c'était mon âme que je lui donnais. »

Est-il une pensée plus triste et des mots plus joliment tristes pour la rendre? Au problème que j'indiquais, Mme Colette Willy ne formule pas la réponse; mais la réponse est dans la tristesse infinie de ses deux romans et dans la tristesse qui, de page en page, grandit comme une ombre jusqu'au désespoir de la fin, jusqu'à un désespoir tel qu'il n'y a plus de mots pour lui : après les dernières lignes, le silence continue les paroles du désespoir.

Il n'est pas de littérature sans poésie. La tristesse, qui donne à ces deux romans leur signification, leur donne aussi leur poésie. Il le fallait, pour ennoblir le réalisme très gaillard de maints passages, les propos de maints personnages qui pratiquent l'argot des coulisses et de la rue, la vulgarité voulue ou consentie de ces peintures. L'auteur ne se proposait pas avant tout de décrire un monde particulier. L'école réaliste avait de ces ambitions quasi scientifiques : les romanciers se partageaient une époque, à la manière des savants qui ont une spécialité chacun dans l'univers des phénomènes. L'auteur de *la Vagabonde* et *l'Entrave* n'a pas cru que le monde du café-concert, acrobates, clowns, mimes, étoiles et leur clientèle eût « objectivement » un grand charme et un vif intérêt. Tout cela est le décor où s'attriste Renée. Peut-être la tristesse de Renée avait-elle besoin de ce morne entourage; en tout cas, la tristesse de Renée consacre la laideur qui l'environne. Elle tempère de ses nuances délicates les couleurs crues d'un vilain paysage. Elle met une âme dans une cohue d'appétits. Quand on est un peu las déjà d'avoir suivi cette horde surexcitée, l'on arrive à des reposoirs que la tristesse de Renée a préparés de place en place : autant de phrases qui sont les étapes de la pensée et du chagrin. Un dimanche matin, Renée, qui ce jour-là dansera deux fois *l'Emprise*, après-midi et soir, se promène au Bois de Boulogne; la course qui,

au départ, l'amuse, la fatigue bientôt : « En vérité,
qu'y a-t-il de changé en moi depuis ma vingtième
année?... La fatigue, aujourd'hui, commence à me
devenir amère et comparable à une tristesse du corps... »
Elle a cherché sa liberté; elle l'a cherchée dans le vagabondage même. Puis elle n'a que faire d'être libre. On
lui dit : « Quitte ce métier, reviens parmi tes égaux! »
Elle répond : « Je n'ai pas d'égaux, je n'ai que des
compagnons de route... » Quand elle a bien souffert de
tous les affronts que sa destinée lui inflige et de toute
l'inutilité des jours qui passent n'apportant rien, elle
écrit : « Il y a des jours, — moi qui me regarde vieillir
avec une terreur résignée, — des jours où la vieillesse
m'apparaît comme une récompense... » Elle voit une
fille absurde et qui, de sa voix éclatante, fait beaucoup
de bruit... Elle se demande : « Est-elle gaie? Les
hommes assurent que oui, et moi je trouve que non...
La gaîté, ce n'est pas une agitation où manque la sécurité, ce n'est pas un bavardage, ni l'appétit de tout ce
qui enivre. La gaîté, c'est quelque chose de plus calme,
il me semble, de plus sain et de plus grave... » Et ne
va-t-elle pas dire que la gaîté est quelque chose de plus
triste?... Il lui a semblé qu'elle était curieuse de
liberté; mais elle était désireuse d'amour. Puis elle
écrit : « Quelque chose a passé entre nous : l'amour, ou
seulement l'ombre longue qui marche en avant de lui?...
Déjà tu as cessé de m'être lumineux et vide. J'ai mesuré
tout le danger, le jour où j'ai commencé de mépriser
ce que tu me donnais : un joyeux et facile plaisir qui
me laissait ingrate et légère, un plaisir un peu féroce,
comme la faim ou la soif, innocent comme elles. Un
jour, je me suis mise à penser à tout ce que tu ne me
donnais pas : j'entrais dans l'ombre froide qui chemine
devant l'amour. » Trompée enfin par tous les plaisirs,
elle a trouvé son refuge dans la douleur.

Quelle souplesse du talent! Les phrases, qui parfois
ont la sécheresse du petit fait qu'elles notent, ou la rapidité d'un geste impertinent, ou le papillotement des

lumières folles, ou le déhanchement de la danseuse exaltée, savent aussi s'allonger comme cette ombre qui chemine devant l'amour, se colorer de crépuscule et répandre les musiques de la mélancolie. Mais la souplesse du talent n'est pas, en notre temps, la qualité la plus rare. Beaucoup plus rares, la justesse, la simple franchise de l'expression, l'art d'employer peu de mots et de remplacer la profusion par l'exactitude. C'est l'art de Mme Colette Willy. Je lui reproche seulement les gros mots; et je les préfère, disais-je, à des néologismes : car nous veillons à la littérature, premièrement; mais, parmi les gros mots, il y a une terrible foison de néologismes. Mme Colette Willy écrit fort bien. Pourquoi dit-elle : « dîner *en* tête à tête » avec Brague (ou Hamond)? Marivaux, dans la *Vie de Marianne*, écrit : « M. de Climal, tête à tête avec moi, ne ressemblait pas à M. de Climal parlant aux autres... » C'est Marivaux qui a raison. Et Mme Colette Willy : « Un autre souci que *celui, âpre, fortifiant, naturel,* d'assurer moi-même ma subsistance. » Cette habitude d'ajouter des adjectifs (ou des participes) au pronom démonstratif *celui* a commencé, je crois, vers la fin du dix-huitième siècle : et elle n'est pas bonne. Mon pédantisme n'a guère de telles peccadilles à relever dans *la Vagabonde* et *l'Entrave*; mon pédantisme est content.

Et ce style, qui a le mérite de la sûreté, ce style très moderne, un peu trop moderne parfois, et très conforme cependant au meilleur usage de la langue, a des prestiges. Des trouvailles, à chaque instant, varient le tour de la pensée; une perpétuelle fantaisie vous mène à son gré, vous divertit en chemin. Les objets sont décrits avec une surprenante prestesse : les objets eux-mêmes, et l'impression de qui les regarde, le sentiment furtif. Renée est seule, dans une gare, la nuit.... « La demie d'une heure sonne très loin. Le train qui doit me ramener à Paris ne passera que dans cinquante minutes... On n'a pas allumé pour moi toute seule les

globes électriques du quai... Un timbre fêlé grelotte
timidement dans l'ombre, comme suspendu au cou d'un
chien transi... » Le petit jour, vu de la fenêtre, sur les
fortifications : « La nuit se retire... Le ciel prend la
couleur d'un champ de lin bleu... Un chat mince, sur
le banc le plus proche, goûte la paix de ce frais moment et m'ignore. Parfois il lève la tête et regarde le
ciel, avec une poétique et vide gravité que ne troublent
ni l'affût, ni la peur. Tous deux, nous attendons la
naissance du jour. » Choisir, avec tant de goût, dans la
réalité, les détails qui ont l'air d'être là comme les
symboles d'un paysage tout animé de rêverie, quel art
délicieux !

Au bord d'un lac, Renée, plus triste que jamais, voit
les mouettes tournoyer. Elle n'a, dit-elle, envie de rien,
que de toucher ces bêtes, vivantes et chaudes sous leur
plume. Les mouettes volent. Mais Renée comble son
désir, quand elle arrange les mots qui rendent le gras
et soyeux plumage des mouettes. C'est le plaisir de la
littérature et sa diversion subtile, jeu et privilège des
seuls véritables artistes.

1er décembre 1913.

IV

Sur les « grands maîtres de la littérature russe »,
Gogol, Tourguénef et Tolstoï, puis sur Bernard Pa-
lissy, et sur Victor Hugo, M. Ernest Dupuy a publié
de très remarquables études, très attentives, méthodi-
ques et justes. Vigny l'a tenté. Il a consacré au poète
d'*Eloa* trois volumes, dont le dernier vient de paraître
et qui sont, dans la critique, son chef-d'œuvre. Le
poète d'*Eloa*, il ne l'a point abordé directement et
comme, par exemple, Victor Hugo : il l'a lentement
approché, avec mille précautions. Sentant ce grand silencieux et dédaigneux plus secret et plus retiré que
personne et plus difficile peut-être, il a eu soin de
n'être pas familier, mais de le gagner plutôt que de le
surprendre. Il l'a examiné de loin et il s'est, pour ainsi
dire, fait mener à lui par les amis qui l'ont connu intimement : le premier tome raconte « les amitiés »
d'Alfred de Vigny. Le second tome apprécie « le rôle
littéraire », l'influence d'Alfred de Vigny et complète
le cadre du portrait. Et voici *Alfred de Vigny*, le véritable portrait du poète et l'âme de son œuvre.

Par bonheur, il n'est pas indispensable qu'une vivante analogie unisse un critique et les écrivains qu'il
juge ou commente. La diversité des écrivains aurait
bientôt déchiré le critique. Une fine complaisance de
l'esprit suffit à l'empêcher de méconnaître les pensées
qui ne sont pas spontanément les siennes. Mais il y a
aussi de ces rencontres : le poète et le critique ont des

ressemblances grâce auxquelles le critique entendra le
poète mieux que par un effort zélé; il l'entendra comme
une autre voix, plus haute encore, de son rêve. L'une
de ces rencontres : celle d'Alfred de Vigny et de
M. Ernest Dupuy, celle de l'auteur des *Destinées* et de
l'auteur des *Parques*.

On ne sait point assez que M. Ernest Dupuy est un
de nos plus grands poètes. D'autres ont fait plus de
bruit; il n'en faisait pas du tout : et la triviale renommée écoute le bruit plus que le chant. D'autres inventaient, avec plus d'entrain, de fantaisie heureuse ou
d'impertinence habile, des rythmes, des musiques dont
la nouveauté surprenait et parfois enchantait un audi-
toire prime-sautier. La nouveauté est séduisante, aguichante même, aux premières minutes. Elle se fane; et,
quand elle a perdu sa fragile fraîcheur, elle n'est plus
rien, que démodée à faire pitié. L'avenir, mieux ga-
ranti que nous contre ses duperies, changera parmi nos
contemporains l'ordre des valeurs. Je crois qu'il mettra
au premier rang le poème des *Parques*. Il y a trente
ans que ce poème fut écrit. Relisons-le : il n'a pas
vieilli. Ou disons, plus dignement, qu'il a su vieillir
bien : bref, il a pris son caractère durable et définitif
de beauté. L'immense nuit qui s'entr'ouvre et qui révèle
le groupe virginal des trois déesses, Clotho, Lachésis,
Atropos, la première tenant le fardeau de la laine, flo-
cons larges comme des nues, la deuxième brisant de
l'écueil de ses doigts le flot sempiternel et séparant les
bribes que la faux de diamant de la troisième coupe;
la clameur confuse des hommes sur la terre et, de cette
clameur, l'aède tirant des plaintes, deux lamentations,
l'une qui invective contre la vie et l'autre qui maudit
la mort; puis le chant de Clotho, lasse de son immobi-
lité impassible; et puis le chant de Lachésis, lasse de
certitude omnisciente; et puis le chant d'Atropos, lasse
de son éternité qui désire la mort; enfin la promesse de
l'anéantissement pour les hommes et pour les dieux et
le cri qu'au nom de l'humanité, devant les dieux,

pousse l'aède, informé du projet final du destin : quel
poème de l'angoisse, de l'intelligence et de la nécessité! Aux tourments de l'amour, de l'ignorance et de la
mort, les déesses répondent par le refus et du repos et
de la science et de l'éternité. Le sujet du poème, c'est
l'inévitable condition de toute vie; la péripétie en est
le débat du temps et du néant; et la conclusion, le désespoir. La querelle de l'humanité mortelle et des
immuables déesses, la réfutation du chagrin par l'ennui, la surenchère qu'ajoute à la douleur même l'allégorie du bonheur opposé, quel drame idéologique dans
la plus poignante méditation de la réalité! Les vers
sont dignes d'un si beau thème; et j'en veux citer quelques-uns. Nous allons à Vigny, cependant : le poète des
Parques nous y achemine.

L'aède chante la souffrance des hommes et, parmi les
souffrances, le regret qui survit dans la mort du plaisir :

> Puisque le temps s'abîme et qu'hier est défunt,
> Pourquoi conserve-t-il ce vague et doux parfum?
> Comment exhale-t-il ce regret d'amertume?

L'aède plaint la mort. Il l'a plus terriblement peinte
que Villon, de l'agonie à la pourriture et du premier
apaisement jusqu'à la multiplication des germes qui
s'évertuent vers d'autres formes :

> Tourbillonnerons-nous comme des grains de sable
> Et, traînant le fardeau d'un sort impérissable,
> Attendrons-nous la mort toute l'éternité?...

Le chant de Clotho, je voudrais le copier ici d'un
bout à l'autre. Quelques vers auront-ils l'accent de sa
détresse?

> Homme, nous t'envions tes terreurs, tes blessures.
> Quel fer vivifiant marquera ses morsures
> Dans mes flancs de déesse ainsi que dans tes chairs?
> Quelle agitation fertile en espérances
> Initiant mon âme au bienfait des souffrances
> Me rendra les répits qui succèdent plus chers?

> Quelle torpeur morbide, envahissant mon être,
> Et mêlant à mes jours insipides son fiel,
> Me donnera la joie humaine de renaître
> Et d'aspirer la vie avec l'air pur du ciel ?
> Homme, prends le nectar ; homme, prends l'ambroisie,
> Mais abandonne-moi ta faim que rassasie
> La sauvage douceur d'une goutte de miel.

Et, pour un sentiment délicieux, ces vers charmants :

> Hommes plus dieux que nous, vous seuls la connaissez...

(la volupté de s'oublier soi-même et d'aimer...)

> Même, après la saison des tendresses conquises,
> Vous savez vous créer des tristesses exquises
> Avec le souvenir de vos bonheurs passés.

Atropos, qui ne peut mourir, coupe les destinées humaines, chante la mort, la compare au sommeil :

> Elle porte, elle aussi, le bouquet de pavots
> Qui couche, en les frôlant, les corps les plus robustes...

Et l'impossibilité de mourir, où languissent les déesses, Atropos, avec envie et colère, la marque ainsi :

> Nous déchirons nos doigts dans un débile effort
> Aux clous de diamant des portes de la mort
> Qui tournent sur leurs gonds aux caprices des hommes.

Les plus admirables images, et qui ne sont point posées auprès de l'idée, mais qui sont l'épanouissement de l'idée, son essence fleurie, images sombres ou claires, funèbres ou teintes des couleurs fugitives de la vie, se déroulent avec l'abondance variée de la vivante laine que Clotho répand. L'idée se développe ainsi d'un mouvement large et fort, que ne ralentissent pas les reprises d'élan, que ne fatigue pas la longueur de l'étape et qui va jusqu'à son terme sans défaillance. Le souffle lyrique soutient et emporte la splendide envolée des mots.

Noble poésie, celle qui n'est pas l'ornement de la pensée, mais la pensée elle-même ; et celle à qui la pensée n'a pas eu de sacrifice à consentir ; et celle qui, n'altérant pas la pensée, la consacre ! La méditation que le poème des *Parques* anime ne serait pas plus rigoureuse et dialectique en prose simple et sous la forme de théorèmes consécutifs. Elle est, dans le poème, intacte ; le sentiment l'échauffe et ne la modifie pas ; le rythme lui donne son allure et ne l'entrave pas ; les images l'illuminent et ne la voilent pas.

Au poème des *Parques*, M. Ernest Dupuy a joint, dans une édition récente, quelques autres poèmes, *Pœstum, la Fuite de Jason et de Médée, Dans Ithaque* et un *Roman de Chimène*, joli et beau, ingénieux, qui montre les richesses brillantes de son talent.

Ce grand poète, dans la critique, sait changer de manière. Il demeure le même, pourtant. Si le lyrisme de ses poèmes était vague, abandonné au caprice et confié au hasard des aventures verbales, on aurait peine à concevoir que fussent l'œuvre d'un seul écrivain ces poèmes et la monographie patiente de Vigny. Mais il y a ici et là une pareille qualité, j'allais dire, une égale vertu de la réflexion scrupuleuse, un pareil don de l'analyse délicate et de la synthèse prompte, l'amour des idées et, à leur égard, cette vigilance, l'amour de la vérité.

M. Ernest Dupuy raconte la vie du poète d'*Éloa*. Il en a recherché tous les détails. Il ne les mentionne pas tous. Il utilise ceux qui expliquent les poèmes. Il s'est posé la question de savoir jusqu'où l'on doit aller dans cette enquête, aujourd'hui à la mode, et qui nous livre sinon toutes les journées et les nuits de l'écrivain célèbre, au moins tout le secret des tiroirs. Cette enquête, je ne la méprise pas, si je regrette que le plus souvent elle soit faite sans grâce polie et sans tact. Elle donne à l'histoire une étoffe excellente et elle nous

*

épargne de croire qu'au temps passé l'on a livré
des batailles, signé des traités d'alliance ou de paix,
et voilà tout. C'est le danger de l'histoire trop uniment militaire et diplomatique. Nous parvenons, à
force d'investigations méticuleuses et hardies, indis-
crètes peut-être, à une connaissance autrement com-
plexe, autrement significative et utile des âges révolus
et de nos pères qui, au surplus, nous ayant laissé leurs
dettes et, avec un héritage, une hérédité, relèvent de
notre jugement; et, s'ils nous dirigent encore, nous
avons à les connaître. Mais enfin, de quoi s'agit-il,
d'histoire ou de critique littéraire? D'histoire : alors,
l'idée est bonne, à mon gré, de choisir comme l'échantillon d'une sensibilité ancienne un personnage plus
attrayant qu'un autre, un artiste ou un poète, aussi
bien que l'apôtre ou le conquérant : et alors, il convient
que l'enquête ne néglige rien, car il n'est de vérité
concrète aussi que complète. Si, d'autre part, il s'agit
de critique littéraire, le danger serait d'accabler,
d'étouffer l'œuvre sous la biographie. Nous risquons
de ne plus songer aux poèmes qu'a écrits l'amant de la
Dorval, si l'anecdote de cet amour a tous nos soins. Et
la littérature est immolée à l'histoire. La littérature, un
Sainte-Beuve ne la préfère pas à cette « histoire naturelle des esprits » qu'au jour le jour il composait; et un
Taine l'emploie à l'illustration de ses doctrines philosophiques et historiques : maintenant, elle fournit des
matériaux et des prétextes à la chronique scandaleuse
du passé. M. Ernest Dupuy a très nettement vu cet
inconvénient des procédés nouveaux. Il raconte (je le
disais) la vie du poète d'*Éloa*; mais il en raconte seulement ce qui est le commentaire indispensable de
l'œuvre. Il le fait avec beaucoup de justesse; et, pour
écarter les commérages, plus d'une fois il a de l'impatience.

Ne pourrait-on supprimer, dans la critique littéraire,
tout le commentaire biographique? Je me souviens de
l'avoir souhaité. Il me semblait qu'une œuvre d'art

devait posséder sa vie propre, indépendante et sa signification, sa beauté absolue. Je la voulais détachée de
ses origines contingentes; et je la voulais orpheline.
L'œuvre-d'art achevée, ne faut-il pas qu'on enlève les
échafaudages qui ont servi à la bâtir et ne faut-il pas
qu'on la regarde enfin toute seule? Une œuvre d'art est
le symbole qu'a trouvé un artiste afin d'y incarner son
rêve : symbole imparfait, si le rêve n'y apparait pas
clair et ostensible. Un tel symbole, l'artiste le substituait
à lui-même : et, quoi! nous demandons encore l'artiste,
sa présence, le bavardage de l'artiste, pour traduire le
symbole?... N'est-ce pas une infirmité de l'œuvre d'art,
qu'elle ne puisse se passer du continuel secours de
l'artiste et de ses interprètes obligeants; secours
médiocre, et signe de débilité, qui nous déplait un peu
comme déplaisent à certains esthéticiens les arcs-boutants gothiques, ces béquilles des cathédrales?... Ainsi
pensais-je, irrité contre Sainte-Beuve et les potins dont
il étaye l'œuvre d'art : et c'est une opinion, je l'avoue,
à laquelle je ne renonce pas volontiers.

Mais aussi, la critique subit le tort des écrivains.
Depuis un bon siècle et demi, les écrivains sont de
plus en plus accoutumés à ne pas séparer d'eux leurs
poèmes ou leurs romans, à ne pas couper les liens et
les attaches de l'œuvre à eux. Ils laissent l'œuvre
dépendante de leur esprit, en même temps que leur
esprit, de moins en moins capable d'abnégation, se
soumet plus docilement au hasard des conjonctures et
au caprice des sens. La littérature devient plus sensuelle, après avoir été plus sensible; et tout ce qu'a
d'impersonnel la raison, la littérature maintenant ne
l'a pas. En outre, nous cédons à l'instigation d'un scepticisme impérieux qui fait qu'une idée, au lieu de la
considérer elle-même, de la discuter et de la juger par
le plus ou moins de vérité qu'elle contient, nous
l'apprécions comme le trait d'un caractère, aimable ou
non. De toutes manières, la personne de l'écrivain
compte dans son œuvre. Chateaubriand le montre

déjà, lui qui du reste montre à peu près tout ce que la littérature serait après lui. N'a-t-il pas consacré le meilleur de son génie à ses Mémoires? n'a-t-il pas dit que ses ouvrages et son activité politique étaient « les matériaux » de ses Mémoires? Et Vigny, son œuvre, il ne l'a point séparée de lui-même.

Cela étonne, parce qu'il était certes hautain, froid, taciturne, peu porté à la confidence. Ne le sût-on pas, on le devinerait à l'orgueil dont témoignent ses poèmes. Or, dans *l'Esprit pur*, quand il indique la différence de ses aïeux et de lui, de ses aïeux guerriers et chasseurs et de lui écrivain, nous lisons :

> Mais aucun, au sortir d'une rude campagne,
> Ne sut se recueillir...
> Pour graver quelque page et dire en quelque livre
> Comme son temps vivait et comment il sut vivre.

Dire dans un livre comment on a su vivre en son temps, voilà pour Vigny la tâche de l'écrivain. Ce vers signale très exactement sa volonté ; il donne la clé de son œuvre. Toute l'œuvre de Vigny, c'est le drame de l'effort qu'il a dû accomplir, étant lui, pour trouver, dans le contact de son époque et de lui, la maxime de son existence. Les tentatives qu'il a faites, et qui composent les chapitres de son œuvre, sont les péripéties d'une vivante incertitude. Ainsi se joignent sa vie et son œuvre, l'une et l'autre vouées à un problème.

Né en 1797, Alfred de Vigny était de souche noble. M. Ernest Dupuy note que sa lignée ne remontait pas au delà du seizième siècle, Charles IX ayant anobli en 1570 François de Vigny pour « services à lui rendus » ainsi qu'à ses « prédécesseurs rois » ; et, quant aux ancêtres maternels, les Baraudin, ils dérivent d'un Piémontais, Emmanuel Baraudini, capitaine d'aventuriers, que le duc de Savoie anoblit en 1512 et que maintint en cette qualité François Iᵉʳ. Bonne noblesse, au bout du compte, et que la famille vantait mieux encore. Le petit Alfred de Vigny, M. Ernest Dupuy nous le fait voir, joli enfant, visage fin, des yeux clairs, des cheveux blonds très soyeux, bouclés : il est assis sur les genoux de son père, un bonhomme assez entiché de sa noblesse et qui lui énumère les exploits de jadis. Léon de Vigny, le père, était chevalier de Saint-Louis et portait la croix anglée de quatre fleurs de lis qu'à l'heure de la prière, matin et soir, il tendait à baiser au jeune garçon. Vigny connaît d'abord et admire « l'attitude de ses ancêtres » : on l'invite à la garder. Toute sa famille qu'il a vue, la Révolution l'a tourmentée. Il est un homme d'ancien régime, après l'effondrement de l'ancien régime. Il continue les nobles Vigny, les nobles Baraudin. Mais il succède aux jours de l'incrédulité : les livres qui tuent les croyances héréditaires, il les a lus. En outre, il a eu ses premières années dans la pauvreté, la misère; les incidents quotidiens lui enseignent la dignité du travail et du salaire acquis durement. Plus tard, il écrira : « Le travail est beau et noble. Il donne une fierté et une confiance en soi que ne peut donner la richesse héréditaire : bénis soient donc les malheurs d'autrefois! » Au mois de juillet de l'année 1814, à dix-sept ans, il reçoit son brevet de gendarme de la maison du Roi. Ne dirait-on pas que, fort à propos, la tradition monarchique s'est renouée, pour rétablir dans ses conditions normales d'existence le bel adolescent, hier éperdu? Quand Alfred de Vigny part pour le régiment, sa mère lui remet en viatique une *Imitation*; elle y a inscrit ces mots : « A Alfred, son unique amie. » Le voilà, comme de longue date les Vigny, soldat au service du Roi. En 1816, il entre dans la garde royale à pied, sous-lieutenant. Le 10 juillet 1822, il est promu lieutenant; il passe, en 1823, comme capitaine en premier, dans le 55ᵉ régiment d'infanterie. Que lui faut-il? et est-il content? A chaque instant, il demande des congés : deux mois en 1822, pour « affaires de famille »; trois mois en 1824, et la prolongation d'un mois; à la fin de cette même année, trois mois encore, jusqu'au 20 mars 1825;

alors, une prolongation; le 20 août, prolongation nouvelle; le 1er janvier 1826, nouveau congé qui sera,
dit-on, le dernier; mais le 21 novembre 1826, nouveau
dernier congé, le dernier vraiment, car le 13 mars 1827
le capitaine adresse au ministre de la Guerre sa démission. Que s'est-il passé? Lisons *Servitude et grandeur
militaires* : « Vers la fin de l'Empire, je fus un lycéen
distrait. La guerre était debout dans le lycée, le tambour étouffait à mes oreilles la voix des maîtres, et la
voix mystérieuse des livres ne nous parlait qu'un langage froid et pédantesque. Nulle méditation ne pouvait
enchaîner longtemps des têtes étourdies sans cesse par
les canons et les cloches des *Te Deum*. Lorsqu'un de
nos frères, sorti depuis quelques mois du collège, repa-
raissait en uniforme de housard et le bras en écharpe,
nous rougissions de nos livres et nous les jetions à la
tête des maîtres. Les maîtres mêmes ne cessaient de
nous lire les bulletins de la Grande Armée et nos cris
de : Vive l'Empereur! interrompaient Tacite et Platon.
Nos précepteurs ressemblaient à des hérauts d'armes,
nos salles d'études à des casernes, nos récréations à des
manœuvres et nos examens à des revues... » Alors, le
jeune Vigny sent en son cœur, plus fervent que jamais,
l'amour de la gloire militaire. Il lui semble que la
guerre est « l'état naturel » de la France. Il ne désira
que de se jeter dans l'armée, comme dans le torrent qui
emportait les âmes les plus frémissantes de l'époque.
Eh bien! il eut cette aubaine d'entrer dans l'armée à
dix-sept ans, et dans l'armée du Roi, selon la coutume
de ses ancêtres. Quel est son déplaisir? En peu de mots,
le voici : « J'appartiens à cette génération née avec le
siècle, qui, nourrie de bulletins par l'Empereur, avait
toujours devant les yeux une épée nue et vint la prendre
au moment même où la France la remettait dans le
fourreau des Bourbons. » Il fut soldat quand les soldats
n'allaient plus être occupés; et ainsi l'armée n'alimen-
terait pas son appétit de l'action, fier appétit que la prodigieuse fièvre de l'Empire avait surexcité.

C'est bien le malaise de toute une génération française qu'Alfred de Vigny décrit comme le sien. *Servitude et grandeur militaires* est de 1835 ; l'année suivante parut *la Confession d'un enfant du siècle* : et Alfred de Musset donne le même diagnostic, en termes analogues. Dans les derniers temps de l'ancien régime, une jeunesse florissait, à laquelle son ascendance avait préparé lentement ses conditions de vie, conditions matérielles, intellectuelles et morales. Tout cela, soudain, s'écroula : il ne resta que des décombres. Le génie de Napoléon fit, avec ces débris, un nouvel univers. Il ne l'inventait pas et il prenait au passé plus que des bribes. N'importe : il constitua ou il reconstitua une conscience française. Il l'anima d'un entrain superbe, la gloire. Il suscita les énergies ; et, pour les occuper, il ordonna une épopée resplendissante. Mais, en 1815, second désastre, pareil à celui que subirent les contemporains de la Révolution. La France impériale était tout enflammée de victoire ; la vie française ne paraissait plus destinée à autre chose, : et tout à coup le foyer de ferveur s'éteignit. Les énergies que l'Empereur avait suscitées, et qui n'étaient pas mortes avec lui, ne surent que faire. Un homme, parmi les grands aînés de cette jeunesse malheureuse, a compris ce terrible désarroi, un homme d'État dont il est possible qu'on veuille critiquer la politique (je ne sais), mais à qui n'échappait nulle contagion de mélancolie et de désir, Chateaubriand. A la jeunesse désœuvrée, en peine d'héroïsme, il a donné ce beau divertissement, la guerre d'Espagne. « La légitimité allait, dit-il, pour la première fois brûler de la poudre sous le drapeau blanc, tirer son premier coup de canon après ces coups de canon de l'Empire qu'entendra la dernière postérité ! » Il avait senti la France s'ennuyer ; il lui offrit le jeu dont elle était privée. Dans l'armée de la Restauration, le jeune Vigny s'ennuyait : « Chaque année, dit-il, apportait l'espoir d'une guerre ; et nous n'osions quitter l'épée, dans la crainte que le jour de la démission ne

devint la veille d'une campagne... » Chateaubriand, le
père des romantiques, accorde à l'un de ses fils cette
guerre. C'est alors que le jeune officier quitte la garde
royale pour entrer dans un corps plus actif. Il est capitaine en premier au 55e régiment d'infanterie, sous les
ordres du colonel de Fontanges : il tient la gloire !...
Son bataillon ne franchit pas les Pyrénées. M. Ernest
Dupuy le trouve à Dax, Oloron, Pau, Bayonne ; et deux
fois Vigny est sentinelle au fort d'Urdoz. Ses camarades,
les Taylor, d'Houdetot, Cailleux, Gaspard de Pons, en
Espagne, se distinguent. Vigny, dans ses garnisons
inutiles, trompe l'oisiveté en achevant son poème
d'*Éloa*. Je le compare au jeune Chateaubriand qui,
quarante-deux ans plus tôt, partant pour l'armée des
princes, avait fourré ensemble dans sa giberne des cartouches et le premier manuscrit d'*Atala* et qui, aux
abords de Thionville, s'asseyant avec son fusil, relisait
et corrigeait l'histoire poétique de sa fille sauvage.
Mais, Chateaubriand, si l'armée des princes le déçut,
que de plaisirs bientôt le tenteront, plaisirs de volupté,
d'orgueil et le plaisir même de l'action, car nul échec
ne l'en décourage ! Vigny, dans ses garnisons méridionales, tout près de l'Espagne où la gloire est pour
d'autres, écrit *Éloa* : il institue, pour son intime contentement, la foi nouvelle qui sera celle de toute sa vie ;
il organise le rite quasi religieux de cette équivalence,
la gloire militaire et la poésie.

Équivalence ou, plus exactement, substitution. Désormais, le capitaine de Vigny ne fera plus qu'être en
congé, jusqu'au jour de sa démission. L'armée, où il
avait placé tout son espoir, a trompé son attente. Elle
lui a refusé ce principe d'une existence, qu'il cherchait.
Et je crois qu'il ne l'aime plus ; ou bien, s'il l'aime,
c'est en souvenir de l'illusion qu'elle favorisait, en souvenir aussi de la souffrance qu'il endurait, souffrance
où il la laisse. En l'abandonnant, il a pitié d'elle et,
comme un gage de sa compassion, il lui tend le présent
d'un beau linceul, pour y envelopper tous chagrins et

regrets, le beau linceul fastueux de l'honneur. Remarquons-le encore, l'idée de l'honneur, telle que Vigny la propose dans la conclusion de *Servitude et grandeur militaires*, est la même qu'avait choisie Chateaubriand pour sa règle. « C'est une vertu tout humaine, que l'on peut croire née de la terre, sans palme céleste après la mort; c'est la vertu de la vie »; et c'est la suprême vertu, celle que librement on décide de pratiquer, une fois les évangiles oubliés, une vertu catégorique et sans récompense. Parmi les notes précieuses que M. Fernand Baldensperger a jointes à une récente édition de *Servitude et grandeur militaires*, je lis ce fragment d'un brouillon : « Vous êtes ému, me dit-il. — Je pense à mes camarades, lui dis-je, qui vont mourir demain pour des princes qu'ils n'aiment guère, pour des idées qu'ils n'aiment point et des hommes qu'ils ne connaissent pas... » Chateaubriand, de même, parait sa vie d'une fidélité obstinée aux Bourbons qu'il n'aimait pas. Ses idées triomphaient aux journées de Juillet; mais il refusa leur triomphe et leur préféra l'honneur, dans la retraite consentie, avec l'immense amertume de l'incurie et de l'inutilité.

S'il embaume l'armée aux plis de ce linceul, Vigny s'est échappé. Il a, quant à lui, substitué à l'action le rêve, au service des armes la littérature. Et il exalte la littérature comme le service auguste de l'Esprit. *Servitude et grandeur militaires* fait avec *Stello* un diptyque où le poète est plaint et glorifié de même que le soldat. Puis, dans *la Flûte*, poème imparfait sans doute, Vigny a placé l'une de ses convictions les plus chères : l'éminente dignité de l'art et sa sublime sainteté, l'artiste ne fût-il que peu adroit et sur un instrument médiocre. Enfin, le 10 mars 1863, quelques semaines après la mort de Mme de Vigny et à quelques mois de mourir lui aussi, le poète écrit son dernier poème, *l'Esprit pur*. C'est, dit très justement M. Dupuy, son testament littéraire; et c'est une « réponse stoïcienne » à la douleur, une « revanche de l'âme sur le corps et de l'esprit sur la matière ». C'est aussi l'affirmation de la croyance qui, après la déception militaire, a gouverné sa vie.

Seule croyance, avec le culte de l'honneur; et, quant au reste, les poèmes de sa maturité sont tous de violentes déclarations de nihilisme. *Le Mont des Oliviers* nie toute religion; *la Colère de Samson* nie tout amour; et *la Mort du loup* commande la solitude et le silence.

La Colère de Samson date de 1839; et c'est le seul poème que Vigny ait composé à cette époque. Depuis la publication de *Servitude et grandeur militaires* en 1835, et jusqu'à l'année 1843, pendant sept ans, il n'écrit pas. Il voit mourir sa mère, il supprime de sa pensée (autant qu'il le peut) la Dorval, il se retire au Maine-Giraud : solitude et silence. Il pratique mentalement les rites de son nihilisme. Il imprime la collection de ses « œuvres complètes », comme s'il avait à jamais fini de prononcer une parole.

> Gémir, pleurer, prier est également lâche.
> Fais énergiquement ta longue et lourde tâche
> Dans la voie où le sort a voulu t'appeler,
> Puis, après, comme moi, souffre et meurs sans parler.

Les poèmes qu'il écrira encore seront, en vers impérieux, les préceptes du silence et de la solitude. Mais, un jour, en 1844, toute sa poésie est en délire et chante : délire merveilleux, où la mélancolie est émue d'allégresse, où le désespoir est enchanté de musique, où la tendresse et la jalousie se confondent, où la volupté rayonne et où passent les idées naïves ou subtiles, pénétrantes comme des éclairs dans une nuit déjà illuminée d'étoiles. Il écrit *la Maison du berger*, poème tel qu'il n'en a pas écrit un autre et tel que, dans notre littérature, dans les autres littératures (je crois), il n'y en a pas d'autre; poème étrange et dont la composition vous déconcerte; poème dont les éléments ne sont pas arrangés selon la logique habituelle, et labyrinthe sans ténèbres, mais labyrinthe éblouissant pour lequel un

fil d'Ariane ne nous est pas donné ; poème tout en prestige, où les idées sont des éclairs et, les larmes, des
étoiles. Aucun poème ne marque plus hardiment sa
suprématie désinvolte ; en notre faveur et afin de nous
aider à le suivre, le poète de *la Maison du berger* n'a
rien fait : aucun poème n'est plus souverainement
destiné à lui-même et à lui seul. Et il s'impose à nous
comme une incantation magique. En vue de le déchif-
frer, ce poème, les commentateurs sont ingénieux.
D'abord ils ont cherché le nom d'Éva. Dorval, ou
Mme d'Agoult ? Louise Colet, peut-être : ô folie ! M. Ernest Dupuy s'est demandé naguère si Éva ne serait pas,
très honorablement et par une idéale métamorphose,
Mme de Vigny. A présent, il écarte son hypothèse et
toute hypothèse de ce genre : *la Maison du berger* serait
« un appel à la muse », une « aspiration à rentrer en
grâce auprès de l'immortelle poésie » ; elle reprendrait
et « retournerait » le thème des *Nuits* de mai, d'août et
d'octobre, le poète cette fois secourant la poésie blessée.
Avec beaucoup d'habileté, M. Dupuy commente ainsi
le poème et, de vers en vers, y découvre le symbole.
Mais, à mon avis, *la Maison du berger* est avant tout un
poème d'amour : si je ne sais pas le nom de l'aimée,
peu m'importe ; un poème d'amour ardent, coupable et
menacé ; un poème d'un tel amour que cet amour prend
et réalise en lui tous les sentiments, toutes les idées,
voire esthétiques et métaphysiques, du poète. L'art et
l'amour, deux stratagèmes ou occasions de sortir de
soi et de s'éterniser hors de soi dans un emblème,
s'identifient. Éva est une Béatrice, et femme, non petite
fille.

Après *la Maison du berger*, Vigny n'avait plus à
écrire que *l'Esprit pur* : c'est le sceau qu'il met à son
œuvre. Son œuvre tout entière est consacrée à la polémique du rêve et de l'action : il a vécu le plus poignant
des évangiles, celui de Marthe et de Marie. Et, pour
nous émouvoir, il a inventé dans la douleur cette équivalence d'une gloire et d'une autre ; il a même affirmé,

consolateur de son temps et du nôtre, la précellence de l'Esprit : et, s'il ne l'est plus, il a été le maître des jeunes hommes qui, ayant reçu la Défaite comme présent de berceau, ont dû chercher ailleurs que dans les exploits de la force l'orgueil indispensable de la vie.

Le Vigny que voilà, je ne le donne pas pour celui que M. Dupuy a peint, à la manière de Holbein, portrait complet, pareil au modèle et d'où j'ai tiré, comme du modèle, une esquisse, le trait d'une physionomie. Les grands poèmes et les grands rêves se colorent au gré de qui les regarde : et c'est leur vie, durable et variée.

1er janvier 1914.

V

LA POÉSIE DE L'AMOUR

Les poètes sont les plus heureux des écrivains : ils n'ont qu'à aimer. Tandis que d'autres vont à la bibliothèque ou observent la réalité, si mêlée, ils se promènent dans le bois de Bagneux. Au moment d'écrire, ils interrogent leur plaisir ou leur mélancolie, qui est encore un plaisir, et le plus délicat. Toute la besogne de la préparation, pour eux, est charmante; si charmante que, parfois, après un volume, ils s'attardent à en préparer un autre qui jamais ne paraîtra. On dit alors que le poète est mort jeune, et que l'homme lui survit; mais non : le poète travaille, sans hâte aucune d'en finir. Amour et poésie vont ensemble et baguenaudent. Il est rare qu'un poète de l'amour continue à donner des livres : je le comprends!

Mais il y a quelque vingt ans, long espace d'une vie humaine, M. André Rivoire composait déjà des poèmes d'amour; et il vient de publier son cinquième recueil : fidélité littéraire et persévérance du cœur. Durant ces vingt ans, la politique, la sociologie et la science multipliaient leurs tumultes; les événements sollicitaient les opinions; maints problèmes de toutes sortes changeaient d'aspect; les esprits les plus loyaux ne voyaient plus comme précédemment l'idéologie et la réalité; les consciences subissaient de poignantes tribulations : M. André Rivoire composait des poèmes d'amour. Et l'on eût dit qu'il ne sût pas qu'autour de lui les querelles allaient leur train. De ravissants poèmes d'amour!... Si l'on examine l'œuvre de ses contemporains, et l'œuvre la plus étroitement consacrée à la pure littérature, on y découvre cependant les traces de l'histoire environnante, l'influence des faits et des doctrines, le signe de l'époque. M. André Rivoire s'est-il aperçu de son époque? Le « songe de l'amour » l'en préservait. M. Gustave Lanson lui reprochera de ne pas « remplir toute la fonction du poète » ; car ce critique veut que les poètes chantent « tout ce qui exalte et enfièvre l'humanité d'aujourd'hui » : ce critique semble un peu las de la littérature. Je n'en suis pas du tout las, quant à moi; et, si j'avoue qu'une œuvre puissamment marquée du temps qui l'a vu produire tient de là même un intérêt très vif, une dignité imposante, il me plait aussi qu'un poète préfère à tout divertissement sa poésie, la croie éternelle et refuse de la mener par les chemins de la futile contingence.

Durant ces vingt ans, la poésie française, comme toute chose française, était bouleversée. Il y eut des poètes qui inventèrent de négliger la rime, l'ancienne mesure des hémistiches et enfin toutes les règles jusqu'alors incontestées : auprès de ces novateurs, les romantiques, avec leurs audaces de rejets et enjambements, sont des conservateurs timides. Ils inventèrent, dans ce désordre, une harmonie qu'on n'avait pas encore entendue et que, du reste, plusieurs personnes continuèrent de ne pas entendre. Ils imaginèrent, en outre, de vouer la poésie à la plus belle expression des idées et à la peinture des symboles. Pour démontrer qu'ils n'avaient pas tort, ils eurent quelques grands poètes. On put croire qu'une nouvelle poésie était née, qu'elle florirait abondamment et serait la poésie de l'avenir. A peine eut-on pu le croire, les poètes, — sauf un petit nombre de féaux et, parmi eux, l'un de leurs maitres accomplis, M. Francis Vielé-Griffin, — retournèrent à l'ancienne poésie, très sages, dociles comme des révolutionnaires émérites. La tentative symboliste ne fut pourtant pas inutile à l'honneur de notre litté-

rature : on lui doit des poèmes admirables ou exquis ;
et, quoi qu'on veuille dire de ses défauts ou inconvénients, elle réagissait contre la niaiserie réaliste ; elle a
ouvert de larges horizons. Il serait facile de démontrer
que, si même sa réussite fut incomplète, elle a très
heureusement modifié notre littérature à un moment
difficile et que ses bienfaits ne sont pas perdus. Mais,
tout d'abord, quel trouble elle apporta! M. André
Rivoire a bien l'air de ne s'en être pas douté. On ne
connaît de lui que des vers réguliers.

En 1895, publiant son premier volume, *les Vierges*,
il demanda une préface au poète Sully Prudhomme.
Cela pouvait déjà passer pour une manifestation réac-
tionnaire, Sully Prudhomme étant, à cette date, l'ennemi déclaré des novateurs. Les *Réflexions sur l'art des
vers* avaient paru en 1892 : une « étude sur les fonde-
ments physiologiques de la versification » motivait une
« critique des tentatives de la réformer » et une sévère
admonestation des imprudents et sacrilèges. Le poète
des *Vaines tendresses* menait, contre les ennemis des
règles sacro-saintes, une campagne ardente et rude. Il
se révélait bon polémiste et, pour n'être pas induit, de
concessions en concessions, à renoncer sa foi doctrinale,
il refusait tout. Voire, ce rêveur si doux ne craignait
pas d'être dur ; et, au service d'une cause chérie, ce
poète de *la Justice* était injuste avec un bel entrain. Je
me figure qu'il en souffrit un peu ; je ne l'affirme pas.
Il était dans la lutte ; et il n'épargnait rien ni personne.
Ainsi, M. André Rivoire, qui se présentait sous le patronage de Sully Prudhomme, ne se rangeait-il pas
dans l'armée de défense? Et n'ai-je pas eu tort de dire
que les révolutionnaires ne l'avaient seulement pas
ému?... En vérité, non ; et il ne se rangeait dans aucune armée. Sully Prudhomme l'a compris. Certes, il
félicite le poète des *Vierges* d'avoir peint « des états
d'âme extrêmement nuancés avec les ressources tradi-
tionnelles de la versification » ; il ajoute : « Je vous en
sais beaucoup de gré ; vous m'avez affermi dans la con-

fiance qu'elle suffit à tous les besoins du cœur. » Puis :
« Il vous arrive cependant, mais rarement, d'user de
césures anormales. Je vous prierai de me dire vous-
même les quelques vers où vous prenez ces licences, et
de m'enseigner à ne plus confondre de tels vers avec de
la prose harmonieuse. » De la prose harmonieuse, —
eh bien! si les symbolistes inventaient, si tout au moins
les symbolistes écrivaient une prose harmonieuse, ils
méritaient encore de l'estime ou de l'indulgence : —
Sully Prudhomme ne leur pardonnait pas de créer,
entre les vers et la prose, même harmonieuse, une confusion. Il tenait à la séparation nette et absolue de ces
deux modes du langage et signait de son glorieux nom
les apophtegmes de Monsieur Jourdain. Mais il pardonne à M. André Rivoire : « Je n'insiste pas (dit-il) sur
ces exceptions, où je vois plutôt des tentatives que des
révoltes. » Il pardonne : et, dans son pardon même, il
renouvelle sa réprimande. Il loue, avec beaucoup de
raison, le poète des *Vierges*; mais il ne l'enrôle pas
comme son lieutenant.

Les petites irrégularités auxquelles Sully Prudhomme
fait allusion, les voici. De temps à autre, M. André Rivoire déplace, en effet, la césure. Il ne coupe pas en
deux parties égales son alexandrin.

> On dirait la rumeur de lointaines armures,
> Qui fait rêver d'un Chevalier mélancolique...

Ce dernier vers est composé de quatre et de huit
pieds; la césure est après le quatrième. Accoutumés à
des alexandrins que la césure coupe en deux parties
égales, nous sommes peut-être un peu dérangés par ce
rythme nouveau. Le sommes-nous vraiment? et les romantiques ne nous ont-ils pas dès longtemps préparés
à une telle scansion? Puis remarquons-le : un alexandrin de quatre et de huit pieds n'est pas scandaleux;
comment le serait-il plus que le décasyllabe des poètes
classiques, divisé, non pas en deux hémistiches de cinq

pieds, mais en deux parties inégales, l'une de quatre et l'autre de six pieds?

Il y a aussi, dans *les Vierges,* des vers (peu nombreux) tels que ceux-ci :

> Son visage a la grâce frêle d'un pastel...
> Les mains jointes, comme les saintes d'un missel...
> Viendra rompre, d'une plainte lointaine et douce...

Il est probable que ces deux derniers vers étaient ceux qui choquaient le plus douloureusement Sully Prudhomme. La syllabe sixième, après laquelle un partisan de la versification classique attend la césure, est une syllabe muette, une syllabe qui ne compte que grâce à la consonne initiale du mot suivant; et si, par l'habitude de placer ici la césure, la voix s'arrête un instant, laisse attendre le mot suivant, la syllabe ne compte pas, la syllabe sur laquelle la voix voudrait s'appuyer pour y trouver son repos. Les deux derniers vers, nous n'avons pas la ressource de les scander par quatre et par six : comme la sixième, la quatrième syllabe est une muette. Et ce n'est pas de chance! Non, Sully Prudhomme n'exagère pas, quand il note que voilà des césures anormales. J'irais plus loin et dirais qu'à proprement parler ces vers sont dénués de véritable césure. Ces deux vers, — et le précédent, où le second hémistiche part, contre l'usage, sur une syllabe à la fois finale et muette, — si nous les lisons à la manière classique, sont bel et bien des vers faux. Il y a une autre manière de les lire : il faut éluder la césure, allonger certaines syllabes, en abréger d'autres, les grouper habilement et, toutes, les chanter un peu. L'on obtient une harmonie savante et agréable. Je crois que Sully Prudhomme se trompe, en n'admettant qu'une seule harmonie ou qu'un seul rythme des vers. Mais — et j'insisterais volontiers sur ce point — je suis tout à fait du même avis que Sully Prudhomme, s'il blâme le mélange hasardeux des vers classiques et des vers que j'appelle, pour abréger, nouveaux. Dans un poème écrit en vers classiques, la soudaineté d'un vers nouveau déconcerte. Elle semble et, presque toujours, elle est une négligence. Un poète ingénieux comme M. André Rivoire s'en tire très joliment; c'est une négligence tout de même. Après une ample série de vers classiques, l'oreille ne s'attend pas à un brusque changement de méthode : elle est déçue, elle est blessée. Il faut que le poète ait choisi d'abord entre le vers nouveau et le vers classique. Or, depuis qu'abandonnant le vers authentiquement libre des symbolistes, on est retourné à la versification régulière, les poètes ont une fâcheuse tendance à introduire dans la versification régulière quelques-unes des libertés qui faisaient un ensemble cohérent et qui, les unes ou les autres, détachées d'un tel ensemble, ne sont plus que des commodités éventuelles. Sully Prudhomme, lui, refusait toute la poétique du vers libre. Pour la refuser absolument, il méconnaissait de beaux poèmes. Ce fut l'inconvénient de son attitude; mais il se sauvait par la netteté de sa doctrine et il n'embrouillait rien. La plupart des poèmes qui voient le jour ces temps-ci brouillent deux esthétiques. On prétend éconduire le vers libre des symbolistes et l'on réclame en faveur d'un vers « libéré ». Or, un vers libéré est libre, ou n'est qu'un vieil esclave et qui prend des licences. Pourquoi ne veut-on pas accorder que les écrivains ont à leur disposition la prose, la poésie régulière et puis une autre poésie?

Les menues irrégularités que Sully Prudhomme signalait à l'auteur des *Vierges* sont, comme il le disait, très rares dans ce poème; et elles y sont des fautes légères, de plus en plus rares dans l'œuvre de M. André Rivoire. Ni pour la forme poétique, ni pour l'esthétique générale et pour la pensée, les symbolistes n'ont eu aucune influence appréciable sur ce poète, pas plus que les événements contemporains et les idées environnantes. Il admirait Sully Prudhomme, et sans doute pour les *Solitudes* et les *Vaines tendresses* plus que pour les *Réflexions sur l'art des vers* : il lui a dédié son prélude. L'harmonie et le rythme des vers réguliers l'enchantait et il n'éprouvait pas le besoin d'émanciper le vers : il s'est contenté de l'instrument, du reste subtil et fort, que lui offrait la poésie traditionnelle. Et la querelle des esthéticiens ne l'a pas intéressé le moins du monde ni touché de nulle incertitude. Il n'adoptait pas les nouveautés ; il ne protestait pas contre elles : et, quatre siècles de poésie française lui battant la mesure, il chantait son amour.

Je ne sais si jamais poète fut, et avec tant de simplicité, si indocile et indifférent même à toute influence. D'autre part, il suffit d'avoir lu quelques pages de lui pour ne douter point de sa vive sensibilité. Ainsi, son immunité le caractérise ; elle est volontaire et elle a toutes les grâces d'une aubaine. Hugo lui-même, qui imposa si formidablement son génie, accueillit, durant le très long cours de sa destinée, et les opinions et les idées qui survenaient, et plusieurs inventions poétiques : on a remarqué, dans son œuvre immense, l'impression qu'il avait reçue de Baudelaire, et des Parnassiens, et de Paul Verlaine, et des tout premiers Décadents peut-être. A l'écart des vacarmes, des engouements et des modes, satisfait d'une musique délicate et ne souhaitant pas d'éveiller tous les échos autour de lui, M. André Rivoire a de très bonne heure choisi sa poésie préférée ; il lui a prodigué les soins les plus constants et peu à peu il l'a menée à sa perfection.

Il y a, dans l'un de ses recueils, un poème où il vante la joie des âmes frivoles qui s'éparpillent légèrement et qui n'ont pas leur rêve pour seul et perpétuel compagnon ; puis il plaint sa captivité :

> Je n'ai pas vécu de journée
> Depuis mon enfance, jamais,
> Sans l'avoir humblement donnée
> Toute à la femme que j'aimais.
>
> Je n'ai vu le monde qu'à peine ;
> J'ai vécu, — tristesse ou bonheur, —

Toute ma part de vie humaine
Sans pouvoir sortir de mon cœur.

J'ai dédaigné les paysages,
Les bois, les fleuves et les ciels.
Je n'ai connu que les visages
Et les yeux confidentiels.

Pouvait-il mieux et plus intimement expliquer son aventure littéraire? et, l'indifférence que je lui attribuais, la justifier? L'isolement où il se confinait risquait de lui être périlleux : que de trésors il faut posséder pour éconduire tous les dons et les complaisances des heures! Mais, on le voit, cet isolement est celui de l'amour; et cet isolement convenait au poète qui ne voulait pas d'autre poésie que celle de l'amour. Le reste ne lui est de rien, et pas même les paysages, pas même la nature, amie des poètes, généralement, et une étrangère pour lui. Que lui importent les bois, les fleuves et les ciels? À plus forte raison, que lui importent les doctrines des penseurs et les bisbilles de tous les esthéticiens?

La nature lui est une étrangère, oui, à moins que ne s'y promène la bien-aimée, et que le même doux soir ne tombe sur le tranquille paysage et sur le visage d'elle, et à moins que le même frisson ne touche à la fois, dans la fraîcheur du crépuscule, les feuilles et les cœurs. Alors, s'il n'est pas laissé seul avec la nature, elle lui devient le temple de l'idole, temple tout parfumé de l'encens qu'il brûle en l'honneur de l'idole et temple voluptueux de la présence de l'idole. Comme pour le poète de *la Maison du berger*, la nature se transforme ainsi et se transfigure :

La terre est le tapis de tes beaux pieds d'enfant.

Mais, philosophe, qui a lu Chamfort et devine Schopenhauer, Vigny possède un système de la nature et une théorie de l'amour. L'idée modifie le sentiment; elle lui donne plus de grandeur, une beauté plus pathé-

tique. M. André Rivoire, qui ne veut rien ajouter à
l'amour et au sentiment de l'amour, ne diminue-t-il
pas de cette façon la valeur, et même sentimentale, de
son poème ? Je le crois. Cependant il y a, dans ce refus
de mêler à l'amour aucun souci d'une autre sorte, fût-
ce l'idée métaphysique de l'amour, un charme délicieux. Il préserve l'amour d'une atteinte quelconque,
et fût-ce la plus chaste, celle d'une idée ; avec l'amour,
il s'enferme : et l'enchantement est pareil à celui de
Viviane.

Ce poète de l'amour ne ressemble pas à don Juan.
Ses conquêtes ne sont pas une joie d'orgueil. Il a vécu
« pour les seules ivresses d'un crédule désir ». Il n'a
point cherché, avec une sorte de furie industrieuse, la
perle de son cœur ; il avoue qu'il a trop souvent adoré
« celles que ses caresses ne devaient pas choisir ». Il
n'est pas cruel ; et ses victimes, s'il les plaint, c'est qu'il
les aime encore. Il veillait à leur bonheur ; elles n'ont
enfin dédaigné que sa constance. Il n'a pas de rancune
contre elles et, sur « le chemin de l'oubli », il
leur pardonne. Un tel amour n'est pas une passion
désordonnée, farouche, une passion secouée de sanglots et qui s'exhale en cris retentissants. On ne voit
pas que la jalousie le tourmente. On ne le voit ni
affolé, ni martyrisé. Cet amoureux ne ressemble pas à
don Juan, ni à Tristan non plus, et ni à Des Grieux.
Une femme ne l'a pas un jour séduit tellement que
nulle femme désormais ne compte pour lui. Et il n'apparaît pas comme un débauché. Son amour ne l'avilit
pas. S'il a changé d'objet, du moins donnait-il « chaque
fois tout son cœur ». Un tel amour, nous l'appellerons
la tendresse, ou l'amour de la tendresse.

La tendresse n'est point emportée ; elle n'est ni exu-
bérante ni bruyante : elle ne déchaîne pas un grand
lyrisme. Dans la poésie de M. André Rivoire, il n'y a
pas de ces mouvements d'une éloquence tempêtueuse
qui sont comme des ouragans de mots à l'unisson des
orages du cœur. Il n'y a pas non plus beaucoup de ces

images luxueuses qui sont comme le costume que met le sentiment pour aller dehors et comme sa parure de cérémonie. Cette poésie intime ne sort pas de chez elle et n'a pas besoin de ces élégances. Elle a une élégance; elle a même une coquetterie : élégance discrète et coquetterie toute réservée au tête-à-tête. Elle ne commet pas l'erreur et l'imprudence d'être négligée; elle est jolie et mise joliment à la maison : telle, une gentille femme.

Les poètes de l'amour, et quelques-uns de ceux qui nous émeuvent le plus, ont un jeu : l'ironie. Ce n'est pas la moquerie; c'est un sourire parmi des larmes : à peine un sourire, et parmi des larmes allégées. Ce n'est pas la vengeance; et pourtant c'est une petite représaille, atténuée de politesse indulgente. On a tort de confondre l'ironie avec la méchanceté, car elle a souvent pitié d'un être, ou deux; et, le reproche, elle le tourne au badinage, afin d'épargner et l'auteur du méfait et sa dupe, maintenant avertie, la dupe qui se plaint et qui voudrait se consoler. L'ironie peut être, dans la tendresse, une précaution de sagesse et d'amitié. Lisons *le Songe de l'amour* et, là, le fin poème de l'Approche :

> Tu dois venir; j'attends; je sais que tu viendras...

Elle viendra, mais en retard et, pour venir, ayant beaucoup menti :

> Tu laisseras pensivement glisser ton front
> Sur mon épaule, avec un grand besoin d'entendre,
> Même sans amour vrai, quelque chose de tendre.
> Tu me diras des mots qui te consoleront.

Plus adorable que tous les autres, le dernier vers. Puis, dans *le Chemin de l'oubli,* après les déconvenues, ce vers :

> Je me croyais l'espoir, j'étais le souvenir.

La bien-aimée, il la divinisait. Elle n'était qu'une

pauvre femme; et il la croyait endormie et la croyait
la Belle au bois dormant :

> Mais c'est en vain que je t'apporte
> L'espoir d'un suprême printemps :
> La Belle au bois dormant est morte,
> Elle avait dormi trop longtemps.

Cette ironie gracieuse, attentive à n'offenser ni une
âme, ni une autre âme, ni le secret de la ferveur qui
les anime ou les anima, c'est toute la sévérité que le
poète se permet à l'égard des bien-aimées, futiles déjà,
ou bientôt. Encore cette ironie ne se montre-t-elle
presque jamais. Le sentiment qui, avec l'amour, domine, en ces poèmes consacrés aux femmes et à leur
complaisance, est déférant et courtois. Ce respect, qui
est accordé aux oublieuses même et aux perfides, évoque
la poésie du temps où les poètes amoureux divinisaient
les femmes et ainsi ornaient précieusement la littérature et la société. A lire les tendres poèmes de M. André
Rivoire, on s'attend qu'il aime ces époques et leurs
légendes. Il en a témoigné dans les « imageries » de
Berthe aux grands pieds, où passent, fantômes vivants,
les « reines au corps mignon », la reine Blanchefleur,
et l'autre, « fleur de Hongrie ou de Bohême », chaste
et fidèle, promise au lit du roi Pépin, et une sainte.
Le poème des *Vierges* est une adoration de la pureté,
mais de la pureté féminine, si chère au cœur viril.
Sully Prudhomme complimenta le poète, pour tant
(disait-il) de piété. Il le louait de maintenir une distance telle entre « l'idole et le croyant ». Il concluait
de là que M. André Rivoire était né « chez un peuple
où les fiançailles ne sont pas entrées dans les mœurs et
où, préliminaires abrégés d'un engagement téméraire,
à la fois tardif et précipité, elles n'accomplissent pas
leur naturel bienfait ». Je ne sais pas comment Sully
Prudhomme aurait voulu organiser le rite des fiançailles. Il était un élégiaque et un mathématicien; de
sorte qu'en souvenir d'un amour malheureux, peut-

être élabora-t-il un plan de réforme pour le prélude des amours. Mais la parfaite réussite des amours supprimerait la poésie élégiaque. Sans les fiançailles manquées de Sully Prudhomme, il nous manquerait le chef-d'œuvre exquis des *Vaines tendresses.* Il dut à sa déception la gloire. Et l'on est touché de sentir qu'en 1895 encore il eût préféré à la gloire le bonheur. Dans cette préface des *Vierges,* il conjecture que M. André Rivoire a connu les « secrètes déchéances » et le supplice des « alliances éphémères »; il admet que M. André Rivoire, souffrant ainsi et par des femmes imparfaites, se soit plu, de très loin, au « charme des fronts purs » et ait imaginé les vierges merveilleusement immaculées.

De cette façon détournée, le poème des *Vierges* est un poème d'amour, et disons, un beau poème, un peu froid, beau par sa froideur même. En le publiant, le poète annonçait deux autres volumes, *les Femmes* et *les Aïeules.* Il avait conçu cette trilogie, où l'honnête existence des femmes entrait tout entière. Il n'a pas écrit *les Femmes* et *les Aïeules.* Pourquoi? Il a écrit le *Songe de l'amour.* Il venait aussi de donner le poème légendaire de *Berthe aux grands pieds* : et, délaissant une poésie où l'on cache le sentiment sous des emblèmes et où l'on fait allusion seulement à son émoi, il cédait aux attraits plus vifs de la poésie personnelle, et des aveux et des épanchements. Il renonçait alors à se dissimuler; et il renonçait à la diversion des récits où l'on donne le change à soi-même; il renonçait à sortir aucunement de la geôle voluptueuse qui enfermait son rêve et lui, tous deux...

> Et mon rêve frileux ne quitte plus la chambre.

Le songe de l'amour, et non l'amour : il y a, dans la nuance des mots, une intention jolie. Substituer à l'amour le songe de l'amour, c'est la volonté d'une sorte de frissonnante pudeur, qui habille de quelque mystère le sentiment et lui confère une grâce décente.

Les silences ajoutent aux paroles de pénétrantes significations...

> Je ne demande rien ; je sens qu'elle a compris
> Tout l'aveu qu'en mon cœur si tristement je porte ;
> Elle sait que ma main tremble à toucher sa porte,
> Comme tremble mon âme aux choses que j'écris.

Ce sont des vers tremblants d'une timidité qui, au
surplus, a des éveils de bel entrain. Ce sont des vers
tremblants de véritable amour ; et la timidité est à
l'égard de la bien-aimée : elle est aussi, de la part de
l'amant, la crainte de l'amour, le scrupule d'une imprudence, une excuse adressée au songe, si l'on est sur le
point de quitter pour la réalité le doux songe, comme
fait le poète de l'amour.

Il a quitté le songe ; et le voici sur *le Chemin de l'oubli*. Le premier poème était, en quelque sorte, avant
l'amour ; celui-ci est après l'amour. Et, l'amour, qu'en
a-t-il fait ? l'a-t-il perdu ?... L'amour est déjà dans ses
pressentiments et il est encore dans son souvenir ; car
le souvenir traîne sur le chemin de l'oubli. Mais le
poète qui a choisi, pour ses poèmes, le thème des pressentiments et le thème du souvenir indique, de ce fait,
son goût d'un clair-obscur où apparaissent les lueurs
de l'aube et où le soir prolonge les lumières mourantes
du jour. S'il a vécu le violent après-midi, l'on doit
comprendre, à sa manière de l'éluder, qu'il en redoute
le dur éclat. Cette délicatesse a beaucoup d'agrément,
cette délicatesse qui est une modestie du cœur.

Le pressentiment et l'oubli, la première et puis la
dernière étape d'un amour, dissemblables, ont aussi
leur analogie, quand l'amoureux a, plus d'une fois,
attendu son bonheur et l'a vu s'anéantir. Les chrono-
logies se confondent. L'attente d'un deuxième amour
ensevelit l'amour précédent ; et, ainsi, l'oubli continue
dans l'espoir. Les peintres les plus attentifs à noter
fortement l'aspect des heures incertaines peignent des
matins qui ont l'air de soirs ; et ils peignent des soirs si

roses qu'on les prendrait pour des matins. Dans la
nature, également, on hésiterait, sans le conseil de la
nuit reposante ou de la fatigante journée, à distinguer
les deux crépuscules.

Enfin, voici le poème de la journée, entre les deux
crépuscules, le poème de l'amour. C'est le plus récent
recueil de M. André Rivoire. Il s'appelle *le Plaisir des
jours*. Plaisir menacé, comme nous l'enseigne *le Chemin de l'oubli*. Mais, sous la menace même, l'amour est
content. Ne voit-il pas la menace ? Il refuse de l'apercevoir. En outre, le temps est passé des crédulités les
plus dangereuses. Le cœur, qui a été dupe, ne l'est pas
éternellement. Se croit-il, à présent, si sûr de son expérience ? On dira que le cœur n'a pas d'expérience et,
pour chaque nouvel amour, offre sa candeur facile à
décevoir. On le dira ; d'autres le diront : le cœur épris
le niera. Si, malins, nous connaissons la menace, la
sécurité de l'amour en est plus émouvante.

La jolie chose, que d'avoir déplacé, dans la série logique
des épisodes, le principal épisode, l'amour triomphant !

Triomphant, c'est trop dire. Il ne triomphe pas : le vacarme avertirait le destin. Plus discret que jamais, plus
économe de sa joie ou du bruit que sa joie ferait, le poète
élève la voix le moins qu'il peut : on l'entend parce que
sa joie est forte ; mais il ne chante pas à tue-tête.

Ce n'est ni l'unique amour, ni l'amour premier : c'est
le meilleur amour, si bon que toute la précédente
erreur, n'est-ce pas ? le préparait. Et le plaisir des jours,
si le poète n'avait pas soin de ne pas tenter le mauvais
sort, il faudrait l'appeler le bonheur. Le poète n'a point
osé : il y a, dans l'idée du bonheur, une condition de
durée, avec laquelle on n'a pas la folie de s'engager. Le
plaisir des jours est un bonheur sans arrogance, auquel
suffit l'heure après l'heure.

> Mon bonheur, comme chaque jour,
> Je retrouve d'un cœur paisible
> Ta douce présence invisible,
> Mon cher bonheur, mon cher amour !

Chaque jour! Et, à chaque fois, c'est comme une surprise. Voilà, en peu de mots, la sagesse de ce bonheur
qui a la précaution de ne souhaiter que plaisir. Cependant, et à toute minute, la fiction va se défaire, et l'artifice ingénieux se dévoiler, et le mensonge se trahir,
le mensonge de n'appeler que plaisir le bonheur évident. Mais il vaut mieux n'espérer guère et attraper les
chances l'une après l'autre. Si la bien-aimée est jalouse,
le poète l'avertira, très doucement, si doucement qu'elle
sourira :

> Je songe quelquefois que j'aurais pu t'aimer
>   La première, toi seule....

Ce n'est pas elle, et c'est lui que soudain frôle cette
pensée; la jalousie qu'elle aurait eue, c'est un remords
qu'il lui offre comme un hommage...

> Et rien qu'à te nommer,
> Je sens mon cœur saisi qui brusquement frissonne.
> Je ne me souviens plus de rien ni de personne,
> Jusque dans le passé, je suis à toi... Voilà...

Ils sourient l'un et l'autre...

> Je t'aime. J'étais né seulement pour cela.
> Qu'importent les mots vains que j'ai pu dire à d'autres?
> Je n'ai compris leur sens que depuis qu'ils sont nôtres.
> Ne le regrette pas, ce temps qui s'est enfui :
> Mon cœur, alors, était moins jeune qu'aujourd'hui.
> Toi-même, je t'aurais peut-être méconnue...

Ils sourient l'un et l'autre, avec un peu d'inquiétude,
avec cette inquiétude qui fait qu'imaginant un péril
dehors, vous demeurez plus volontiers dans votre illusion d'une retraite protégée.

Pour traduire tant d'impressions ténues et qui vont
de la plus douloureuse mélancolie à la plus chaude allégresse, M. André Rivoire — Sully Prudhomme l'en fé-
licitait — ne recourt pas à d'autres artifices qu'à ceux
de la simple poésie. Après vingt ans, Sully Prudhomme

le féliciterait encore. Il est resté fidèle, et de plus en plus fidèle, à un usage ancien dont il prouve l'éternelle jeunesse. Les harmonies qu'ont inventées les novateurs, il ne les utilise pas. Même il emploie peu de musique, au service de sa pensée. Il lui faut être plus habile, dans le travail exact et minutieux des mots, non de leur son, de leur rythme plutôt, et surtout de leur qualité significative. Travail diligent et subtil, consacré au seul amour!

1er février 1914.

VI

UN GRAND INITIÉ

Un grand initié, c'est, lui-même, l'auteur des *Grands Initiés* et des *Sanctuaires d'Orient*, de *l'Évolution divine*, de vingt volumes singuliers et beaux, enfin de *la Druidesse*, poème en prose, et drame pour lequel je ne vois aucun théâtre, méditation lyrique et, plutôt encore, vive prophétie. Une telle œuvre impose le respect ; je crois qu'elle déconcerte aussi son lecteur. Est-elle obscure ? En somme, non. Avec la plus honnête simplicité, avec une sorte de bonhomie, M. Édouard Schuré n'écrit pas autrement que s'il n'était pas du tout le révélateur des causes premières et des suprêmes conséquences. Il ne cherche pas à environner de prestiges les vérités qu'il dévoile ; au contraire, il nous en veut montrer la claire évidence. Il y a de l'apôtre, en lui. Un apôtre est un homme heureux, ayant les deux vertus principales : certitude et patience. Il nous déconcerte pourtant. C'est que les vérités à la contemplation desquelles il nous invite ne sont pas très familières à notre futilité. Puis les initiés ont leur méthode, qui étonne un peu les profanes.

Nos opinions, nous les tenons ou de la croyance ou du raisonnement. La croyance est la soumission de la raison discursive ; et le raisonnement, s'il garde quelque initiative de nous, se soumet néanmoins aux règles de la dialectique. M. Édouard Schuré procède d'une autre manière, plus rapide et audacieuse. Il a un système, l'intuition, qu'il appelle aussi la « voyance » ; et

je n'aime pas beaucoup ce mot, certes : mais il ne s'agit
point de mes goûts. M. Édouard Schuré est donc un
« voyant ». Il nous en avertit : informés, nous n'irons
pas lui demander ses preuves, comme à un philosophe
ordinaire. Il échappe ainsi à nos petites querelles et
chicanes, de par son principe. Et l'on dira : — C'est
bien commode! — Ce l'est assez. Toutefois, ne nous
figurons pas l'auteur de la *Druidesse* qui monte sur un
trépied, soudainement, et vaticine. Aujourd'hui, la
prophétie elle-même a des façons un peu scientifiques;
et elle interroge l'histoire, sinon avec toute la précaution recommandable, du moins avec une ingénieuse
curiosité. Ses prophéties, M. Édouard Schuré ne les
invente pas absolument : il en trouve l'essentiel dans le
passé. Ou bien, s'il les invente, il leur trouve des garanties dans le passé. Voici comment, ou à peu près.

Au mois de mai 1911, pour un livre que MM. Al-
phonse Roux et Robert Veyssié préparaient et qu'ils
viennent de publier, *Édouard Schuré, son œuvre et sa
pensée*, le maître a composé un excellent résumé de sa
doctrine. Sa « confession philosophique » sert de préface à l'étude que lui consacrent ses deux jeunes admi-
rateurs. Eh bien! reportons-nous à ce document si précieux. M. Édouard Schuré considère que le monde
n'est et n'a jamais été abandonné à l'ignorance; qu'il y
a, dans le monde, une sagesse primordiale, une sagesse
éternelle, *perennis quædam philosophia,* qui offre à tous
esprits humains la vérité universelle et achevée. Mais,
dirons-nous, l'on ne s'en aperçoit guère; et, quand
nous lisons l'histoire, nous y voyons la lutte des erreurs,
le combat des passions, une formidable mêlée : le règne
tranquille de la vérité, à quel moment apparaît-il?
M. Édouard Schuré n'est point touché de cette objec-
tion. Il avoue que la sagesse primordiale n'a presque
jamais « gouverné officiellement ». Il ajoute que la sagesse primordiale « n'est consciente et puissante que
dans les vrais sages, voyants, initiés, prophètes, génies
créateurs de tout ordre ». Concluons que les vrais sages

sont rarement au pouvoir : et, sans doute, c'est là le malheur du monde!... Depuis le temps que nul vrai sage ne s'est montré efficace, ne devons-nous pas craindre que la sagesse primordiale ait disparu, trésor évanoui, secret gaspillé, perdu? Non. Et, si nous étions sur le point de nous décourager, M. Édouard Schuré secouerait notre chagrin; car il écrit : « Nous sommes tous des inspirés, d'une certaine manière et dans une certaine mesure... » Tous! et quelle aubaine!... « Seulement, nous n'en savons rien. » Et ainsi tout se passe comme si nous n'étions pas des inspirés. L'inspiration n'est pas très forte, chez la plupart d'entre nous. Elle n'est forte et, par suite, consciente que chez les hommes de génie, les héros, les voyants, les saints. Faute de génie, ou d'héroïsme, ou de « voyance », ou de sainteté, comment donc, nous, à peine inspirés, attraperons-nous la vérité primordiale? Il nous faut recourir au témoignage des privilégiés. Encore leur divin témoignage ne nous est-il intelligible qu'à l'aide de notre petite inspiration; mais, attentive, elle suffit à nous faire reconnaître le divin dans le mélange où on le lui révèle.

Prenons garde : les différents systèmes de pensée que les hommes de génie, héros, saints et voyants ont déclarés depuis des siècles ne concordent pas. La polémique des diverses religions et les bisbilles des diverses philosophies sont toute l'histoire intellectuelle de l'humanité. Alors, que deviendrons-nous?... M. Édouard Schuré ne consent pas que les systèmes de la pensée humaine soient discordants. — Ah? faisons-nous avec surprise. Il nous engage à observer (dans la préface des *Grands initiés*) que toutes les religions, par exemple, ont deux histoires : l'une extérieure et l'autre intérieure; l'une apparente et l'autre cachée. L'une contient les dogmes et les mythes qu'on présente au populaire; et l'autre, la doctrine secrète. Celle-ci, ésotérique, enveloppée dans le symbole des mystères, les seuls Initiés la possèdent; et ils la réservent à eux. Or, vous dites que les religions ne concordent pas : leurs dogmes et mythes populaires, non. Mais leur idée profonde, ésotérique, est partout la même et constitue la vérité primordiale.

Nous avons fait beaucoup de chemin : nous ne sommes point au bout de la voie obscure et qui mène à la lumière. La doctrine ésotérique, les initiés ne la divulguaient pas. Ce grand bavard de Pausanias qui, voyageant par la Grèce, écrit tout ce qu'il voit, tout ce qu'il sait, se tait subitement lorsqu'il a dépeint de son mieux les dehors du sanctuaire éleusinien : « Quant à ce qu'on voit à l'intérieur du sanctuaire, dit-il, je n'ai pas le droit de le révéler; les profanes ne doivent pas le connaître et ils n'ont pas la liberté de s'en informer curieusement. » C'est qu'il était, ce Pausanias, quoi-qu'un peu sot, l'un des initiés d'Eleusis; et, pendant le millier d'années que durèrent les révélations cir-conspectes, il n'y eut pas un seul initié pour trahir l'auguste confidence. Bref, l'anecdote ésotérique, com-ment la pénétrerons-nous? Car, dit M. Schuré, « elle se passe dans le fond des temples, dans les confréries secrètes; et ses drames les plus saisissants se déroulent tout entiers dans l'âme des grands prophètes, qui n'ont confié à aucun parchemin ni à aucun disciple leurs crises suprêmes, leurs extases divines... » Nous voilà bien avancés!... « Il la faut deviner », répond avec calme l'auteur des *Grands Initiés*.

C'est pour cela que j'appelais M. Édouard Schuré lui-même, du nom qu'il donne à ses héros, un grand initié ou un voyant. S'il appuie, comme je l'indiquais, sur l'autorité du passé l'essentiel de ses prophéties, il ne lui faut pas moins de vertu intuitive pour découvrir la doctrine ésotérique des anciennes religions que pour saisir directement la vérité primordiale. Une fois et l'autre, il devine. Il est un devin. Ses œuvres sont le résultat d' « intuitions foudroyantes »; il les a tirées des « troubles » et « orages » de sa pensée. Il écrit : « Si j'ai réussi à cristalliser quelques-uns de mes rêves les plus chers, ils sont tous sortis d'un profond abîme et d'un bouillonnement continu comme celui de la mer. » Voilà, pour un écrivain, des conditions de travail tout à fait particulières et, de nos jours, plus rares que jamais. Homère, quand il invoque et interroge la muse, je le soupçonne de sourire et de plaisanter joliment. Il n'est pas dupe de la fiction gracieuse qu'il organise. En outre, il songe premièrement à nous divertir. M. Édouard Schuré a d'autres ambitions : il prétend à la vérité. Il est plus crédule et il exige de nous une foi plus rigoureuse. Depuis le temps des prophètes, je ne crois pas que personne ait employé si résolument une méthode si impétueuse et prime-sautière.

Il m'intimide. Un homme qui, à tout moment, tient la vérité absolue et que ne touche, à nul moment, nul doute a quelque chose, pour moi, de sublime et d'un peu inhumain. Je n'ai connu, de cette espèce, que Tolstoï : je l'admirais; et il me déroutait. Encore y avait-il, chez Tolstoï, un arrangement positiviste. On a eu tort de le prendre pour un mystique. Afin de rester toujours en état de certitude, il supprimait les problèmes de la métaphysique ou de la science, les déclarait vains et, refusant une curiosité malsaine, il les anéantissait. Son dogmatisme, il l'avait établi dans un domaine assez restreint. M. Édouard Schuré, lui, ne se plaît que hors de ce domaine; et c'est dans l'inconnaissable que, familièrement, il triomphe. Mais il ne sépare pas le connaissable et l'inconnaissable; de sorte que ses affirmations, de nature mystique, trempent aussi dans la réalité modeste. Et voici notre malaise. Parmi ses affirmations, celles qui sont de qualité transcendantale, c'est bien : nous les acceptons comme, aussi volontiers, nous en accepterions d'autres. S'il nous dit que l'univers est un édifice à trois étages; et les étages, monde physique ou monde de la matière pondérable, monde des âmes ou monde des individualités sensibles et pensantes, monde divin ou monde des forces cosmiques qui gouvernent de par les archétypes ou Idées éternelles; s'il annonce que ces trois mondes sont trois sphères con-

**

centriques qui se pénètrent de leur rayonnement, la plus vaste, celle du monde spirituel, éclairant les deux autres de sa lumière; s'il nous l'affirme, avec une sincérité manifeste, avec un émouvant désir de nous convaincre et avec le bel argument de sa sereine poésie, nous lui cédons, charmés parfois. Comment ne pas lui céder, au surplus? S'il donnait une petite preuve, nous discuterions. Il n'en donne aucune : alors nous n'avons qu'à nous incliner. Mais, s'il arrive que ses affirmations, également catégoriques, tombent sur des objets qui n'échappent pas tout à fait à notre enquête, nous sommes épouvantés de le voir si catégorique. Ainsi, nous ignorons le secret d'Eleusis. Toutefois, nous avons pu visiter les ruines du sanctuaire éleusinien; nous avons pu examiner tous les documents que l'antiquité a laissés, touchant les mystères des deux déesses, la mère et la fille, Déméter et Coré. Ensuite, lisons, dans les *Grands Initiés*, le chapitre intitulé « les Mystères d'Eleusis ». Je le répète, nous sommes épouvantés de l'assurance avec laquelle nous est contée la fête éleusinienne : les petits documents, les seuls et authentiques, disparaissent dans une extraordinaire fantasmagorie. L'auteur a « deviné ». Ce n'est point une hypothèse qu'il nous propose : c'est une vérité qu'il nous inflige. Comment contrôler ses dires? et, lui-même, qui a dû choisir entre plusieurs inventions, quel fut le principe de son choix? Il répondra que, se fiant à l'unité des doctrines ésotériques, il a procédé par analogie. Mais toutes ces doctrines, étant ésotériques, nous sont cachées. Donc il a dû, toutes, les deviner. Ainsi, l'aide que l'une de ses divinations tire des autres, les autres l'ont tirée d'elle pareillement. Cercle vicieux, cercle magique, intuition, vision! Et l'on nous dérange sans pitié de nos habitudes archéologiques.

La fougue affirmative n'est pas moins vive et impérieuse dans le nouveau livre de M. Édouard Schuré, *la Druidesse*. Avant le drame, une magnifique étude, « le Réveil de l'âme celtique », nous conduit à la pensée de l'auteur. M. Édouard Schuré considère que nous assistons à un grand et admirable phénomène, présentement. L'âme celtique avait, en apparence, perdu sa puissance efficace : elle renaît et nous verrons sa résurrection splendide. Renaissance française : « l'idée celtique tend à devenir le principe cristallisateur des autres éléments de la race et de la tradition ». S'il faut l'avouer, nous ne le savions pas !... M. Édouard Schuré, pour une fois, ne se contente pas d'une affirmation catégorique : le réveil de l'âme celtique, il va nous le montrer. Père du romantisme, Chateaubriand le premier découvre quoi? « notre arcane national », autrement dit le celtisme. Il a été deux fois initié : par la lande bretonne et par l'étrange Lucile, « druidesse moderne » et véritable Velléda des *Martyrs*. « C'est, dit M. Schuré, parce que François de Chateaubriand a découvert une profondeur nouvelle dans l'âme de son adorable sœur Lucile, c'est grâce à cette initiation intime et précoce qu'il a su plonger un premier et si pénétrant regard dans notre passé lointain et dans nos origines nationales... « Mais a-t-il plongé ce regard dans notre passé et dans nos origines? Oui! répondrait avec un peu d'impatience M. Schuré, si nous faisions mine de quelque incertitude. Donc, Chateaubriand d'abord. Et puis, la fenêtre éblouissante est vite refermée. Le deuxième, M. de la Villemarqué révèle à ses contemporains le celtisme. M. de la Villemarqué est ce gentilhomme breton à qui l'on doit le *Barzaz-Breiz,* recueil de poésies populaires. Seulement, on a prouvé que, ses *gwerz* et *soniou,* M. de la Villemarqué ne les recueillait pas avec une juste placidité : il les inventait. Poétique supercherie, ce folklore. Et avouons que le folklore est périlleux : le peuple n'y travaille pas beaucoup; le folkloriste, énormément. Le *Barzaz-Breiz,* la prudence nous engage à y goûter l'aimable fantaisie d'un gentilhomme breton. M. Édouard Schuré y voit, malgré tout, une épiphanie du celtisme. Un peu plus tard, Renan caractérise la poésie des races celtiques : senti-

ment direct et spontané des forces de la nature, sentiment courtois et tendre de l'amour, délicatesse d'un
culte consacré aux femmes. Ce n'est pas tout, dit
M. Schuré : il y a encore le prophétisme « qui s'inspire
tour à tour ou à la fois des abîmes ténébreux de la nature et des effulgurations d'un monde surhumain ».
M. Henri Gaidoz fonde la *Revue celtique*; M. d'Arbois
de Jubainville publie les trois volumes de *La mythologie, la littérature et l'épopée celtiques*; M. Camille
Jullian, son *Histoire de la Gaule*; M. Charles Le Goffic,
ses poèmes si savoureux, et M. Anatole Le Braz, ses
romans de Bretagne, si émouvants, si beaux.

Mais enfin, le réveil de l'âme celtique, ce réveil que
M. Edouard Schuré célèbre comme un renouveau de
la France, je ne crois pas que les livres de MM. Jullian,
Le Goffic et Le Braz l'attestent si évidemment. Ce sont
quelques livres, et d'un mérite excellent. Le réveil de
l'âme celtique, nous ne le voyons pas. Si même nous
ajoutons les écrits de MM. Philéas Lebesgue, — une
introduction à *Six lais* de Marie de France, — et Jacques
Reboul, — *Sous le chêne celtique,* — le réveil de l'âme
celtique, nous ne le voyons guère. M. Schuré ne prouve
pas que l'âme celtique se soit réveillée; mais il l'affirme.
Les Gallo-Romains, dit-il, sont des positivistes; les
Celtes valent par un « idéalisme natif et irréductible ».
Or, l'idéalisme de nos jours attaque vivement la sécurité
positiviste. Donc, l'âme celtique se réveille. Et qui en
douterait? Pour bien comprendre ce qu'entend par le
celtisme l'auteur de *la Druidesse*, il faut savoir que
Jeanne d'Arc lui apparaît comme « une résurrection et
une transfiguration de l'antique druidesse sous la forme
d'une héroïne chrétienne librement inspirée ». Mais
alors, j'avoue que j'écoute respectueusement la Pythie
et demeure stupide. Je le demeure, quand je lis que la
révolution française et le romantisme sont « deux puis-
santes manifestations des instincts profonds du tempérament gallo-kymrique ». M. Schuré doit avoir ses raisons
pour énoncer de ces rudes apophtegmes. Seulement, ses

raisons, il ne nous les livre pas. Nous vivons, auprès de lui, sous le régime de l'arbitraire. Il y a en lui de l'autocrate, et voire du despote.

Les druides le devaient tenter : les druides qui étaient (assure-t-il) en possession de la sagesse primordiale; et les druides qui, avec leur culte officiel, avaient (assure-t-il) une doctrine secrète; et enfin les druides qui se souvenaient de l'Atlantide. Les éléments de la philosophie des druides, M. Édouard Schuré les emprunte au *Mystère des bardes,* document traduit par Pictet (Genève, 1853). Et nous sommes contents de penser qu'il a un document sous la main. N'allons-nous pas nous établir enfin sur un terrain solide? Eh bien! non. Il paraît qu'aujourd'hui les Celtisants n'accordent plus d'autorité au *Mystère des bardes*; ils refusent d'y trouver les véritables idées druidiques et, ce *Mystère*, ils le regardent « comme une élucubration de quelques théologiens du dix-septième siècle ». Ce document fut rédigé plus de mille ans après la mort des derniers druides. Qu'importe? répond M. Schuré; la tradition orale, et non écrite, des bardes a duré beaucoup plus de mille ans. Du reste, nous n'en savons rien. Mais nous pouvons le supposer : il suffit.

Si M. Édouard Schuré travaillait selon l'usage habituel, réunissant des faits et craignant de les interpréter avec imprudence, enfin s'il employait la méthode à laquelle les autres historiens doivent la justesse de leurs conclusions attentives, on aurait à lui adresser mille objections. Seulement, n'est-il pas, de son aveu même, un voyant? Il nous dira : — Vous ne voyez pas; tant pis pour vous!...

Tacite raconte que, sous le règne de Vespasien, Velléda, une fille de la nation des Bructères, fut célèbre; dans une tour, elle donnait des oracles; on lui apportait des trophées de guerre; on lui amenait les prisonniers. M. d'Arbois de Jubainville a trouvé l'étymologie du nom de Velléda : c'est, en gaulois, la voyante. Et Velléda est l'héroïne de Chateaubriand, dans *les Mar-*

tyrs; elle est aussi l'héroïne de *la Druidesse*. M. Schuré se propose de nous offrir « une image parlante de ce que fut l'âme celtique en Gaule avant la conquête romaine et avant l'influx du christianisme ». Sa Velléda, ses druides, ses Gaulois, il les « devine »; il a peu de renseignements historiques. Cependant, il a vu quelques druidesses; il les a vues dans l'île d'Ouessant. Elles gardent aujourd'hui les moutons. Leurs robes et leurs fichus sont de couleur sombre. Elles ont de belles chevelures, noires ou cuivrées, qui flottent sur leurs épaules. Si vous leur demandez votre chemin, elles vous disent : « Allez tout rond »; et elles font un geste circulaire qui englobe l'île et l'horizon. Elles parlent peu. « Mais, dans leurs yeux fixes et roux, se lit une mâle résolution de braver les rigueurs du destin. Sans cesse menacées de perdre leurs maris ou leurs fils, elles prennent le deuil d'avance. Maîtresses dans leur domaine, elles se livrent vaillamment à tous les travaux des champs, labourent, sèment et fauchent. Il faut voir avec quelle gravité elles accomplissent leurs devoirs religieux dans l'église de Lampaul, serrées les unes contre les autres, comme des oiseaux de mer, sous leurs coiffes de dimanche. Mais, aux premiers jours de l'automne, ces mêmes femmes s'acheminent en longue procession vers un cap avancé qui domine la mer. Après une prière murmurée à mi-voix, chacune jette un bouquet de fleurs dans les flots, pour apaiser les colères de l'Océan. Depuis deux mille ans, de siècle en siècle, la coutume s'est transmise. Ce jour-là, les Ouessantines redeviennent sans le savoir des druidesses ». Je n'ai pas vu les Ouessantines; mais j'ai lu *Filles de la pluie*, par M. André Savignon. Ces filles de la pluie, ce sont les Ouessantines et, à proprement parler, des filles. Où M. Savignon n'a vu que des filles, M. Schuré voit des druidesses. Ne cherchons point à savoir qui, de ces deux écrivains (inégaux, d'ailleurs), ne se trompe pas; et admirons plutôt comme diffère la réalité, d'âme en âme.

Telle est, un peu longuement, la somme des idées,

et des visions, et des entrevisions sur lesquelles s'appuie le drame ou le poème en prose de *la Druidesse*.

Il fait nuit... Du reste, il fera nuit et jour capricieusement, au gré des incidents dramatiques, selon la volonté du poète ; des lueurs soudaines illumineront et la statue de Némésis et les acteurs, à l'occasion. Cela, au théâtre, demanderait beaucoup d'électricité, importune (je crois) autour des druides. Les rayons de la lune éclairent d'abord le temple de Bélen. Voici, dans les ténèbres, deux hommes. L'un est Glaucus, vil espion de Tarquinia, femme du proconsul romain Torquatus. Et l'autre, Epodorix, chef des Arvernes, est le traître qui accepterait bien volontiers, pour la Gaule, la domination de Rome. Provisoirement, il donne à Glaucus la blonde chevelure de Velléda, que la druidesse a coupée et qu'elle a dédiée au Soleil rayonnant, le dieu Bélen. Les deux gaillards se sauvent. Paraît Katmor, l'Archidruide ; et paraît Velléda, fille de Katmor. Des songes troublent Velléda. En outre, quand elle était dans le temple, un homme, un sacrilège, a bousculé Katmor : il est entré, violant le sanctuaire et, vraisemblablement, désireux de profaner Velléda. Les chefs des Bellovaques, des Carnutes, des Allobroges, des Éduens, Armoricains, Tectosages et Arvernes se réunissent, aux fins d'élire le Brenn. Que Velléda, premièrement, donne la mort au sacrilège. On lui amène le prisonnier, la tête voilée de noir. Frapper un inconnu ? Velléda s'y refuse. Et l'on ôte le voile qui cachait le visage du prisonnier. Velléda reconnaît un garçon qu'elle vit en rêve et qui a des yeux farouches et doux. Non, Velléda ne tuera point ce jeune homme. Qui est-ce ? — L'Obscur, l'Errant, l'Exilé. On l'a vu, dans les monts des Allobroges, barde au sayon bleu, à la harpe d'argent, qui disait : « Fourbissez vos armes ! Allez à Bibracte ! Délivrez vos frères ! » On l'a vu aux fêtes de Narbonne, en haillons, invectivant contre les Gaulois qui, séduits par les élégances romaines, se couronnaient de roses et perdaient leur temps à regarder danser sous les arcades les

joueuses de flûte. On l'a vu au sanctuaire des Carnutes,
monter sur un dolmen, agiter une torche et sommer les
Gaulois de ne pas endurer l'esclavage. On l'a vu aux
monts d'Arvernie. Il est du sang de Vercingétorix. Il est
Celtil. Et il est l'héroïsme résistant de la Gaule. Son
frère Epodorix, le traître, l'a exilé. Les chefs gaulois, à
l'instigation de Velléda, le proclament leur Brenn.

Au deuxième tableau, dans l'atrium d'une villa
romaine, sur les bords du Rhône, nous apprenons par
le dialogue d'Epodorix le traître et du proconsul Torquatus les éclatantes victoires de Celtil : Bibracte est
délivrée. Advient Celtil, pendant une trêve, pour
l'échange des prisonniers : il est insolent à merveille.
Mais, à demi couchée sur un lit de parade, la belle
Hédonia Tarquinia reçoit Celtil et, conjugales rancunes,
elle aguicherait volontiers le barbare : Celtil est tout à
la pensée de Velléda. La Romaine alors se venge. Elle
possède la chevelure de la druidesse, talisman de
magie. Eh bien! Katmor emmenait Velléda vers l'île
d'Inisthona. Des pirates frisons attaquèrent la barque;
ils ont tué Katmor, enlevé sa fille. Velléda, vendue
comme esclave, ils la traînent par la Germanie : elle
finira sur un marché de Rome. « Mon cheval! mon
cheval! » crie Celtil : tant qu'un souffle vivra dans son
cœur, il saura retrouver Velléda, fût-ce au bout du
monde. « Comme il l'aime! » soupire la Romaine.

Celtil a retrouvé Velléda, entre deux falaises ro-
cheuses, dans l'île sauvage d'Inisthona. « Oh! laisse-moi
t'enlever sur mon navire, car désormais tu m'appartiens.
Viens sur l'Océan, notre patrie première; il écume
d'impatience de nous porter. Ne sommes-nous pas libres
comme lui? J'ai frôlé les écueils pour te joindre, je
volerai par-dessus pour te ravir!... » C'est bien tentant;
car Velléda aime Celtil. Mais la dernière prophétesse
de la Gaule ne peut renoncer à sa mission; par ses bai-
sers coupables se romprait « le lien fragile qui joint le
ciel à la terre ». Enfin : « Je t'aime, mais je ne puis te
suivre, Celtil! » Celtil est un garçon fougueux, et qui

se fâche, et qui se vante sans délicatesse de l'intérêt qu'il a su inspirer à Hédonia Tarquinia. Velléda le repousse. Il part pour le royaume de la nuit : « Orgueilleuse druidesse, adieu! » Mais Velléda, héroïque et charmante : « Tu veux descendre dans l'abîme d'Abred? Tu n'y descendras point seul!... » Sa couronne de verveine, symbole de puissance prophétique, elle la jette dans la mer : « Comme je fus aux dieux, je suis à toi! — A travers toutes les existences? — A travers toutes! » Car les druides et M. Schuré croient à la réincarnation perpétuelle des âmes. Seulement, pour chercher Velléda, le Brenn a quitté l'armée. Volusénus et Virdomar, chefs gaulois, ont trahi le Brenn. Les Romains ont repris la citadelle de Bibracte et menacent le sanctuaire des Carnutes. On appelle Celtil. Et lui : « Sur la bouche de la prophétesse, j'ai bu le feu sacré de Bélen ; le sang des dieux a passé dans mes veines ; maintenant je puis donner à la Gaule une âme nouvelle et vaincre en mourant! » Il part. Mais tard !

Au centre de la Gaule et au sommet d'une montagne, parmi les rocs, il y a un dolmen gigantesque, le tombeau de Hu-Gadarn, le grand ancêtre de la race. Nuit étoilée... Et c'est là que l'astuce romaine s'emparera de Celtil le héros. Par les espions, Torquatus sait que les Gaulois viendront, pour consulter le cœur de la Gaule. Celtil est pris. Un cachot dans la Tour du Rhône. Celtil est là, chargé de chaînes. Avec un centurion subtil, Hédonia Tarquinia s'approche du grabat de Celtil. Et elle tente le Brenn : ne veut-il pas être empereur de Rome, et de la Gaule soumise à Rome? Hédonia Tarquinia ne doute aucunement de rien. Mais il y a, dans le cachot, une statue de Némésis : elle se noie dans l'obscurité. A sa place, paraît le corps astral de Velléda, tenant une branche de gui. Velléda, d'un rais lumineux, montre à Celtil son bouclier, son casque et son épée. Armé du casque et du bouclier, Celtil brandit son épée. Les stratagèmes qu'avait préparés, pour emmener Celtil, Hédonia Tarquinia servent à Celtil pour s'échapper tout seul. Et il est libre.

Au sanctuaire de Bélen, chez les Bellovaques, Katmor et Velléda, les gens et aussi les éléments, les Gaulois et la tempête clament la défaite de la Gaule. C'est un délire d'amour qui emporta la prophétesse et le héros. Des femmes gauloises, des soldats fugitifs arrivent, réclamant les foyers, les terres, les labours. Une jeune Gauloise tient dans ses bras un enfant au maillot; de la main droite, elle tend une touffe d'épis noircis par le feu : « C'est l'image de nos champs, brûlés par l'avant-garde de Torquatus! » Celtil n'est pas mort; le voici : la Gaule est encore vivante. — « Pour combien de temps? — Pour demain, si nous sommes vainqueurs; pour toujours, si nous mourons en vrais Gaulois!... » Les blessures de Celtil, Velléda les guérit, douce magicienne, au contact de ses mains. Velléda et Celtil boivent la coupe d'amour, sous le chêne sacré; et ils n'entendent pas gronder la foudre, qui fendra le chêne, jusqu'à la racine. « Les Romains! Les Romains!... » Les Romains approchent. Les Gaulois mettent le feu à la forêt; de chêne en chêne, le feu se propage. Velléda et Celtil entrent dans le temple, qui flambe. Soudain, le temple s'effondre et n'est qu'un amas de ruines, dans la forêt brûlée. Un disque jaune et lumineux monte dans ce paysage. Et l'on voit, sur ce fond, se dessiner la blanche figure du Christ ressuscité, les bras ouverts. Un oracle druidique l'avait annoncé : « Pour que Rome soit vaincue, il faut qu'un Dieu s'incarne sur la terre et ressuscite du tombeau. Du fond de la mort, il apportera l'amour éternel!... » Les destinées nouvelles de la Gaule commencent; des cendres de la Gaule druidique naît la Gaule chrétienne.

Il est impossible qu'on n'admire pas la beauté de ces grandes imaginations qui soulèvent les siècles du passé. Il est possible qu'on éprouve quelque peine à en saisir toutes les significations profondes. Je crois aussi que la poésie des druides, si démodée naguère encore, n'éveille pas notre plaisir très vivement. Pour-

tant M. Édouard Schuré l'a embellie des nobles idées
qu'il incarne sous les symboles celtiques : nobles idées
un peu étrangères à notre habitude mentale. Les problèmes qui inquiètent l'auteur des *Grands Initiés* et de
la Druidesse sont les problèmes éternels que la philosophie, en tous temps comme en tous pays, examine. Il
les pose, lui, et les résout d'une telle manière fulgu-
rante, avec tant de rapide certitude, avec tant de prophétique facilité que nous ne les reconnaissons plus.
Un dialecticien nous emmène avec lui et, quitte à
l'abandonner avant l'arrivée, nous l'accompagnons un
bout de chemin. Du moins, en cheminant près de
lui, tremblions-nous de son espoir, de sa fatigue. Le
mystique traverse en un instant les étendues; et tout
de suite il est parti : quand il est arrivé, là-bas, nous ne
le voyons plus. S'il faut l'avouer, les nobles idées métaphysiques et le vaste rêve, qui emplissent magnifiquement le scénario de *la Druidesse*, ne me touchent pas
beaucoup.

Ce qui me touche, dans ce drame poétique, c'en est
la qualité nationale. L'Archidruide Katmor, je fais bon
marché de lui, et de Bélen, son dieu solaire. Mais
Celtil, âme héroïque et amoureuse de la Gaule, comme
il nous émeut! comme nous suivons, d'un cœur
angoissé, la double tribulation de son héroïsme et de
son amour! Quand la belle Romaine, toute chargée de
civilisation gréco-latine, est sur le point de le séduire,
nous voudrions avertir le Gaulois. Cependant, nous
savons le tour qu'ont pris les événements, et que notre
âme celtique, il y a deux mille ans, s'est naturalisée
âme romaine. Nous le savons; mais le paradoxe des
vœux qui nous enflamment pour la Celtide condamnée
ressuscite en nous l'angoisse du moment le plus pathétique de notre histoire, celui de la prime conquête,
celui de la résistance finale et d'une mort suivie d'une
rénovation prodigieuse. Quelle péripétie de la Gaule
maternelle, agonisante et qui va revivre dans ses enfants
élevés par ses ennemis!...

Eût-on deviné que l'idéologue des *Grands Initiés*
serait sensible, et si profondément, à une telle aventure
de patrie? Il cherche la vérité primordiale, éparse dans
les religions de l'univers... Oui! mais (raconte M. Roux),
en 1870, après les défaites, Wagner écrivit à Schuré :
« Votre place n'est plus à Paris; venez avec nous, en
Allemagne! » Schuré, né en Alsace, répondit : « Plus
que jamais, je suis Français! » A toute la philosophie
primordiale et à toute la synthèse de l'ésotérisme, je
préfère cette anecdote, si humaine, et cette vive intuition, ce choix qui n'est pas libre. Nos idées, avons-
nous à les choisir plus arbitrairement que notre pays
natal?...

1er mars 1914.

VII

LES CONTES DE M. JULES LEMAITRE [1]

Inveni portum; ces deux mots ont un son mélancolique et doux. Ils éveillent une pensée de sécurité un
peu tardive et une image de voiles qui, dans la lumière
du soir, regagnent leur abri. Contents après l'inquiétude et, si aimable que soit la paix enfin trouvée,
encore tremblants de quelque regret, ces deux mots de
sagesse, M. Jules Lemaître les a inscrits au revers de
ses belles reliures, comme sa devise et comme son
remerciement. Ainsi le port ou le refuge est auprès des
vieux livres, auprès du rêve ancien des lettrés. Quelle
réponse à nos velléités turbulentes!...

Une imprudente jeunesse croit inaugurer la vie et
l'inventer, pour ainsi dire. Et puis elle arrive à la tranquillité, plus ou moins vite. Avant cela, on l'a vue
intrépide et, parfois, désagréablement. La remarque de
La Bruyère l'importunait, selon laquelle tout est dit et
l'on vient trop tard. Elle ne consentait pas non plus à
écrire, suivant le conseil de Chénier, sur ses pensers
qu'elle jugeait nouveaux, des vers antiques. Il lui fallait des merveilles inopinées; elle ne craignait pas de
combiner une syntaxe d'aventure et de fabriquer des
mots. Elle voulait un vocabulaire tout neuf, comme

(1) Ce chapitre est du mois d'avril 1914; et Jules Lemaître
vivait encore. Je ne change rien à ce que j'écrivais et je laisse au
tour de quelques phrases l'illusion, mélancolique et douce à nos
regrets, de sa présence.

elle, et des tours que n'eût pris jusqu'alors nulle méditation. C'est exactement la barbarie; les adolescents y
retournent, avec innocence, pour s'émanciper. On se
figure que les plus hardis jeunes gens de lettres ont
d'abord le désir d'étonner le prochain; et j'avoue que,
souvent, ils l'ont : mais, principalement, ils souffrent,
même s'ils ne le savent pas, de se sentir si jeunes dans
l'univers qui est si vieux. Pauvres petits! ils ne songent
pas que déjà Homère continuait une longue littérature.
C'est l'opinion de M. Michel Bréal; et c'est l'évidence,
nulle perfection n'étant soudaine. Ils se laissent aller à
des erreurs qui, les ayant éloignés de la raison, les en
rapprochent ensuite et, au bout du compte, les y conduisent, pourvu qu'ils ne soient pas des orgueilleux, et
entêtés de leur folie : car on n'échappe guère à la raison, se fût-on promis d'autres joies. Un jour, ils s'aperçoivent de leur faute et ils pardonnent à la destinée qui,
la veille de leur naissance, n'a point anéanti, d'un
déluge, les bibliothèques et tout le témoignage du
passé.

M. Jules Lemaître ne me semble pas avoir commis ce
péché de révolte pour lequel tant d'autres ont à battre
leur coulpe et, quelques-uns, la battent sans vergogne
ou modestie. Dès ses premiers ouvrages, il apparut
comme un très pieux humaniste qui ne sacrifie pas les
siècles au lendemain. Ni dans ses phrases les plus
souples et adroites, il n'admettait aucun désordre; ni
dans ses opinions et ni dans son incertitude. Il se fiait
à un usage que nos écrivains les plus mémorables consacrent; et il soumettait son doute même, la fantaisie
de son doute, à leur exemple et à leur discipline.
Cependant, la nouveauté le tentait. S'il a choisi, pour
les étudier, ses contemporains, c'est qu'il avait plaisir à
connaître d'eux la plus récente idée qu'on se fit du
hasard, de la vie et de la beauté. Il ne dissimulait pas
sa prédilection des romans, comédies et poèmes qui,
venus hier et de son voisinage, s'adressaient à lui familièrement, lui parlaient de ce qu'il aimait ou redoutait

et, bref, ne lui racontaient pas une histoire périmée.
Il était curieux et avait, je crois, son meilleur amusement à guetter les prouesses qu'on allait accomplir pour
réaliser sous une forme d'art l'émoi moderne. Aujour-
d'hui que, déçu de quelques attentes, il est retourné
aux vieux livres, si les éditions originales l'enchantent,
c'est notamment pour leur nouveauté ancienne : nous
avons tort de traiter comme vieux le passé, qui était
plus jeune que nous. Un vieux livre de chez Barbin,
au Signe de la Croix, ou de chez Ribou, à l'Image
Saint-Louis, engage son heureux possesseur à imaginer
le matin que fut mis à l'étalage ce volume tout frais
encore, ce volume que payent trente sols et que lisent,
pour la première fois qu'on le pût lire, Mmes de
Sévigné ou de Lafayette, avec une souriante surprise.
La nouveauté est charmante : elle a bien l'air d'un
miracle qui interrompt la durée morne du monde.
Ainsi persiste, dans la sagesse de M. Jules Lemaître, un
goût d'autrefois.

Du reste, il ne prétend pas que les derniers venus
n'aient rien ajouté au trésor classique; et il accorde
que plusieurs écrivains du dix-neuvième siècle aient
montré une intelligence plus étendue et une sensibilité
plus fine que leurs devanciers. Mais il écrit : « Avec
Corneille, Racine, Molière, La Fontaine, avec Rabelais,
Montaigne, Descartes, Pascal, Bossuet, La Bruyère, on
a déjà toutes les remarques essentielles sur la nature
humaine, sur l'homme religieux, l'homme politique,
l'homme social. Et il faut avouer que ces réflexions,
ces peintures, même ces lieux communs, ayant rencontré là, pour la première fois, une expression à peu
près parfaite, gardent une fleur, une saveur, une plé-
nitude, une grâce ou une force qu'on n'a guère retrou-
vées depuis. Il n'est donc pas déshonorant de s'en
contenter, et il est, au surplus, délicieux d'y revenir
par le plus long, j'entends après avoir joui des enri-
chissements ajoutés par les âges récents à ce trésor
primitif et essentiel. » M. Jules Lemaitre tenait ces

propos réactionnaires à l'Académie, au cours d'un ravissant éloge des vieux livres, dans une de ces solennelles séances où la plus noble tradition s'égaye de quelque badinage; de sorte qu'on peut un instant se demander si, en quelque mesure, ce n'est point là une boutade. Puis, en l'honneur des vieux livres, leur ami n'a-t-il pas cédé à la gracieuse envie de leur immoler l'avenir?...

Pas du tout! C'est une véritable doctrine que M. Jules Lemaître a exposée dans ce discours; et, — reconnaissons-la, — c'est la doctrine même de notre littérature classique. La Fontaine, qui empruntait le sujet de ses fables à Ésope et à Phèdre et qui se donnait pour traduire ou imiter les modèles de l'antiquité grecque et latine; La Bruyère, qui plaçait sous le patronage de Théophraste ses *Caractères*; et Corneille et Racine, qui se fussent excusés des libertés qu'ils prenaient à l'égard de Sénèque et d'Euripide et de Tacite; enfin nos poètes et prosateurs les plus originaux du grand siècle ont tous, plus ou moins nettement, affirmé la suzeraineté des anciens. Dira-t-on qu'ils sont moins originaux à cause de cela? ou, du moins, qu'ils sont originaux en dépit de cela? Non, certes!... Ce que les novateurs, alors et de nos jours, dénoncent comme la superstition de l'antiquité, c'est la juste notion de ce qui, étant fait, n'a plus à être fait. La plupart des novateurs, ce qu'ils découvrent, — car ils sont de bonne foi, — ils étaient seuls à l'ignorer. Mieux informés, sans doute auraient-ils moins de gaillardise; mais ils s'épargneraient le ridicule d'une imposture trop naïve. La conversation des lettrés dure depuis de beaux âges. Les principales vérités, La Fontaine et La Bruyère, Corneille et Racine les croyaient dites : ne les croirons-nous pas dites, après que La Fontaine et La Bruyère, Corneille et Racine ont ajouté leur mot?... Il ne faut pas qu'un jeune homme, ou un barbon qui a gardé hors de saison trop de verdeur, se pousse dans la conversation des lettrés comme un petit impertinent. Mais, pour un génie impétueux, le respect de l'antiquité, le respect de tout le passé, que de contraintes!... Un génie authentique se marque et par sa désinvolture et par son obéissance. Les contraintes gênantes sont exactement celles qu'on n'a point examinées, jugées inévitables et acceptées : il n'est de liberté que dans la servitude consentie.

S'ils n'ont point affecté de n'avoir pas lu Ésope et Phèdre, Théophraste, Tacite, Sénèque et Euripide, nos classiques n'en ont pas moins élaboré une littérature qui, dans l'histoire, est plus singulièrement caractérisée que nulle autre. Leur amitié pour les vieux livres ne les induisait pas en découragement ou paresse. Pareillement, celui de nos contemporains qui peut-être a le plus vécu avec les vieux livres de jadis, et avec les vieux livres de naguère, et avec tous les livres, écrit : « Il est toujours vrai que tout a été dit; mais ce n'est jamais tout à fait vrai... » Il veut encore qu' « en marge des vieux livres », on note le nouveau commentaire.

M. Jules Lemaître a publié cinq volumes de contes. Dans *Sérénus* et *Myrrha,* les deux premiers volumes, il inventait généralement toute l'anecdote. Mais *Sérénus* pourrait porter en sous-titre ces mots : « En marge de Sénèque le philosophe et de son livre *De tranquillitate animi.* » *Nausicaa* et *Briséis* sont des « marges » de l'*Odyssée* et de l'*Iliade*. Ensuite, le conteur a toujours emprunté aux vieux livres le départ de ses imaginations.

Il procède comme ceci. Le vaisseau d'Ulysse approche de l'ilot des Sirènes. Ulysse n'a point oublié les conseils que lui a donnés Circé la magicienne. Avec de la cire pétrie dans ses fortes mains, il bouche les oreilles de ses compagnons. Lui, on l'attache au mât avec des cordes. Et nous suivons fidèlement le récit d'Homère. Les Sirènes arrivent; elles se mettent à chanter; elles invitent les chers hommes à ne point dépasser leur île sans écouter leur voix; elles haussent hors de la mer

** **

« leurs corps étincelants et frais ». Ulysse, dans ses
liens, s'agite : on resserre les cordes qui le tiennent.
Mais un des matelots, Euphorion, ne résiste pas au
désir d'ouïr les filles de la mer chanter à voix de sirène.
Il ôte la cire de ses oreilles : le chant le trouble tellement qu'il dédaigne de vivre, se penche sur le bastin-
gage et se jette dans les flots. Euphorion, matelot
d'Ulysse, est perdu : si les matelots n'abandonnent pas
sans chagrin leur compagnon, Ulysse leur commande
de tirer sur les rames et de doubler en hâte l'île dangereuse. Homère nous emmène avec le vaisseau d'Ulysse
et nous ne savons plus ce que devient le jeune homme
séduit par les musiques de la mer. M. Jules Lemaître,
lui, laisse Ulysse partir et il nous guide vers les aventures d'Euphorion.

C'est un moment délicieux, dans le conte, celui où
il s'échappe des liens homériques et, pareil à Euphorion qui, « de toutes les forces de son désir, nageait
vers les voix », s'amuse de sa liberté. Les Sirènes sont
de belles personnes et aguichantes. Puis elles déchirent
les cadavres des naufragés et leur sucent le sang. Parmi
elles, Euphorion remarque une petite Leucosia, lui
annonce qu'il l'aime. « Cet étranger m'appartient »,
déclare Leucosia, qui aime Euphorion sans tarder. Les
deux amants ont de communs plaisirs; et ils nagent
ensemble, jouent avec les dauphins débonnaires;
ensuite Euphorion dort « dans les bras froids de la
petite déesse aquatique ». Leur amour n'est pas compliqué de nombreuses paroles, Leucosia ne sachant
guère que les mots « qui désignent les choses essentielles à la vie d'une divinité marine de second ordre
sur un récif méditerranéen ». Mais Euphorion, touché
de quelque nostalgie, s'ennuie un peu. Il songe aux
forêts et aux fleuves, aux champs, aux labours, aux
temples sur les promontoires et aux tavernes où l'on
boit avec des camarades sur les quais animés de foule
et de vacarme. Son étrange souhait de vivre humainement, il le communique à Leucosia : ne veut-elle partir

ainsi que lui? — Je ne pourrai pas marcher longtemps
sur la terre, répond-elle. Mais Euphorion : — Je t'ai-
derai; d'ailleurs, là-bas, il y a des voitures!... Ils s'en
vont et nagent trois jours. Ils parviennent au continent.
Quelque temps, Euphorion porte Leucosia sur son dos.
Seulement, le fardeau lui pèse; et il agit mal : car il
délie de son cou les bras de la Sirène et la laisse tomber
sur le sol. Elle pleure; elle supplie Euphorion d'avoir
pitié d'elle. Pitié, amour et larmes : elle ignorait jusqu'alors la pitié, l'amour et les larmes, étant déesse.
Elle a pleuré : elle est toute prête à la transformation
que Thétis lui offrira; elle est femme déjà.

Et ainsi va le conte, avec une ingéniosité charmante.
Il ne déroule pas une allégorie; mais il recueille en
passant les analogies que présentent la fiction et la réalité : divertissants, les épisodes sont aussi les emblèmes
de vérités, gaies ou tristes et relatives à la pitié, à
l'amour, aux larmes, aux inconvénients de la vie mortelle et au bonheur que bouleverse la pensée. Toutes
vérités que le poète Homère négligeait et, au surplus,
ne soupçonnait pas; toutes vérités qui pourtant naissent
et fleurissent de son *Odyssée*, comme, après la mort du
jardinier qui planta l'arbuste, le rosier, greffé avec art,
donne des roses d'une autre couleur et d'un autre
parfum : c'est toujours le même rosier, cependant.

Et c'est toujours la même humanité, depuis Homère
(et plus anciennement), jusqu'à nous (et bien après
nous), qui modifie et modifiera le thème éternel de la
crainte et de l'espérance, de la douleur et du plaisir,
du temps si bref. Elle modifie le thème; et, sous divers
aspects, le thème demeure éternellement le même. Une
glose nouvelle indique la nuance du sentiment qui
orne l'antique rêverie. Ainsi, au tronc durable de l'or-
meau, dans la vallée d'Ombrie, verdoie le feuillage
nouveau de la vigne, chaque année.

La poésie des contes que M. Jules Lemaître a écrits
en marge des vieux livres doit une véritable grandeur
à cette idée de l'humanité continue, à la fois docile et

audacieuse, docile aux dures nécessités du sort et audacieuse à esquiver les entraves, prompte à aimer, dans son esclavage,

ce que jamais on ne verra deux fois !...

Plus est timide et tremblante la glose qui se détache du texte immuable, et aussi plus est touchant, voire attendrissant, l'effort de liberté de cette petite ramure, jolie et menacée. L'âme d'un jour montre sa nuance à la brutale éternité. Un pétale tournoie à la surface d'une eau orageuse.

L'*Iliade* et l'*Odyssée*, l'*Énéide*, l'Évangile, enfin la *Légende dorée*, voilà les livres aux marges desquels M. Jules Lemaître a noté premièrement les singularités de son époque. Ajoutons le *Zend-Avesta* et, bientôt, le *Ramayana*; mais il s'évade rarement hors de la tradition gréco-latine et française. « Rêver dans le passé, — surtout dans le passé de la France! » a-t-il écrit. Le passé de la France est à Rome, Athènes et sur les côtes de l'Asie Mineure où préluda la muse d'Ionie. Et, si M. Jules Lemaître admet, parfois, des étrangers, c'est Boccace ou bien Cervantes, des Latins et quasi naturalisés chez nous. Deuxièmement, il compléta la série de nos étapes. Il s'arrêta aux chansons de geste, à Villehardouin et à Joinville, puis au *Pantagruel* de Rabelais, puis à Mme de Sévigné, à La Fontaine, à Fénelon et à Saint-Simon; puis, en marge des proclamations du général Bonaparte, il composa le journal de Mme Clélie-Éponine Dupont. Le dernier recueil des « Marges », — dernier, quant à présent, — *la Vieillesse d'Hélène*, recommençant tout le chemin, le fait tout au long, part de l'*Odyssée* encore, n'oublie pas Hérodote ni Ovide, ce Parnassien; salue gentiment Guillaume au Court-nez et Joinville, risque un détour capricieux qui le conduit auprès de Ribadeneira et s'attarde plus volontiers dans la compagnie éprouvée de Corneille, de Molière, de Racine, de La Fontaine encore et de Bos-

suet, de Perrault, de Gil Blas, de Manon Lescaut, de la
Nouvelle Héloïse, et même de M. Renan. C'est à peu
près tout le chemin qu'a fait l'âme française depuis ses
primes origines. Beau voyage et saint pèlerinage ou
plus familièrement, si l'on veut, procession de nos
enfances : et, à chacun des reposoirs, notre guide
apporte un bouquet fraîchement coupé.

Les contes du dernier recueil sont plus rapides que
les précédents. Ils n'ont pas plus de huit ou dix pages.
Les incidents ne sont pas moins nombreux; mais le
conteur va plus vite. Il est possible qu'on regrette la
manière un peu nonchalante de *la Sirène*; oui, nonchalante, et avec tant de grâce. Le conteur ne se dépêchait pas du tout; on eût dit que plutôt le conteur
alentissait l'allure de ses phrases, n'ayant nulle hâte. Il
a quelque hâte, maintenant. Et il a remplacé une élégance par une autre. Maintenant, c'est la vivacité de
l'anecdote qui nous enchante : et heureux l'écrivain
qui, changeant de manière, a deux fois enchanté son
lecteur! Les contes de *la Vieillesse d'Hélène* sont arrangés
à la façon de comédies. Il y a des coups de théâtre, et
qu'il faut amener prestement. Il y a des retournements
de la situation, qui valent par leur promptitude. Et il
y a des dénouements, qui valent par leur soudaineté.

Depuis cinquante ans qu'elle est la belle Hélène, la
fille de Léda et du Cygne souffre d'une malchance : on
l'aime, — ah! oui, on l'aime; Thésée l'enleva quand
elle était encore une petite fille; bientôt après, Ménélas
l'épousa; et Pâris, on n'ignore pas qu'il sut la convaincre; avec moins de beauté, mais avec tant de malice,
Ulysse fut peut-être son amant; et Hector, on se
demande si, en faveur d'elle, il ne négligea pas Andromaque aux bras blancs; est-ce tout? on n'ose pas le
dire; les Argiens et les Phrygiens l'adoraient également.
— On l'aime; et, voici la malchance, elle n'aime pas.
Elle est flattée de tout l'amour qu'on lui prodigue;
mais elle a « déchaîné les plus furieuses passions sans
être elle-même grandement émue. Vers la cinquan-

taine, elle s'en désole ; et elle envie la violente Hermione, que Pyrrhus a trahie et qui assassina Pyrrhus et qui se tua sur le corps du perfide. Alors, elle prend la décision d'être amoureuse. Un jeune soldat sans fortune, joli garçon nommé Arsace, la tente assez bien ; seulement, elle ne le tente guère : le gaillard ne dissimule pas beaucoup la prédilection qu'il a pour des jeunesses. Hélène pleure et endommage ainsi le fard indispensable de ses joues. Elle se promène, déçue, dans les prairies qui bordent le jardin du roi. Elle remarque un jeune berger, d'abord timide, et un peu moins timide vers le soir. « Par une tiède nuit d'été, le petit pâtre, amoureux enfin, et plus hardi que de coutume, tenta de prendre Hélène dans ses bras. « Non, non ! » dit-elle, et elle évita l'étreinte. « Pourquoi ? — Cela n'est pas bien. » Il la supplie ; il insiste ; elle fuit... » Le petit pâtre la poursuit. S'il l'atteint et s'enhardit encore, s'il lui enlève son chapeau et la décoiffe, il verra qu'elle n'est pas une fillette. Il court mieux qu'elle et il est vif. Elle tire un poignard de sa ceinture et le plonge dans le cœur de l'enfant qui ne saura pas qu'elle était moins belle.

Et nous participons à la volonté singulière d'Hélène, à sa violence. Même si sa coquetterie nous fait sourire, nous lui sommes reconnaissants d'avoir préservé son idéale image. Homère ne nous l'a pas montrée, Hélène, moins belle qu'au temps où elle fut le plus belle. A présent, nous avons un peu plus de perversité, quitte à en souffrir ; mais, si l'un de nos contemporains, plus audacieux qu'Homère, a imaginé un instant la vieillesse d'Hélène, il a peur de son audace et a vite caché les menues rides qui ont dû rendre moins parfait, un jour, le visage adorable.

Pénélope est une chaste épouse. Aux prétendants, elle n'a rien accordé. M. Jules Lemaître propose que, du moins, elle ait distingué Aristonoos qui, tout en buvant bien, ne s'enivrait pas et qui chantait en s'accompagnant sur la lyre. Va-t-elle céder aux séductions

d'Aristonoos et à son empressement? Non; et M. Jules
Lemaître ne profanera certainement pas le symbole
de la vertu conjugale. Mais Pénélope désormais se dépêche à sa broderie. Liodès, l'un des prétendants et qui
n'a pas d'avenir, souhaite que la situation se prolonge;
et, par Mélantho la servante, le travail du jour est défait chaque nuit. Pénélope croit que les dieux l'avertis-
sent de n'être pas frivole. Ensuite, elle surprend Mélantho et la gronde... « C'est alors qu'Ulysse revint... »
Ulysse a beaucoup d'énergie : il tue les prétendants et
Aristonoos comme les autres. Pénélope en est informée.
Si elle a du chagrin, personne ne s'en doute; car elle
est la prudente Pénélope : elle est une femme discrète
et honnêtement dissimulée. Elle accorde au retour du
héros une sincère politesse et les sentiments les meilleurs. Mais, au matin, quand son vaillant époux dort
à poings fermés, elle quitte le lit et va, sous le por-
tique, chercher parmi les morts le cadavre d'Aristonoos;
elle fait sur lui une libation de vin noir. A partir de
ce jour, on la vit plus triste qu'elle ne l'était avant
qu'Ulysse eût achevé son dur voyage.

Et Pénélope, à nos yeux, n'a rien perdu de l'intégrité
qui la rendait recommandable entre toutes les femmes
légitimes. Elle a gagné un mérite encore, à être vertueuse, pour ainsi parler, en connaissance de cause. La
vertu que lui avait conférée Homère — déjà précieuse
— était un peu involontaire. C'est déjà très bien, d'être
vertueuse comme on est blonde, ou brune, par un divin
hasard. Mais enfin, c'est mieux, d'être vertueuse comme
on est bonne parce qu'on l'a choisi. Pénélope qui s'est
aperçue d'Aristonoos et de ses attraits, dira-t-on que
l'absolue blancheur de son âme se colore de teintes
moins pures? et qu'il y a, auprès d'elle, moins de
sûreté?... Elle est plus touchante; nous l'aimons davantage, il me semble, pour ce léger trouble qu'elle admet
dans son cœur excellent, aujourd'hui que, très civilisés,
nous avons tant de peine à concevoir la simplicité du
bien ou du mal.

J'ai scrupule d'ajouter ces petites explications ou, en quelque sorte, ces corollaires de morale à des fictions que l'auteur nous donne toutes seules et qu'il n'alourdit pas de philosophie. C'est que les fictions, je les résume et crains d'en déranger la fine ordonnance. M. Jules Lemaître, lui, dans ses contes, ne sépare jamais de l'anecdote une interprétation. Sa méthode n'est pas celle de La Fontaine qui, la fable terminée, formule ses maximes. Plutôt, sa méthode est bien celle de La Fontaine qui, en fin de compte, ne formule ainsi ses maximes que pour se conformer à l'usage des anciens fabulistes; mais la véritable signification des fables de La Fontaine, ce n'est point aux « moralités » qu'il la faut demander : elle est incluse dans le récit. Pareillement, les contes de M. Jules Lemaître portent en eux-mêmes leur signification profonde. Il a tout disposé de telle manière que la pensée dût naître, et j'allais dire, émaner des incidents, de leur subtil arrangement, de leur qualité. L'on aperçoit, de page en page, comme des invites à rêver selon la guise de l'auteur.

Du reste, l'auteur n'est pas un impérieux dogmatiste; il vous laisse beaucoup de liberté : cependant, avec une persuasive douceur, il vous dirige. Souvent aussi, le conte ne paraît pas destiné à une autre fin qu'au seul plaisir de l'imagination. Telle, l'aventure de Daphné, fille d'un fleuve. Daphné avait peur de l'amour. Pénée, le fleuve, lui conseillait de se marier, de lui donner des petits-fils. Elle passait toutes ses journées à la chasse. Apollon la vit, dieu galant, et la rechercha. Comme elle risquait de ne plus échapper aux entreprises du ravisseur, elle implora son père, qui la transforma en un laurier. Au printemps, « sous la lisse écorce, le corps endormi de Daphné était traversé, comme par d'excitantes flèches, par tous les désirs de vie végétale qui, à l'extrémité des branches, s'épanouissent en feuilles et en fleurs... » Et, sous l'ombrage du laurier, les amoureux venaient s'asseoir. Un jour, ce fut Apollon et la petite Xantho : le dieu pleurait Daphné, mais il priait

Xantho de le consoler. Soudain, les branches du laurier frissonnèrent ; « et Apollon sentit un bras frais autour de son cou : ce n'était point le bras de Xantho ». Daphné avait rompu l'écorce et apparaissait, disant : « Me voici. » Là-dessus, nous rêverons, touchant l'amour et ses caprices. Il ne s'agit pas de conclure, mais de songer.

La préférence accordée au récit, la rapidité du récit, l'art de se cacher derrière une anecdote, l'art de la réalité, autant de caractères par lesquels on définirait la littérature classique. Et, parmi les écrivains de notre époque, M. Jules Lemaître est en effet celui que le romantisme a le moins alarmé. Les autres, pour la plupart, n'écriraient pas exactement comme ils écrivent, s'ils n'avaient lu Chateaubriand, Victor Hugo et Balzac. Mais les contes de M. Jules Lemaître, si pénétrés qu'ils soient des sentiments d'aujourd'hui, se placent dans la série littéraire de la France, tout de suite après La Fontaine, La Bruyère et, si l'on veut, Voltaire. Le romantisme n'y est pour rien. Car jamais M. Jules Lemaître n'abuse de son idée, abus où le romantisme triomphe. Jamais les mots ne le mènent plus loin que raisonnablement il n'avait résolu d'aller ; et jamais une trouvaille ne lui devient un prétexte. Il redoute la vaine poésie, celle qui, s'étant une fois échappée, court comme une ménade. Il évite les descriptions abondantes et, devant la nature, il n'est pas pris de démence. Les ornements inutiles, la prodigalité verbale et toute cette exubérance du cœur et de l'esprit lui font horreur. Et il écrit, dans l'histoire du chevalier de Pontmolain, gentilhomme de Touraine qui a suivi en Terre Sainte le roi saint Louis : « Sous les orangers de Jaffa, il se souvenait avec larmes des peupliers de la Loire, mais en même temps les suaves odeurs d'Orient l'alanguissaient et il avait un grand besoin d'aimer et d'être caressé... » Voilà peut-être la plus romantique de ses phrases : et elle n'est pas romantique. D'ailleurs, je ne nie pas qu'il soit, plus que nos classiques, sensible au son des mots et à la musique que fait leur savante combinaison. Mais je crois qu'il faut limiter là le romantisme de cet écrivain.

N'est-il pas significatif déjà que, dans la liste de ces livres aux marges desquels il a écrit ses contes, on ne trouve aucun des héros de 1830? Nous passons de la *Nouvelle Héloïse* à *l'Abbesse de Jouarre*, de Rousseau à M. Renan. Le petit conte relatif à M. Renan, l'auteur de *la Vieillesse d'Hélène* l'a emprunté au premier tome des *Impressions de théâtre*. On le connaissait; on est ravi de le relire; et puis on peut conjecturer qu'en le plaçant ici M. Jules Lemaître a voulu marquer son intention de franchir tout le romantisme d'une traite. Il ne s'y arrête pas. Le méprise-t-il? Du moins il n'en fait point usage, quant à lui. Ses contes en marge des vieux livres, c'est en quelque façon l'essai de lui-même au contact de la littérature. L'essai révèle et des analogies et des différences. Mais, entre les romantiques et lui, sans doute n'a-t-il pas senti le contact; et il les a négligés, n'ayant rien à leur demander.

Les romantiques sont beaucoup plus loin de lui que l'*Iliade* ou l'*Odyssée*. Avec Homère, il s'entend à merveille. Avec Hélène et Pénélope, avec Nausicaa et Briséis, il est en familiarité. Certes, il leur prête des âmes plus nuancées que les âmes des temps épiques; mais il le fait avec tant d'habileté, il ménage si bien la transition des âges que la pensée nouvelle n'offense pas la pensée ancienne. Puis, cet Homère un peu gai qu'il nous présente, c'est véritablement Homère, poète amusant, non pas le prophète que divers théoriciens et absurdes exégètes ont fomenté. Quelle justesse de l'intelligence, dans ces portraits littéraires que sont les contes de *la Vieillesse d'Hélène*! Il y a là un Corneille, un Molière, un Racine, un La Fontaine et un Bossuet dignes des *Contemporains* et des *Impressions de théâtre* : un Corneille devenu le vieux poète mécontent et que la renommée de M. Racine tracasse; un Jean Racine déjà pieux, facile encore à l'attendrissement et qui, aux répétitions d'*Esther*, étanche de son mouchoir les yeux si beaux des jeunes comédiennes; un douloureux Molière et qui a, dans les succès du théâtre, les revanches de son infortune; un délicieux La Fontaine, le plus délicieux de tous, par l'ingénuité, le péché, la douceur et par une certaine abjection que relève le simple repentir; un Bossuet fort déconcerté qui a traduit en vers le *Cantique des Cantiques* et qui voit, un gamin de neveu aidant, les voluptés du « saint amour » passer à des voluptés laïques. Un peu plus tard, après les contes de Perrault et après *Gil Blas*, voici *la Nouvelle Héloïse*.

Or, c'est bien, cette *Nouvelle Héloïse*, le commencement de la déraison. Je disais que l'auteur de *la Vieillesse d'Hélène* était, comme par un prodige, indemne de tout romantisme. Cède-t-il à Rousseau?... Non!... Lisons « le Tempérament de Saint-Preux ». Nous supposons que Mme de Wolmar n'est pas morte; et le roman continue. M. de Wolmar écrit à milord Édouard que tout va bien, très bien; il a auprès de lui sa femme, Saint-Preux et Claire d'Orbe : décidément, « il n'est pas de situation dangereuse pour les âmes droites ». Mais Saint-Preux, curieux de Claire, lui donne rendez-vous dans un bosquet : il compte sur l'Être Suprême pour approuver son enthousiasme. Claire dit tout à Julie; et Julie pardonne à Saint-Preux : elle mouille sa lettre de ses pleurs. Saint-Preux n'aime-t-il plus Mme de Wolmar? Il lui donne rendez-vous dans le bosquet où Claire agréa son éloquence. Julie dit tout à Claire, qui pardonne et souffre. Il y a dans tout cela un cynisme de loyauté presque animal. Saint-Preux embrouille deux amours, volontiers. Il se fatigue, par trop de sensibilité. Ensuite, il s'est mis en tête de « former à la vertu » l'âme de la cuisinière : il devra passer quelques semaines de repos dans le Valais. Le sublime des passions qui aboutit au médiocre et au pire, admirable caricature! Et les passions que Rousseau déchaîne, immodérément, tel est leur résultat dérisoire...

« Je respecte Wolmar; mais que les embrassements d'un
athée doivent être froids! » écrit Saint-Preux à Julie.
Eh! les embrassements ne sont que des embrassements:
le péril est d'y ajouter une idéologie, une théodicée,
et de commettre son péché sans bonhomie. La dernière
aventure de Saint-Preux illustre le *Rousseau* de M. Jules
Lemaître, un de ses plus beaux livres et l'étude pénétrante d'une dépravation.

Ainsi réunies et associées, la critique et la fantaisie
composent une œuvre parfaitement harmonieuse et
complète, une œuvre à la fois soumise et libre, soumise à la précédente littérature comme elle doit l'être
pour entrer dans les siècles de la pensée et s'y placer à
sa date, soumise et libre aussi, libre jusqu'à se diversi-
fier d'heure en d'heure, au gré d'une mélancolie tantôt
sereine, tantôt rude et qui parfois orne de maintes gentillesses l'amour, parfois le dénigre et n'attend de lui
qu'un divertissement contre la peur de la mort.

1er avril 1914.

VIII

Horace était un gros garçon, de taille courte et de petite santé. Auguste lui écrivait : « Tu n'es pas grand, non ; mais tu as de l'embonpoint » ; et, recevant de ce large poète un mince volume : « Une autre fois, je veux un ouvrage qui n'ait pas moins de tour que ton ventre ! » Gai de nature, aimable et bien pourvu de bonhomie ; sincère jusqu'à se montrer un peu vulgaire, à l'occasion, plutôt que de se guinder jamais ; dénué de grandes idées, de nobles ambitions, de principes hautains et de tout ce qui fait le tracas de la vie ; énormément égoïste, consacré à son plaisir et à son repos, et plus lâche que brave, l'amant d'Inachia, de Phryné, de Cinara et de maintes fillettes fut sauvé de la turpitude, où il eut de la propension, par la petite santé que je disais et par le goût, qu'il avait délicat. Vers l'automne de l'année 38 ou au printemps de l'année suivante, avec Mécène, il partit pour Brindes. Dès la deuxième étape, il est très fatigué. Il souffre de l'estomac, se met au régime, craint que l'eau ne soit pas bonne, le pain tendre et léger ; dans l'incertitude, il ne mange pas. Quand Mécène, au cours du voyage, va jouer à la paume, lui se couche. Il a des maux de tête ; et même, de l'ophtalmie. Il voyage avec ses médicaments, ses onguents et collyres. Il n'a que vingt-sept ans alors. Toute son existence, il eut à se soigner : et là-dessus, il ne badinait pas. Je crois qu'il s'écoutait. Il redoutait la neige et le froid ; l'hiver, il se réfugiait volontiers dans les stations chaudes de l'Italie méridionale. Il redoutait également la chaleur ; l'été, au risque de mécontenter l'utile et capricieux Mécène qui, dans ses crises d'ennui, le réclamait, il ne voulait pas quitter sa fraîche villa, où le chêne et l'yeuse lui donnaient de l'ombre, où la montagne le garantissait des vents brûlants. S'il s'éloigne de la Sabine, pendant la belle saison, ce ne sera que pour aller à Baïes faire de l'hydrothérapie. Il guettait les inventions ingénieuses des médecins ; et il a été l'un des premiers clients de cet Antonius Musa, qui préconisait les bains froids et qui l'envoyait à Gabies ou à Clusium, pour les douches. Ce n'est pas là le tempérament d'un viveur extraordinaire. Ou bien, s'il a commis quelques excès, probablement fut-ce dans sa prime jeunesse et avant cette vingt-septième année où la sagesse lui devient un devoir et, timide, une habitude. Lorsque plus tard il assure qu'il est un porc du troupeau d'Épicure, il se vante ou plaisante avec mélancolie. En outre, il a l'esprit fin, l'esprit gourmet plus que gourmand ; les pires folies ne le tentent pas. Il était porté aux amusements de l'amour, — *ad res venerias intemperantior*, dit Suétone ; — oui, mais non avec fureur, et il sut épargner à sa quiétude les alarmes de la passion, à son hygiène l'imprudence. Il prétend qu'amoureux de Lycé peu clémente, il est resté, toute une nuit, couché dehors, devant la porte de la cruelle, par un très mauvais temps : Lycé ne le crut pas ; et imitons cette belle avertie.

Il savait plaindre, sur le mode grec, la vie courte, les heures qui s'évanouissent comme un rayon de soleil à la cime des arbres, le fragile bonheur, l'allégresse qu'il faut qu'on ménage pour qu'elle ne tourne pas au chagrin, le bref secours que le vin prête au courage, la flânerie parmi les trompeuses caresses et la menace de la mort, qui ajoute à nos ferveurs une vivacité désespérante. Il nous apparaît ainsi, voluptueux, replet, subtil, doux à lui-même, dans la douceur italienne, dans la lumière des beaux jours, dans les sites célèbres et charmants et, à Rome, dans la compagnie indulgente des politiques, des lettrés et des courtisanes.

Tel qu'il est, et avec ses défauts, avec une certaine médiocrité de l'âme, il a bien de la grâce et des attraits auxquels je ne suis pas sensible autant que le furent, jadis ou naguère, mille et mille dévots de sa poésie élégante et de sa bonne humeur. Que de militaires émérites et que d'officiers ministériels, de fonctionnaires et d'employés de l'enregistrement le lurent avec délice et, l'âge de la retraite venu, le traduisirent passablement! Il leur recommandait les vertus dont la pratique n'est pas onéreuse; il leur vantait une destinée humble et analogue à celle qui leur a été accordée; il ornait de jolies phrases leurs déceptions; il glorifiait de sa renommée leur modestie. Ses préceptes ne les accablaient pas; ses aveux leur étaient une excuse; et le menu libertinage de sa pensée, qui éveillait leurs souvenirs, les leur ennoblissait de latin. Ce temps est passé; la petite bourgeoisie néglige maintenant les humanités : Horace ne lui est plus un autre Béranger.

Mais un éminent professeur de la Sorbonne, M. Edmond Courbaud, vient de publier un *Horace*. Or, on dit et l'on répète que, férue de superstition pour la philologie, la Sorbonne dédaigne la littérature et, attentive aux seules besognes de la critique verbale, ne cède plus aux charmes de la poésie. Voyons le livre de M. Courbaud. C'est un in-12, de quatre cents pages, ou peu s'en faut. *Horace* est le titre. Et, le sous-titre : « Sa vie et sa pensée à l'époque des épîtres. » Second sous-titre : « Étude sur le premier livre. » Ainsi se restreint le sujet. M. Courbaud, qui a examiné toute l'œuvre d'Horace, borne néanmoins son étude aux vingt petits poèmes qui composent le premier livre des épîtres. Chacun de ces poèmes a de quinze à cent onze vers : le commentaire dépasse de beaucoup le texte. M. Courbaud n'est pas exactement bavard; mais il est extrêmement méticuleux : et « peut-on jamais avoir tout dit? »

se demande-t-il. En 1864, Sainte-Beuve écrivait : « Ne subtilisons pas sur nos grands auteurs; n'imitons pas les érudits qui dissèquent à satiété les odes d'Horace et qui disent : ceci est plaqué et ceci ne l'est pas. Qu'en savent-ils? Les plus fins sont conduits plus loin qu'ils ne le veulent et ne savent plus où s'arrêter... » Sainte-Beuve admonestait ainsi (à propos de notes sur Corneille) Édouard Fournier, dit le furet des grands écrivains. Il ajoutait : « Pourquoi remettre éternellement en question ce qui est décidé? Pourquoi venir infirmer, même en des matières légères, ce qui est appuyé suffisamment et ce qui est mieux? Assez d'autres soins nous appellent. » D'autres soins : et telle était la curiosité de Sainte-Beuve; il n'aimait point à s'arrêter longtemps sur un objet; vite il se sauvait ailleurs, pour attraper des anecdotes, des faits inédits, voire des potins. M. Courbaud ne se dépêche pas; et il a raison, si la méditation lente lui réussit. Pourtant, la remarque de Sainte Beuve lui serait adressée sans trop d'injustice. Entre ces vingt épîtres d'Horace, si prestement écrites, si aisées, rapides, et un formidable commentaire, il y a le plus fâcheux manque de proportion : les petits poèmes sont opprimés. M. Courbaud répond : « Dans les questions littéraires, il faut éviter, avec tout le soin dont on est capable, la littérature au mauvais sens du mot, les considérations vagues qui se tiennent au-dessus et loin des textes. » Sans doute! et le mot littérature a, en effet, un mauvais sens. Il a aussi un bon sens : et les érudits se méfient par trop de la littérature; quelle moue sévère indique leur mépris!... La littérature, au bon sens du mot, devait engager notre auteur à écrire, touchant les épîtres d'Horace, un livre qui eût un peu l'agrément, sinon la frivolité de ces épîtres, leur gentillesse, leur esprit. Et sur Quintilien, par exemple, on n'écrirait pas un livre plus grave, austère, moins souriant que celui-ci.

M. Courbaud, du reste, a beaucoup de talent : et veuille la Sorbonne souffrir la futilité de cet éloge!...

Il veille à ses phrases, les fait bien, sait les varier, les nuancer. Peut-être abuse-t-il des nuances; et les couleurs s'embrouillent un peu. Il n'a guère d'abandon; mais il est toujours distingué. Il a perpétuellement le souci de n'exagérer point son idée, et de ne pas la diminuer, et de la présenter munie de tout ce qui la détermine : cela retarde son élan. Puis il manque de concision dans le style et, déjà, dans la pensée : voilà son tort. Et l'on relèverait, de place en place, quelques peccadilles. S'il dit : « Horace était parti à la campagne » et voit « deux alternatives » quand il n'y en a qu'une, mon Dieu, qui n'a jamais péché lui jettera la pierre. Quelquefois, il tatillonne; mais souvent il a de très jolies pages... « Cette fin de la vie d'Horace, soit à Rome, au milieu d'amitiés délicates et parmi des jeunes gens qui lui sont attachés, soit à la campagne, dans une retraite où il apprend à vieillir en acceptant les inconvénients de l'âge et en modérant de plus en plus ses passions, c'est vraiment la fin d'un sage; c'est un beau soir tranquille... » Littérature?... Excellente!... Mais, en général, il n'ose pas; et il retient sa verve, comme s'il se sentait épié par les érudits.

Quelques lignes, au début de sa préface, attestent bien drôlement ses appréhensions. Il a fait, avant que d'entrer en matière, des cérémonies : parler d'Horace? et n'est-il pas téméraire? le sujet n'est-il pas épuisé? pourquoi y revenir?... « Alléguer que j'ai cédé, comme tant d'autres, à l'attrait du plus charmant esprit que Rome ait connu, ce serait, aux yeux des philologues, une excuse insuffisante... » Évidemment, sous les yeux des philologues, M. Courbaud n'est pas tranquille. Et il se moque des philologues; mais il y a, dans son ironie, et de la peur et de la déférence.

Voilà un sentiment très juste. Comment ne pas respecter les philologues? On les a dénigrés avec une extrême violence. Les adversaires d'une Sorbonne pédantesque, si judicieux la plupart du temps, ont ici commis une faute : pourquoi ces ardents amis de l'an-

**

10

tiquité s'acharnent-ils à railler et malmener les plus
fidèles serviteurs du génie grec et latin, les pieux et
patients philologues? Nous savons que les œuvres antiques ne nous ont pas été transmises sans altération.
Les copistes — fainéantise, ignorance ou maudite vanité
— suppriment des vers entiers, changent des mots et
même, pris d'une émulation dérisoire, collaborent avec
le poète, le corrigent et lui font cadeau de leurs idées.
Il importe d'écarter ces misères et de découvrir, sous
les fautes des copistes, le texte véritable. C'est le travail
des philologues : aventureux travail, et opiniâtre, et
qui demande une dextérité merveilleuse, un tact infini,
travail de l'imagination que guide l'amour de la vérité.
Enfants d'Esculape et industrieux guérisseurs, les philologues : ils ont inventé une thérapeutique pour les
poèmes malades et les discours égrotants. Puis, à cause
de leur zèle et de leur assiduité quasi religieuse, je les
compare aussi à des prêtres. La statue d'Athéna ou
celle de Minerve leur a été apportée fruste; ils ont à la
nettoyer, à la délivrer de cette rouille qui atteint l'épi-
derme de la pierre et qui en ronge peu à peu la substance vive. Le plus gros, on l'a vite enlevé; mais
comme les doigts tremblent, quand ils vont toucher au
sourire de la déesse! A considérer les dégâts qu'ont faits
le temps et les barbares, l'on s'afflige : et, sur les blessures de la déesse, on répand l'huile des bonnes conjectures. Il manque des morceaux à la divine statue et
l'on risquera des réparations. Je me souviens de philologues singuliers et admirables, uniquement dévoués à
leur tâche modeste. L'univers, autrement, n'existait pas
pour eux. Ils avaient l'humilité de qui estime son
œuvre plus que soi, mais l'orgueil de qui ne saurait
concevoir une œuvre plus auguste. Et, entre les philologues, je me souviens du grand Édouard Tournier, si
touchant et plaisant, bizarre et occupé des plus véné-
rables manies. Sa mémoire serait bien digne d'une vie
des saints, amicalement composée : on l'y verrait plus
enfermé dans ses doctes soucis que nul reclus dans la

cellule d'un couvent, plus solitaire, plus penché sur la lettre, gaine de l'esprit, et parfois, aux moments de relâche, fumant une pipe de tabac ou, sur le piano, divertissant ses minutieuses fatigues.

Louons M. Courbaud, qui respecte les philologues. Il tient compte de leurs recherches et, à vingt reprises, dans son *Horace*, il mentionne les Ribbeck, Wieland, Meineke, Lehrs et Müller. Il indique leurs propositions, les analyse, les apprécie. Son livre, nous l'avouerons, en est un peu encombré : par instants, les petits poèmes d'Horace disparaissent sous la foison des arguments philologiques. Relisons les études consacrées à Horace par les humanistes du siècle dernier, les Hippolyte Rigault, les Goumy, les Boissier : nous n'y trouvons rien de ce genre. Hippolyte Rigault, jeune homme très spirituel et la fleur de l'université sous la monarchie de Juillet, fin moraliste et précieux lettré, goûte Horace et le juge : si la poésie le ravit, l'épicurisme ne lui impose pas; docile aux vers, il blâme la doctrine. Chez Goumy, ah! nulle philologie! Plutôt, il la remplaçait par de très intelligentes digressions, par les prouesses d'une verve impétueuse et par des facéties de toute sorte, plusieurs inopinées; au lieu de discuter un texte, ce républicain taquinait, en passant, les bonapartistes. Boissier, plus savant, très savant et avec la plus élégante maîtrise, porte légèrement son érudition; et il ne s'embarrasse pas de fardeaux inutiles, il a jeté les lourds bagages de néant ; parmi les poèmes d'Horace, il se promène, attentif et rapide. M. Courbaud n'a point cette allure dégagée : Ribbeck, Wieland, Meineke, Lehrs et Müller le retardent.

Vais-je le lui reprocher? Oui, quand je constate qu'au surplus, toutes les conjectures qu'il examine, il finit par les rejeter. Il les présente, loyalement; il épilogue à leur propos et enfin démontre qu'il faut conserver la leçon des manuscrits. Alors, dira-t-on, voilà beaucoup de philologie en pure perte; et, ne le dissimulons pas, Horace en a pâti.

Pourquoi M. Courbaud n'a-t-il pas, tout simplement, éconduit les philologues stériles et encombrants?... Vous en parlez bien à votre aise!... Vous ignorez le despotisme de ces personnages, qui sont difficiles à vivre. M. Courbaud, lui, les connaît. Il s'excuse auprès d'eux; ou il renonce à gagner leur pardon : mais il sait leur férocité. Il tâche de les amadouer; il essaye de les convaincre. O philologues redoutables, il ne pouvait pas s'arrêter à toutes les particularités du texte et signaler tous les problèmes que le texte pose. Cela, c'est le travail de l'éditeur et il ne songeait point à faire une édition... Ici, les philologues lui tournent le dos : à quoi songeait ce littérateur?... Non, philologues; ce travail, il vous l'a laissé. Puis, les problèmes que le texte pose, il ne les a point négligés; et il s'est efforcé de les résoudre, pour son usage : avec votre aide, ô philologues!...

Les philologues ont pris, de nos jours, une terrible autorité; il n'est pas de plus impérieux et insolent dogmatisme que celui des philologues. Ces humbles serviteurs des deux déesses tiennent le haut du pavé, dans la cité universitaire; et que de morgue! Ces gens sont ou se croient en possession de la méthode; ils en ont perdu toute aménité. Tels sommes-nous : dès l'instant où l'on se croit en possession de la méthode, ici-bas, on perd toute incertitude, conséquemment toute sagesse, et la douceur. Les philologues ont la fatuité de leur science. Or, à la suite d'incidents divers, les sciences deviennent, depuis quelque temps, moins rudes et arrogantes; les mathématiques elles-mêmes, sur le conseil d'Henri Poincaré, s'amollissent. La philologie est de plus en plus revêche. Cependant, elle ne hasarde que des conjectures : mais elle a le ton de la prophétie. Ses conjectures, habituellement, ne seraient pas indiscutables : très souvent, elles ne valent rien. Peut-être n'a-t-on pas oublié cette aventure, qui date d'un quart de siècle à peine. Des égyptologues trouvèrent, sur un papyrus, le manuscrit d'un long passage du *Phédon* :

manuscrit fort ancien, et à peu près contemporain de
Platon, et qui offrait les garanties les meilleures. Eh
bien! il arriva que ce manuscrit déçut l'espoir des philologues : il prouva que toutes leurs conjectures — sauf
une ou deux, parmi des dizaines — étaient fausses, inutiles les unes, absurdes les autres. Le labeur des philologues n'avait pas restauré le texte de Platon : il l'avait
détérioré. Les philologues se découragèrent-ils? Pas du
tout! Ils redoublèrent de hardiesse. M. Courbaud n'a
pas tort de les craindre; il n'a pas tort de les traiter
avec un peu d'ironie.

Un Müller, parmi eux, n'est aucunement timide. Un
passage le gêne-t-il? Voilà, dit-il, « un pathos, indigne
d'Horace » : il le supprime. Seulement, ce passage,
M. Courbaud le déclare excellent, « d'une rare élévation morale ». Müller n'en a-t-il pas senti la noblesse?
Oui; mais Horace, au vers précédent, badinait; et Müller ne veut pas qu'Horace, une seconde après avoir
badiné, soit soudain grave. M. Courbaud réclame, pour
le poète, plus de liberté. Ensuite Müller se récrie :
Horace n'est-il pas, à l'égard de Mécène, trop familier?
Ces vers choquants, il les refuse. M. Courbaud les admet.
Ailleurs, dans l'épître à Lollius, Horace nous engage à
écarter les plaisirs qu'on achète au prix de la douleur.
Müller se rebiffe : achètera-t-il ses plaisirs au prix de
la douleur? Je ne sais. Mais il considère que cet avis
d'Horace « brise l'enchaînement des idées » : et il supprime le vers qui l'importune. Bref, Müller supprime,
avec quel entrain! M. Courbaud, lui, conserve. Une fois,
Müller ajouterait volontiers quelques vers. C'est dans
l'épître à Iccius. Vers la fin du poème, il ne voit plus
l'enchaînement des idées. Supprimer la fin du poème,
c'est bien tentant. Il aime autant conjecturer que le
copiste a sauté une phrase. Non! et c'est trop commode,
répond M. Courbaud, circonspect. Et, à peine Müller
se lance-t-il dans l'hypothèse d'une lacune ou d'une
interpolation, M. Courbaud le retient. Don Quichotte
n'éprouva pas, de la part de son paisible compagnon,

plus de contrariété. Je crois que M. Courbaud, dans toute cette affaire, a bien raison. Dès qu'il n'est pas indispensable de modifier la leçon des manuscrits, gardons-la. Pour convaincre Müller de se tenir coi, M. Courbaud lui montre l'enchaînement des idées : si l'enchaînement des idées se voit très peu, M. Courbaud le restitue avec beaucoup de finesse et de malice. Le cas échéant, M. Courbaud dépense, au bénéfice de la dialectique horatienne, plus de malice qu'il n'en faudrait. Si, même ainsi, Horace n'a pas l'air d'un dialecticien, M. Courbaud note qu'après tout Horace aime à juxtaposer les idées et ne s'acharne pas à les lier logiquement. Certes! Mais, cette observation faite au préalable, Müller et ses chicanes s'évanouissent.

La désinvolture avec laquelle Müller prend le texte d'Horace et le réforme à sa guise est héroïque, assez comique, assez extravagante. Et Müller, somme toute, agit comme les autres philologues. Ils sont, les autres philologues et lui, les victimes d'un accident spirituel analogue à celui où périt la prudence d'un Viollet-le-Duc. Cet archéologue, si heureusement épris de l'art médiéval, se figura un beau jour qu'il était un architecte gothique. Alors, non seulement il construisit, pour son propre compte, selon la formule ogivale; mais encore, les monuments bâtis par ses prédécesseurs du douzième ou du treizième siècle, il les remania et les corrigea de même que vous remaniez et corrigez vos brouillons. Il ne savait plus que la cathédrale d'Évreux n'était pas de lui. Et il démolissait des arcs-boutants avec une superbe gaillardise. Il les remplaçait par d'autres, qui étaient de lui, terriblement de lui, et prétendait que les nouveaux, les siens, étaient mieux dans le style de l'époque. L'ancien architecte avait commis une bévue; et son collègue Viollet-le-Duc la réparait. C'est ainsi que cet archéologue étonnant devint, presque ingénument, un vandale. Et c'est ainsi que les savants et pieux philologues, après avoir très bien travaillé, s'établissent poètes grecs ou latins et font une œuvre de dévastation.

Horace à qui Müller a donné des soins ne ressemble-t-il
pas à la cathédrale d'Évreux, hélas! revue et corrigée
par Viollet-le-Duc?...

Je suppose que, pour les philologues, la tentation est
à peu près irrésistible. J'ai vu les plus raisonnables y
succomber : Tournier lui-même!... Il avait une sorte
de génie. Mais, sur le tard, il soupçonnait partout des
fautes. Il n'osa plus lire de grec : involontairement, et
avec un art quasi pervers, il le modifiait. Il lut une
bonne édition de Racine, espérant trouver là ses
vacances; mais, triste, sombre et aguiché, il disait :
« Il y a des fautes! » Il résolut de ne lire que le journal; et il disait : « J'y sens des fautes! » Ce fut sa passion, ce fut son tourment. Chercheur de tares qu'animait le désir de la parfaite pureté, il n'avait nul repos;
il endura une espèce de martyre étrange. Il se soumit à
une règle d'ascétisme et, tant que les textes n'auraient
pas été purifiés, il refusa les jouissances de l'esprit que
leur éloquence ou leur poésie accordent au simple
liseur. Dans sa jeunesse, il avait écrit un beau livre,
Némésis et la jalousie des dieux, un beau livre de synthèse idéologique et dans lequel la pensée de l'Hellade
revit avec la double nature d'un système et d'une
croyance, don des philosophes et que l'âme d'un peuple
suscita. Mais, quand Tournier fut entré dans les ordres
philologiques, il ne fallait plus lui parler de la *Némésis*,
péché de littérature et qu'il réprouvait comme j'ai vu
le vieux Tolstoï se repentir de ses romans à l'époque où
il ne voulait plus être qu'un apôtre. Les séductions de
la philologie sont redoutables.

Le livre de M. Courbaud réagit contre les plus folles
entreprises de la critique verbale. Je l'ai dit encombré
de philologie : plutôt, encombré d'arguments contre la
philologie, toutes les conjectures des Ribbeck, Wieland,
Meineke, Lehrs et Müller y étant démenties. Allons-
nous considérer qu'avec M. Courbaud la nouvelle Sorbonne se dégage des disciplines où on l'emmaillotait?
Notons, avant d'admettre cette hypothèse, qu'il ne s'agit

pas de supprimer la philologie de même que Müller
supprime effrontément des vers d'Horace. La philologie
a du mauvais et du bon : ses erreurs ne doivent pas
faire oublier les services qu'elle a rendus ; et ne repous-
sons point ceux qu'elle rendra. Mais il est indispensable
de lui rabattre son caquet, de temps en temps, et de
lui rappeler qu'elle ne peut être qu'une science, — en
quelque mesure, — une science auxiliaire de la littérature, une servante de la littérature : sa tyrannie
serait, de toutes façons, ridicule. Les forcenés qui sacri-
fieraient la littérature à la philologie auraient l'absurdité d'un architecte qui abattrait la maison pour ne
conserver que les échafaudages.

M. Courbaud, lui, n'abat ni la maison, ni les échafaudages.

Sa manière n'est pas, à proprement parler, philolo-
gique. Du moins est-elle érudite, et parfois inutilement.
Il a des précautions excessives et qui vont à la pusilla-
nimité. Son désir est de n'avancer rien qu'il ne prouve :
et il prouve même ce qui n'aurait pas besoin de
preuves ; puis, à une preuve déjà suffisante, il en ajoute
d'autres. Il va si lentement qu'à chaque instant le lecteur, au lieu de le suivre, le précède. Si clairvoyant à
l'égard des philologues, il n'évite pas leurs prétentions
à la science. Or, la science des philologues est conjectu-
rale : que dire de la science de la morale et du goût?
M. Courbaud, dans son livre, étudiait principalement
la « conversion » d'Horace. Il a observé que le poète
des épîtres, — le poète du premier livre des épîtres, —
sur sa quarantième année, passa d'un joyeux épicurisme à des idées plus nobles et, sinon au stoïcisme in-
tégral, à une doctrine assez stoïque du devoir. Comment procède M. Courbaud? Il prend une à une les
épîtres d'Horace, — les épîtres du premier livre, — il
analyse chacune d'elles : et, de chacune d'elles, obstinément, il cherche les intentions. Il analyse : il a raison.
Mais, toute une partie de l'analyse était son affaire, non
la nôtre. Il nous fait assister à tout son travail : il laisse

les échafaudages et veut que nous y grimpions avec lui.
C'est exactement la méthode des érudits; le travail de
la construction les intéresse plus que l'édifice lui-même.

Quel analyste!... Et la synthèse?... Car la science a
l'analyse pour moyen et la synthèse pour objet. Seulement, la vive synthèse effraye le savant craintif; et il
s'attarde volontiers dans la sécurité de l'analyse. D'ailleurs, ce n'est pas tout à fait le défaut de notre auteur.
Précisément, voici la singularité de sa manière. A le
voir cheminer de vers en vers, quêtant son information,
trouvant ceci, trouvant cela, on le dirait bien libre et
en état de scepticisme ou d'attente. Non : il analyse et
il tient sa synthèse. Il interprète les épîtres d'Horace,
au gré du texte et au gré de ses conclusions. Sa bonne
foi n'est pas douteuse : ses conclusions, le texte les lui
fournit. Cependant, nées du texte, les conclusions s'imposent quelquefois au texte. A peine s'en apercevrait-on,
si le stratagème n'était évidemment révélé par le contraste d'un rigoureux appareil scientifique.

Soit l'épître cinquième, à Torquatus. Horace invite
son ami Torquatus à dîner. C'est au mois de septembre;
les nuits sont tièdes : l'on boira, l'on jettera des fleurs
et l'on sera même un peu fou. Il faut profiter de la vie,
cueillir les jours, aimer les vins délicieux; et il faut
s'amuser. Eh! mais, cet Horace qui se convertit, cet
Horace qui, dans son épître à Mécène, antérieure à
l'épître à Torquatus, indiquait les préludes certains de
sa conversion, cet Horace est un épicurien fieffé?...
Semblablement, l'épître quatrième, à Tibulle, ne paraît
pas très édifiante : « Si tu veux rire, viens me voir; je
suis gras, luisant, la peau soignée, un porc du troupeau
d'Epicure. » Eh! mais, la conversion? Voilà, tout uniment, le plus « bas sensualisme » ?... Peut-être. Mais
M. Courbaud s'est promis de suivre, d'épître en épître,
les étapes d'une conversion. Il interprétera l'épître quatrième et la cinquième selon ce projet. Oui, Horace engage Torquatus à des liesses : c'est que Torquatus est
trop économe et austère; l'on fait œuvre pie en secouant

ce garçon. Tibulle? Un triste : et Horace n'est que gentil quand il « force la note », afin que rie ce mélancolique. En outre, la philosophie d'Horace commande la mesure; il blâme une sagesse morose ou renfrognée; quand il proteste contre l'excessive gravité de Torquatus et le chagrin de Tibulle, il demeure fidèle à ses principes.

Je ne nie pas l'ingéniosité de ces interprétations; plutôt, elles me paraissent excessivement ingénieuses. La conversion d'Horace, M. Courbaud ne l'a-t-il pas prise un peu trop au sérieux? Sans doute, Horace, dans les odes de sa jeunesse, est un folâtre; puis il note les inconvénients de la débauche et des passions, plus d'inconvénients que d'avantages; il écrit enfin : « *Oderunt peccare boni virtutis amore* », c'est-à-dire qu'on doit être vertueux pour le seul amour de la vertu. Le folâtre est devenu un moraliste du devoir. Et, la conversion d'Horace, la voilà. D'autant plus qu'Horace, ayant ses quarante ans, écoutait le conseil de l'âge. Je ne nie pas l'ingéniosité de M. Courbaud, ni la conversion d'Horace. Mais je crois que la durable vérité est dans ces vers de l'épître à Mécène (commencement de la conversion), où il dit : « Tantôt, je me sens un homme d'action et je vais me lancer dans les tempêtes politiques; je suis le gardien de la stricte vertu; et tantôt, furtivement, je retombe aux préceptes d'Aristippe... » M. Courbaud se le figure moins capricieux, nonchalant et badin. M. Courbaud consacre le premier livre des épîtres à une conversion d'Horace qu'il n'invente pas tout à fait et qu'il invente un peu. Il est dans la réalité, quand il nous montre un quadragénaire que son estomac sert mal, et qui s'apaise, et qui incline vers la raison; mais il ajoute à la réalité, quand il déduit presque logiquement les divers moments d'une conversion qui ne fut pas celle d'un philosophe.

Au bout du compte, la pensée d'Horace est une bien petite chose. M. Courbaud prête à Horace plus de pensée qu'il n'y en a dans l'œuvre de ce charmant poète. Ce n'est pas le servir. Nous lisons les odes, les satires et les épîtres : le joli arrangement des mots, leur grâce légère et l'amabilité des propos nous peuvent enchanter. Mais qu'on n'appelle pas notre attention sur la pensée d'Horace : car ce n'est rien ; et alors nous nous en apercevons. Il a fallu tout le talent du poète exquis pour dissimuler tant de pauvreté, voire tant de vulgarité. L'on dit : Horace et Virgile. Et c'est, à l'égard du divin Virgile, un sacrilège. Dans Virgile, écrivait Hugo, le vers « porte à sa cime une lueur étrange ». Il n'y a pas de lueurs étranges dans les poèmes d'Horace. Il y a, dans les poèmes d'Horace, les petites méditations, tournées à ravir, d'un drille qui aima l'aise de son existence, le divertissement de ses journées, le calme de son esprit.

Pourtant, il philosophe, habituellement. On chercherait en vain sa philosophie ; et l'on chercherait en vain, chez lui, la philosophie d'Épicure ou celle de Zénon. De ces doctrines, il a possédé ce qu'un mondain de Rome en attrapait. Il a institué, entre les tendances épicuriennes et les stoïciennes, un débat qui témoigne de son élégante mollesse et de ses honnêtes velléités. Mais il n'est point allé jusqu'à l'âme des deux pathétiques doctrines qui alors se disputaient l'adhésion des gens troublés. Remarquons-le, son époque a été celle d'une immense inquiétude, à laquelle la philosophie répondit de son mieux. Livie, à la mort de son fils Drusus, va trouver le « philosophe de son mari » et lui demande les consolations de l'idéologie. Bientôt, les condamnés à mort des empereurs auront auprès d'eux leurs philosophes et mourront plus dignement si, à la dernière minute, ils entendent un stoïcien comme un prêtre. Sénèque, en ce temps-là, écrira ses lettres de direction et organisera la consolation philosophique. La philosophie de l'antiquité expirante est le désir et l'obscur présage d'une religion, de la religion si proche que déjà Virgile, dans sa quatrième églogue, semble annoncer, la venue extraordinaire du Sauveur : aussi l'intelligent moyen âge l'a-t-il placé, aux porches des cathédrales, parmi les annonciateurs et les prophètes. L'inquiétude qui est la poignante beauté du paganisme à son déclin, cette alarme et, pour ainsi parler, cette prévision chrétienne, Horace ne l'a point connue. Sa liberté conquise, son hygiène assurée, ses idées en ordre, il est content et se félicite en vers délicieux. Virgile devinait la pitié, les scrupules du cœur et de l'esprit, les rédemptions, les mystères de la vie et de la mort illuminées d'une espérance. Auprès de lui, Horace n'est vraiment, comme il l'a dit avec sa gentillesse qui vous désarme, qu'un porc du troupeau d'Épicure, troupeau fort délicat, joliment soigné, amusant, Mais il a salué, du rivage, le vaisseau de Virgile, qui allait plus loin.

1er mai 1914.

IX

L'ÉLÉGANCE, EN LITTÉRATURE

Une dame un peu rêveuse disait à un homme de lettres : « On ne devrait jamais voir les auteurs! » L'homme de lettres fut, je crois, extrêmement flatté, pour son œuvre; non, pour lui. Et c'est une question de savoir si l'on ressemble à ses livres. Mais veuillez lire (ou bien relire) les quinze ou dix-huit volumes qu'a signés M. Marcel Boulenger : vous imaginerez l'auteur comme ceci. Un garçon jeune; et peu importe son âge : on est jeune ou vieux de naissance. Un garçon que n'accablent point la lecture et la méditation; certes, il lit et il médite, et il écrit, voire il écrit à merveille : mais il porte gaiement son fardeau, son métier. D'ailleurs, il n'a pas la tête encombrée de métaphysique; et, si les fumées de l'idéologie vaine l'environnaient, il soufflerait dessus. Nous allons nous le figurer mince et vigoureux, le type du jeune homme que les trouvères admiraient et se plaisaient à définir ainsi : « large d'épaules et étroit du baudrier (1). » Il y a des écrivains de cette sorte; et les autres sont étroits d'épaules et larges du baudrier. L'antiquité nomma les uns des Attiques, les autres des Asiatiques. Et ceux-là, Joubert les avertissait : « Écrivains gras, ne méprisez pas les maigres! » L'au-

---

(1) Il faut, pour que le vers y soit, — et il y est, à cette condition, — élider à la césure la dernière syllabe d'*épaules*, malgré l'*s* et, selon l'ancien usage, compter *baudrier* (comme *destrier*, etc.) pour deux syllabes seulement.

teur du *Page*, de *Couplées* et de *l'Amazone blessée*,
nous le voyons à Chantilly : c'est de là que naguère il
a daté une série de lettres, ou essais charmants, relatifs
à Giosué Carducci, poète qui inclina un front rebelle
sous la main gracieuse d'une reine, et relatifs aux
arbres, aux livres, à la musique, au duel et aux chevaux. Sur les chevaux il a, mieux que des opinions, une
science : et il vous cite Xénophon (traité de la Cavalerie), il juge les cavaliers de Saumur; cavalier lui-
même, il examine les frises du Parthénon de manière à
conclure : « On peut imaginer, sans trop de chances
d'erreur, le cavalier antique comme un lad athlétique
monté à cru sur un gros cob », paroles un peu mystérieuses pour un lecteur casanier. Quant à l'escrime, elle
l'amuse; et il trouve au duel un air de galanterie. Con-
jecturons que le séjour de Chantilly l'enchante pour la
beauté de la forêt, pour la noblesse fine du château,
pour les souvenirs de l'histoire, pour Théophile de Viau
et Sylvie, pour la promenade et les sports, et pour les lévriers qu'on mène courir sur la pelouse, et pour les
chasses, les chevaux, les jockeys et les lads, et pour les
snobs, si drôles à regarder et à peindre. Nous lui prê-
tons une causerie nette, rapide, un peu ornée comme le
style de ses romans; il préfère certainement les petits
faits aux longs propos : si le discours de l'interlocuteur
s'embrouille, lui se tait. Il a beaucoup d'esprit; et,
plutôt que de le montrer, il le cacherait : mais il le
laisse voir. Il n'est pas trop sentimental; apparemment,
il ne l'est pas du tout; il est aimable : il a cette bien
rare politesse qui ne vous éconduit pas. Nous lui vou-
lons, dans les manières et le costume aussi, une parfaite
élégance. Mais prenons garde : qu'est-ce que l'élégance?
Un jour (c'est lui qui le raconte), trois fats se querel-
laient, à Londres, vers 1810 : quel gentilhomme était,
l'après-midi, le mieux vêtu au club? Ils décidèrent de
s'en remettre à George Bryan Brummel, qui daigna les
écouter. Si Henry Mildmay, pour ses bottes à revers
roses? ou Pierrepoint, à cause de son gilet? ou bien lord

Alvanley? Lord Alvanley pourquoi? L'on ne sut pas décrire son vêtement. Et George Bryan Brummel : « Messieurs, je déclare lord Alvanley vainqueur dans ce tournoi. Si Mildmay et Pierrepoint avaient été vraiment ce qu'on appelle habillés, vous n'eussiez remarqué ni les bottes de l'un, ni le gilet de l'autre. » Il en va de même pour le style, ajoute M. Marcel Boulenger ; pour le style et toute élégance.

M. Marcel Boulenger vient de donner *le Fourbe*, roman. D'abord, il a écrit *Nos élégances*, puis une *Introduction à la vie comme-il-faut* et même un *Cours de vie parisienne*. Ce sont de précieux livrets, tous pleins de bons préceptes et, en outre, de moquerie. L'on nous enseigne mille petites choses importantes, l'art de nous habiller, les règles d'une jolie conversation ; touchant la vénerie, les sports d'hiver, le polo, le golf, on nous prie de ne pas commettre les plus fâcheuses peccadilles. Quand et comment faut-il porter les gants, on nous le dit : sans le pardessus et en simple veston, jamais ! D'ailleurs, je ne songe pas à résumer cet évangile méticuleux ; mais j'en approuve la sagesse, avec une ingénuité confiante. Et j'en aime le ton, qui est celui de la plaisanterie, et dogmatique cependant. Notre conseiller badine, afin de nous séduire ; et il commande, non sans rigueur. Les Grecs avaient un seul mot pour dire « persuader » et « ordonner » ; en somme, ils n'espéraient que de la persuasion l'obéissance : telle était leur ingénieuse courtoisie. Et ainsi procède M. Marcel Boulenger : il sait nous prendre ; puis, quand il nous a pris, il nous conduit à son gré. Si nous lui semblons un peu incertains, distraits et mols, il a recours au stratagème ancien, nous présente un ilote ivre et nous rend les mauvaises façons bien ridicules et haïssables. Il est un moraliste aussi judicieux et fin dans ses directions que vif et gentiment brutal dans la satire. Un moraliste de l'élégance.

On dira : la vraie élégance se moque de l'élégance. Eh bien ! oui, répond notre maître ; et il n'est que

d'avoir du goût. Lisons une de ses *Lettres de Chantilly* :
« Nous autres Français, en quoi sommes-nous inimitables? Ah! notre qualité à nous, exquise et presque insolente, c'est une grâce native qui nous est échue, une élégance involontaire de l'esprit, moins que rien, d'ailleurs; ceci tout simplement : nous avons du goût. » Alors, tout va bien?... Non : tout allait bien. Nous avions du goût; et l'on n'ose pas affirmer que ce soit fini; mais notre goût, depuis quelques années, subit des tribulations périlleuses. Cela tient à maints phénomènes, tels que le progrès de la démocratie, la nouvelle répartition de la fortune, l'influence de l'étranger, le désordre national. Le goût français menace de se détériorer. Ce n'est pas encore un désastre. Mais, avant que ne s'écroule une délicate architecture, l'observateur attentif aperçoit les signes de la ruine prochaine. Holà! crie M. Marcel Boulenger; holà! ces vilains gants, et inopportuns; holà! ces robes dérisoires; holà! ce faste grossier; holà! cette gravité de professeur allemand jusque dans la causerie d'après-diner; holà! ce bavardage si médiocre, fade, amphigourique, prétentieux en outre; et holà! cette façon d'écrire!... Qu'est-ce que le goût? « C'est une sorte d'instinct qui nous pousse à redouter en général les excès, quels qu'ils soient, à rejeter les coquetteries de nègres ou les violences barbares, à craindre par-dessus tout la vulgarité, la bassesse, à comprendre exactement le sens du mot *ridicule*, à rechercher avec passion la clarté... » Voilà le goût, dans le costume, la mode, l'usage le plus divers, le langage et, particulièrement, la littérature. Tout l'aspect d'un pays ou d'une société révèle un même état d'esprit, le même génie et la même folie peut-être. Une même corruption se manifeste dans nos airs, dans notre activité, dans nos livres. M. Marcel Boulenger n'a pas entrepris toute la réforme : il laisse à d'autres la critique de notre activité. Mais nos airs et nos livres, il les tarabuste. Et voyons, en littérature, son idée de l'élégance.

L'auteur de l'*Introduction à la vie comme-il-faut* nous est déjà recommandable pour avoir composé, sur la *Querelle de l'orthographe*, un juste pamphlet. Ces réformateurs et, plus ou moins érudits, chambardeurs de notre vocabulaire, philologues délirants et démagogues forcenés, primaires exaltés et politiciens qui avaient résolu de sacrifier au peuple électoral le visage des mots français, il les a bien admonestés et châtiés. Puis, sans redouter aucunement l'accusation de pédantisme, il a diagnostiqué *les Quatre maladies du style*. Honneur au maître de nos élégances : il a su que la littérature était en danger; sur-le-champ, brave, il s'est engagé dans le franc bataillon des pédants. Quatre maladies; il y en a d'autres. Celles qu'il a diagnostiquées, les voici. Premièrement, « l'abus du génitif ». Un lauréat de l'Académie Goncourt écrit : « Une pelouse que bordent comme d'une chaîne de médaillons ovales des corbeilles de fleurs d'une jolie diaprure... » Ce lauréat, qui sans compter entasse tous ces génitifs, a aussi le tort de substituer à des prépositions telles que *par* ou *avec* la perpétuelle préposition *de* : manie fréquente aujourd'hui. Deuxièmement, « le néologisme ». Nos contemporains ont un entrain terrible pour inventer des mots. C'est qu'ils se dépêchent et n'attendent pas d'avoir trouvé, dans le riche trésor de notre langage, le mot dont ils auraient besoin. Vite, ils vous ont tiré du grec, ou de l'anglais, ou de leur imagination si prompte à jargonner, de soudaines syllabes. Ils ne songent pas — et à quoi songent ces énergumènes? — qu'il faut des années, ou des siècles, pour que des syllabes deviennent des mots véritables, prennent de la réalité, commencent de vivre. Troisièmement, « la monotonie de la syntaxe » et, quatrièmement, « la veulerie dans les descriptions ». Le choix de ces quatre maladies me semble un peu arbitraire; d'autres maladies du style contemporain ne sont-elles pas encore plus graves et inquiétantes?... La « monotonie » de la syntaxe; mais, surtout, l'ignorance de la syntaxe. Le néologisme; et,

surtout, l'ignorance des mots et de leur signification.
M. Marcel Boulenger cite un apophtegme qu'a formulé
M. Michel Bréal dans sa *Sémantique* : « La santé, pour
un langage, consiste à s'éloigner sans violence de ses
origines. » C'est la maxime du salut. Ni les mots ne
dépendent de nous et de notre caprice ; ni la syntaxe
ne dépend de notre fantaisie. Éléments de notre pensée,
les mots sont des êtres, et qu'on tue quand on les tourmente. Et la syntaxe est une dialectique : elle est une
logique aussi : une dialectique, ô liberté, sans logique,
ô absurdité !... M. Marcel Boulenger, très vaillamment,
dénonce deux torts de nos écrivains : la hâte et la prétention. Ajoutons l'ignorance. Mais célébrons le défenseur énergique et avisé de la langue et du style français.
Il aime les mots et il aime les phrases : honnête amour,
et qui se perd ; doux amour et suranné. Je compte
M. Marcel Boulenger parmi les écrivains, peu nombreux, qui bientôt seront inintelligibles pour avoir pris
chaque mot selon sa vraie acception et combiné les
phrases selon le tour de la pensée. Passera-t-il les âges ?
on l'aura donc traduit en galimatias.

Il y a quelques années, M. Tristan Bernard lui
écrivit, dans un journal : « Marcel Boulenger, je suis
votre ami. J'aime ce que vous écrivez, vos romans et vos
nouvelles, et je suis tout à fait d'accord avec vous en ce
qui concerne la conservation et la préservation de l'orthographe française. Je tiens à ce qu'on laisse à nos
vieux mots leurs lettres inutiles, qui sont des reliques
de famille. Je professe, comme vous, une horreur ins-
tinctive pour les locutions *causer à* et *se rappeler de*.
Mais, je vous en prie, ne me désavouez pas si je
demande avec un groupe notable d'écrivains, plus auto-
risés et aussi timides que moi, à ne plus employer l'imparfait du subjonctif et à admettre une fois pour toutes
que l'actuel subjonctif présent, si décent, de si bonne
tenue, servira à tous les usages et remplacera l'abominable imparfait en *asse, isse* et en *usse*... » Et puis :
« Marcel Boulenger, dites-moi que nous sommes d'ac-

cord. Je suis persuadé que, lorsque votre phrase vous
conduit dans la direction d'un temps en *asse*, vous
faites, comme moi, un détour pour l'éviter. Mais ces
détours sont fâcheux pour la marche du style et pour
la nette expression des idées. Il vaut mieux, une fois
pour toutes, prendre un parti énergique et reléguer
dans une panoplie l'imparfait du subjonctif. Malgré
notre goût des anciennes formes, il ne nous viendra pas
à l'esprit de sortir dans la rue coiffé d'un casque em-
panaché... » M. Tristan Bernard a tant d'esprit, de
gentillesse nonchalante et il est visiblement si las de
son casque lourd, quand il demande à s'en débar-
rasser, qu'on lui répond : Remettez-vous, monsieur
Tristan Bernard ; et soyez à votre aise !... On ne veut
rien lui refuser. Mais on peut donner seulement ce
qu'on possède : et la syntaxe n'est pas à nous. M. Marcel Boulenger répondit à M. Tristan Bernard : « Parbleu ! votre style est la grâce même : il peut se permettre d'aller tout nu. Mais nous autres, il faut bien
que nous habillions un peu le nôtre, pour sortir. Or,
l'imparfait du subjonctif habille, incontestablement.
C'est un temps somptuaire, un temps de luxe. Il doit
être imposé dans le projet Caillaux. Vive le luxe, monsieur !... Nous userons de ce subjonctif. » Bien répondu,
certes. Et, pourtant, n'ai-je pas outré mes compliments
tout à l'heure, quand je vantais le pédantisme de
M. Marcel Boulenger? (Car nous manquons de pédants !) M. Marcel Boulenger n'est pas un grammairien
d'abord; je ne lui accorde pas, pour sa devise, cette
maxime du bonhomme Quintilien : « *Grammatices
amor vitæ spatio terminetur*, puisse ton amour de la
grammaire n'avoir pas d'autres bornes que celles de
ton existence ! » Il se rit de la concordance des temps et
n'estime l'imparfait du subjonctif, en *asse*, en *isse*, en
usse ou autrement, que pour des motifs d'élégance.
Frivolité ! il s'agit de grammaire.

   L'élégance : et, avec M. Marcel Boulenger, c'est toujours là que nous revenons. Il y a, dit-il, des cravates

pour Péruviens, des cravates pour camelots, des cravates pour députés qui souhaitent d'aller dans le monde, des cravates pour vieux généraux et des cravates pour dandys. Il y a autant d'imparfaits du subjonctif : celui de l'institutrice, celui de l'étranger qui apprend le français, celui du collégien, celui de Scribe, et celui de l'homme élégant. M. Marcel Boulenger n'offre à M. Tristan Bernard que celui-là. Il rédigerait peut-être ainsi une règle de sa grammaire : Ayez l'imparfait du subjonctif élégant.

Frivolité? En quelque sorte, non. L'élégance de M. Marcel Boulenger est sérieuse; et le modèle qu'il propose à l'écrivain, c'est La Bruyère. Je me demande s'il n'ajouterait pas : La Bruyère et Jules Renard. La vraie élégance est, pour un écrivain, d'écrire bien. Ecrire bien : suivre les règles principales; et (il l'exige) varier ses tours, comme La Bruyère; et (il le disait) chercher avec passion la clarté, comme au surplus tous les auteurs classiques. Quelle erreur, si l'on croit que le souci de l'élégance ait pour résultat, dans le style, une langueur, une faiblesse, une pâleur efféminée! Fausse élégance, et non celle d'un garçon « large d'épaules et étroit du baudrier ». Mais ce garçon met sa coquetterie à être fort : et l'on verra qu'il est fort s'il a bien l'air de se jouer où les malingres se démènent, s'il ne fait pas une quantité de mouvements pour accomplir sa prouesse, enfin s'il agit avec justesse, écrit avec concision. Il a de la désinvolture. Il ne bavarde pas. Ce qu'il a résolu de dire, il le dit, et rapidement. Il ne court pas de tous côtés; mais il ne s'attarde pas. Il vous invite à prendre son allure : vous le suivez sans peine; il vous guide avec précaution. Du reste, il ne bavarde pas; mais il cause. Ne sommes-nous pas de loisir? Et nous flânerons, quelquefois, comme des gens qui n'ont point à se presser outre mesure, et non comme des gens fatigués. Nous éviterons l'ennui : l'ennui si morne qu'on éprouve dans ces phrases en labyrinthes où l'on est perdu et d'où l'on sent qu'on ne

sortira pas; l'ennui de ne pas savoir où l'on va, l'ennui
de savoir qu'on ne va nulle part, et qu'on patauge, ou
qu'au moins on piétine; et l'ennui dont on meurt,
dans les déserts de la pensée vague. On nous divertira;
il y aura de l'imprévu. Et l'on nous décrira le paysage; mais vite, car il n'est rien de plus fastidieux
qu'une description lente. Vous entrez dans un parc, à
telle heure du jour ou du soir : et vous remarquez une
fleur, un parfum, la couleur du moment. C'est tout;
cela suffit. Vous ne dénombrez pas les roses, les dahlias
et les pieds de jacinthe : c'est la besogne de l'aide-
jardinier. Vous ne faites pas un inventaire : c'est la
besogne du commissaire-priseur. Non la besogne de
l'artiste! Et puis, vous lisez un roman. Les personnages vous intéressent, et le récit de leurs aventures.
Vous réclamez des aventures; ou bien les personnages
ne vous intéressent plus. Mais ils rêvent?... Ah! qu'ils
ne rêvent pas trop! Qu'ils agissent, et réagissent, non
comme des pantins : comme vous, si actif et allant dès
que vous guide le garçon « large d'épaules et étroit du
baudrier ». Pas de psychologie! Vous avez renoncé à
la description trop méticuleuse du parc, si beau sous
le soleil et si mélancolique aux rayons de la lune
bleue : ce n'est pas pour accepter qu'on vous invento-
rie l'invisible jardin de l'âme, plein de chiendent,
d'ortie et de belladone, allégorie de ténèbres. Pas de
psychologie : c'est la besogne des sorbonniens. Des
actes : c'est ainsi que se déclarent les âmes ou, disons
mieux, les caractères, mieux encore, les individus. Car
il n'y a que des individus. Il faut qu'on soit, au bout
du compte, disciple d'Aristote ou de Platon : la querelle, sous d'autres noms, dure. M. Marcel Boulenger,
nous le désignerons comme aristotélicien. « Je vois
bien, dirait-il à son tour, ce cheval, non la *chevaléité*,
ô Platon! » Pour indiquer ce qu'il n'aime pas, ne voit
pas et considère comme du néant, il empruntera ce
néologisme, trait de mépris.

Lisons *le Fourbe*, roman très joli et presque très

beau, roman qu'on risque de n'entendre pas tout à fait
bien : et, en pareil cas, c'est la faute du lecteur, la
faute de l'auteur aussi. Ne blâmons que l'auteur ; mais
nous le louerons pour tant de qualités charmantes qui
le distinguent, et parmi nos meilleurs écrivains. Les
mérites et les vertus de la vraie élégance littéraire,
nous les discernerons dans *le Fourbe*, et quelques
inconvénients de ladite élégance.

Nous voici premièrement à Rome. Et l'auteur s'en
excuse. Il devine qu'on se plaindra : « Ah ! oui, encore,
comme tant d'autres, comme tous les autres, en Italie !... » Il nous supplie de ne pas le confondre avec
ces trop faciles raffinés qui « s'épanouissent à Florence,
succombent à Venise et goûtent ensuite comme il faut
la tristesse à Versailles ». Mais, que faire ? « c'est là,
c'est à Rome que j'ai rencontré Marie-Dorothée, marquise Gianelli ». Sournois ! Il a une meilleure excuse :
il ne décrit pas Rome, ses ruines, sa magnificence déso-
lée ; il n'abuse pas et il n'use pas d'une archéologie
émouvante. C'est à Rome que son héros a rencontré la
marquise Gianelli. Où l'eût-il rencontrée ? Elle était là.
Puis, confessons-le, nous sommes satisfaits de ce qu'autour d'une si belle femme il y ait la beauté de Rome.
L'essentiel sera de profiter sans nulle exubérance d'un
hasard si avantageux. M. Marcel Boulenger regrette la
discrète époque où La Fontaine écrivait (*Psyché,* la
dernière phrase) : « On lui donna le loisir de considérer les dernières beautés du jour ; puis, la lune étant
en son plein, nos voyageurs et le cocher qui les conduisait la voulurent bien pour leur guide. » Afin de
nous rappeler Rome, à l'instant propice, M. Marcel
Boulenger écrira : « C'était la fin d'une ardente après-
midi ; l'on voyait par la fenêtre un cyprès plein d'oiseaux se dresser dans l'air du soir, comme une torche
éteinte, mais encore palpitante et grésillante, ayant
brûlé tout le jour. » Et c'est tout ; c'est un peu plus
que dans La Fontaine : exquise retenue, pourtant !

Marie-Dorothée a dans les veines, par mégarde et

par bonheur, une goutte de sang napoléonien. Née
Rimbourg et l'arrière-petite-nièce du maréchal Rimbourg, elle ressemble au jeune Bonaparte de Toulon.
D'ailleurs, sa mère est une vieille dame russe. Elle a
un mari : le colonel Gianelli, homme d'honneur et de
tact, réside à Turin, commande ses bersagliers, vaut
par sa modestie. Elle a un amant : l'un de nos compatriotes, Stéphane Courrière, le poète incomparable,
prince du théâtre, favori de la gloire, sublime et industrieux, enivré d'aubaines, prodigue de son génie, de
son amour, absurde avec discernement, délicieux et
ridicule. Notre héros, ce n'est pas lui : c'est François
Simonin, petit inspecteur des forêts, et qui voyage en
Italie, et qui rencontre Marie-Dorothée. Il la rencontre
et il l'aime. Il le lui dira. Il n'est pas timide; et il a
raison : « Vous semblez bien portant, svelte et robuste,
un bon athlète... » Ainsi l'accueille Marie-Dorothée,
curieuse d'une amitié qui vient à elle et, pour la seule
amitié, sensible aux qualités païennes. François rivalise avec le poète lauré, Stéphane Courrière, notre
Pétrarque. Et il va triompher... « Alors, François, vous
goûterez avec moi, demain à la villa d'Este? » Eh bien!
non. Pourquoi?... Marie-Dorothée lui a dit : « Vous
prenez le plus droit chemin pour aller d'une pensée à
l'autre; j'aime cela! » Tel est-il, en effet. Cependant,
il aime la marquise; il assure qu'il l'aime avec passion. N'en doutons pas. Mais il n'a plus d'argent; et il
regarde son carnet de chèques : épuisé, le carnet.
« Demain, vous aurez le droit de m'appeler Marie, à
la villa; Marie d'Este!... » Le lendemain, dès l'aube,
il part. Qu'on lui pardonne sa brusquerie : fonction-
naire, il était en mission, naguère, à Vallombrosa; il a
pris, à Rome, des jours de congé; ces jours sont finis.
Voilà une tête bien faite et qui sépare nettement les
heures du plaisir, celles du devoir. En outre, écoutons-
le : « Je suis marié. Pourquoi ne l'ai-je pas dit
encore?... » Il ne l'a pas dit; et l'on ne s'en apercevait
pas du tout. Il l'oubliait, probablement.

Yvonne Simonin : pauvre femme, très douce et réservée; hélas! trop réservée, pour ce mari, « bon athlète »; et pieuse, toujours à murmurer une prière, trop pieuse pour le « bon athlète » positiviste; et si touchante, si inquiète! Mais froide, en apparence. Frémissante; mais en secret. Le « bon athlète » n'a vu que l'apparence. Il n'est pas bête. Seulement, avec une remarquable santé physique et morale, intellectuelle aussi, François a un défaut que M. Marcel Boulenger ne lui reproche pas, et que je lui reproche; ce défaut : un goût tel de la clarté que tout mystère lui échappe. Yvonne, auprès de lui, est un mystère, et qu'il n'essaye pas d'approfondir. Les Simonin avaient une petite fille : elle meurt, le jour même que François revient de Rome. On aurait tort de prétendre que François n'eût pas de chagrin. Mais, comme il sépare nettement son plaisir et son devoir, il ne mêle pas non plus son chagrin et tout le reste de sa vie. Il pleure; et, quand il retourne à ses forêts, il fait son métier. Yvonne, moins habile, s'abandonne à la douleur : elle n'est que de la douleur et n'a de refuge qu'en Dieu. Une même douleur les réunirait, François et Yvonne : ils n'ont pas une même douleur. François est tendre; Yvonne tombe dans ses bras; « un instant après, elle remue les lèvres : sa prière... » Et il y a, entre Yvonne et François, cette prière où l'une met toute son âme, où l'autre ne met rien.

La marquise Gianelli a quitté Rome pour Paris. Elle appelle François. Et, en peu de jours, tant pis pour Stéphane Courrière : celui-ci vogue sur la Méditerranée avec une infante Pia qui, en faveur d'un si grand poète, lancerait aux vagues son diadème doré d'altesse royale. Yvonne apprend la liaison de François et de Marie-Dorothée. Elle souffre et elle se résigne : elle offre à Dieu l'effort de sa dure patience. Elle apprend que Marie-Dorothée a mis au monde un enfant : le fils de François. C'est trop de souffrance et elle entre dans la prison du désespoir silencieux. Il faut

bien, cette fois, que François en ait conscience. Marie
Dorothée ne le tente pas moins que jamais ; il est amoureux d'elle et de son allégresse florissante. Mais Yvonne
endure un martyre ; elle chemine vers la mort. Et
François a pitié d'elle. François, ne le calomniez pas.
Il a le cœur net, excessivement net ; il a tout de même
de la bonté, il a de la propreté dans l'esprit. Quand les
préceptes de la morale se disputent sa préférence, il les
examine, les range, les compare ; et il choisit parmi
eux. Abandonner sa maîtresse, l'année qu'elle lui
donne un fils ? Diable !... Laisser mourir de chagrin sa
pauvre femme ?... Un devoir, en dernière analyse, lui
paraît urgent, simple et fort clair : « cause le moins de
peine possible à ceux qui t'entourent... » Il aime sa
maîtresse ; mais il n'est pas question de lui. Marie-
Dorothée se passera de lui très bien ; et le petit garçon
n'appartient pas à lui. N'hésitons plus. François se
dévoue à Yvonne. Quant à rompre avec Marie-Dorothée, ce n'est rien ; Marie-Dorothée retournera en Italie ;
elle aura, pour se distraire, son fils et, qui sait ? le poète
qui justement n'épouse pas Son Altesse l'infante. Lui,
François, si le voluptueux souvenir de Marie-Dorothée
le caresse encore, il a de l'abnégation. Mais Yvonne ? la
reconquérir ou, plutôt, la conquérir ?... Yvonne est loin,
dans l'ineffable compagnie de Dieu et des anges. Il ira
la chercher là-bas, parmi les brumes du mystère, lui
qui n'a point, jusqu'à présent, fait un seul pas sur les
routes mystérieuses ; lui que n'émeuvent point l'odeur
des églises, leur chant ; lui que n'alarme point la promesse de la certitude reposante et lui qui, dans une
prière, ne retrouve point des bribes du passé. Que
faire ? Il ne peut rattraper Yvonne où elle n'est pas :
elle est là-bas.

Il sera dévot, mais fourbe. Et il feindra la dévotion :
fourberie. Ah ! que faire ?... La fourberie nous dérange
de l'idée que nous avions de lui. Peu importe. Avec un
intelligent abbé Duregard, il cause. Les propos de
l'abbé Duregard passent sur lui comme, sur la cam-

pagne, les légers nuages des beaux jours : du moins, il le croit. Les pieuses lectures lui sont inutiles; et il se fâche de ne trouver, en tant de pages, « rien de précis ». Quel homme! Il lui faut Dieu en théorèmes.

Il entendra la messe. Un dimanche matin, de noir vêtue, Yvonne va sortir; elle descend au jardin. Les deux lévriers, Marsyas et Marion, près d'elle, bondissent, très joyeux : elle ne les emmènera pas, elle va tout droit à l'église. Et lui, François, les chiens lui sautent aux épaules, plus joyeux encore : il ne les emmènera pas, il va tout droit à l'église. Il regarde Yvonne, si jeune et toute vacillante, flétrie. Yvonne, au sortir de la messe, ne le remerciera pas d'être venu : des lèvres, murmurante à peine, elle remerciera Dieu. Il se confessera, il récitera dans le confessionnal de l'abbé Duregard le *Confiteor* : il aura soin qu'Yvonne le sache et, sur le visage d'Yvonne, il guettera, comme une lueur de soleil sur un mur, la vive lumière du bonheur. Il communiera. Au retour, il déjeunera; il lève les yeux : Yvonne le regardait... « Et il y avait — oh! oui, j'en suis sûr! — une émotion profonde sous ces paupières, qui se fermèrent bien vite, effaçant la vision exquise, une émotion douce et sans doute heureuse, telle que je ne pensais plus en voir jamais se trahir sur le visage si las et si clos. » C'est un jeudi, c'est le jour qu'Yvonne va au cimetière. « Je t'accompagne! » Et il passe son bras sous le bras d'Yvonne : qu'elle était mince! et elle grelottait. « Tu as froid? — Non. — Je croyais... » L'automne; et ils ont l'air d'un couple qui bientôt sera vieux. Yvonne se tait. François, comme elle, parle en lui-même et, sans voix, dit à Yvonne : « N'aie plus peur, appuie-toi, confie-toi... » Au cimetière, les voici devant la tombe de leur petite fille. Yvonne s'agenouille. « D'habitude, je demeurais debout; mais, ce jour-là, je me suis agenouillé, moi aussi... » Quand Yvonne se releva, elle posa sur la main de François sa main légère et balbutia : « François!... Notre petite... » Ils s'étreignirent et pleurèrent, « l'un

près, tout près de l'autre, enfin! » Et ils revinrent, du
même pas, à leur maison.

La première partie de ce roman, gaillarde et amoureuse, a bien de l'attrait. La seconde partie est extrêmement pathétique. Beau roman, l'œuvre d'un excellent écrivain, qui possède l'art de conter, qui crée de
vivants personnages : l'esthétique de l'élégance l'a
servi à souhait.

L'esthétique de l'élégance — et de la meilleure élégance, vraie et sérieuse — a pourtant ses limites. Elle
veut la clarté : le goût de la clarté est une vertu. Mais
s'il y a, jusqu'en ce bas monde, plus de choses qu'on
n'en discerne clairement, faut-il négliger tout cela qui
n'est pas clair? Ce fut la prétention des positivistes :
reléguer le mystère ailleurs. Ils l'appelaient un océan
pour lequel ils n'avaient ni barques ni voiles; et ils le
négligeaient. Or, si les brumes de cet océan pénètrent
l'île du « connaissable », l'envahissent, l'imprègnent,
nous décrirez-vous l'île et non les brumes? Et, les
âmes, si vous n'en voyez que les surfaces claires, vous
les ignorez : les âmes sont des océans de mystère; ne
regardez-vous que la crête des vagues hautes, négligeant les remous qui les ont soulevées?

Je reprochais à François Simonin d'avoir méconnu,
par goût de la clarté, la mystérieuse Yvonne. Et pareillement, je reproche à M. Marcel Boulenger de méconnaître François Simonin, quand il l'appelle un fourbe.
M. Marcel Boulenger, là-dessus, répliquera qu'il a fait
à sa guise son héros : ne l'a-t-il pas inventé? Tant pis
pour lui, l'auteur (et c'est encore à sa louange), s'il a
donné à son invention tant de réalité que, son héros,
je le traite comme un vivant. Non, François Simonin
n'est pas un fourbe. Il croit qu'il en est un; M. Marcel
Boulenger le croit également. Et ils se trompent tous
les deux. Pour que François Simonin soit un fourbe,
l'auteur a joint, en manière de préface, à l'histoire de
ce François, un dialogue un peu nietzschéen sur la
virtù admirable de la ruse. « Il rusait, le condottiere...

Il rusait, le fort Ulysse... Ils rusaient, les petits Spartiates... » Oui! Mais François, qui renonce à toutes voluptés, qui renvoie sa belle Marie-Dorothée, qui s'apitoie sur la tristesse d'une pauvre femme et qui s'agenouille, il ne ruse pas. Est-il sincère, au confessionnal et à la table de communion? « Vous voulez aller à la foi et vous n'en savez pas le chemin... Apprenez [-le] de ceux qui ont été liés comme vous. Suivez la manière par où ils ont commencé : c'est en faisant tout comme s'ils croyaient, en prenant de l'eau bénite, en faisant dire des messes... » Mais François Simonin ne veut pas aller à la foi!... Qu'en sait-il? Et, M. Marcel Boulenger, qu'en sait-il? Son héros lui échappe dès que ce héros pèche contre la parfaite clarté : or, il n'y a plus de clarté au point où est monté François chercher l'âme d'Yvonne, au delà de toute abnégation. Un fourbe? Il est un pauvre homme en chemin. S'il n'a pas fait encore sa soumission, gardons-nous d'offenser son élégant orgueil; et, si Pascal l'effraye, nous lui offrirons seulement ces deux vers d'Ausone, poète savant et futile :

> *Incipe, dimidium facti est cœpisse. Supersit*
> *Dimidium : rursum hoc incipe, et efficies.*

Je laisse en latin ces deux vers et proteste ainsi, doucement, contre les excès de la clarté.

1er juin 1914.

X

ALFRED DE MUSSET

« *Comme j'allais avoir quinze ans...* » Un collégien,
grand et mince, au regard clair, « aux narines dilatées,
aux lèvres vermillonnantes » ; les jours de sortie, il
fréquente chez Victor Hugo, rencontre Vigny, les deux
Deschamps, Mérimée, Sainte-Beuve ; il se familiarise
avec la gloire ; il récite ses premiers vers, chansons d'un
enfant déluré, chansons d'amour à tout hasard. « *A
l'âge où l'on croit à l'amour...* » Un jeune homme
élancé, très élégant de manières et de costume, à la
tête blonde que les cheveux longs et bouclés encadrent ;
il a quelque chose d'un peu italien dans les traits ; il a
de la langueur, de la désinvolture et de l'impertinence,
l'air de ne songer qu'à des femmes ; et, s'il daigne
écrire, ses vers chantent divinement. « *A l'âge où l'on
est libertin...* » Un soir, il arrive chez des amis ; il est
très pâle, mal vêtu, un bas lui tombe par-dessus sa
botte ; il regarde sa montre, obstinément : marche-
t-elle ? Il faut qu'on écoute sa montre. Chez la princesse
Mathilde, l'Empereur étant là, il a récité des vers.
Quels vers ? Il cherche et ne se rappelle rien. Il est
ivre. Parfois, il dompte cette ébriété presque conti-
nuelle : il parle ; il est merveilleux d'esprit, de chaleur
éloquente. Il s'en va ; dans les maisons où on l'a vu gris,
il ne revient pas.

Quel homme singulier ! L'amour a été l'unique
affaire de sa vie. Il attendait l'amour ; il a aimé ; ensuite,
regrettant l'amour, il a méprisé toute l'existence et,

d'amertume, il a rendu la sienne méprisable. Les autres
gens accordent à l'amour un peu de temps et beaucoup
de bavardage; lui, tout son temps et toute sa pensée :
ce fut absurde et pathétique. Les médecins diagnos-
tiquent en lui deux tares : « association par contraste
et infantilisme psychologique ». Austères plaisantins!
et qui oublient le principal : c'est le don de poésie.
Tout amour, — et catalogué par les pathologistes,
interdit par les hygiénistes ou blâmé par les moralistes,
— il le muait en poèmes. Jeunesse et amour : ces deux
mots, la postérité les a inscrits, en exergue jolie et
aguichante, et comme une auréole, autour du beau
visage de ce poète et autour de son génie, ces deux
mots tout pleins de gaieté, de mélancolie et de malentendus. On dit, cependant, qu'il n'est plus à la mode :
l'amour serait-il suranné? que nos adolescents le
dédaignent : nos adolescents ne sont pas jeunes!

M. Maurice Donnay, lui, est jeune. A la Société des
Conférences, il a fait, ce printemps dernier, une belle
série de conférences, touchant Alfred de Musset; et ses
conférences sont devenues un livre charmant, où l'on
remarque l'amitié, la bonne foi, et cette gentillesse à
laquelle, aussi bien, l'auteur n'aurait pas su renoncer :
mais il n'y a point tâché. Sa critique est la plus accueil-
lante, libre, et la moins prévenue. Quant à sa méthode,
il se fie à son goût; méthode qui ne nous plairait pas
de tout le monde : elle nous plaît de lui, parce qu'il a
le goût très sûr et très sensible. D'ailleurs son *Musset*,
comme son *Molière*, il l'a soigneusement préparé, n'épar-
gnant pas les recherches utiles, consultant les historiens et les anecdotiers. Il sait que nous ne pouvons
lire un poète de 1830 comme nous lirions un de nos
contemporains. Pour le juger, ce poète, nous devons le
considérer dans son temps; pour le juger, et pour le
comprendre. Mais, l'œuvre d'un Musset, toujours vivante, M. Donnay ne la traite pas non plus comme un
document d'histoire : il n'oublie pas de l'aimer. Du
renseignement précis et rigoureux à la simple admira-

tion, il va et vient, sans difficulté, avec un abandon
gracieux. Et il plaisante, et il s'amuse. S'il est ému, il
le dit : et il ne le dirait pas, on le sentirait, à ses
phrases qui tremblent. S'il n'est pas ému, il le dit : et
le badinage remplace l'émotion, le badinage souvent le
plus comique. Le roman de Musset, George Sand et
Pagello ne l'émeut pas du commencement à la fin. Et
il écrit : « Musset, George Sand, Pagello, je les imagine
dans une voiture à laquelle est attelé un jeune cheval,
animal ardent et ombrageux. C'est George Sand qui
conduit. A un moment, dans une pente, le cheval
s'emporte. Pagello, lui, saute : il n'a pas de nerfs, il
tombe avec élasticité, se ramasse et s'enfuit. En bas de
la côte, le cheval s'abat, la voiture est brisée. George
est meurtrie : rien de grave; une autre fois, elle remontera en voiture. Mais, chez Musset, il y a des lésions
internes, quelque chose de cassé, il ne remontera
plus. » A l'époque du romantisme, on a dessiné de ces
caricatures où le char de l'État, le chariot de Thespis,
diverses calèches et guimbardes portent triomphale-
ment et, parfois, laissent dégringoler leur charge
illustre... Un beau vers : et M. Donnay ne plaisante
plus.

> O mon unique amour, que vous avais-je fait?

« Quel vers admirable, et si simple! Il n'y a pas un
amant abandonné, trahi, qui ne l'ait jetée, cette inter-
rogation, sous une forme ou sous une autre; mais ceux
qui ont lu Musset ne peuvent que répéter ce vers-là... »
Plus de coquetterie!... En général, il réunit un peu
d'ironie, un peu d'attendrissement, de sorte que l'ironie soit une façon de ne pas montrer, de laisser voir
l'attendrissement.

Dès la première annonce de ces conférences, ce ne
fut, pour ainsi parler, qu'un cri, dans Paris où les cris
se confondent : Donnay et Musset, les deux poètes de
l'amour; et Donnay, notre Musset. L'on ne pensait
qu'à Musset le poète, non à Musset le libertin : quand

on crie, l'on ne saurait penser à tout. M. Donnay ne
ressemble pas à Musset; et il n'a point à en souffrir, étant un autre poète. « L'on a fait, dit-il, tant de
rapprochements entre le théâtre de Marivaux et celui
de Musset que c'est ici la place d'en faire les éloignements... » Les éloignements qu'on hasarderait volontiers entre le poète des *Nuits* et le poète d'*Amants*, qui
ne les devine? D'abord, le véritable héros de Musset,
Don Juan, M. Donnay ne peut pas le souffrir. Il l'a
traité de « candidat à la paralysie générale ».

Le Don Juan de Musset, le Don Juan des romantiques, est un poète, un ange, un « Christ ». Sur les
listes de ses victimes, il y a des princesses et aussi des
maritornes. Voleur aux carrefours, laquais pour une
chambrière, il séjourne dans les tavernes et, l'âme
sœur, il la quête jusque dans les bouges. Quel idéaliste,
pourtant! Il cherche une perle. Sa perle : un être, dit
Musset, « impossible et qui n'existe pas ». Sa perle, dit
Théophile Gautier, ce serait un composé de la réine
Cléopâtre et de la sainte Vierge. Alors, peut-être ce
Don Juan n'est-il, en effet, qu'un maniaque. Ou un
niais? Son insupportable fatuité, la bassesse de ses
goûts, son arrogante sottise ont quelque chose de dé-
sobligeant. Mais il a enchanté les romantiques.

Musset, dans la *Confession*, raconte qu'il y eut, après
la débâcle impériale, trois sortes de jeunes hommes :
libertins, employés et révolutionnaires. Les employés
travaillent; et, qu'ils s'ennuient ou non, peu importe.
Mais, libertins ou révolutionnaires, c'est tout un, même
si les révolutionnaires sont chastes et si les libertins ne
souhaitent pas de démolir la société : mécontents les
uns et les autres et qui, au malaise de leur esprit,
cherchent une diversion, les uns dans la fureur politique, les autres dans la fureur amoureuse. On appelait libertin, jadis, un incrédule. A présent, un libertin est un homme qui vit au gré de la sensualité. Ce
passage de signification correspond à une vérité profonde ; le libertinage de la pensée conduit au liberti-

nage du cœur. « Remarques-tu une chose, Spark ? C'est que nous n'avons point d'état; nous n'exerçons aucune profession !... » Le libertin, comme le révolutionnaire, est un sans-travail. Il a trop de loisir et court les rendez-vous galants comme l'autre les meetings bavards. Deux anarchistes; et des théoriciens. Le libertin de Musset formule toute la théorie, une esthétique, une morale de la débauche : il prétend revêtir de beauté son inconduite et parer d'orgueil extraordinaire son avilissement. Ce Don Juan, c'est l'une des inventions les plus ridicules et brillantes du romantisme. Mais enfin, il a du génie, des vertus natives, et toutes les grâces de la jeunesse, toutes les ardeurs de l'âme, toute les bravoures. De tout cela, il ne fait rien; tout cela, il le gaspille. Qui donc est-il? Le type idéalisé de ce vif adolescent qui a dans les veines le sang des grands soldats victorieux et qui parvint à l'âge d'homme quand l'épopée était finie. Il y eut, au dix-neuvième siècle, dans la vie française, une époque de trop soudaine relâche. La frénésie qu'avait excitée la Révolution et que l'Empereur occupa, mena par tous les chemins du monde, par toutes les routes de l'orgueil et du plaisir militaire, cette allégresse dut faire halte. Imaginons un régiment joyeux, en course, à qui l'on commande de s'immobiliser : le mouvement qui le portait frémit encore en lui. Les garçons qui eurent vingt ans après la chute de l'Empereur, désœuvrés et fervents, conçurent comme leur idéal désespéré ce Don Juan, ce hautain gaspilleur de toutes énergies et puissances.

Don Juan, dans la *Confession*, c'est Octave. Brigitte aime Octave; et Octave, Brigitte. Pour empêcher leur bonheur, il y a Octave. Est-il un méchant? Non : un dépravé. Brigitte si douce et parfaite, il ne saurait la comprendre. Il est incapable d'entrer dans le secret d'une âme. Égoïste, il ne connait qu'une âme, la sienne; et, maladroit, il se prive du plaisir le meilleur : connaître une âme et l'aimer. Voici le châtiment réel et ironique de Don Juan : Don Juan ne connait pas les

femmes! Don Juan ne sait pas aimer; et voilà ce que
M. Donnay ne lui pardonne pas : « Don Juan me fait
l'effet de ces touristes pressés qui visitent l'Italie entre
deux trains... C'est pour eux que Bædeker a écrit cet
admirable titre de chapitre : *Venise en quatre jours!*
Ainsi Don Juan connaît les femmes. Il passe. Pauvre
Don Juan ! C'est un coq et c'est un Cook. Il chante sa
victoire comme l'oiseau de nos basses-cours, en se dres-
sant sur ses ergots et en battant des ailes. Il ne connaît
que la victoire; il ne connaît pas la défaite... Il peut
avoir des sens étonnants et même un cerveau : il n'a
pas de cœur ; il n'est pas un amant. »

Mais, Don Juan, c'est le romantisme de l'amour.
M. Donnay a-t-il horreur du romantisme? Non; et,
plutôt, il le défendrait. Le romantisme, dit-on, c'est le
triomphe du *moi*. Eh bien! (répond M. Donnay) « un
auteur, s'il a une personnalité, n'est jamais absent de
son œuvre ». Molière est dans son chef-d'œuvre, *le Mi-
santhrope*; Racine est dans *Phèdre*; et l'on peut regretter « qu'un tel poète n'ait pas écrit des œuvres franchement individualistes ». Quant au « mal romantique »,
il a existé de tout temps; M. Donnay trouve du romantisme dans l'histoire grecque et la romaine; il en trouve
dans la Bible; et il en trouve dans la nature. Le romantisme dans la vie, c'est le sentiment qui « submerge
l'activité raisonnée » : mais il faut que le sentiment
submerge « quelquefois » l'activité raisonnée. Au surplus, ce ne sont pas les doctrines littéraires ou autres
des romantiques qui détourneront M. Donnay d'aimer
ou de n'aimer guère un poème d'eux.

La véritable poésie de Musset date de 1833 : année
illustre, un historien du romantisme l'a remarqué. En
1833, Hugo se lie avec Juliette Drouet; en 1833, Sainte-
Beuve s'éprend de Mme Hugo; en 1833, Vigny devient
l'amant de Mme Dorval; en 1833, Musset part pour
Venise avec George Sand. Jusque-là, les poètes du Cé-
nacle bornaient leur entreprise à la réforme de la

poésie. L'année 1833 les vit battre la campagne; le romantisme passa de la littérature dans la vie, où il fit des ravages. Nos poètes s'aperçurent qu'ils avaient inventé une morale. Ils en profitèrent : leur morale supprimait les empêchements que l'autre morale opposé aux divers caprices de l'instinct.

Avant 1833, les poésies de Musset valent surtout par l'entrain gai. En 1828 et 29, le romantisme était une école jeune. Son chef n'avait guère dépassé vingt-cinq ans. Parmi les romantiques, Musset est le plus jeune, par l'âge et par le génie. Qu'emprunte-t-il au romantisme? Tout ce qui est jeune; le reste, non. Ce qui le tente, c'est la liberté que revendiquent les novateurs. Liberté du sujet : il va écrire la *Ballade à la lune*, où l'on voit l'astre clair des nuits complice de polissonnerie. Liberté du rythme. Et même, liberté de la rime : parmi les révoltés, il se révolte contre la révolte. Et voilà bien de la jeunesse! Mais il invente ceci : le naturel... ce n'est pas tout : le naturel dans le romantisme. Les autres sont guindés, éloquents, fastueux. Lui, sa trouvaille de jeune homme, trouvaille ravissante, c'est le lyrisme familier. Ce qu'il y a de suranné, dans les *Premières poésies*, c'est exactement le romantisme : dans *Don Paez*, un abus de la couleur et du pittoresque, une Espagne trop rutilante et mordorée, une gaillardise inutile, un ton fringant pour énoncer des opinions modestes, une vaine tentative de dissimuler sous les largesses du vocabulaire la pauvreté de la méditation. Surannée aussi, la romance; mais elle, surannée bien joliment. Il faut se la figurer chantée, sur la musique de Monpou, par des jeunes femmes en robes de soie à treize volants, par des jeunes femmes qui s'appelaient Malvina, qui volontiers jouaient de la guitare et qui avaient l'âme rêveuse. A la lueur des bougies nombreuses dans les candélabres comme, au ciel d'Italie, les étoiles, elles chantaient d'une voix tremblante et chaude. Miss Smolen, nous la voyons, en lithographie, sur la couverture d'un cahier de roman-

ces. Elle a, sur les épaules, une écharpe; mais l'écharpe
glisse des épaules. Elle a, autour d'elle, le clair de lune
parmi des nuages fins. Ajoutons, dans le paysage de la
petite chanteuse, un monument très gothique, avec des
clochetons, des fenêtres lancéolées et des vitraux où
meurt le déclin du jour.

Les *Premières poésies* sont pauvres d'idées, — peu
importe; — et pauvres de sentiments. L'amour même
y est futile : un tout petit sentiment. Après 1833, après
Mme Sand, tout a changé. Le ton n'est plus le même.
Le jeune Musset bondissait vers la vie. Il a suffi de peu
de temps pour que l'expérience le déçût. Son voyage,
ce ne fut pas seulement l'Adriatique et les lagunes,
mais la vie. Il partait avec sa maîtresse; et il croyait
que toute la vie serait une heureuse promenade
d'amour. Il n'eut pas la précaution de penser à autre
chose, pour le cas où l'amour, en chemin, l'abandon-
nerait. Il ne s'était muni que d'amour : et l'amour,
en chemin, l'abandonna.

Cette péripétie principale de son génie date de sa
vingt-quatrième année. Il est mort à quarante-sept ans.
Mais, après le *Souvenir,* qui est de ses trente et un ans,
il n'a presque plus écrit de vers. Ne lui sembla-t-il pas
que la poésie lui était morte dans les doigts, le jour
que lui était mort dans le cœur son rêve de l'amour? A
quoi bon chanter, s'il n'y a plus à chanter l'amour? La
muse (dans la *Nuit de mai*) lui offre différents thèmes :
la verte Écosse, et la brune Italie, et la Grèce, et les
grandes aventures des hommes, la guerre; et la grande
aventure éternelle, Dieu; et les héros, Tarquin,
l'homme de Waterloo... Tout le chant de la muse,
avec son abondance mélodieuse, avec sa variété diver-
tissante et (si j'ose dire) avec sa musique peinte, marque une tribulation dans l'œuvre de Musset, marque
un moment de la poésie française. Les thèmes que propose la muse ont le caractère de ceux que traiteront les
poètes français après que le romantisme aura, en quelque sorte, épuisé le motif amoureux et, en somme, tout

le lyrisme prime-sautier du cœur. Les romantiques ont largement répandu leurs sentiments. Leur génie, ce fut leur sensibilité alarmée et prodigue d'elle-même. Après les romantiques, nous avons eu les Parnassiens. Tous les chants que pouvait inspirer le simple amour, on venait de les chanter. Les Parnassiens, comme le poète de la *Nuit de mai*, se trouvèrent fort dépourvus ; et, comme la muse y invite le poète de la *Nuit de mai*, ils ont alors substitué à l'exubérance du cœur des motifs de littérature savante. Ils ont procédé un peu comme firent aussi les Alexandrins, après que les poètes de la Grèce rayonnante eurent épuisé les ressources naturelles du lyrisme. Les thèmes que propose la muse dans la *Nuit de mai* ont beaucoup d'analogie avec des sujets alexandrins. Privé de l'inspiration amoureuse, qui était l'âme de ses premières poésies, Musset pouvait aboutir (et l'on dirait qu'il en a éprouvé la velléité) à la formule de poésie que les poètes parnassiens ont réalisée plus tard. Seulement, cette poésie impersonnelle, descriptive et laborieuse ne le séduisait pas : il le dit à la muse.

Il écrivait, très jeune, à son ami Paul Foucher : « La poésie, chez moi, est sœur de l'amour... » Il ne conçoit pas de poésie autre que la poésie d'amour. Donc, il chantait le plaisir d'amour et il chantera la peine d'amour. La poésie aura mission de diviniser la douleur.

La religion de la douleur, qui récemment nous vint des pays slaves et scandinaves, c'est (comme la plupart des idées qui nous viennent de ces pays) une ancienne idée romantique. Les poètes français du dix-neuvième siècle en son milieu l'ont préconisée avec passion. Les poètes, et aussi les romanciers ; parmi les romanciers, George Sand, qui mérite d'être comptée deux fois entre les apôtres de la douleur sainte, pour l'avoir elle-même interprétée et pour avoir fait souffrir Musset, qui l'interpréta. La sainteté de la douleur : pourvus de cette doctrine touchante et fière, les poètes vont perdre toute retenue. Puisque leur douleur est sainte, ils vont la raconter, dans leurs poèmes, avec confiance et sans nulle vergogne. Ils vont même attribuer à leur mauvaise conduite un caractère sacré. Dupe de ce vieux sophisme, le pauvre Verlaine offrira cyniquement à l'univers le spectacle de ses pires inconséquences ; et il offrira pieusement à Dieu les ennuis de toute espèce qui sont le résultat de sa débauche, de sa sainte débauche. C'est émouvant et comique ; c'est pathétique et absurde.

La sainte douleur, voilà du romantisme : et il en traîne encore dans notre littérature. Mais, la vraie douleur, c'est l'incomparable beauté des meilleurs poèmes de Musset. Récitons-nous le *Souvenir*.

En 1857, peu de jours avant sa mort, Musset compose son dernier poème :

> L'heure de ma mort, depuis dix-huit mois,
> De tous les côtés sonne à mes oreilles... etc...

Le rythme est haletant. Il y a des reprises de souffle et il y a le lancinement d'une perpétuelle souffrance ; il y a des bonds de difficile volonté. Ce vers de dix syllabes, coupé en hémistiches de cinq pieds, a par lui-même une rapidité qui, ailleurs, donne des effets de légère allégresse et qui, en ce poème, sonne comme un glas. Ce sont des vers beaux et funèbres. Le poète n'a plus sa virtuosité ; il a encore son génie.

Comment n'admirerait-on pas et n'aimerait-on pas la grandeur, la fierté farouche, et voluptueuse et hautaine ensemble, de ce refus que le poète des *Nuits* a opposé à tout ce qui n'est pas le seul amour, gai ou triste, l'amour enfin ? Il a cru que l'amour seul valait de vivre ; il a voulu que l'amour suffît à occuper toute une âme, toute une destinée : paradoxe poignant, poétique erreur !

Musset, quand il commence à ne plus composer beaucoup de vers, écrit ses adorables comédies. Certes,

il aime sa liberté; or, aucun genre littéraire n'est plus
contraint que le théâtre : mais lui, les contraintes du
théâtre, il les néglige. Il écrit des comédies qu'on
jouera ou ne jouera pas; et il n'a pas subi la tyrannie
urgente et misérable des tréteaux.

Le théâtre devait le tenter. Créer des personnages;
oui, on les crée à sa ressemblance : du moins, ceux
qu'on préfère. N'importe! créer des personnages, même
à sa ressemblance, c'est encore, en quelque façon,
sortir de soi. Et, — contre l'apparence, mais en
toute vérité profonde, — sortir de soi, c'est le rêve et
la tourmentante ambition de tous les lyriques. « Si je
pouvais être ce monsieur qui passe!... » s'écrie Fantasio; et : « Quelles solitudes que tous ces corps
humains! » Pourquoi Fantasio voudrait-il être ce monsieur qui passe, ce gros homme ventru et dont il se
moque? Et, si tous ces corps humains sont autant de
solitudes, pourquoi voudrait-il changer de solitude?...
Il le dit : c'est qu'il a cessé de se plaire dans sa propre
solitude. Le poète lyrique — le Musset des premières
et nouvelles poésies — chante son émoi. Il est ainsi, à
ne chanter que lui, le prisonnier de lui-même; un prisonnier qui chante dans sa cellule qui est lui. Eh bien!
on se fatigue de soi; et les philosophes qui ont prétendu
rendre compte de toute l'âme humaine en la montrant
seulement égoïste n'ont pas tout vu, n'ont pas tout dit.
Chacun de nous a un grand amour de soi; mais chacun
de nous a horreur de soi. Peut-être l'infirmité de notre
nature n'a-t-elle pas de signe plus évident que l'impossibilité où nous sommes de nous contenter de nous-
mêmes. Et le désir de nous absenter hors de chez nous
se manifeste de bien des manières; en voici trois : le dévouement, l'amour et l'art. Si différentes que soient ces
trois démarches de l'esprit, elles ont cette analogie originelle. L'indigent que nous secourons, la femme que
nous aimons, l'œuvre que nous réalisons, je crois qu'on
peut les considérer comme l'alibi où va notre âme à qui
ne suffit pas son égoïsme. Le plus lyrique de nos poètes

devait éprouver plus intimement que nul autre ce besoin de donner le change à sa vive sensibilité. Quel meilleur stratagème que de créer des personnages qui ne fussent pas lui, des Barberine, des Camille, des dame Pluche, des Clavaroche et des Landry, ou bien des personnages qu'il détachait de lui, qui étaient lui et devenus, selon le vœu de Fantasio, pareils à ce monsieur qui passe? « Ce monsieur qui passe est charmant!... » Voilà l'âme du théâtre de Musset. Et la surprenante, la précieuse et rare chose, un théâtre qui a une âme !

En 1827, à dix-sept ans, Musset déclare : « Je voudrais être Shakspeare !... » Et l'on dit souvent que son théâtre est shakspearien. Mais il ne l'est pas; et M. Donnay a bien raison de réduire l'analogie au décor. Ni l'art n'est le même, ni la pensée.

La mise en scène d'*On ne badine pas avec l'amour* est arrangée un peu comme une entrée de ballet. La symétrie que marque, tout au commencement, le double chœur qui accueille maître Blazius et dame Pluche, continue; elle se prolonge de scène en scène, et dans le dialogue et dans le mouvement des personnages. Camille et Perdican viennent chacun de son côté, causent un peu de temps, et puis s'en vont chacun de son côté. C'est d'une grâce jolie et singulière; et c'est, pour les yeux comme pour l'esprit, l'indication, j'allais dire, le symbole de la pensée que le poète a voulu rendre. De même que leurs chemins sont parallèles ou, du moins, s'approchent et ne se joignent pas, ainsi ne se touchent pas les mots que disent Camille et Perdican. Des âmes sont toutes proches sans se joindre : « Quelles solitudes que tous ces corps humains! »

Avec Bridaine, avec Blazius, le baron s'agite. Mais l'agitation de ces bonshommes n'a aucune influence sur la pièce. L'amour de Camille et de Perdican suit son double chemin sans que la volonté de personne y change absolument rien. C'est le caractère de cette comédie : les plus remuants personnages n'y ont pas d'efficacité.

Le défaut de cette comédie? Plutôt, c'en est la signification : il y a rêve et plaisir à voir l'amour tout seul
faire ses manigances, indépendamment de toutes les
volontés qui l'environnent. Plus tard, Camille vient à
Perdican : « Je vous ai refusé un baiser; le voilà... »
Naguère si froide et farouche, pourquoi si tendre,
Camille? Quel retournement de son caractère! Avec une
étrange désinvolture, Musset néglige l'art auguste des
préparations. Mais il laisse l'amour tout seul procéder
à sa guise, selon de mystérieux caprices; et il tient à ne
pas écarter le mystère d'une aventure où le mystère est
tout. Il y a bien Camille et il y a Perdican; et ils font
ceci ou cela : mais il y a surtout l'amour, qui les mène
à sa fantaisie.

Le dialogue de Camille et de Perdican, poème
accompli! Ce ne sont plus Camille et Perdican : un
jeune homme et une jeune fille qui se rencontrent à
côté d'une fontaine. Entre eux, un personnage qu'on
ne voit pas : l'Amour. Il n'est pas figuré, comme ailleurs,
par une statue, car nulle image immobile n'aurait la
ressemblance de sa mobilité souriante et furtive. Le
jeune homme et la jeune fille échangent des propos qui
ne sont qu'une allusion à leur tendresse. Pendant qu'ils
parlaient, une ombre se glisse près d'eux : c'est la vie,
avec le présage des cheveux gris et des cheveux blancs.
Alors, les yeux de l'autre personnage qu'on ne voit pas,
l'Amour, se sont voilés d'un rêve qu'on ne voit pas.
L'Amour a frissonné.

Dans cette comédie, les ressorts dramatiques sont peu
de chose. Il n'y a point d'événements. Perdican dit à
Rosette qu'elle est jolie; et il l'embrasse. Sur la main de
Rosette, une larme tombe, une larme de Perdican. Ce
n'est rien; et une larme est tombée, comme passerait
un nuage futile dans un beau ciel. Une larme tout simplement; et il y a comme un frisson dans l'air... Divine
délicatesse de cet art auquel suffisent de très petites
inventions pour éveiller tout un sentiment et, avec lui,
ses résonances! On dirait qu'une feuille a touché une

eau tranquille; et des ondes silencieuses vont, en s'agran-
dissant, très loin, jusqu'aux rives qu'on ne voit pas.

La comédie, extrêmement gaie, se termine en terrible drame. Rosette meurt. Le doux amour est cruel.
Les jolies flèches de son carquois ne sont pas un vain
ornement; elles sont des armes de mort. Ce théâtre est
un rêve pensif.

Petite anecdote, *On ne saurait penser à tout* aboutit
à nier que la logique soit la maîtresse et la gouver-
nante des aventures humaines, que l'initiative des
hommes règle leurs destinées. D'ailleurs, elle ne nous
conduit pas à un mysticisme de la fatalité : elle nous
invite à reconnaître que nous sommes, en ce bas monde,
menés par le hasard. Le baron, très ponctuel, a pensé
à tout, si ce n'est au hasard, comme il le devait. Mais,
s'il avait pensé au hasard, qu'aurait-il fait? Avec le
hasard, il n'y a rien à deviner, rien à prévoir. Si le
baron avait pensé au hasard, qu'aurait-il fait? Il n'aurait rien fait.

Et c'est, en général, ce que font les personnages de
Musset; parmi eux, les plus sympathiques. Ils ne font
rien; ou, si par mégarde ils font quelque chose, l'auteur ne manque pas de nous montrer qu'ils ont tort.
C'est pour cela qu'il n'y a pas beaucoup d'action dans
ses comédies. Ce que les auteurs dramatiques nomment
action, Musset le remplace, exprès, par le remuement,
l'inutile agitation. Il montre l'humanité qui s'agite
inutilement et qui, avec tout cela, ne dérange pas le
hasard. Les sages, dans son théâtre, — drôles de sages, —
ne s'attendent à rien; et ils n'essayent pas de combiner
les éléments de l'avenir. Ce sont, comme dit Fantasio,
des gens qui n'ont pas de métier. Leur qualité, c'est
l'insouciance : ils sont gentiment soumis à leur maître
le hasard.

Singulière philosophie! Pour l'entendre, il faut —
comme toutes les autres — la rattacher aux circonstances qui l'ont vue naître. Les systèmes ne sont pas
les créations pures de l'esprit déductif. Si Musset et

nombre de ses contemporains ont eu cette foi déce-
vante dans le hasard, c'est que l'époque le voulait.
Cette génération des jeunes hommes de 1830 avait
vu s'écrouler l'Empire ; elle avait vu la plus forte combinaison politique, militaire et administrative tomber
en décombres ; elle avait vu l'homme qui a le plus
magnifiquement installé sur des bases solides sa volonté
s'anéantir dans un désastre que n'augurait personne ;
elle avait vu la splendide organisation défaillir, et
pourquoi ? pour cent mille raisons que, la veille, on
n'eût pas démêlées dans l'abondance tumultueuse des
faits. L'une de ces raisons : Grouchy, le jour de Waterloo, s'attarde absurdement. Alors, qu'est-ce qu'on
peut bâtir avec assurance, lorsqu'on a vu dégringoler la
plus énorme bâtisse du plus puissant architecte ?... On
ne tâche plus de rien bâtir. On ne s'attend plus à rien,
qu'aux fantaisies éperdues du hasard. Les personnages de Musset s'abandonnent à un seul amusement,
l'amour ; et l'amour est le frère jumeau du hasard.

Il ne faut jurer de rien ; et Valentin, qui ne voulait
pas se marier, se mariera. Il épousera Mlle de Mantes,
qui lui déplaisait. Il ne devait pas épouser une
coquette : il épousera une coquette, pour sa coquetterie. Telle est, dans l'exercice de ses plus fermes réso-
lutions, notre volonté !... La gentille Marianne, des
Caprices de Marianne, est fidèle à un vieux mari désagréable. Quelqu'un l'aime : le jeune Célio, amoureux
parfait. Elle n'est pas attentive à Célio. La gentille
Marianne, dévote et scrupuleuse, quand un beau soir
elle aura eu par trop à se plaindre de son insupportable
mari, prendra un amant ; qui sera-ce ? Le doux et tendre
Célio ? — Non : Octave !... Octave, le désespéré très
intelligent, très spirituel, qui veut premièrement n'être
pas dupe et qui réfugie dans la débauche le chagrin de
ses illusions perdues, de ses rêves blessés. Or, Célio,
pour l'amour de Marianne, a été tué. Au cimetière,
voici, près de la tombe de Célio, Marianne et Octave.
Octave dit : « Elle eût été heureuse, la femme qui eût

aimé Célio!... » Marianne lui répond : « Ne serait-elle
point heureuse, Octave, la femme qui t'aimerait? » Et
Octave : « Je ne vous aime pas, Marianne; c'est Célio
qui vous aimait! » Ainsi alterne, dans un irréductible
malentendu, le dialogue de Marianne et d'Octave, tout
dialogue de deux êtres, par la faute de leur essentielle
séparation. Quelles solitudes que tous ces corps
humains!...

Célio, Octave et Marianne, Cécile et Valentin, Perdican, Rosette et Camille, Fantasio, libertins gouailleurs
parfois et attendris volontiers, amoureux émerveillés
qui ne résistent ni contre les tentations, ni contre les
calamités, petites femmes ingénues ou averties, vite
émues et vite oublieuses, ils et elles nous apparaissent
comme des marionnettes dont les fils sont aux mains du
hasard. De temps en temps, le fil casse; et la marion-
nette est morte. La promptitude, qui était son amour,
tombe.

C'est une vision, terrible et charmante, de l'humanité.

1ᵉʳ juillet 1914.

XI

LE DÉMON DE MIDI

A sagittâ volante in die, a negotio perambulante in tenebris, ab incursu et dæmonio meridiano, «... la flèche qui vole en plein jour, le tourment qui rôde dans les ténèbres, l'attaque du démon de midi » : ces mots de mystérieux péril, empruntés à un psaume, M. Paul Bourget les a inscrits, en épigraphe, à la première page du roman qui trouve là son titre, *le Démon de midi*; et, dès le premier chapitre, un moine les commente. Le démon de midi, c'est la tentation du milieu du jour; c'est, dans les cloîtres, l'*acedia* : dégoût, torpeur et tristesse, langueur de la piété, nostalgie du siècle, désir vague et mortel chagrin. Puis, les paroles de l'Écriture sont les riches symboles de vérités variées et nombreuses, dogmatiques et morales. La vie d'un homme se déroule comme une journée; ainsi, la tentation du milieu du jour, c'est la tentation du milieu de nos jours, celle qui vient nous assaillir avant le déclin, dans la force, dans le travail, dans la volonté opérante. Le conquérant commet son imprudence, le poète tourne au politicien, le sermonnaire lance son hérésie et, parmi de plus humbles types d'humanité, le quadragénaire se dérange. C'est une crise de ce genre qu'étudie. M. Bourget, Mais il a choisi pour son héros un catholique, voire un défenseur de la religion, de la doctrine et même de l'orthodoxie, un laïc, un homme de plume et qui consacre son talent, sa foi, son énergie à lutter contre les ennemis de l'Église, ennemis du dehors, les

athées et anticléricaux, ennemis de l'intérieur, les
novateurs chrétiens et modernistes. Son démon de
midi : une tentation d'amour, à laquelle il succombe.
Ainsi l'aventure est double, amoureuse et doctrinale.
Une « étude de psychologie religieuse », dit M. Bourget, dans sa préface; et, l'on pourrait dire, le roman du
modernisme. Les prêtres y ont un rôle important; un
prêtre s'y révolte et y mène sa propagande d'anarchie;
de grands débats d'idées y éclatent, touchant les principes et l'objet de la croyance. Un roman d'amour,
aussi; une étude de la passion tendre et voluptueuse.
« Le coup de foudre du chemin de Damas » : une
phrase du roman réunit de cette façon les deux vocabu-
laires du cœur et de la pensée; indice des deux caractères sous lesquels se présente, cette fois, la rêverie de
l'auteur.

Il y avait, dans la conception d'un tel livre, un danger. Le roman d'amour ne sera-t-il pas accablé d'idéologie? et, le problème religieux, une histoire d'amour
ne risque-t-elle pas de le profaner? Elle ne le profane
point et elle n'est point accablée. La maîtrise du
romancier sut éviter ces deux inconvénients. Non par
des artifices, mais par la qualité même de la philosophie incluse dans cet ouvrage. La concupiscence de
sentir, *libido sentiendi*, et la concupiscence de savoir,
libido sciendi, sont, aux yeux du psychologue, deux
velléités pareilles, qui ont de mêmes origines, et qui
prennent de mêmes libertés, et qui vont à de semblables
désordres. L'hérétique et le débauché sont deux révolutionnaires, dont il est bien aisé de voir les différences
et dont *le Démon de midi* nous montre les analogies profondes.

M. Bourget n'a point abandonné le *credo* littéraire
de ses débuts. Tel nous le trouvons dans les célèbres
Essais de psychologie contemporaine, et tel nous le re-
trouvons au bout de cinquante volumes, gardant la confiance qu'il avait d'abord accordée à l'analyse, comme à
une méthode. Critique des arts, des mœurs et des théo-

ries sociales, essayiste, romancier, puis dramaturge, il a éprouvé sa méthode ; il l'a conservée. Son œuvre est continue : cette continuité fait l'une des beautés de son œuvre. Et l'on put se demander si, en chemin, *nel mezzo del cammin di nostra vita*, cette méthode n'allait pas le décevoir. Ne l'a-t-il pas redouté lui-même? Et sait-on ce que suppose de doutes et de poignantes inquiétudes une œuvre qui, constante et perpétuelle, accompagne toute une existence?... Nous avons des écrivains, charmants et grands peut-être, qui, de temps à autre, donnent un livre : et c'est un épisode, parmi leurs années; c'est une prouesse. Ou bien, si l'on veut, ces écrivains dressent, de place en place, au long de leur route quelques statues : et l'une ne dépend aucunement des autres; l'une, qu'ils ont manquée, n'empêche pas que les autres soient jolies ou admirables. Mais la continuité d'une œuvre met en architecture chacun de ses éléments : l'un, qui faiblit, menace de ruiner le reste. Or, au cours de cinquante volumes et à mesure que se développe, s'enrichit d'exigences nouvelles, s'épanouit l'âme d'un écrivain par la vertu même de la vie, que deviennent et l'instrument de son premier effort et les bases qu'il a jetées pour l'édifice lent à bâtir? Dure angoisse ! et pathétique, dans ces longues œuvres qui ont des dimensions de cathédrales. Et quelle angoisse, plus terrible que jamais au moment de poser, je ne dis pas le clocher, mais l'un des clochers, sur les murailles et les tours, comme est *le Démon de midi* sur les cinquante volumes qui lui servent d'assises!... En peu de mots, voici ce que dut être, pour M. Bourget, la tribulation. D'abord, il était psychologue; puis il fut moraliste. Et l'analyse, sa méthode, lui révélait ce qui est, non ce qui doit être. L'analyse constate : elle ne commande pas. Le romancier qui décrit les sentiments, qui en cherche le jeu secret, oui, l'analyse le mène jusqu'aux délicates vérités du cœur et de l'esprit. Le romancier qui s'est promis de juger son temps et d'en signaler les tares et, le diagnostic établi, de formuler le remède, celui-là peut craindre que l'analyse le laisse dépourvu.

Le remède, on sait où M. Bourget le découvre : dans la règle catholique. Eh bien, s'il a conscience que la méthode psychologique ne l'a point trahi, c'est que la nécessité de la règle catholique lui apparaît comme le résultat même de l'analyse, et non comme un expédient pris ailleurs. Il a examiné le cœur des hommes et des foules, le cœur des sociétés humaines : et il a vu que, là, — selon la précaution des savants, — tout se passait comme si les idées chrétiennes de la faute originelle, de la réversibilité des peines et de la Providence étaient, non seulement des dogmes, des faits. Il n'ajoute pas à la réalité la foi ; mais il tire la foi de la réalité. La foi, qui dérive de l'expérience : ce n'est pas toute l'apologétique de Pascal ; c'en est une bonne part.

Voilà, si je ne me trompe, comment *le Démon de midi*, roman dogmatique, se lie aux romans psychologiques de M. Bourget, les continue et, provisoirement, les achève. Voilà aussi comment s'y résout cette dualité que j'indiquais, du roman d'amour, plus sensible et alarmant que *Mensonges*, et du roman chrétien, pur, austère et impérieux.

A vingt ans, Louis Savignan s'éprit d'une jeune fille, Geneviève de Soléac ; et elle l'aima. Secrètes fiançailles, parfaitement chastes et très ferventes, intime union des âmes et commune espérance. Puis, un jour, Geneviève épousait un certain Calvières, un industriel, un homme riche. Elle n'avait pas écrit à son fiancé de la veille : il apprit ce mariage comme celui d'une étrangère. Il souhaita de mourir ; il ne mourut pas ; il vécut dignement et sans joie. Il se maria ; il épousa une femme qu'il ne haïssait pas et n'aimait pas. Il eut un fils. Et il occupa sa vie désenchantée à travailler. Il devint cet historien, cet apologiste que je disais. A l'égard de Geneviève l'infidèle, son souvenir était celui de la cruelle déception, du bonheur blessé, de l'offense, et puis en-

core celui d'une grâce qui n'avait pas fini de le troubler.
Vingt ans ont passé. Maintenant, il est veuf; et il va
soudain revoir Geneviève. Les radicaux du Puy-de-
Dôme, désabusés de leurs chefs, ont résolu de s'adresser à lui, clérical, mais honnête; ils éprouvent ce furtif
besoin de décence qui parfois touche les troupes électo-
rales : en outre, la candidature de Savignan coïncide
avec l'intérêt bien compris de divers gaillards qui, songeant à eux, serviront néanmoins la bonne cause. Le
grand électeur, là-bas, c'est Calvières.

Et Savignan revoit Geneviève; il la revoit chez elle,
chez son mari, dans le château des Soléac, demeure ancienne, que Calvières a rachetée, a restaurée, munie de
luxe moderne et qu'il n'a pas dévastée cependant : le
passé survit dans sa cachette modifiée, non détruite,
comme dans Geneviève la fiancée d'autrefois n'est pas
morte. Et l'âme de Savignan, pareille à un palimpseste,
deux écritures l'ont marquée, celle d'autrefois, celle
d'aujourd'hui. Si vous regardez l'une, l'autre disparaît,
vos yeux suivent les lignes à demi effacées et en réveil-
lent la netteté; ou bien vos yeux distinguent seulement
les lignes nouvelles, au gré de votre attention qui se
porte sur les unes ou les autres. Une réaction chimique
sacrifierait aux écritures d'autrefois les écritures d'aujourd'hui : un vif émoi est une réaction de ce genre,
dans une âme; et tout le grimoire d'amour renaît, avec
sa récente fraîcheur, dans l'âme de Savignan, Geneviève étant là, magicienne dont les prestiges sont le
souvenir et la beauté, la tristesse, la jeunesse finissante
et l'entrain menacé. Le palimpseste se simplifie; et Savignan n'est plus qu'amour. Et sa rancune? Ah!
d'abord, sa rancune sévit en lui et hors de lui. Elle
l'engage à ne plus savoir si Geneviève ne serait pas une
coquette; il se dénigre amèrement cette femme. Et il se
venge d'elle, sans ménagement, au déjeuner, quand le
mari vante ses vins et orne de vaniteux commentaires
un Chanturgue de 1892 : vingt ans de bouteille, et
« 1892, l'année de notre mariage, ma chère amie... »

**

Et Savignan : « Madame me permettra de lever mon verre au souvenir d'une date si heureuse! » Geneviève a blêmi : au fond de ses prunelles claires, il a vu la douleur, l'épouvante et l'imploration. Il lui a pardonné dès qu'il a eu pitié d'elle. Un peu plus tard, elle lui dira pourquoi elle a épousé Calvières : elle était pauvre et elle a sauvé les siens, en consentant ce mariage. L'excuse ne vaut rien : l'excuse est ignominieuse comme la faute. Mais Geneviève n'a plus que faire d'une excuse : entre ces deux êtres, l'amour ancien recommence avec sa nouveauté. Ils se promènent aux alentours du château, dans le paysage d'Auvergne où, fiancés jadis, ils ont eu leurs promenades : magnifique paysage, où les puissances volcaniques de la nature, immobilisées, composent une allégorie de force contrainte et persévérante. M. Bourget le décrit tel que l'aperçoivent et, pour ainsi dire, l'éprouvent Geneviève et Savignan. Ce n'est pas un pittoresque décor : c'est une épiphanie du passé; bientôt, c'est une incantation. Paolo et Francesca, le soir qu'ils ne lurent pas davantage, le livre fut l'entremetteur : Geneviève et Savignan, ce fut le paysage. Ils allèrent plus loin, dans la montagne, que jadis, et jusqu'à un lieu glacé, jusqu'à un lac mystérieux enclos entre les bords d'un cratère. Des branches mortes se brisent sous leurs pas. Il fait froid : le gel gagne sur l'eau vivante. A l'approche de leur automne, deux êtres qui ont gaspillé leur été redoutent l'hiver et entendent le conseil des jours. « C'est d'ici que l'on voit le mieux le lac », dit Geneviève; et elle regarde l'heure à la montre de son bracelet : « Il faut songer à s'en retourner... » Et Geneviève, tremblante, est tombée dans les bras de Savignan qui la baise aux lèvres... Ils s'aiment et n'ont cessé jamais de s'aimer.

Je ne peux suivre de page en page le récit de cette folie grandissante, — *amor, furor brevis*, — folie brève, mais dont les moments ont une opulence infinie. Je le peux d'autant moins qu'avec une merveilleuse finesse et avec une étonnante divination de la minutie senti-

mentale, M. Bourget ne se contente pas de dévoiler par
les incidents les étapes de la passion; mais il en montre
l'incessant progrès et le mouvement caché. Dans ses
premiers romans, la psychologie, extrêmement subtile
et sûre déjà, était (en un mot) cartésienne : j'entends
qu'elle spéculait sur les phénomènes de la conscience
claire. A présent, sa psychologie pénètre plus avant le
secret des âmes. Je l'appellerais volontiers leibnitzienne :
elle tient un compte plus exact de ces petites perceptions qui échappent à la conscience claire et qui sont
l'étoffe de nos pensées, sinon nos pensées elles-mêmes.
Alors, nul résumé n'est véridique. L'activité des petites
perceptions, M. Bourget la débrouille; et, leur logique,
il la saisit dans la confusion, le tumulte et la multitude
avec une maîtrise délicate et souveraine. Il ne dénature
pas la réalité capricieuse et redondante, et incertaine :
il lui impose cependant une dialectique, celle qu'il a
trouvée en elle, et qui obéit à des lois, et qui comporte
aussi du hasard. Telle, une branche d'arbre pousse,
obéit aux lois d'une essence et confie aux fantaisies du
hasard les menus détails de son dessin. Le soleil, l'intensité de la sève, mille influences collaborent au résultat le plus méticuleux. La destinée de Geneviève et de
Savignan se ramifie de cette manière; et elle les conduit
à cette nuit où il aura fallu que Geneviève fût là maîtresse de Savignan. Nuit singulière et tout illuminée
de plaisir. Les amants sont heureux sans nulle appréhen-
sion, sans nul remords : ces tortures-là, différées,
laissent triompher seul un amour qui attend depuis
vingt ans son aubaine. Et, cette nuit, le romancier ne
l'a point disputée à ses amants; il la leur a donnée
tout de suite : et les amants l'ont prise avec une avidité,
avec une brutalité où il y a de la grandeur. L'immense
amour rachète la faute de l'amour. Ensuite, les amants
auront à se cacher et ils pratiqueront les rites mesquins
de l'adultère. Mais, à la fin du roman, lorsque les péchés auront eu leurs conséquences de désastres, un
religieux, qui sait ce qu'a fait Geneviève, ne la méprise

pas : « Ce sont des égarements, dit-il ; mais sur des routes hautes ! »

M. Paul Bourget — cela distingue sa pensée — n'avilit pas les personnages qu'il invente : il les respecte. S'il les châtie, il ne les flétrit pas. Il a, pour eux, de la miséricorde ; il a, pour eux, une amicale intelligence. Voilà, probablement, le bienfait de la méthode psychologique : elle est une méthode pour comprendre. Et nous avons, ces temps-ci, beaucoup de pharisiens : ils ne comprennent pas. D'ailleurs, comprendre, ce n'est point approuver. L'auteur du *Démon de midi* est, en ce livre plus et mieux que jamais, un moraliste ; non point un satiriste. Du moins, s'il n'épargne guère tels politiciens de bourgs auvergnats, tels meneurs de Paris, tel négociant parvenu, cet Andrault, le marchand d'ornements d'église et qu'une fatuité absurde jette dans les pattes des novateurs, et s'il trace, de ces gens-là, de gaies caricatures, c'est qu'avec ces gens-là toute psychologie serait en pure perte. Ils n'ont pas de « sentiments vrais ». Autant de fantoches qu'agitent des cupidités élémentaires ; l'un songe à des profits, un autre satisfait son envie, un autre sa gloriole. Ces gens ne méritent que la moquerie. Ceux que des « sentiments vrais » conduisent à l'erreur, qui leur jettera la première pierre ? Ce n'est pas l'auteur du *Démon de midi* ; mais il leur accorde une pitié attentive.

Geneviève et Savignan, les amants coupables, il les favorise, il a soin d'eux, les aime, leur sourit. Pour raconter comment ils sont épris de leur tendresse, il a des phrases toutes frissonnantes. Lorsqu'ils souffrent de leurs scrupules et croient qu'ils vont se séparer : « ces projets des amants, c'est le palais des *Mille et une Nuits,* qui surgit et qui s'efface, qui est là aujourd'hui et qui n'est plus là demain... » Savignan, de retour à Paris où viendra Geneviève, choisit et installe avec précaution la retraite d'amour ; il veille à ce que les vulgarités habituelles n'enlaidissent pas les délicieuses rencontres. L'auteur du *Démon de midi* a les mêmes soins pour l'amour de ses héros malheureux.

Ses modernistes non plus, il ne les avilit pas. Il les condamne : il ne les raille point. Il ne suspecte pas leur bonne foi, qui est le salut dans l'erreur. Pourtant ils vont jusqu'à l'hérésie déclarée, fondent une église, corrigent le dogme, réduisent le nombre des sacrements, suppriment la liturgie, adressent à Dieu leur prière au nom et en mémoire d'Origène, de Nestorius, de Molinos et de Monsieur Féli, fulminent contre le Vatican et appellent Hakeldama, le prix du sang, la Rome pontificale. Fauchon, prêtre interdit, bientôt excommunié, l'apôtre de la secte, se marie. Peut-être des modernistes moins audacieux reprocheront-ils à M. Paul Bourget de méconnaître leur timidité. Ce n'est pas mon affaire : à peine insinuerai-je qu'une religion (c'est une soumission de l'esprit) se débauche en philosophie, dès sa première liberté. Quoi qu'il en soit, M. Paul Bourget réclame pour le romancier le droit de « pousser jusqu'au terme de leur logique tels et tels types, telles ou telles idées, qui ne sont pas allés, qui n'iront peut-être jamais jusque-là ». C'est le fait même du modernisme, et enfin de l'innovation religieuse, qu'il attaque; et c'est, dans un Fauchon, la tentation de midi qu'il signale. Tentation d'orgueil, comme en Savignan ce fut la tentation d'amour. Eh bien, plus nous choquent les sacrilèges entreprises de Fauchon, plus importe l'équité de ce jugement : Fauchon, c'est un homme qui se trompe.

Cette complaisance — si hardie et si belle — avec laquelle l'auteur accompagne l'amoureuse aventure de Geneviève et de Savignan, la même complaisance, il l'accorde à ses hérétiques. Il ne dissimule pas la séduction de leurs idéologies, l'attrait de leur ingéniosité, parfois la généreuse vaillance de leurs arguments. Il n'a diminué, en puritain, ni l'enchantement d'amour, ni l'enchantement de raison, deux délices. Une polémique où l'on a premièrement désarmé l'adversaire

est un jeu médiocre, ou l'aveu d'une inquiétude, la
crainte d'une faiblesse. Mais le loyal combat, celui-ci ;
l'on sent la force d'autrui : l'on n'en lutte que mieux !...
La théologie dans le roman : n'est-ce pas sa première
apparition ? Je ne sais pas de chapitres plus poignants
que ces chapitres sans feinte où l'auteur est aux prises
avec l'ennemi, le laisse approcher, lui rend du terrain,
le regarde et nous invite presque à l'admirer, puis ne
cède pas. Quelle énergie de la conviction, pour résister
à tant de sortilèges, après qu'on a eu l'air de les subir !

C'est par le fils de Savignan que se joignent, dans *le
Démon de midi,* le roman d'amour et le roman de doctrine. Ce jeune homme, pieux et enthousiaste, a été
naguère l'élève de Fauchon : prodigieuse influence, et
difficile à secouer. Seul, le père sauvera l'âme de cet
enfant que contaminent les funestes persuasions. L'hérétique a mis en ordre ses maléfices dans un pamphlet
qu'il intitule : *Hakeldama.* Et Jacques Savignan, le
fils, a lu ces pages sans horreur. M. Bourget note qu'il
y a, pour ensorceler chaque génération, un mot, dont
les significations un peu vagues trahissent tout un état
de l'âme à une heure donnée : vers la fin de l'ancien
régime, la Raison ; plus récemment, la Science ; et, de
nos jours, la Vie. La Raison, la Science et la Vie, trois
idées en fonction desquelles la philosophie peut constituer des systèmes. Seulement, les idées, parmi les
foules d'une époque, se dépravent. C'est en l'honneur
de la Raison que la Terreur a commis ses crimes ; c'est
en l'honneur de la Science qu'a sévi la politique de
persécution religieuse et d'ânerie emphatique ; c'est en
l'honneur de la Vie que se démène l'anarchie contemporaine. Et, la Vie, le modernisme se réclame d'elle,
quand il affirme que la religion doit évoluer, quand il
« met la vérité religieuse dans une révélation sans
cesse renouvelée, sans cesse adaptée, mouvante et
changeante comme le siècle ». Tels sont les spécieux
sophismes par où la récente hérésie a prise sur un

esprit jeune, féru de ces croyances et troublé par les
manies intellectuelles de son temps. Jacques Savignan
ne va-t-il pas céder aux aguichants paradoxes d'*Hakeldama*? Qu'on les lui démolisse!... Et qui les lui peut
démolir? Son père. Que Savignan réfute *Hakeldama*,
et Jacques Savignan sera délivré. Certes, pour dégager
son fils du réseau des sophismes, Savignan donnerait
beaucoup plus que sa vie; car il aime son fils et il
l'aime en chrétien qui sait le prix d'une âme. L'espèce
de dégoût, de répugnance qu'on éprouve à sentir un
être qu'on chérit captif d'une liaison vilaine ou sale,
combien il en est torturé quand il remarque, sur l'âme
de son enfant, l'empreinte de Fauchon! Jacques, en
outre, adorait une jeune fille, la voulait épouser; une
jeune fille que Fauchon lui dérobe et qui épousera ce
prêtre délirant. Là-dessus, Jacques ne haïra-t-il pas le
prêtre? Non : tant il est dominé par l'ascendant formidable de cet homme. Il combinera des maximes d'abnégation presque inhumaines pour conserver à son
odieux rival sa déférence. Oui, Savignan donnerait
beaucoup plus que sa vie : mais il ne donne point son
amour. Qu'il réfute *Hakeldama*! Il ne le réfute pas :
il manque de loisir; il passe auprès de Geneviève ses
journées. Surtout il n'a plus cette assurance de la pensée qui vous permet de répliquer net au mensonge.
Puis, le mensonge, où est-il? Fauchon, le prêtre
marié, ne ment pas : il a, dans *Hakeldama*, préconisé
le mariage des prêtres; il agit selon sa doctrine. Le
menteur, ce n'est pas Fauchon : c'est lui, Savignan,
l'écrivain catholique et le défenseur de la morale
catholique et l'adultère endurci, c'est lui le menteur.
Alors, il endure son châtiment. Un jour, il aura un
sursaut valeureux : et il réfutera le pamphlet subor-
neur. Trop tard! Il publiera sa thèse victorieuse; mais
on lira ses lettres d'amour, qui le marquent d'hypocrisie. Est-il un hypocrite? Au moins, l'homme déchiré
de saint Paul : il ne fait pas le bien qu'il veut et fait le
mal qu'il ne veut pas. Trop tard! Les événements vont

plus vite que nous, plus vite que, dans l'action résolue,
un langoureux amant. L'intrigue suscitée par les noces
de Fauchon, l'adultère de Savignan, l'imprudence de
Geneviève, la jalousie du mari, la férocité des politiciens aboutit au scandale. Un drame se prépare, avec
une rapidité effarante ; de plusieurs côtés, accourent
les menaces ; des coïncidences les groupent : et l'on
dirait d'un ciel où s'accumulent les préambules de
l'orage. Les fatalités naturelles travaillent ; et les
hasards sont de connivence avec les volontés.

Ces péripéties dernières, M. Paul Bourget les a
menées d'un train de catastrophe. Il les a domptées ;
et il les précipite. Calvières s'est emparé des lettres que
Geneviève recevait de Savignan. Trop folle, Geneviève !
mais, « caresses de langage, tutoiements passionnés,
rappels des bonheurs partagés, toutes ces déraisons des
correspondances d'amour ne sont-elles pas comme une
autre possession ? ces phrases peuvent nous perdre ; ce
frisson même du danger est une ivresse ; les femmes
ne s'y trompent pas... » Calvières se vengera : ce n'est
pas jalousie, mais fatuité blessée. Les preuves de l'hypocrisie de Savignan, Calvières les porte à Fauchon.
Et Fauchon se vengera : la réplique infligée à son
Hakeldama, son évangile, par Savignan le fourbe, lui
est un supplice d'orgueil insulté ; puis, en dénonçant
le fourbe, il servira la vérité, sa vérité qu'il maintient.
Bref, il publiera ces lettres d'amour. C'est une vilenie :
et Thérèse, sa femme, s'oppose à un si lâche dessein.
Que faire ? Elle ne réussit pas à dissuader le furieux.
Elle va chercher Jacques Savignan. La querelle éclate ;
et Jacques prend ces lettres d'amour que son père a
écrites. Le prêtre et son élève échangent des injures,
des coups. Il y a, sur la table, un revolver. Fauchon le
saisit. Thérèse le lui arracherait. Dans la lutte, et par
Thérèse ou par Fauchon, maladresse, la détente pressée, Jacques reçoit une balle dans la poitrine. Qui est
l'assassin ? Personne. Qu'on cherche l'enchaînement
des effets et des causes : parmi les causes et à l'origine

des causes, l'on trouve Savignan. Lui-même s'y trouve.

A la scène effroyable du meurtre succède une admirable scène de sérénité pathétique : la mort de Jacques, « l'holocauste ». Il se confesse et l'on récite auprès de lui les prières des agonisants. Il n'a ni regret ni haine. Il offre à Dieu son martyre, pour que reviennent à Dieu les égarés : « Pour que tu reviennes... » dit-il à son père ; et « Pour qu'elle revienne... » dit-il en regardant Thérèse ; et « Pour que vous reveniez... » dit-il à son maître. Les ténèbres gagnent ses yeux. Il murmure encore : « Mais revenez, revenez tous... » Il s'adresse à Dieu : *Secundum magnam misericordiam tuam*... Et il meurt.

Thérèse retournera chez ses parents : son mariage, célébré seulement par l'hérétique, n'est pas valable. Fauchon se retirera, pour faire pénitence, à la Grande Trappe. Geneviève et Savignan, qui s'aiment encore, seront séparés à jamais. Geneviève retournera chez Calvières, qui a ses raisons politiques de la reprendre : elle n'y consent, d'ailleurs, que par la volonté de Savignan ; son renoncement final est un acte d'amour obéissant. Lui, Savignan, plus âprement frappé que tous, est loin du calme. Il a perdu la possibilité consolante de la prière. S'il écarte Geneviève, comment ne l'écarterait-il pas ?... Cet impitoyable dénouement résulte des calamités : la logique des événements l'a voulu. Mais, dans la pensée de M. Paul Bourget, non cette logique seulement : par des chemins plus ou moins longs, plus ou moins durs, il faut que « reviennent » les coupables, en vertu de l'holocauste. « Le sacrifice de l'innocent, sa mort, quel mystère ! C'est tout le christianisme. *J'ai payé la dette qui n'était pas la mienne. Quod non rapui, tunc exsolvebam.* Quelle parole !... »

Si le mysticisme d'une telle conclusion déconcerte un lecteur mal chrétien, qu'il veuille observer cependant la vérité humaine de cet arrangement romanesque. Après la mort de Jacques, ni le faux ménage

du prêtre, ni la liaison des amants ne pouvaient durer.
Toute l'anecdote du roman se déroulerait de même, et
avec la même rigueur naturelle, si l'auteur ne l'avait
destinée à nulle démonstration dogmatique. Et ce fut
bien là, je crois, le propos de M. Bourget. Mais il manquerait la moralité de l'anecdote. Or, si l'anecdote,
M. Bourget l'avait soumise par avance à la moralité,
celle-ci n'aurait point de valeur probante. Mais voilà
de la vérité humaine. Constatez-la ; puis expliquez-la :
tout se passe comme si les dogmes chrétiens étaient la
vérité supérieure aux vérités partielles, la vérité suprême. Ainsi, le mysticisme chrétien n'est-il pas un fait
positif?

On a souvent discuté la question dite du « roman à
thèse ». Généralement, on note que, l'auteur étant
le maître de la fable qu'il présente, la conclusion dépend de sa fantaisie ; et l'on borne les ambitions de
cette espèce au roman dit « à idées ». Mais, aux formules sur lesquelles spéculent les critiques, *le Démon
de midi* ajoute une formule nouvelle. Ce roman « à
idées » est, dans la mesure que j'indiquais, démonstratif. Non qu'il doive emporter à sa thèse l'universelle
adhésion tout de go : du moins, il fournit des arguments et en tire une preuve, laquelle est de qualité
objective. Et (j'insiste) il ne ressemble point à ces
livrets, si fâcheux, où l'on sent un persévérant parti
pris d'édification, à ces récits faits pour nous convaincre,
nous prêcher, sortes d'ex-voto laborieusement naïfs.
C'est, ici, tout le contraire, si, comme j'essayais de
l'établir, l'authentique réalité du roman sert de garan-
tie à la preuve.

Aussi *le Démon de midi* comptera-t-il parmi les véritables romans de M. Bourget, parmi les plus beaux, s'il
n'est son chef-d'œuvre. Les personnages ne sont pas
des allégories, dans une intrigue qui serait une dialectique. Avec leurs hérédités et avec leur individualité,
ils ont leur ample et libre destinée : l'auteur ne les

empêche pas de vivre et ne les soumet point à ses intentions... « L'art du roman (dit M. Paul Bourget, dans
sa préface), enivrant comme un songe d'opium... Le
conteur ne voit plus que ses héros et leur caractère...
Il n'est plus que le témoin passionné des drames qu'il
invente et auxquels il participe, comme s'ils étaient
réellement vécus devant lui par d'autres... » Les personnages du *Démon de midi* ont toute leur désinvolture. Et ils trempent dans leur époque ; plus résistants
les uns et moins prompts, les autres, à réagir, ils ont
subi toutes les contagions d'idées qui sont éparses dans
l'atmosphère à présent. Nulle époque n'a eu à se dé-
battre au milieu d'un tel désordre d'idées : attrayantes,
les idées ; attrayant même, le désordre. Et ce charme
périlleux, l'auteur ne le méconnaît pas.

C'est parce qu'il ne méconnaît pas ce charme et le
vif agrément d'y céder qu'il a plus d'autorité persuasive à lui opposer l'indispensable refus de son éthique,
simple celle-ci comme sont divers et compliqués les
attraits de l'erreur. Aux troubles émois que goûte Savignan, que répondre ? « Il faut vivre comme on pense ;
sinon, tôt ou tard, on finit par penser comme on a
vécu. » A cet enivrement que goûtent les faiseurs de
systèmes et tous les industrieux novateurs, que répondre ? « Tous les jours et à toutes les heures, une bataille se livre, dont la France est l'enjeu, entre le pays
traditionnel qui veut vivre et les forces d'anarchie. » A
l'égard des individus et à l'égard des collectivités
humaines ou nations, le *veto* est le même ; et l'injonc-
tion, la même : obéissez à une règle qui dépasse les
velléités particulières. La règle principale, — ne l'im-
provisez pas, la règle : — ayez en vénération la durée.
— Mais il y a des changements nécessaires ? — Laissez-
les s'accomplir, « comme on laisse un arbre grandir,
perdre ses feuilles, les reprendre ; c'est un tel bienfait
que la durée et qui se remplace si malaisément !... »
La brièveté catégorique de ces maximes fait un contraste avec la peinture si nuancée de l'erreur et de ses

diversités : l'erreur est nombreuse et, la vérité, simple.

Les premiers linéaments de cette philosophie, on les trouve aux dernières pages de *Mensonges*. Une philosophie s'est édifiée peu à peu sur le plan tracé de bonne heure : elle a, dans *le Démon de midi*, sa stature. Couronnement magnifique, un tel livre, pour une œuvre immense et qui a déployé ses grandes nefs, ses jolies absidioles, son transept en forme de croix : l'ouvrier est au faîte. Il n'a point eu à modifier son mode architectural ; mais il travaille plus haut. Les nouveaux ornements rappellent la façon des portails, leur sculpture et celle du fenêtrage qu'il a ouvert aux premiers murs, près du sol ; mais il voit, de là-haut, plus loin, le même horizon, plus large.

1er août 1914.

XII

ELLE ET LUI

Lui, ce sera Victor Hugo, cette fois; et, elle,
Mlle Drouet. Leurs amours ont duré cinquante ans,
depuis les premiers jours de l'année 1833 jusqu'à la
mort de l'amoureuse, mort qui survint le 11 mai
1883. Cette constance donne quelque dignité à une
liaison qui, par ailleurs, eut des inconvénients et qui,
en somme, n'est pas pour embellir la biographie du
poète. Or, on dira : — Laissez cela; le respect qu'on
doit aux morts...; et n'avilissons point nos grands
hommes!... Il ne s'agit pas de les avilir, mais de les
connaître; et le respect qu'on doit aux morts dépend,
en quelque façon, du respect qu'ils ont eu d'eux-mêmes.
Nous avons à connaître les grands hommes, s'il est incontestable que leur prestige et leur influence gouvernent leur époque et, après eux, gouvernent encore les
imaginations et les âmes ; nous avons à les juger,
comme à les choisir, car ils sont les maîtres de la vie;
et nous avons à démêler en eux ce qui leur vaut une
juste maîtrise, cela et le reste. Plus nous les subissons,
et plus il importe que nous en usions, à leur égard,
avec discernement. Ce n'est point une mesquine revanche, mais une sage précaution. D'ailleurs, sa liaison,
Victor Hugo ne l'a point cachée; plutôt, il l'a exhibée.
Et Jupiter n'affichait pas davantage les mortelles qu'il
avait distinguées. Nulle hypocrisie; et, autant dire,
quelque cynisme, une façon de croire et de faire
admettre qu'étant Hugo l'on règne à sa guise. En outre,

les fidèles du patriarche ne l'ont pas couvert, Noé nouveau, d'un pudique manteau.

Il a paru, l'année dernière, un petit volume, *Juliette
Drouet, sa vie, son œuvre*, par M. Jean-Pierre Barbier;
cette année, un gros volume, *Victor Hugo et Juliette
Drouet*, par M. Louis Guimbaud. M. Barbier a donné
une esquisse; M. Guimbaud, le portrait. Nous possé-
dons maintenant tous les documents relatifs à Juliette
et son « œuvre », composée d'un essai sur l'insurrection
de février 1848, d'un journal écrit à Jersey, enfin d'une
profusion de lettres adressées par elle à Victor Hugo.
Pendant les journées révolutionnaires, elle notait avec
simplicité ce qu'elle voyait, ce qu'on lui racontait. Son
récit n'est pas ennuyeux : « A deux heures (le 22 février), on vient me chercher pour me dire que Toto
harangue le peuple... » Toto, c'est le poète. Le journal
de Jersey ne s'étend que sur vingt-sept jours. Quant aux
lettres, il y en a vingt mille : M. Guimbaud ne les a
pas toutes publiées. Victor Hugo voulait que Juliette
lui écrivît à chaque instant, plusieurs fois le jour, et la
nuit. Ce fut, premièrement, pour occuper cette jeune
femme et lui ôter un périlleux loisir; ensuite, je crois
qu'il n'était point fâché de laisser à l'avenir ce témoignage d'une passion soutenue et qui le flattait.

En 1833, Juliette est charmante. Elle a vingt-six ou
vingt-sept ans. Théophile Gautier vante son nez
« pur », ses yeux « diamantés et limpides », sa bouche
qui reste petite, « même dans les éclats de la plus folle
gaieté », ses cheveux noirs, un front « clair et serein
comme le fronton de marbre blanc d'un temple grec... »
Mais il compare aussi à un fronton de temple grec le
front d'Hugo!... C'est à la demande du Maître que
l'obligeant Gautier trace cette effigie d'une déesse.
Nous nous fierons de préférence à une lithographie que
Léon Noël a publiée dans *l'Artiste*. Un petit visage blanc
et noir, d'un ovale gracieux : noirs les cheveux, et lus-
trés, et coiffés à la vierge, avec des nattes posées sur la
gauche comme des grappes de raisins noirs; une papil-

lote revient, le long du cou, sur l'épaule ; noirs, les
yeux, et grands ; la bouche est grande et bien dessinée,
la figure est mince, d'une tempe à l'autre. L'air a de la
mélancolie et de la gaieté toute prête. Une jolie fille ;
une grisette un peu sentimentale. Et de belles épaules,
des mains parfaites. Les robes d'alors, très décolletées ;
des manches qui partent plus bas que l'épaule et qui se
gonflent comme des ballons. De l'entrain ; la plus
aimable liberté. On la rencontre au boulevard du
Temple et dans les endroits de fête élégante, au café
des Mousquetaires, aux Funambules, au Petit-Lazari,
au Jardin turc. Elle s'amuse. Elle a été la maîtresse de
Pradier le sculpteur, qui a du talent, qui est sot, qui
la sermonne et qui l'a mise au théâtre, pourvue de fameux conseils et d'une petite fille, Claire. Pradier s'occupe, tant bien que mal, de la petite fille ; et Juliette
ne le hait point, mais elle a d'autres amants, voire un
prince russe, quelque temps. Une grisette et qui, par
un fin privilège, a conservé des allures d'adolescente ;
on admire sa démarche, légère et qu'on dit aérienne.
Les Bernardines-Bénédictines de l'Adoration perpétuelle,
au couvent du Petit-Picpus, l'ont bien élevée. Elle a
une gentillesse quasi décente ; elle a des manières quasi
bourgeoises, peu d'esprit, du rêve, et des mines effa-
rouchées, de l'ardeur et tous les attraits.

Elle vit le jeune Victor Hugo de trente ans, pour la
première fois, au printemps de l'année 1832. Il eut
peur d'elle, de sa beauté. Elle le revit l'année suivante,
à la Porte-Saint-Martin, quand on allait monter *Lu-
crèce Borgia*. Et Paul Harel, le directeur, la proposa
pour le rôle de la princesse Negroni, « une femme
charmante et de belle humeur, qui aime les vers et la
musique ». Mlle Drouet consentira-t-elle à se charger
d'un rôle secondaire ? « Il n'est point de petit rôle dans
une pièce de M. Victor Hugo », répondit-elle. Pendant
les répétitions, elle fut la coquetterie même. Au troisième acte, Maffio dit : « L'amitié ne remplit pas tout le
cœur... » Et elle, en répliquant : « Mon Dieu, qu'est-

ce qui remplit tout le cœur? » regardait le poète dans les yeux, le consultait et l'alarmait délicieusement. Une robe de damas rose brochée d'argent, les cheveux chargés de plumes et tout emperlés, quelle princesse Negroni elle sut être! Il fallut bien que le poète allât chez elle, la complimenter. Et voilà leur prélude.

Ils profitèrent du printemps et eurent de bonnes escapades, à Montrouge, à la Maison Blanche, à Fontainebleau, à Saint-Germain et à Versailles, ou bien tout simplement à la Butte aux Cailles, à Montmartre, « que Juliette appelle une montagne », à Montparnasse où, docile aux violons de la mère Saguet, danse la jeunesse au temps de Louis-Philippe. Juliette, nous la devinons telle que d'autres dans les dessins de Gavarni et (dit M. Guimbaud) « court-vêtue d'une jupe à rayures et à gros plis », d'un casaquin de soie; sur la tête, un cabriolet à brides noires, avec des roses. Lui, un peu engoncé d'une haute cravate, un peu guindé dans son habit bleu barbeau et portant au revers le ruban rouge que lui a donné le roi Charles X, mais jeune à ravir et tout animé de génie heureux. Elle lui dit : « Quand je suis à ton bras, je suis fière de toi comme si je t'avais fait!... » Et elle a de ces mots, d'une vivacité un peu triviale, qui ne le choquent point encore. Il se divertit; et, s'il oublie Mme Hugo, oublions-la de même. Il écrivait, — et à Sainte-Beuve, — le 7 juillet 1831, avant de connaître Juliette : « J'ai acquis la certitude qu'il était possible que ce qui a tout mon amour cessât de m'aimer... » Juliette semble avoir été sa compensation. Il fut très épris; et jaloux. C'est par la jalousie que commença de se défaire leur intime félicité.

Hugo, soudain, ne supporte pas l'idée de ce passé où Juliette manqua de vertu. Or, ce passé, comment le négligerait-il? A chaque instant, des créanciers se présentent, la facture à la main : c'est l'orfèvre Janisset, qui réclame douze mille francs; le gantier Poivin, mille francs; le coiffeur Georges, le sieur Vilain, marchand de rouge; Mme Ladon, la couturière; Mmes Lebreton et Gérard, pour les cachemires; le tapissier Jourdain, et puis ces messieurs de l'usure. Mille francs de gants! et quatre cents francs de rouge! le poëte n'aime point cela : il y déteste et la somme à payer et le signe d'une existence délurée. Il n'est point, à cette date, un opulent bourgeois. Mais, quand il sera, plus tard, cet opulent bourgeois, il continuera de n'être pas dépensier. En 1880, le 14 décembre, il a soixante-dix-huit ans; Juliette, soixante-quatorze. Et Juliette lui écrit : « Je te le donne à nouveau (mon cœur), en te priant de ne pas trop le meurtrir par de petites tyrannies injustes et blessantes. Je te supplie, mon grand bien-aimé, de ne pas te faire juge de mes petits besoins personnels au fur et à mesure que je les éprouve. Quoi que je te demande, sois sûr que je n'irai jamais au delà du possible et qu'en aucun cas je n'abuserai de ta confiance ni de ta générosité. La situation que tu m'as faite dans ta maison ne me permet pas de me subalterniser, aux yeux des personnes que tu reçois, par des dehors peu en rapport avec ta fortune. Aussi, mon cher grand homme, je te prie de t'en rapporter à moi pour te faire honneur en même temps qu'à moi. D'ailleurs, le peu de temps que j'ai encore à passer sur la terre ne vaut pas la peine d'être marchandé... » Pauvre Juliette! et lui, le cher grand homme, si dépourvu de prodigalité!... Un Chateaubriand et un Lamartine, si dépourvus d'économie, nous séduisent davantage. Un poète lyrique a une exubérance de langage et de pensée qui fait que nous le voyons mal, assidu au compte de ses gros sous. Mais, pendant un demi-siècle, Victor Hugo a chicané sa Juliette sur le chapitre de la dépense. C'est grand' pitié. Lorsque arrivent les factures, au début de leur liaison, il paye avec ennui, par petites sommes; et il se fâche. Il a des mots blessants. Juliette, plus d'une fois, lui propose de rompre : « Je suis encore pour vous aujourd'hui ce que j'étais pour tout le monde il y a un an : une femme que le besoin peut jeter dans les bras

**

du premier riche qui veut l'acheter. Voilà ce que je ne peux pas supporter. Je ne vous parle donc pas des autres causes de notre séparation. Adieu, bon Victor; le cœur est triste... » Il savait la reprendre et, avec tout son génie, il l'enchantait. Puis elle l'adorait. Il avait formulé cet apophtegme fructueux et le répétait si bien que Juliette l'eut dans la mémoire exactement : « La toilette n'ajoute rien aux charmes d'une jolie femme, et c'est peine perdue de vouloir ajouter à la nature quand elle est belle! » Juliette finit par le croire et mit à le croire une tendresse touchante : « Ma pauvreté, mes gros souliers, mes rideaux sales, mes cuillers de fer, l'absence de toute coquetterie et de tout plaisir étranger à notre amour, témoignent à toutes les heures, à toutes les minutes que je t'aime de tous les amours à la fois. » L'année précédente, par les soins du prince russe, elle avait des toilettes à émerveiller l'univers, un appartement magnifique sur le boulevard. Hugo l'a priée de vendre ses meubles, afin d'acquitter les dettes de naguère en majeure partie; et il l'a installée rue de Paradis, au Marais, dans un logement de quatre cents francs, deux pièces et une cuisine. L'hiver, elle doit s'attarder au lit, pour épargner les bûches et le charbon. Et elle accepte ces mauvaises conditions. C'est qu'elle a bon caractère. Son amour la persuade; et aussi les arguments de Victor Hugo l'ont frappée. Il a inventé, à l'usage de sa maîtresse, une admirable et si profitable doctrine de la rédemption : la courtisane rachetée par l'amour; doctrine quasi religieuse, au moins mystique et fort économique. La discipline du Petit-Picpus n'est rien auprès de celle qu'endura de son « sublime Toto » la belle Juliette. Premièrement, il l'invitait au repentir : avec une sorte de fureur dialectique et jalouse, il lui reprochait sa frivolité ancienne, et ses amants, et sa richesse usurpée. Il l'invitait, et rudement, à une austérité rigoureuse, que seules les visites du poète avaient le droit et le plaisir d'interrompre. Elle déjeunait d'œufs et de lait, dînait

de pain, de fromage et d'une pomme. Si la petite Pradier venait, l'on ajoutait au menu le dessert d'une
orange, coupée en rondelles, avec deux sous de sucre
et deux sous d'eau-de-vie. Cependant, le jour des Rois,
quelle folie! on achète une galette de dix sous. Le
poète donne, chaque mois, quelques centaines de
francs et jusqu'à mille francs l'année 1838 : mais principalement c'est pour les dettes d'autrefois, c'est pour
effacer le libertinage. Elle écrit tous ses petits paye-
ments et, à la fin du mois, soumet au jugement du
poète ces comptes-ci : « Nourriture et vin, repas à Toto
compris, 138 francs, six sous, un demi-liard; faux frais,
argent de poche, quatre francs, sept sous; blanchissage
gros et fin, quinze livres, onze sous; entretien de la
maison, dix-neuf francs, dix-sept sous, un demi-
liard, etc... » Il y en a pour 315 francs, cent sous, un
demi-liard, au mois de février 1843 : je ne sais si le
poète fit des observations.

Une autre femme que Juliette l'eût, si je ne me
trompe, envoyé promener; mais aussi je crois qu'un
autre homme, Juliette l'eût éconduit : c'était, et fût-il
parcimonieux, Victor Hugo. Il n'a point de délicatesse.
Il lui rappelle ses fautes avec une obstination régulière.
Il lui dédie le poème de « la femme qui tombe » et
qu'il ne veut pas qu'on insulte. Va-t-elle se rebiffer?
Pas du tout! Elle lit ce poème et l'inonde de ses larmes
complaisantes. Elle le lit à une amie : elle pleure
encore; l'amie également. Elle coud ce poème dans un
morceau de soie blanche qu'elle portera désormais
comme un scapulaire sur la poitrine. Voilà pour la
contrition. Quant à la pénitence : pauvreté, frugalité,
solitude. Le maître n'autorise pas Juliette à sortir; il
lui défend d'aller à la promenade et pareillement de
recevoir personne. Elle s'ennuie? Eh bien! dans sa
petite chambre, n'a-t-elle point à regarder les portraits
de son amant? n'a-t-elle pas à lire les ouvrages de son
amant? n'a-t-elle pas à copier les brouillons de son
amant? Que lui faut-il, mon Dieu, que lui faut-il? et,

si elle n'est pas contente, quelle frénésie de dissipation!... Cette existence durement réparatrice dura des années. Juliette, presque toujours, se résignait et même trouvait à se féliciter de son supplice : « Tu feras de moi, écrit-elle au despote, une femme à l'abri de la misère et de la prostitution; oui, tu me rendras ce que j'étais avant ma chute, une honnête femme... » Un jour cependant, elle perdit patience. Et quel entrain dans la révolte!... « J'ai eu la stupidité de me laisser mener comme un chien de basse-cour; de la soupe, une niche, une chaîne, voilà mon lot! Il y a pourtant des chiens qu'on mène avec soi; mais moi, je n'ai pas tant de bonheur! Ma chaîne est trop fortement rivée pour que vous ayez l'intention de la détacher... » Et puis : « En fait de distractions intérieures, j'ai la distraction de lire *le Moniteur*! Ce divertissement mériterait de figurer au nombre de ceux qu'on donnait à Marie de Neubourg. Lire *le Moniteur*, mâtin, c'est crânement chouette et cela monte fameusement l'imagination. Il ne manque plus que *le Constitutionnel* pour me faire pousser des cucurbitacées jusque dans le nez! » Car il suffisait que se relâchât le moins du monde la contrainte de son esprit pour que Juliette revînt à ses anciennes habitudes de langage et de geste. Alors, Victor Hugo la blâmait, sans doute : mais il la sentait « peuple » et goûtait bien cet agrément d'une verte nature. Elle le savait, la futée, et lui disait : « Vois-tu, je suis comme ton Claude Gueux! » Ce n'était pas pour lui déplaire.

A plusieurs reprises, en lisant ses lettres, on s'attend qu'elle se sauve. Mais le poète s'est méfié de telles velléités indépendantes. Juliette ne se sauvera point. Il lui a très honorablement donné l'horreur de la vie aventureuse. En outre, il l'a convaincue de renoncer au théâtre. Que faire? Elle ne bougera point : il est tranquille.

Certes, il l'aime! Il l'aime avec un prodigieux égoïsme. Dans les centaines de lettres qu'a publiées M. Guimbaud, je ne vois pas l'indication d'un petit

sacrifice qu'il ait consenti pour elle. Pas une seconde,
il n'a pensé à elle autrement que dans l'intérêt de lui ;
pas une seconde, il n'a pensé à l'égayer, il n'a pensé à
lui orner l'intelligence et l'âme. Avec de l'amour, quel
dédain de l'être qu'on aime! Elle l'aime . et c'est tout
ce qu'il veut. Elle lui est fidèle : et c'est ce qu'il exige.
Il ne demande pas davantage. Il est parvenu à ses fins.
Elle le traite comme un dieu. Elle lui écrit : « ton
divin aîné Jésus... » Elle lui écrit : « ... ta naissance,
plus lumineuse et plus utile et plus heureuse pour le
genre humain que celle du Christ; et, dans une ère
prochaine, on datera de Victor Hugo, comme on date
encore de Jésus; je baise tes pieds et je t'adore... » Il
ne lui dit pas que c'est trop; et il ne trouve pas que ce
soit trop, j'en ai peur : ces comparaisons et confusions
sacrilèges ne le gênent pas, ne le dégoûtent pas, et le
flattent. Il a organisé le culte de Victor Hugo; et la
prêtresse, qui en même temps a le rôle de maîtresse,
accomplit fort bien sa double tâche · il s'en félicite et
garde une liberté coquine et orgueilleuse.

   Le programme de rédemption qu'il inflige à la nouvelle Madeleine est, pour elle, un martyre et, pour lui,
une commodité, de telle sorte que les remerciements
de la gentille femme ressemblent à une moquerie. Mais
elle ne se moque pas. Elle souffre. De quel cœur a-t-il
pu recevoir la lettre que voici, le 20 novembre 1839,
après six ans d'amour? « Je voudrais être morte et qu'il
n'en soit plus question. Plus je prends de précautions,
plus j'épure ma vie et moins le bonheur me vient. On
dirait que je suis maudite, et il me prend des envies
atroces de mettre les deux pieds sur mon amour. Je suis
si malheureuse vraiment que je perds courage et espoir
pour l'avenir. Cependant, tu as été bon pour moi, en
t'en allant; mais, mon Dieu, cela ne prouve pas qu'en
t'en allant tout à l'heure tu ne seras pas le plus inju-
rieux et le plus injuste des hommes. Je te fais une à
une le sacrifice de toutes mes actions, même les plus
insignifiantes, je m'observe extérieurement et intérieu-

rement pour ne pas te donner d'ombrage et je n'en viens pas à bout; mes efforts ne servent qu'à me fatiguer et à me décourager... » Elle n'y songe pas, mais, innocemment, elle invite Hugo à de cruelles déterminations : « Je comprends, lui dit-elle, la générosité de Didier qui aime mieux mourir sur l'échafaud en pardonnant à Marion que de vivre pour la persécuter et la torturer avec un passé qui n'est plus et par des soupçons mille fois plus douloureux que la mort et l'oubli. Oh! oui, je le comprends, ce Didier-là!... » Mais Hugo n'avait pas envie de mourir; et la lettre de Juliette ne le dérangeait pas de sa tranquillité. Au moins, Juliette, qui se plaint amèrement, n'est-elle qu'une geignarde? Pas du tout! Elle ne souhaite que d'être contente; elle en saisit les plus petites occasions : pour son allégresse, il suffit que Hugo ne soit pas féroce. Alors elle n'a qu'un regret, c'est de ne pas trouver les mots de son cantique enthousiaste. Elle rirait bien volontiers; souvent, elle sourit encore parmi ses larmes et elle écrit, par exemple : « Sous quel prétexte étiez-vous si gentil ce matin?... » Et elle a des gamineries, somme toute, qui ne sont pas laides. Un jour que le poète s'est habillé beau, d'un paletot neuf, elle l'a rencontré, au théâtre : « Vous ne m'aviez pas dit que vous aviez vu votre tailleur. Moi qui marche sur vos traces, je vais faire venir ma marchande de modes et je ne vous le céderai en rien pour la coquetterie et le dandysme. Ah! ah! qui est-ce qui est collé? C'est Toto, c'est Toto, c'est Toto!... » On l'entend. L'aime-t-il mieux triste?

Et lui, pour la tourmenter, a-t-il au moins l'excuse d'un terrible amour et tout harcelé de jalousie? En tout cas, il la trompe. Il l'a trompée assidûment et bien trompée pendant sept ans consécutifs. Au bout de sept ans, elle l'a su; elle ne s'en doutait pas, confiante : et quelle déception! Tandis que cet auguste rédempteur préparait la dure pénitence et l'imposait, il prenait du bon temps : quelle hypocrisie! Et, tandis que, chez Juliette, il ordonnait l'économie, l'ascétisme, ailleurs il

dépensait du bel argent, du gai loisir : quelle blessure
de l'amour-propre et de l'amour! Elle se vengea. Si
Hugo, naguère, l'assommait de récriminations, touchant le passé, la galanterie ancienne, elle ne manqua
point de ressasser pareillement sa rancune. 7 juillet 1851 : « Je sais que tu as adoré pendant sept ans
une femme que tu trouves belle... » 24 février 1852,
pour lui souhaiter sa fête : « Je veux le consacrer pieusement, ce jour, en te pardonnant du fond du cœur les
torts que tu as eus envers notre amour pendant sept
ans... » 11 mars : « J'ai beau vouloir oublier, je me
souviens. Quelle profanation de l'amour! Laisse-moi
mourir en paix loin de toi, c'est la seule grâce que je
te demande... » 18 juillet : « Honneur aux vices
éhontés des femmes du monde, infamie sur les pauvres
créatures coupables des crimes d'honnêteté, de dévouement et d'amour... » Car l'autre, la rivale, était une
femme du monde, enfer et damnation!...

La tromperie de sept ans une fois découverte,
Juliette ne fut pas maladroite. Elle pardonna ; mais elle
prit de l'ascendant. Les circonstances aussi la favori-
sèrent. Victor Hugo partit pour Bruxelles d'abord, et
pour Jersey ensuite. Elle l'accompagna. Mais bientôt,
elle réclama de n'être pas traitée comme une faute et dissimulée ; elle revendiqua le rang d'une sorte de maîtresse légitime. Quoi! l'autre, la femme du monde,
Victor Hugo ne l'a-t-il pas reçue chez lui? « Pour celle-
là, s'écrie Juliette, le foyer de la famille était hospita-
lier ; pour celle-là, la courtoisie protectrice et déféren-
cieuse des fils était un devoir ; pour celle-là, la femme
légitime lui faisait un manteau de sa considération et
l'acceptait comme une amie, comme une sœur et plus
encore. Pour celle-là, l'indulgence, la sympathie, l'affection!... » Et Juliette? « Pour moi, l'application rigoureuse et sans pitié de toutes les peines contenues dans le
code des préjugés, de l'hypocrisie et de l'immoralité ! »
Juliette devient un peu anarchiste. Quand elle flétrit
les « préjugés », elle y va de tout son cœur ; et elle est

habile. Les idées libertaires tentent Victor Hugo,
depuis la révolution de février. En outre, son orgueil
l'engage à concevoir que la morale universelle a des
exceptions en faveur d'un si grand génie. Sans doute
enfin le dévouement de Juliette, prompte à le suivre où
il la menait et, pour lui, abandonnant tout, acceptant
l'exil, tant de courage et de tendresse persévérante le
touchèrent et lui parurent mériter une récompense.
Bref, à Jersey, il conduisit chez elle ses deux fils
Charles et François-Victor. Elle les eut à dîner et multiplia les prévenances. Elle copiait alors le manuscrit
des *Contemplations* et promit de copier la traduction
de Shakspeare à laquelle travaillait François-Victor.
Elle voulut tailler et coudre une demi-douzaine de
chemises pour Charles. Elle avait une petite bonne,
Suzanne, et qui, tous les matins, portait à Marine-Terrace le bouillon d'herbes du maître. Pour Mlle Hugo,
elle cueillait les fraises et les roses de son jardin, bro-
dait le chiffre des mouchoirs. Mme Victor Hugo elle-
même reçut les bienfaits de Juliette active et em-
pressée : un pot-au-feu à l'oie, divers petits plats. Si
l'on était sans cuisinière à Marine-Terrace, Juliette
prêtait Suzanne. Elle se désolait de ne pas faire mieux
encore : « Je regrette que le préjugé m'empêche de me
consacrer à vous tous entièrement... » Elle ajoute :
« Ce serait pourtant bien naturel!... » Mais non,
Juliette, non!...

A Guernesey, l'intimité des deux ménages fut, de
jour en jour, plus étroite et, il faut l'avouer, de la
façon la plus bizarre. Juliette avait grand soin de
montrer la fine délicatesse de ses sentiments. Victor
Hugo, lui, montre une désinvolture souveraine et, mon
Dieu, cocasse. Un cadeau qu'il fait à Juliette, c'est une
photographie où l'on voit le poète et Mme Victor Hugo
dans une pose qui « symbolise leur félicité domes-
tique ». Juliette remercia comme ceci : « Ce que mon
cœur accepte ne peut pas déplaire à mes yeux. Loin
d'être jalouse de la beauté de Mme Victor Hugo et de

ses saintes qualités, je la voudrais plus belle et plus sainte encore pour l'honneur de ton nom et pour ton bonheur... » De l'ironie? Aucune. Puis, un jour, c'est la Sainte-Adèle. A Hauteville-House, on va souhaiter la fête de Mme Victor Hugo. Juliette n'est pas invitée. Mais elle envoie une tarte; une tarte et ce billet : « J'ai le cœur plein de tendresse infinie pour tout ce que tu aimes. Soyez gais, soyez heureux. Le reflet de vos joies suffit à illuminer mon âme. » Ensuite, les relations des deux ménages sont par trop surprenantes; et il n'y a plus qu'à les raconter avec étonnement. Mme Victor Hugo désira de se lier avec Mlle Drouet; M. Guimbaud nous apprend que seule l'en détournait la crainte de ce *cant* anglais, qui sévissait dans l'île; les Guernesiais sont, paraît-il, des gens austères. Mais, à la fin de l'année 1864, il fallut que Mme Victor Hugo partît pour le continent, car elle avait mal aux yeux et ne se fiait pas aux médecins de l'île. Auprès de l'exilé, elle laissait Mme Julie Chenay, sa sœur, bonne personne, dénuée « d'esprit de suite et d'esprit de chiffres ». Une intendante bien meilleure serait Mlle Drouet. Mme Victor Hugo s'en avisa. Pour entrer en matière, elle écrivit à sa voisine : « Nous célébrons Noël aujourd'hui, madame. Noël est la fête des enfants et, par conséquent, des nôtres. Vous seriez bien gracieuse de venir assister à cette petite solennité, la fête aussi de votre cœur. Agréez, madame, l'expression de mes sentiments aussi distingués qu'affectueux. — Adèle Victor Hugo. » Tous les ans, à l'occasion de Noël, Victor Hugo et sa femme invitaient à un bon repas les enfants pauvres du pays. Juliette eut beaucoup de dignité. Elle refusa les avances de Mme Victor Hugo; elle les refusa très bien : « La fête, madame, c'est vous qui me la donnez. Votre lettre est une douce et généreuse joie; je m'en pénètre. Vous connaissez mes habitudes solitaires et ne m'en voudrez pas si je me contente aujourd'hui, pour tout bonheur, de votre lettre. Ce bonheur est assez grand. Trouvez bon que je reste dans l'ombre, pour vous bénir tous pendant que vous faites le bien. Tendre et profond dévouement. — J. Drouet. » Mme Victor Hugo fut absente plusieurs mois, presque deux années. Juliette refusa, comme le dîner des enfants pauvres, toute occasion d'entrer à Hauteville-House pendant l'absence de sa rivale et amie. Elle se tint à l'écart; mais, de chez elle et par l'intermédiaire de sa servante Suzanne, elle veillait au bien-être du grand homme et de toute la famille. Un soir que Victor Hugo la priait à dîner, elle répondit : « Permets-moi de refuser l'honneur que tu me fais, au nom des trente années de réserve, de discrétion et de respect que j'ai eues envers ta maison. » C'est elle qui a le sens commun; c'est elle que nous comprenons : les autres, moins.

Mme Hugo revint de France et, le 15 janvier 1867, annonça le projet de faire visite à Juliette. Cela demandait un protocole, et que régla Victor Hugo avec une attention méticuleuse. Juliette reçut Mme Hugo le 22 janvier; elle lui rendit, le surlendemain, sa visite. Dès lors, elle ne fit point de difficulté pour aller à Hauteville-House. On l'y voyait chaque jour : elle y copiait, feuille après feuille, les *Misérables* et notamment ce passage du livre VI où Victor Hugo utilisa les souvenirs de Juliette pour décrire le couvent du Petit-Picpus.

Au mois d'août 1868, la famille Hugo et Juliette se trouvant à Bruxelles, Mme Victor Hugo mourut. Victor Hugo la pleura; et Juliette la pleura. Ce fut une question de savoir si Juliette n'assisterait point à la cérémonie de l'enterrement. Elle hésita et prit enfin la détermination la plus sage : « Plus je pense au triste voyage de ce soir, plus je sens que je dois m'abstenir d'en faire partie. L'hommage pieux de mon cœur, envers cette grande et généreuse femme, ne doit pas s'exposer à être mal interprété par des indifférents ou des malveillants. Encore ce dernier sacrifice à la malignité humaine pour avoir le droit de nous aimer ensuite à ciel ouvert, n'est-ce pas, mon cher bien-aimé?... » Elle a raison!... Mais elle embrouille plu-

sieurs choses quand, dès la mort de Mme Hugo, elle
prend « cette âme » pour témoin du serment qu'elle
renouvelle : « vœu sacré que j'ai fait, la première fois
que je me suis donnée à toi, de t'aimer dans ce monde
et dans l'autre tant que mon âme existera... » Et elle
ajoute, avec une singulière impétuosité de certitude :
« sûre que je suis d'être approuvée et bénie dans mon
amour, par ce grand cœur et ce grand esprit qui vient
de nous devancer, hélas! dans l'éternité. » Se trompe-
t-elle? Je n'en sais rien. Elle put croire que non.
Mme Hugo, par testament, lui léguait un camée cerclé
d'or et qui représentait Mme Hugo. Elle s'habilla de
noir et n'eut pas d'autre bijou que ce camée, que cette
Mme Hugo, sur la poitrine. Victor Hugo les voyait
l'une et l'autre, la défunte et la vivante, du même coup
d'œil.

La vivante et Victor Hugo ne se quittèrent plus. Ce
n'est pas dire que tout alla le mieux du monde. Certes,
jusqu'aux derniers jours, Juliette fut passionnément
fidèle à son grand homme, fidèle de compagnie et de
sollicitude comme autrefois fidèle d'amour. Elle con-
serva, jusqu'aux derniers jours, dans la tendresse plus
reposée, le vocabulaire de l'amour et même de l'amou-
rette. « Je t'aime, je t'adore, corps, cœur et âme... »
Ils sont, l'un et l'autre, septuagénaires. Et jusqu'aux
derniers jours de Juliette, ou peu s'en faut, l'amant
continua d'être futile. C'était son goût, de la tromper.
Elle se plaignait et sentait sa faiblesse, dans un conflit
de son « vieil amour » et des « jeunes tentations ».
Quelquefois, elle égaye de drôlerie sa tristesse véritable :
« Cher bien-aimé, je ne veux pas te faire une scie de
tes bonnes fortunes; mais je ne peux pas m'empêcher
de sentir que mon vieil amour fait une triste figure
au milieu de toutes ces cocottes répétant à qui mieux
mieux leur gloussement familier : Pécopin, Pécopin,
Pécopin, pendant que mon pauvre pigeon embléma-
tique s'épuise à roucouler : Bauldour, Bauldour, Bauldour. Voilà longtemps que la chasse fantastique dure

sans que tu en paraisses lassé ou découragé. Quant à moi, j'aspire au repos... » Et elle annonce qu'elle met la clef de son cœur sous la porte. Mais non! et elle ne cesse pas d'aimer le frivole.

Cette histoire d'amour n'est pas la plus jolie que nous devions à l'entrain des poètes. Le personnage de Victor Hugo ne s'y révèle pas d'une façon très agréable. On dira : Ce n'est pas Victor Hugo; ce n'est que Toto; et, pendant que Toto vit assez mal, Victor Hugo écrit ses poèmes.

Que dire d'autre?... Une telle séparation de l'homme et du poète, nous avons peine à la concevoir. Hugo pourtant l'avait réalisée. Avec une imagination prodigieuse, il eut le cœur médiocre, l'âme petite et vulgaire. Son génie était, en quelque manière, indépendant de lui, étranger à lui, un don sublime et qu'il ne méritait pas beaucoup. Dans son génie même, il y a peu d'âme; et comment ne pas l'admirer par-dessus tous les poètes de son temps? Mais comment l'aimer autant que de moindres poètes, plus dignes des tendresses de l'esprit?...

1er septembre 1914.

XIII

Voici *les Caves du Vatican, sotie, par l'auteur de Paludes*. Et l'auteur de *Paludes*, c'est M. André Gide, on le
sait bien : *Paludes*, une autre « sotie », ou gai récit,
chargé de maintes significations. A la fin de *Paludes*, il
y a une « table des phrases les plus remarquables de
Paludes ». L'auteur n'en cite que deux et, « pour respecter l'idiosyncrasie de chacun », laisse à tout lecteur
le soin de choisir à son gré le reste. Nous choisirons :
« Avant d'expliquer aux autres mon livre, j'attends que
d'autres me l'expliquent. Vouloir l'expliquer d'abord,
c'est en restreindre précocement le sens, car si nous
savons ce que nous voulions dire, nous ne savons pas si
nous ne disions que cela... Et cela surtout m'y intéresse
que j'y ai mis, sans le savoir, cette part d'inconscient,
et que je voudrais appeler la part de Dieu... » Et puis :
« Pourquoi écrivez-vous? reprit-elle après un silence.
— Moi? je ne sais pas; probablement que c'est pour
agir. » Et puis : « J'arrange les faits de façon à les
rendre plus conformes à la vérité que dans la réalité. »
Et puis : « Ils n'admettent pas que l'on soit, comme le
temps d'azur et de nuées, un composé mal défini de
rire et de mélancolie. » Et puis encore : « On a cru
que je me moquais du lecteur. Qui l'a cru? — Un lecteur — Tant pis pour qui l'a cru; je voulais simplement rire avec lui et de moi-même : il ne faut rire que
de soi... » Et puis enfin : « On considère trop les idées
comme des mortes, où la logique peut opérer; tandis

que ce sont celles qui vivent, et qui vivent à nos
dépens... Nous sommes voués à l'idée. » Il me semble
que la réunion de ces phrases, — remarquables, oui,
— donne déjà un aperçu des intentions qu'avait l'auteur ; l'auteur est un idéologue passionné, qui traite
les idées comme des vivantes, qui les mène avec entrain.
D'ailleurs, elles le mènent aussi et ce n'est pas pour lui
déplaire. Seul, Tiberge l'ennuie ; Manon, jamais : sa
Manon, la changeante idéologie.

Mais lisons *les Caves du Vatican*. Franc-maçon que
les rhumatismes tourmentent, M. Anthime Armand-
Dubois est un savant réputé. Il dissèque de petits animaux et il étudie leurs « tropismes » ou réflexes. Bien
entendu, il n'est pas le premier à chercher dans les
phénomènes de la velléité inconsciente les principes de
toute activité spirituelle. Peu importe : il a inventé le
mot de « tropisme » et aussitôt la science universelle
compte sur lui. Quant à ses rhumatismes, qui lui font
tressauter les épaules et l'obligent à ne point marcher
sans une petite béquille, il va les confier aux soins d'un
spécialiste romain, l'an 1890, sous le pontificat de
Léon XIII. A Rome, il continue d'écorcher, d'aveugler,
de martyriser et de soumettre aux tortures de la méthode
expérimentale les rats, les oiseaux, les grenouilles que
lui apporte un gamin, Beppo, « procureur-né », qui
« aurait fourni l'aigle ou la louve du Capitole ».
Anthime a un adversaire en la personne de sa femme ;
celle-ci, émue de pitié, nourrit en secret les bestioles
que le savant condamne à jeûner. Ainsi, elle fausse les
tables d'observations. Querelles, et admirablement vulgaires. La vulgarité qui entoure la philosophique
besogne d'Anthime est énorme et drôle. Anthime est
dérisoire ; et les ridicules d'un tel savant déconsidèrent
l'idole scientifique. Arrivent à Rome les Baraglioul :
Mmes de Baraglioul et Armand-Dubois sont les deux
sœurs. Ces Baraglioul, des gens « très bien pensants ».
L'auteur ne leur a point épargné les moqueries
dont il accable son franc-maçon d'Armand-Dubois.

Quelle satire! L'auteur invente ses personnages, les habille comme des marionnettes pour jeu de massacre et, sans retard, il les assomme de ses balles, lancées dru, en riant fort. Il ne ménage ni les uns ni les autres. Et que leur veut-il? J'avoue qu'on se le demande un peu. Il n'a pas moins de cruauté, pour ces enfants de son imagination, qu'Anthime pour les rats et grenouilles de Beppo. Mais Anthime songe à la science. A quoi songe M. André Gide? Nous le saurons de mieux en mieux. Pour le moment, sa férocité nous inquiète et nous divertit. Pour le moment, nous croyons pressentir que l'auteur a des projets; et, ses projets, nous ne les devinons pas. Nous constatons avec plaisir que le symbole de ses conclusions prochaines et encore mystérieuses l'amuse et nous amuse. En attendant que se traduise le rébus, le rébus est un joli dessin, fait de verve et où les regards trouvent leur contentement.

Julius de Baraglioul est un romancier moraliste, dont les œuvres sont démonstratives et mondaines. M. Gide ne l'estime pas, M. Gide qui a écrit (dans ses *Nouveaux prétextes, réflexions sur quelques points de littérature et de morale*) : « L'œuvre d'art ne doit rien prouver, ne peut rien prouver sans tricherie. » Anthime Armand-Dubois méprise les romans de son beau-frère, qui méprise également les tropismes du franc-maçon. Du moins les Baraglioul déplorent-ils la mauvaise santé d'Armand-Dubois; et, dans leurs prières, ils pensent à lui. A cette nouvelle, Armand-Dubois ne se connaît plus : il ne veut pas d'un miracle qui le guérirait. Pourquoi? — « Parce qu'alors cela me forcerait de croire à Celui qui n'existe pas! » Enchanté de sa bourde et furieux, il sort. Il a quitté le repas de famille. Tout clopinant, il va dehors et invective contre une madone en pierre, fixée à l'angle de la maison et qui, dans une niche, sous un toit de zinc, auprès d'une lanterne, montre son manteau bleu et tend ses mains rayonnantes. Il lance à la madone sa béquille et brise la main droite, qui tombe. Il la ramasse et la glisse dans

la poche de son gilet. Honteux et plein de rage, l'ico-
noclaste rentre chez lui : et il y a du « père Ubu »
dans ce bonhomme. Il entend sa nièce, la petite Julie,
prier : «... et pour les péchés de l'oncle Anthime ».
Pendant la nuit, l'oncle Anthime a un songe. Il voit la
madone, qui pour le guérir n'a pas besoin d'une main
en pierre et qui lève sur lui sa manche vide. Il saute
de son lit et, sans béquille maintenant, guéri et con-
verti, court à son laboratoire. Mme Armand-Dubois l'y
surprendra, lui, l'athée d'hier, agenouillé, pleurant avec
contrition devant les débris de la statue sainte. Et
Anthime renonce à la science impie; il n'écrira plus
dans les journaux du parti radical : il est ruiné. Julius
de Baraglioul tâchera de lui obtenir de fructueuses
compensations cléricales. La sotie devient peu à peu
une folie : le sarcasme y prend un accent de frénésie
bouffonne; c'est la bouffonnerie, à mon gré, qui le
sauve d'une insolence désagréable. Mais de qui se
moque-t-on? « Il ne faut, dit l'auteur de *Paludes,*
rire que de soi... » Et ce sont les mouvements naturels
de l'esprit et du cœur qui ont ici leur formidable
caricature.

Soudain, nous rentrons à Paris. Un nouveau personnage nous est présenté, le jeune Lafcadio Wluiki : « on
prononce Louki ». L'entrée de ce garçon nous avertit
de notre joie : ce roman sait nous convaincre, non de
ses doctrines, de ses attraits, si, à chacun de ses épisodes,
il éveille notre curiosité, l'aguiche et, quitte peut-être à
la décevoir, la tient en alarme perpétuelle. Lafcadio est
charmant, si désinvolte! Et, autant un Anthime
Armand-Dubois et un Julius de Baraglioul avaient de
quoi nous attrister par tout cet accablement de disciplines qu'ils portent mal, autant nous séduit ce jeune
Lafcadio qui improvise toute son existence et inaugure
les règles de sa fantaisie. Son enfance a été une extraordinaire aventure cosmopolite et les influences qu'il a
subies, contrariées les unes par les autres, n'ont guère
laissé en lui de trace. Il ne sent aucune servitude l'en-

traver. Julius et Anthime, de même qu'ici-bas les
gens habituels, sont des esclaves et, à chacun de leurs
instants (pour employer le mot des philosophes) condi-
tionnés, des victimes du principe dit de causalité, victimes résignées sous le joug. Lafcadio, non. Lafcadio,
l'auteur s'amuse à lui organiser une destinée telle que
rien ne lui advienne jamais que par hasard. Ainsi,
Lafcadio est le fils du vieux Juste-Agénor de Baraglioul
et, de cette façon, le frère de Julius. Nous profitons de
son aubaine : à la faveur de cette parenté, il entre dans
le roman. L'aubaine est pour lui aussi : le vieux Juste-
Agénor le voit un jour, lui lègue des rentes et meurt.
Lafcadio n'a pas eu le temps de s'attacher ; et les rentes
lui seront commodes. Du reste, ce jeune homme est
digne de sa fortune. Les gracieux hasards n'ont point
en lui un ingrat. Tout son effort, il le consacre à se
garder en bel état pour les accueillir. Leste, rapide,
toujours prêt aux événements, prompt aux ripostes de
l'énergie, net en ses propos, il ressemble à un jeune
homme de Stendhal. Et, comme s'il avait une fine conscience de son privilège, en l'honneur des hasards et
pour dénigrer à lui-même leur ennemi, ce lourd principe de causalité, il accomplit des chefs-d'œuvre. Il sauvera, dans un incendie, trois enfants ; plus tard, il assas-
sinera un individu qu'il ne hait pas ; il n'aimait pas
les trois enfants qu'il a sauvés. Il démontre qu'on est
prime-sautier.

Précieux héros, d'un récit romanesque ! Avec un tel
Lafcadio, il se passe continuellement quelque chose. Et
l'auteur amène sans difficulté les incidents : ce qu'ils
ont de plus déraisonnable rend hommage à ces hasards
dont Lafcadio est l'heureux jouet. Ah ! Julius de Baraglioul n'entend pas de cette façon l'art du roman.
« Cela vous amuse beaucoup, d'écrire ? » lui demande
Lafcadio. « Je n'écris pas pour m'amuser ! » répond
noblement l'auteur de *l'Air des cimes*. Et voici l'une
des significations que M. André Gide a incluses dans
sa sotie : c'est une drôle de chose que de n'écrire point

pour s'amuser. Pourquoi écrire, alors?... Julius de Baraglioul, quand il écrit, fait de l'apostolat. D'ailleurs, il est tout plein de niaiserie. Laissons sa niaiserie : en tout cas, il a tort de ne considérer la littérature que comme un bon moyen d'apostolat. Puis il veut plaire, et à qui lui décernera sa récompense; de sorte que, fier de son dévouement à une cause, il s'avilit par une complaisance médiocre. Jamais il ne se libère de ses liens, jamais il ne cède à une vive impulsion, jamais il n'a un peu d'élan; toujours, et dans la vie quotidienne et dans ses livres, il est empêtré. Les héros de ses romans sont empêtrés autant que lui. Par exemple, dans *l'Air des cimes*, il a peint le vieux Juste-Agénor de Baraglioul, son père. Un homme très singulier, le vieux Juste-Agénor, et admirablement capricieux : témoin, Lafcadio! A la veille de sa mort et dans l'appartement d'où il n'est pas sorti depuis des années, il faut le voir. Un grand foulard couleur madère enveloppe ses cheveux; l'un des bouts retombe sur la dentelle de son col; et sa barbe d'argent couvre le haut de son justaucorps en laine havane. Un châle gris aux genoux, les pieds sur un coussin d'eau chaude, il trempe ses mains dans un bain de sable que chauffe une lampe. Il boit des tisanes et il écoute son confesseur, le père Avril. Mais on lui passe la carte de Lafcadio : « Lafcadio de Baraglioul. » Que s'éloigne le confesseur; et voici Lafcadio... « D'abord, sachez, monsieur, qu'il n'y a pas de Lafcadio de Baraglioul. » Et il déchire la carte. Il examine le jeune homme, le trouve joli, bien fait, se félicite à part lui de son ouvrage et, sur le point de s'attendrir, se maîtrise. Par instants, il clôt les yeux et il semble dormir : à travers sa barbe, on voit ses lèvres remuer. Le châle glisse de ses genoux; Lafcadio se penche et il sent sur son épaule la main du vieillard « peser doucement ». C'est la première fois que Lafcadio voit le comte de Baraglioul : le reverra-t-il? « Ma foi, j'avoue que ce ne serait pas sans plaisir; mais les révérendes personnes qui s'occupent de mon salut m'entretiennent dans une

humeur à faire passer mon plaisir en second... » Et il
sourirait. Lafcadio aura quarante mille livres de
revenu : qu'il s'en aille donc ! « Mon enfant, mon enfant, balbutie le vieillard, je suis en retard avec vous... »
Et enfin : « Je ne veux pas que vous portiez mon deuil.
Mon enfant, la famille est une grande chose fermée ;
vous ne serez jamais qu'un bâtard ! » Avec un tel Juste-
Agénor de Baraglioul, si bien sûr de son caractère, Julius
n'a écrit qu'un roman fade. Lafcadio le lui reproche,
sans feinte : « Pour moi, je me laisserais mourir de
faim devant ce ragoût de logique dont j'ai vu que vous
alimentez vos personnages... » Ainsi, le vieux Baraglioul : « le souci de le maintenir, partout, toujours,
conséquent avec vous et avec soi-même, fidèle à ses devoirs, à ses principes, c'est-à-dire à vos théories... vous
jugez ce que, moi précisément, j'en puis dire ! »
Lafcadio se définit « un être d'inconséquence » ; tel
était le vieux Baraglioul ; et tel serait Julius lui-même,
s'il ne se paralysait de logique. Or, un jour, Julius a
comme une illumination de vérité : si peut-être son
œuvre ne valait rien ? Doute cruel ! si peut-être ses
livres et sa vie même n'avaient pas de réalité authentique ? C'est bien cela ; et il croit qu'il va secouer ses
manies : il voit devant lui le champ libre. « Comprenez-
vous, demande-t-il à Lafcadio, ce que veulent dire ces
mots : le champ libre ? Je me dis qu'il l'était déjà ; je
me répète qu'il l'est toujours, et que seules jusqu'à présent m'obligeaient d'impures considérations de carrière,
de public et de juges ingrats dont le poète espère en
vain récompense. Désormais je n'attends plus rien que
de moi. Désormais, j'attends tout de moi ; j'attends tout
de l'homme sincère ; et j'exige n'importe quoi ; puisque aussi bien je pressens les plus étranges possibilités
en moi-même... » Il ajoute : « Puisque ce n'est que sur
le papier, j'ose leur donner cours ! » Délicieuse remarque ; et la plaisante phrase ! Elle atteste la pusilla-
nimité durable de Julius et, plus sérieusement, le
véritable office de la littérature. Si, dans l'existence

quotidienne, vous n'êtes pas libre facilement (timidité, ou de bonnes raisons), ayez au moins la littérature pour ce qu'elle est, un stratagème de liberté spirituelle.

Julius de Baraglioul, au moment de sa révolte, comprend sa faute, sa double faute. Premièrement, il s'est trompé dans la psychologie : et il a cru que les âmes étaient, en somme, des lieux où il se fait de la logique. Pas du tout! et, la prochaine fois, il inventera un personnage très actif et qui n'ait pas de motif à son activité; mettons, un criminel et dont le crime soit « parfaitement immotivé ». C'est Lafcadio!... Et : — Très bien (répond Lafcadio); je n'y vois pas de difficulté; « romancier, qui vous empêche? et, du moment qu'on imagine, d'imaginer tout à souhait? » Julius a beau dire, il ne peut se résoudre, s'il ne motive pas le crime, à ne pas motiver le criminel. Et telle est sa marotte; et, comme il a manqué le roman de Juste-Agénor, il manquera le roman de Lafcadio. Julius déplorable!... Secondement, s'il a péché dans ses livres, c'est qu'il pèche continuement dans sa vie selon le mode pharisien. Et il dit à Lafcadio, avec une bonne foi ridicule et qui vous désarme cependant : « Vous ne sauriez croire, vous qui n'êtes pas du métier,... » car il est tout engoncé de pédantisme professionnel... « combien une éthique erronée empêche le libre développement de la faculté créatrice. La logique, la conséquence, que j'exigeais de mes personnages, pour la mieux assurer je l'exigeais d'abord de moi-même; et cela n'était pas naturel. Nous vivons contrefaits, plutôt que de ne pas ressembler au portrait que nous avons tracé de nous d'abord; c'est absurde : ce faisant, nous risquons de fausser le meilleur! » Ainsi se réunissent les torts littéraires et les inconvénients moraux de Julius : son esthétique dépend de son éthique; prenons-y garde. Et nous croyions ne parler que littérature : s'ensuit une morale. M. André Gide est un moraliste. Pourtant, je citais de lui cette maxime selon laquelle l'œuvre d'art ne doit et ne peut rien prouver sans tricherie. Mais il est un moraliste dans tous ses livres, depuis ce premier manuel ou introduction à la vie pensive et ardente, les *Cahiers d'André Walter*, et dans ce poème de pédagogie passionnée, *les Nourritures terrestres*, et dans l'*Immoraliste*, que j'aime à peine, et dans la *Porte étroite* et *Isabelle*, qui me semblent deux rares chefs-d'œuvre, et dans la merveille de *l'Enfant prodigue*, et dans ces trois soties, *Paludes,* le *Prométhée mal enchaîné*, les *Caves du Vatican*. Je dis un moraliste; et j'entends un écrivain qui toujours médite sur le plus parfait arrangement de la vie. Il ne contredit pas son principe : et méditer n'est pas prouver. Ou bien s'il se contredit, je me figure qu'il n'en souffre guère; et c'est là une liberté que son éthique ne lui défend pas.

Son éthique, la preste caricature de ce malheureux Julius nous la révèle, après la caricature d'Anthime. Quel est le péché grave de Julius? Macbeth avait tué le sommeil; et Julius, oh! plus coupable encore, a tué la spontanéité : c'est tout le ressort de la vie. C'en est la sève et, bientôt, la fleur; c'en est l'âme vive et c'en est la flamme; c'en est le courage et la beauté. Mais on nous propose en modèle ce Lafcadio, cet aventurier? Un peu d'aventure, dans votre vie morne! Ce Lafcadio, ce meurtrier? Tuez donc en vous le vieil homme! Tuez en vous, très souvent, cet homme qui vieillit et qui ne sait plus accueillir les nouvelles journées!... Du reste, non, Lafcadio n'est pas un modèle qu'on vous propose; mais, en contraste avec Julius, il est une gaie image de la spontanéité, vertu précieuse.

Une littérature qui a perdu sa spontanéité, quel ennui! Et une littérature ennuyeuse, quel désastre! Au surplus, quoi qu'il en soit de la morale que M. Gide a enfermée dans ses divers traités dogmatiques ou ironiques, ne lui sait-on pas gré de réclamer sans cesse, pour la littérature, le droit au plaisir et même le devoir du plaisir. Nous avons des écrivains éminents ou notoires qui omettent ce paragraphe premier du catéchisme littéraire; et ils guindent la littérature : ah!

comme ils l'ont guindée! Cela, qu'on y pense, est contraire à tout l'usage ancien de nos bons auteurs, si allègres, à toute leur tradition de verve, d'audace, et quelquefois d'impertinence, et toujours de franche allure. Une fausse gravité — c'est une gravité inutile — ne date pas de loin, chez nous Nos contemporains engoncés, que veulent-ils? Prouver! répond M. Gide; mais, non : ce n'est pas là l'erreur principale. Non, si prouver, avec de jolis arguments et avec des phrases qui aient une puissance dialectique et un charme insinuant, si prouver même est un plaisir : et M. Gide le sait bien. L'erreur consiste à négliger, dans la notion de la littérature, l'idée du plaisir. Qu'elle soit un plaisir d'abord et, s'il lui chante ainsi, plaisir de persuasion, plaisir d'apostolat : plaisir. Et ni Montaigne ne s'y est trompé, ni La Bruyère, ni Voltaire : et ni Pascal.

La causerie qu'ont à Rome Lafcadio, le sage fol, et Julius tout empêtré m'enchante. Mais j'en abuse, si j'ai l'air de la présenter comme une digression. Elle est dans le roman. Le projet littéraire de Julius, l'intention qu'il a de peindre un jeune criminel tout pareil à Lafcadio, il l'a, sans le savoir, attrapée de Lafcadio. Quand il se confie à Lafcadio, naïvement, c'est un effet dramatique et c'est une péripétie de leur histoire. M. Gide s'était promis de suivre sans relâche sa fiction romanesque; et il eût manqué à son esthétique en soumettant à une thèse le roman. Le roman court; et, d'incidents en incidents, il galope. Au collège, Lafcadio connut un certain Protos, qu'on surnommait ainsi, sachant le grec, pour une place de premier qu'il obtint. Protos, une canaille ingénieuse, organise une escroquerie : on a emprisonné le pape, assure-t-il aux bonnes âmes, dans le château Saint-Ange; ce n'est pas le pape élu au conclave, c'est un faux pape qui, sur le trône de saint Pierre, l'a remplacé; donc nous délivrerons le pape et il faut, pour cela, de l'argent. L'un des beaux-frères de Julius, Amédée Fleurissoire, tombe dans le panneau, quitte Pau, sa ville natale, et quitte son

épouse, et quitte le tran-tran de ses habitudes, pour
aller vite à Rome et, dévoué, collaborer à la délivrance
du pape. Comment il arrive là-bas, comment il s'y
rencontre avec Julius, comment il y rencontre, sous les
espèces très honorables d'un prêtre camouflé, l'infâme
Protos, comment on le charge d'une mission qui l'oblige
à prendre le train de Naples, comment il rencontre
enfin, dans le wagon, Lafcadio qu'il ne connait pas et
qui, par jeu gratuit, le précipite sur la voie, c'est ce
qu'on apprend avec émoi quand on lit *les Caves du
Vatican*. Je ne sais pas si les auteurs de romans-
feuilletons, de romans policiers inventent mieux, plus
hardiment, les manigances d'une intrigue. Mais ne
confondons pas les genres : c'est ici tout autre chose
qu'un de ces romans, certes. L'auteur a imaginé d'écrire
à l'inverse de Julius. Il a écrit *les Caves du Vatican* de
même que plusieurs personnes, lasses du théâtre contemporain, protestent et ne craignent pas d'afficher, au
bout du compte, leur satirique préférence pour le
« music-hall », que les Français appelaient jadis café-
concert. Le roman, tel que le fabrique Julius, encombré de considérations éloquentes et destiné à l'édification, méprise la vivacité des épisodes : c'est négliger de
nous distraire. « Ah! monsieur », s'écrie un jour
Protos, déguisé en professeur, « tout ce qu'on ferait
dans cette vie, si seulement on pouvait être bien certain
que cela ne tire pas à conséquence! » Ah! tout ce qu'un
écrivain, pourvu de quelque fantaisie, ferait dans le
roman, s'il consentait que cette sorte d'ouvrages, de
très petite conséquence, a pour objet de nous distraire!... Et je crois que M. Gide, là-dessus, invoque-
rait l'autorité de Stendhal.

Lafcadio, meurtrier d'Amédée Fleurissoire, ne garde
pas pour lui le secret de son crime. Il ne l'avoue pas, il
le raconte à Julius, qui l'engage à se taire. Et, se taire,
c'est trop facile, pour un garçon qui recherche les
occasions d'une vie accidentée. Mais la fille de Julius a
entendu les aveux, disons le récit, de Lafcadio. Elle

aime Lafcadio et ne tolère pas qu'il se perde. Ce fut un
soir, et même une nuit, qu'elle arriva dans la chambre
de ce jeune homme. Maintenant, « quoi! va-t-il renoncer à vivre? et, pour l'estime de Geneviève, qu'il estime
un peu moins depuis qu'elle l'aime un peu plus, songe-
t-il encore à se livrer?... » Le dénouement de ce long
badinage n'est que plaisanterie et nous avertit de
prendre avec gaieté une histoire qu'on ne nous a point
offerte avec chagrin.

Cette gaieté pourtant n'est pas exactement gaie; la
gaieté de M. André Gide, abondante ici ou là dans son
œuvre, et dans les soties en particulier, dans *les Caves
du Vatican* plus que jamais, n'a point d'abandon ni de
simplicité, ni d'aisance légère. Et je ne la dénigre pas;
j'en indique les qualités singulières. Elle a quelque
chose de tendu, et non de volontaire tout à fait, au
moins de résolu, de médité. Elle n'est pas un sentiment
né tout seul dans une âme prête à le recevoir, mais
une conquête plutôt, et chèrement acquise. Une victoire; et quel fut l'adversaire? Si nous le savons, nous
entendrons mieux et l'œuvre entière et ce dernier
ouvrage.

Or, cette gaieté, telle que je l'indique, n'est pas du
tout spontanée; elle ne l'est pas, et dans ce livre qu'on
définirait une apologie pour la spontanéité. Contrariété
manifeste et, si je ne me trompe, la substance même
de la pensée que traitent, suivant maintes péripéties,
les ouvrages de M. André Gide. Dès le début, que
voyons-nous? une intelligence qui subit le fardeau des
livres, le fardeau des idéologies et des systèmes, le fardeau de la pensée humaine, laborieuse depuis des
siècles. Aucun de nos contemporains ne témoigne si
clairement de ce que fut l'intellectualité française au
temps où ont commencé d'écrire les hommes de cette
génération, vers 1890. Les têtes alors étaient bien
métaphysiciennes, curieuses de vérité suprasensible,
oui, mais de dialectique surtout : de sorte que les stratagèmes qui peuvent servir à l'emplette de la vérité

devinrent le trésor par excellence. Il y a beaucoup
d'analogie entre ces têtes-là et celles du moyen âge,
encombrées les unes et les autres, et captives, non d'un
système, de tous les systèmes. Avec plus de sérieux que
personne et préparé (il le raconte) par une espèce « de
protestantisme ou de jansénisme natif » aux rigueurs
de la croyance, M. André Gide a éprouvé le tourment
des doctrines. Plus sensible qu'un autre et plus atteint,
il en a plus souffert. Dans les *Cahiers d'André Walter*,
on aperçoit l'effort qu'il a fait pour se délivrer. De
même que le moyen âge inventa, pour ses évasions
imaginatives, l'allégorie, — laquelle ne lui fut pas une
manie de littérature seulement, — les jeunes hommes
de 1890 recouraient au symbole, ingénieux artifice.
« Tout phénomène est le symbole d'une vérité... » A la
faveur de ce dédoublement, on s'échappe. « L'émotion
se sert d'un paysage comme d'un mot... » Tout de
même, cette émancipation n'est qu'une servitude nouvelle, si les apparences de la réalité ne sont plus que
des images à traduire, fût-ce librement. Une libération
plus vive consiste à regarder les images sans les traduire,
à couper de ses racines le symbole universel, comme
on saisit une brassée de fleurs et se réjouit d'elles sans
plus songer aux virtualités profondes qui s'épanouissent
dans les couleurs et les parfums. Le *Voyage d'Urien*,
voyage parmi des paysages d'idées, est une grande
rêverie de symboles : « Mes marins tour à tour deviennent l'humanité tout entière ou se réduisent à moi-
même... » Et, à la fin du *Voyage*, cette plainte est
significative : « Nous ne sommes jamais sortis de la
chambre de nos pensées et nous avons passé la vie sans
la voir... » Sortir de la chambre de ses pensées, aller
vers la vie, souhait le plus fervent ! Et c'est fait, du jour
qu'on a pris son parti de placer la réalité dans les symboles, non dans leur révélation secrète, dans la nature,
et non dans le mystère de ses lois.

Que de joie aussitôt ! Une joie où dure encore le souvenir de la contrainte : l'esclave d'hier montre, par son

exubérance même, la servitude qu'il a endurée. L'allégresse de la récente liberté mentale est célébrée dans les *Nourritures terrestres* avec une poésie tremblante, avec un zèle exalté, craintif encore et qui se donne du courage en multipliant ses prouesses... « Il faut, Nathanaël, que tu brûles en toi tous les livres... Nathanaël, quand aurons-nous brûlé tous les livres! Il ne me suffit pas de lire que les sables des plages sont doux; je veux que mes pieds nus le sentent... Oh! si tu savais, si tu savais, terre excessivement vieille et si jeune, le goût amer et doux, le goût délicieux qu'a la vie si brève de l'homme; si tu savais, éternelle idée de l'apparence, ce que la proche attente de la mort donne de valeur à l'instant!... Nathanaël, je te dirai tous les jardins que j'ai vus. A Florence, on vendait des roses; certains jours, la ville entière embaumait. Je me promenais chaque soir aux Cascine et le dimanche aux jardins Boboli sans fleurs. A Séville, il y a, près de la Giralda, une ancienne cour de mosquée... A Grenade, les terrasses du Généraliffe... Et, de Blidah, Nathanaël, que te dirai-je? Ah! douce est l'herbe du Sahel; et tes fleurs d'orangers! et tes ombres! suaves les odeurs de tes jardins... Blidah! Blidah! petite rose! au début de l'hiver, je t'avais méconnue. Je lisais la Doctrine de la Science de Fichte et me sentais redevenir religieux. J'étais doux; je disais qu'il faut se résigner à sa tristesse et je tâchais de faire de tout cela de la vertu. Maintenant j'ai secoué là-dessus la poussière de mes sandales; qui sait où le vent l'a portée?... » L'amusement devient un hymne.

Mais la liberté mentale n'est pas une conquête une fois faite : elle est une conquête menacée. Il y a des retours de l'ennemi, de subites incursions, et des reprises de la résistance, et de nouveaux périls, et de nouvelles victoires, nouvellement glorifiées. Ce pathétique débat qui, dans une âme, résume les épreuves de l'âme humaine occupe toute l'œuvre de M. André Gide, quant à présent. Il est beau, terrible par moments et il a des alternatives d'angoisse et de

triomphe très émouvantes; un lyrisme très divers en
est, mieux que l'ornement, le cri ou le chant, tumul-
tueux ou apaisé. Parfois, dans la lutte, éclate l'ironie,
la raillerie, comme, dans les combats d'Homère, l'invective. Et puis, des chansons heureuses consacrent les
journées de trêve; et puis la lutte recommence, avec un
acharnement tout neuf.

Je ne sais si l'énorme éclat de rire qui, dans *les
Caves du Vatican,* retentit fort et loin marque la victoire décisive et si l'auteur, après cela, considère qu'il
s'est débarrassé de l'ennemi. Parmi nos contemporains
qui se sont mis aux prises avec les exigences de l'intellectualité, — or, c'est le préambule des œuvres importantes que cette génération littéraire a produites, —
M. André Gide est celui de tous qui a le plus complai-
samment prolongé la querelle. Les autres, à tel ou tel
point de la dialectique, ont fait leur soumission, plus ou
moins hâtive, plus ou moins complète. Ceux-là, probablement, les sages. Dans la contrainte résolument
acceptée, il y a plus de liberté peut-être que dans la
révolte continue. Si telle est, au bout du compte, la
vérité, un Maurice Barrès l'agrée : M. André Gide la
refuse. Voilà précisément la position de M. André Gide,
dans le démêlé auquel nous assistons et qui confère à
la littérature d'aujourd'hui sa grandeur.

La parabole de l'Enfant prodigue, il l'a inclinée à son
gré, comme ceci. Fatigué de sa fantaisie, l'Enfant prodigue est revenu de sa longue absence. Il est retourné
au jardin qu'enferment des murs et d'où jadis il désirait
de s'évader. Son père l'accueille, et sa mère. Son frère
aîné le réprimande; et il reçoit, des êtres et des choses,
une leçon de quiétude résignée : « Bénie soit ta fatigue! »
lui dit-on. Mais il a un frère puîné qui, cette nuit, ne
peut dormir et qui l'interroge. L'enfant, qu'il ne connaissait pas, l'a vu revenir à la maison couvert de
gloire. — « Hélas! j'étais couvert de haillons... » Ces
haillons, l'enfant les a vus couleur de gloire. L'Enfant
prodigue avoue : « La liberté que je cherchais, je l'ai

perdue; captif, j'ai dû servir. J'ai voulu m'arrêter, m'attacher enfin quelque part... » Le petit enfant, qu'il admoneste avec son repentir, s'en ira. Et, lui, son repentir n'est bientôt plus d'être parti, mais revenu. Et quand le petit enfant, prodigue à son tour, s'en ira, l'ancien enfant prodigue lui dira : « Il est temps à présent. Le ciel pâlit. Pars... Puisses-tu ne pas revenir! Descends doucement. Je tiens la lampe...—Ah! donne-moi la main jusqu'à la porte.—Prends garde aux marches du perron... » La parabole du retour est devenue la parabole du perpétuel départ.

Et nous ne savons pas où ira désormais la pensée de M. André Gide, vagabonde et qui ne semble ni lasse de ses belles aventures, ni résolue à jamais se reposer.

1er octobre 1914.

XIV

Pendant le siège, Barbey d'Aurevilly demeurait, assez
haut sous les toits, dans un des quartiers de Paris où le
bombardement sévissait le plus fort. Ses amis tâchaient
de le faire déménager, et n'y parvenaient pas. «Jamais!
répondait-il; jamais on ne me verra bouger à cause des
Prussiens! » Charles Chincholle, un jour, alla le voir...
C'est lui, Chincholle, qui me l'a raconté jadis; et l'histoire est vraie : Chincholle ne l'eût pas inventée. Il
supplia Barbey de ne pas pousser plus loin son imprudence. Mais Barbey, hautain, cambré : « Non, monsieur, non! Je ne fuirai pas devant ces gens-là!... » Et
il montrait à Chincholle ses feuillets où l'encre séchait
à peine : « Tenez! Et je lui dis son fait, à leur
Gœthe!... » Il écrivait, sous le bombardement, son
essai sur Gœthe, où leur Gœthe est bien dénigré. Il se
vengeait ainsi, de son mieux, avec une belle arrogance.

Cette anecdote, qui me plut d'abord, m'enchante
aujourd'hui. J'adore la colère soigneuse avec laquelle
un grand lettré se nettoyait l'esprit de toute intrusion
germanique, tandis que le sol de France était envahi.
Nos soldats luttaient désespérément; lui, Barbey, écartait l'afflux de la pensée ennemie. Il avait choisi l'adversaire le plus prestigieux et, quant à lui, sans peur,
sans ménagement, il combattait avec ses fines armes
françaises de moquerie, de claire invective et de raison
brillante. Certes, il n'était ni impartial ni exactement
juste, dans sa polémique. Aussi bien, malheur à qui, en

de tels moments passés ou présents, garderait sa tranquillité d'opinion !

Je viens de lire *Un voyage*, par Jacque Vontade. Ce voyage nous mène en Belgique, en Hollande, en Allemagne, en Italie : en Allemagne surtout; c'est là que nous nous attardons, avec un sentiment de curiosité ardente et douloureuse. Jacque Vontade a écrit ce livre il y a quelques mois et l'a publié peu de semaines avant la guerre. Elle, — car l'auteur est une femme et, sur la couverture du volume, ajoute au pseudonyme de Vontade cette autre signature, « Fœmina », qu'on a vue au bas de maintes chroniques très attachantes, — elle ne savait pas, et nous pareillement nous ne savions pas que les plus légitimes colères devaient bientôt modifier nos jugements : les fausser? non ; les éclairer. Jacque Vontade, avant la guerre, ne haïssait pas l'Allemagne. Du moins, si elle conservait, comme tout digne Français, l'ancienne rancune, elle déplorait les motifs de la durable inimitié. Toute frissonnante, elle se détournait au passage des régiments prussiens, se bouchait les oreilles quand défilait la musique de fifres; mais aussi elle célébrait « l'âme profonde, l'âme religieuse de l'Allemagne chantante et fleurie ». Et elle disait : « J'aime l'Allemagne. Chaque fois que j'y reviens, j'ai un regret plus fort en songeant à l'infranchissable fossé qui nous sépare d'elle. Peut-être faudra-t-il des siècles pour le combler. Alors on verra quelle perte de temps et de force nous avons faite, elle et nous, en demeurant hostiles. Nous travaillerions si bien ensemble ! Pourquoi a-t-elle ouvert cette blessure par où le sang du cœur français coule toujours? » Ces illusions qu'elle nourrissait, Jacque Vontade n'a pu les garder; car elle se demandait combien de siècles il faudrait pour combler le fossé : quelques semaines ont fait du fossé un abîme. Et, si j'ai cité ces lignes de naguère, c'est afin qu'on voie que, son image de l'Allemagne, Jacque Vontade ne l'a pas dessinée et peinte avec antipathie. Elle l'a dessinée et peinte avec beaucoup de talent, comme avec beaucoup de bonne

foi. Maintenant, regardons l'image ; nous admirons l'art
de Jacque Vontade : le modèle nous est un objet de
répulsion. Cela, l'auteur ne le voulait pas ; mais une
lumière nouvelle a changé l'aspect des choses, une
lumière d'éblouissante vérité.

D'ailleurs, ce livre n'est pas une étude complète de
l'Allemagne. Jacque Vontade voyageait et, au jour le
jour, notait son émoi, ses remarques, ses méditations.
Elle se promenait à l'ombre des amples forêts, visitait
les monuments et les musées, lisait ou relisait là-bas
l'œuvre des écrivains et ornait d'un commentaire ingénieux ses journées de tourisme. Elle ne consultait pas
les statistiques, ne menait point une enquête et ne prétendait point à conclure. Lorsque le jeune Gabriel
Monod, sortant de l'École normale, partit pour l'Italie,
Taine l'interrogea : « Quelles idées allez-vous vérifier?... » Jacque Vontade ne partit point pour l'Allemagne avec des idées à vérifier, ni seulement avec une
méthode rigoureuse d'information. Ce qu'elle nous
enseigne, au retour, elle l'a vu, sans le chercher, presque
par hasard. Mais elle a de bons yeux, et très intelligents, une sensibilité particulièrement fine, le don de
ne jamais languir en état d'indifférence. Que de passion, même ! Un zèle incomparable et, ajoutons, une
invention verbale très heureuse, pour suffire à un tel
entrain d'une riche pensée.

C'est, je crois, à Weimar que Jacque Vontade eut
son plus vif plaisir. Elle rêva dans les « maisons sacrées » : celle de Gœthe, celle de Schiller, et celle de
Herder, et celle de Nietzsche. Voilà le pèlerinage que
nous n'avons plus envie de faire. Éprouvons-nous quelque regret?... Les personnes à qui M. de Gœthe, ministre de Saxe-Weimar, est le plus précieux ont la ressource de le considérer comme un splendide exemplaire
de l'humanité, comme un héros intellectuel, bien dé-
taché de son pays natal et qui aimait tant l'Italie!...
Car il disait : « Voir l'Italie était une soif qui me dévo-
rait. » Et il disait encore : « Si je n'étais venu en Italie,

je crois que j'aurais perdu la raison. » Et puis : « Je
regarde comme mon second jour de naissance et l'époque réelle d'une seconde vie le jour où je suis entré à
Rome... » Allons, c'est bien ! Et, l'art gothique de sa
vieille Allemagne, il le méprise pas mal : « Les pauvres
saints juchés les uns sur les autres dans de mauvaises
niches, les colonnes en tuyaux de pipes, les petits clochers pointus, grâce à Dieu, j'ai dit un éternel adieu à
tous ces objets !... » Pour les Gœthiens les plus impéni-
tents, il y a là un alibi : sans doute se loueront-ils de
posséder quelques arguments pour déclarer « leur
Gœthe » peu Allemand. Mais il l'était : je ne tiens pas
beaucoup à lui. A Schiller, pas du tout ! Celui-là, qui
vous a combiné une Jeanne d'Arc amoureuse d'un bel
Anglais, je ne le regrette pas. Jacque Vontade, cependant, nous le montre comme un très honnête homme et
qui avait le goût naturel du sublime. Oui ! et son idée
du sublime, infiniment respectable, je l'avoue, n'était
pas exempte de toute niaiserie. Quel citoyen de l'univers ! Il s'écriait : « C'est un pauvre but qu'écrire pour
une nation. Un esprit philosophe ne peut pas supporter de telles limites... » Schiller ne se contente même
pas d'écrire pour une grande nation, pour la plus grande
des nations. Qu'est-ce qu'une nation ? Il répond : un
fragment. Ce fragment ne lui « échauffe » pas l'esprit.
Et il réclame « l'espèce humaine ». Il réclame, en outre,
l'éternité ; il blâme un artiste qui, tout simplement, serait de son temps et de son pays. Alors, Schiller vous
montre des personnages qui sont des types d'humanité
bien générale, des personnages grandioses et, si je ne
me trompe, insignifiants. Il avait peur de les caracté-
riser et, ainsi, de les diminuer. Bref, son Moor le bri-
gand, son terrible Philippe II, son fade Don Carlos, ce
n'est plus rien. Si j'ai tort, tant pis ; je ne regrette
Schiller aucunement. Je me passerai de Herder ; en
vérité, je m'en passais déjà !... Sur la maison de ce philosophe, on a posé une plaque où je n'irai pas lire :
« Ici vécut, travailla, mourut Herder. » Paisible exis-

tence ; mais le bonhomme avait un caractère détestable
et ne dérageait pas. Jacque Vontade, qui trace de lui un
très amusant portrait, assure (et Gœthe l'a dit aussi)
que cette mauvaise humeur venait à Herder de ses
yeux : une perpétuelle ophtalmie, et des opérations, et
des souffrances. Il refusait de l'avouer et se vengeait sur
son prochain de sa douleur. Il taquinait tout le monde ;
il taquinait Gœthe, lui empruntait de l'argent et, au
moment de payer sa dette, raillait le prêteur, lui donnait des surnoms ridicules. Gœthe n'admettait point ces
plaisanteries. Ah ! qu'ils se chamaillent entre eux !...

Mais enfin, voilà les grands hommes de la pensée
allemande, réunis et commémorés à Weimar. Ne les
disputons pas à l'Allemagne. Elle est fière d'eux ; et
nous n'avons pas besoin d'eux.

Au surplus, si l'on y songe, la fierté de l'Allemagne,
touchant ses Gœthe, Schiller et Herder, est honorable.
Notons pourtant que ces grands hommes ne semblent
pas avoir exercé une influence profonde sur la nation
qui les glorifie et qui transforme leurs « maisons sacrées » en musées. On me dira que je badine et que ce
n'est point à la guerre et dans une invasion de soldats
que se manifeste l'énergie mentale de deux poètes et
d'un philosophe. Pourquoi ? Les poètes et les philosophes ont un rôle magnifique, dans l'histoire : ils ne
sont pas uniquement des inventeurs de rythmes et de
systèmes ; ils ont à civiliser les nations. Eh bien ! nous
ne voyons pas du tout que ses Gœthe, Schiller et Herder aient civilisé l'Allemagne : nous ne voyons pas
qu'on ait civilisé les masses allemandes. Or, il faudrait
avoir la vue encore plus défectueuse que ne l'eut jamais Herder pour ne distinguer point, dans cette
guerre, dans la vaillance délibérée de nos troupes et
dans la très lucide volonté de nos chefs, le clair génie
de la France, tel qu'ont puissamment contribué à le
former nos Corneille et nos Descartes. Ne devons-nous
pas, en quelque mesure, à nos poètes et à nos philosophes cette discipline du cœur et de l'esprit, cette lo-

**

16

gique de l'effort qui nous sauve et qui nous sauvera?
Certes, oui! Je vois en plein, dans cette guerre, du Corneille et du Descartes; je n'y aperçois ni du Gœthe, ni
du Schiller, ni du Herder.

Du Nietzsche? Sans nul doute.

Continuant la visite des « maisons sacrées », Jacque
Vontade a pénétré dans la demeure « fleurie, aimable,
gaie et si tragique » où Frédéric Nietzsche « acheva
son mauvais rêve et, doucement, s'endormit ». Celui-
là, je ne dis pas qu'on ne sente pas son influence vive
sur l'Allemagne qui s'est montrée à nous; celui-là, sinon l'inventeur, au moins le plus célèbre bénéficiaire
du surhomme philosophique et pratique; celui-là, le
théoricien de la mégalomanie! Nous avons eu des
nietzschéens, à Paris, et des nietzschéennes, les uns et
les autres fort empressés à vivre leur vie, les uns des
apaches et, les autres, de petites femmes dénuées de
patience. La doctrine plut, un peu de temps, par les
commodités qu'elle fournissait à des instincts ou à des
velléités souvent ignobles. Du reste, ces divers nietzschéens et nietzschéennes abusaient de leur maître. Un
philosophe n'est pas responsable précisément de tous
ses disciples. Néanmoins, la valeur d'une éthique se
révèle aux fruits qu'elle porte : et les fruits du nietzschéisme sont malsains. Et Nietzsche mourut fou. Cette
folie, ce n'est point un accident qui soit tardivement
arrivé à l'auteur de *Zarathoustra* : cette folie entache
tout le nietzschéisme; et qu'est-ce que le nietzschéisme,
sinon l'exaltation poétique d'une démence? Les Flagellants et autres sectaires qui jadis, partis de Cologne, pro-
pagèrent au Nord et à l'Ouest leur frénésie, l'avaient
tirée des livres d'un métaphysicien, maître Eckart. La
frénésie des Flagellants n'est pas imputable à ce pen-
seur ingénieux. Mais l'absurdité nietzschéenne réside
premièrement dans le nietzschéisme.

Jacque Vontade fut admise à feuilleter les volumes
que Nietzsche avait autour de lui quand il mourut.
« Parmi les livres français, il s'en trouve de Jules Le-

maitre; ils ont été lus et relus et sont surchargés de coups de crayon, geste d'assentiment... » Je n'en sais rien... « geste d'assentiment qui dit si bien le plaisir des fraternités spirituelles. Et j'ai joui avec orgueil de savoir, comme s'il me le disait, que Nietzsche admirait l'esprit de France dans le plus subtil des esprits français et qu'il en avait aimé et senti la grâce, la souplesse, le tranchant vif et la pointe pénétrante et forte... » Eh! je ne sais pas si, parmi les livres que Jules Lemaître gardait à portée de sa main, l'on trouverait du Nietzsche; si l'on en trouvait, je ne sais pas si les feuillets seraient coupés jusqu'aux dernières pages; si l'on y trouvait, aux marges, des coups de crayon, je suis sûr qu'ils ne marqueraient pas l'assentiment. Et enfin, la fraternité spirituelle d'un Jules Lemaître et de Nietzsche, je la nie. Il n'est pas de fraternité spirituelle entre « le plus subtil esprit français », — le plus sincère et le plus réfléchi, le plus naturellement délicieux, — et ce Surboche, si j'ose m'exprimer ainsi. Non! et la toquade nietzschéenne, avec ses beaux dehors de poésie, put un instant séduire ou amuser nos idéologues : elle n'a point touché les âmes françaises. Il y a, entre ce pédantisme lyrique et nous, une antipathie essentielle.

Mais, entre le nietzschéisme et l'âme allemande, l'âme de l'Allemagne nouvelle, n'y a-il point un accord profond? Jacque Vontade ne pose pas ce problème. Cependant, lisons le chapitre où Jacque Vontade raconte ses promenades berlinoises. Elle suit, au Thiergarten, cette Allée de la Victoire où l'Empereur a fait dresser les monuments de trente-deux héros qu'il a « découverts dans sa famille » : tous jolis garçons et qui, par leur attitude, prouvent que très anciennement les Hohenzollern devinaient l'avenir, leur royauté prussienne, l'hégémonie de la Prusse en Allemagne et, quoi encore? l'universelle hégémonie de l'Allemagne. Dans l'Allée de la Victoire, chemine un loqueteux. « Il a une cravate tordue et dénouée, un col déboutonné, une figure d'un jaune vilain, où les yeux chavirent. Il s'approche d'un groupe, salue profondément. Personne ne lui répond. Il va plus loin, salue encore, puis s'arrête et, d'une voix âpre qui parfois se casse péniblement, il prononce un discours, frappe sa poitrine à grands coups de poing. Il s'interrompt, rit aux éclats, prend un air insulté, se remet en marche... » C'est un fou : on ne le regarde seulement pas. Après cela, Jacque Vontade va au jardin zoologique. En revenant, elle monte dans le tramway. Un jeune homme bientôt la suit; et « il tombe sur la banquette, comme en défaillance ». Il ne s'évanouit pas. Il a des mouvements convulsifs. « Il murmure tout bas des paroles rapides... Il agite les pieds et les mains comme un enfant nerveux. Ses cheveux secs ressemblent à ceux qu'on retrouve dans les tombes. Ses yeux, qui luisent d'une manière insupportable, deviennent fixes. Il semble écarter quelque chose de son front, regarde dans sa main, s'étonne de n'y rien voir. Soudain, il se lève, bouscule les gens, saute du tramway, s'éloigne, faisant des signes, appelant quelqu'un. Mais il n'y a personne; la rue est vide. Encore un fou!... » On ne le regarde pas plus que l'autre. Jacque Vontade se demande si peut-être il n'y a pas, en Allemagne, tant de fous qu'on renonce à les enfermer et que même on ne les remarque plus. Elle écarte cette pensée, très poliment, et s'efforce de croire que, par hasard, elle a rencontré les deux seuls fous de Berlin. Puis, le même jour, dans une foule du dimanche, elle dénombre une quantité de laideurs, dos arrondis par la tuberculose, épaules déjetées, colonnes vertébrales déviées, des coxalgies, des visages malsains, — « pauvres visages où s'inscrivent les grandes tares nerveuses des ascendants, les signes de l'hérédité épileptique » : un « effarant cauchemar ». Ces promeneurs dominicaux n'ont pas l'air innocent, mais « un air de hâte et d'avidité ». Ils donnent l'idée de gens résolus à jouir sans attendre, à s'amuser constamment, violemment, à faire de l'effet, de gens enfin qu'une force irrésistible débride et pousse

à toute vitesse vers les extrémités du plaisir, de la
vanité, et vers l'argent... Je le répète, que Jacque Vontade a écrit ces pages avant la guerre et formulé ce
diagnostic avant la terrible manifestation de pareils
symptômes, décuplés par la fureur militaire. Alors,
Jacque Vontade, un peu inquiète de ce qu'elle avait
cru entrevoir, écartait le soupçon qui la hantait. Non,
non, se disait-elle, je me trompe : les Berlinois sont des
gens graves, sages et bien portants, moraux, tranquilles
et avisés ; « si j'ai, en un temps très court, aperçu ces
deux fous, ce nombre d'épileptiques, toutes ces personnes impossibles à identifier et dont l'expression,
alternativement morne et surexcitée, avouait d'obscurs
et forts appétits, c'est par hasard, un de ces hasards
dépourvus de sens, mais qui jettent l'esprit dans une
grande confusion... » Jacque Vontade n'osait pas conclure
à la folie de l'Allemagne, à la mégalomanie concupis-
cente de l'Allemagne. Et, moi non plus, je n'ose pas. Mais
enfin, cette mauvaise santé mentale de l'Allemagne, ne
l'avons-nous pas vue ? Leur Guillaume II, c'est bien un
surhomme, il me semble. Il n'a ni scrupules ni préjugés :
il a de l'éloquence et, en paroles, de grandes facilités
triomphales. Cette guerre qu'il a voulue était de qualité
nietzschéenne, par son absurdité dangereuse ; le plan de
la campagne fut la plus étonnante preuve d'un orgueil
morbide. Or, ce mégalomane, tout son empire le suivait :
tout son empire, atteint de mégalomanie. En fait de
nietzschéisme populaire, quoi de mieux et de plus patent
que les atrocités commises en Belgique et dans le nord
de la France, par les hordes germaines, affamées et
assoiffées et tout échauffées de luxure ? Il m'importe
assez peu de savoir si l'auteur de *Zarathoustra* eût ap-
prouvé les crimes de ces barbares. Jamais une philosophie ne se propage dans les multitudes sans s'y avilir ;
et, condamnée peut-être par Nietzsche, la ruée d'outre-
Rhin fut pourtant une aventure nietzschéenne.

Oui, leur philosophe et leur poète, c'est Nietzsche le
fou.

Jadis, il y eut en Europe une espèce d'amitié sentimentale pour ces bons Allemands d'une bonne Allemagne, très simple et vertueuse, aimable et patriarcale,
douce gardienne des mœurs d'un autre âge. Cette Allemagne emmitouflée de bonhomie a-t-elle disparu? Probablement. Ou bien, a-t-elle existé ailleurs que dans la
molle imagination de ses panégyristes? En reste-t-il au
moins des traces? Oui; et Jacque Vontade les a retrou-
vées. « L'Allemagne ancienne (dit Jacque Vontade)
aimait les petites constructions. A part les églises, ses
édifices publics étaient ordinairement de moyenne
grandeur. Dans tout ce qui reste d'elle, on aperçoit
l'attachement aux coutumes locales, le sens de la petite
patrie, l'amour jaloux de la ville, un puissant esprit
régional. Les chambres étroites, les plafonds bas de ses
vieilles maisons convenaient aux existences closes, discrètes, contenues par les devoirs modestes, ornées de
sentiments recueillis et graves. Là dedans, on craignait
Dieu et le père de famille; on ne connaissait guère
l'ambition, le besoin de nouveauté, le souci de ce qui
se passe au loin. On recommençait ce que d'autres
avant vous avaient fait; les âmes se resserraient autour
de quelques certitudes, réchauffantes comme le poêle
autour duquel l'hiver tous se pressaient. Jusque dans
les palais que, pour imiter Versailles, les princes allemands construisirent ou décorèrent au dix-huitième
siècle, jusqu'en ces demeures, charmantes toutes, et
quelquefois d'une délicieuse élégance, ce n'est pas la
magnificence qui frappe, mais je ne sais quelle gentillesse familière... Lorsqu'on erre dans ces chambres
peintes, sculptées, dorées, où noircissent les miroirs
qui reflétaient leur joie, un peu d'attention suffit pour
atteindre, à travers ce luxe emprunté, la véritable âme
allemande, éprise d'amusements simples, d'intimité
libre; pensive et gaie, apte mieux qu'aucune autre à
sentir et à dégager la poésie des humbles choses... »
Jolie page, et d'un charmant coloris! Mais, la « véritable âme allemande », nous l'avons vue : ce n'est pas

cela. L'âme « d'autrefois », ajoute Jacque Vontade. —
Ainsi la véritable âme allemande, c'est une âme d'autrefois. Et l'âme d'aujourd'hui?...

L'âme ancienne de l'Allemagne, Jacque Vontade l'a
rencontrée dans les petites rues de Cologne. Puis, elle
l'a rencontrée encore dans la vieille ville d'Erfurt. Il y
a là, près de l'église, une place qui ressemble à une
estampe du temps passé... « Elle parle de choses familières, douces, et mêle à votre âme une bonne petite
âme, enfantine par moments, à d'autres vieillotte. Et
l'on voit les grandes neiges gaies, avec leurs jeux, la
course par les rues noires, la lanterne balancée au
bout du bras, l'arbre de Noël piqué de petites bougies;
on entend le craquement sec et amical des noix, le cantique chanté en chœur. On se souvient de la famille
rassemblée autour du poêle; un père un peu redoutable,
une grand'mère bénévole. Et puis, ce sont, au printemps, les longues promenades des longues fiançailles.
On marche sans parler, se tenant à la taille et pen-
sant à des fleurs, à la lune qui se lève, à rien, avec un
bonheur délicieux et patient. Sur la belle place, toute
l'ancienne vie allemande ressuscite et circule avec vous,
gaie et recueillie, économe, prudente, pénétrée d'un
goût du devoir qui parait de grave beauté les moindres
actes. La vie du temps où, en Allemagne, on savait, et
mieux qu'ailleurs, que l'homme ne vit pas seulement
de pain. » Ce temps est aboli, sans doute?...

Quand Jacque Vontade peint de ces couleurs discrètes
le paysage de la vie allemande, elle ne manque pas de
noter que voilà des souvenirs et, si l'on veut, l'évoca-
tion d'une époque périmée. Puis, auprès de ces grâces
si précieuses dans le demi-jour de l'imagination très
complaisante, elle signale avec une impitoyable justesse les réalités d'aujourd'hui. Dur contraste! C'est, à
Cologne, dès l'arrivée, le pont formidable qui enjambe
le Rhin; à l'entrée du pont, les deux empereurs, droits
sur leurs chevaux, gardent le fleuve. Pont gigantesque,
pont colossal! Et c'est, dans les moindres villes alle-

mandes, jusque dans celles où l'on retrouve le mieux
les bribes du passé, partout du colossal, des ponts imi-
tés de Cologne et, d'habitude, trop immenses pour la
rivière qu'ils traversent, des monuments démesurés,
des bureaux de poste qui vous ont des airs de cathédrales,
des Bismarcks gros comme des montagnes. Lorsqu'il
s'agit de peindre l'ancienne vie allemande, les mots se
font petits, modestes et intimes : la nouvelle vie allemande, colossaux.

Jacque Vontade préfère, en Allemagne, l'âme d'autrefois à l'âme d'aujourd'hui. Et, l'âme d'autrefois, elle l'appelle aussi la véritable âme allemande. Pourquoi véritable, l'ancienne, celle que nous serions tentés d'aimer,
et non celle d'aujourd'hui, celle que nous haïssons ?
Reprocherons-nous à Jacque Vontade, ici, trop de bienveillance ? Peut-être ; mais non sans indiquer une fois
de plus que son livre est de quelques semaines antérieur à nos plus récentes rancunes comme à nos infor-
mations les plus poignantes. Et s'est-elle trompée ? Je
l'ignore. Admettons sans chicane qu'autrefois l'âme allemande ait mérité cette benoîte sympathie que Jacque
Vontade ne fut pas seule à lui accorder. Mais alors,
quelle maladie a donc pris cette âme allemande et l'a
toute dénaturée ? Ainsi formulée, la question sera vite
résolue, à la lumière des événements : cette maladie,
c'est la crise de nietzschéisme que je disais ; nietzschéisme
ou mégalomanie, folie.

Je m'en rapporte au livre de Jacque Vontade : tous
les signes de cette folie, en Allemagne, sont d'hier et
d'aujourd'hui. La maladie ne date pas de loin. Ce sont
les monuments les plus neufs qui ont ces dimensions
colossales ; c'est la nouvelle vie allemande qui révèle
une frénésie détestable, et non la sagesse d'un Gœthe,
mais la démence d'un Nietzsche.

Les résultats, Jacque Vontade, si peu disposée à dénigrer l'Allemagne, ne les dissimule point. Que de laideur accumulée en un petit nombre d'années ! Toutes
les villes allemandes, un art abominable les entache

de luxe dérisoire et de monstruosité rutilante, un art
de nègres vaniteux et tourmentés de pédantisme. La
merveille du genre, c'est, auprès de Ratisbonne, la
Walhalla òu temple de l'honneur. Ce monument,
déclare Bædeker, « produit un effet surprenant, quelque idée qu'on s'en soit faite d'avance ». La Walhalla :
un temple grec. Une espèce de temple grec, une
manière de Parthénon : car il fallait annexer Phidias.
Un Parthénon « pareil à du carton ». Là dedans,
Freya, Thor et Odin ; là dedans, la grosse tête mécontente de Bismarck ; et des Walkyries que le sculpteur
Schwanthaler a pourvues de nez grecs. Et cette
Walhalla est comique : une forte cocasserie, involontaire et si prétentieuse ! Ailleurs et partout en Allemagne, une extraordinaire profusion décorative. Tout
cela en toc, en « substance agglomérée », ciments gris
et mornes : « A Berlin, dit Jacque Vontade, on a volontiers confiance en l'éternelle cohésion des choses agglo-
mérées » ; ciments et confédérations, ô Berlinois, se
détraquent et ne valent ni la pierre vive, ni les authentiques nations !...

L'art allemand, veut-on le voir dans les musées ? Il
n'est pas de ville allemande qui ne possède son musée.
Un riche musée, et qu'on a bâti, qu'on meuble prestement. Toutes les grandes écoles de peinture et de
sculpture y sont représentées. Les noms illustres y
foisonnent, depuis les rares primitifs jusqu'aux plus
extravagants cubistes. Les primitifs, on les tient des
ancêtres, car l'ancienne Allemagne a eu ses maîtres
admirables. Les cubistes, on les achète à peu de frais :
et l'on s'attend que ça devienne une affaire d'or ; sait-
on jamais ? Ce qui manquerait à la collection pour
qu'elle fût complète et instructive, les Italiens de la
Renaissance, les Hollandais, Flamands et Français de
la plus belle époque, eh bien ! l'on s'en procure des
échantillons en moins de temps et à meilleur compte
que chez nous. On a des faux : et voilà tout. Les faux
abondent, dans les plus glorieuses galeries allemandes.

Qu'importe? Les tableaux sont frelatés; mais, au moins, les étiquettes sont flatteuses : Carpaccio, Titien... Le Carpaccio et le Titien, le même artiste les a perpétrés : quel habile garçon! Et on le décorerait plutôt que de le blâmer. Berlin, capitale de l'Empire, se devait d'avoir un musée sans lacunes; les énergiques et rapides Berlinois ont fait leurs commandes. Et quelle joie, le jour que M. Bode, savant directeur de ce musée, acheta une tête de cire qu'il attribua, sans délai, à Léonard de Vinci! A Léonard de Vinci, pourquoi? D'abord la tête souriait; et chacun sait que les têtes souriantes sont de Léonard de Vinci. En outre, et principalement, ne convenait-il pas à la gloire de l'Empire que le musée de Berlin possédât une œuvre de Léonard de Vinci sculpteur, trésor unique?... M. Bode avait payé sa fameuse tête de cire cent mille francs. C'est pour rien! Mais il se trouva que « le chef-d'œuvre du quinzième siècle était bourré de journaux anglais auxquels la majeure partie du public ne voulut pas admettre que Léonard fût abonné. » Fâcheuse aventure? Pas du tout! On se garda bien de jeter au ruisseau ou même de loger au grenier cette cire malencontreuse. On la laissa en belle place, au milieu d'une salle qui est au milieu du musée. On ne toucha point à l'étiquette : *Léonard de Vinci, buste de femme en cire colorée.* « M. Bode est fier; tout le monde est content. Et voilà la grande manière!... » Quand on sut à n'en pas douter que le savant M. Bode avait été la dupe d'un malin, personne ne se fâcha. L'on détesta seulement les critiques indisciplinés qui, surtout à l'étranger, divulguaient la fraude : des envieux! On les méprisa, on refusa de les entendre; et l'on se félicita d'une aubaine excellente. Il paraît que l'Empereur, informé, ne sourcilla point; il déclara : « C'est une erreur qui coûte cent mille francs. Qu'importe? M. Bode nous a enseigné tant de choses, et qui valent plus de cent mille francs. » Jacque Vontade trouve ce mot « noble et charmant ». Jacque Vontade, à ce propos, ne craint pas de comparer

Guillaume II et Louis XIV, qui, recevant Villeroi après la défaite de Ramillies, l'embrassa et s'occupa de le consoler affectueusement. Jacque Vontade écrit enfin : « Guillaume II a montré en plus d'une occasion qu'il avait cette sorte d'élégance au degré suprême... » Mais, depuis lors, Guillaume II a montré, en plus d'une occasion, que le faux n'était pas pour lui déplaire et qu'il n'avait aucune horreur du mensonge. Soyons sûrs qu'avec son digne peuple berlinois il se félicita de posséder, dans son musée impérial, un buste en cire, même bourré de journaux anglais, un buste en cire de Léonard et qu'il estima M. Bode, oui, comme le plus grand acheteur d'objets d'art de la plus grande Allemagne.

Ce goût du frelaté n'est-il pas un symptôme? Et, ne fût-ce que dans ces colossaux musées d'Allemagne, ne reconnaissons-nous pas le véritable caractère du nouveau peuple allemand? Ce peuple est un parvenu. La fureur avec laquelle il a voulu montrer son opulence, dépenser de l'argent et montrer qu'il le dépensait, le zèle maladroit avec lequel il s'est hâté de construire, de déployer son faste et de multiplier autour de lui le clinquant, tout cela, autant de signes de la dépravation spirituelle que produit, chez les vaniteux, un trop soudain enrichissement. Et nous avons, nous, notre Bourgeois gentilhomme : risible personnage, mais anodin, de qui l'on se moque, mais qui n'excite pas l'horreur ou le dégoût. L'enrichissement germanique s'est exalté d'une autre sorte, avec une insolence détestable et avec une immonde brutalité. Ce parvenu libidineux et féroce est nietzschéen.

L'ancienne Allemagne qui obtint les indulgentes et les tendres sympathies de l'Europe, la petite Allemagne pieuse et casanière, on se la rappelle encore : elle n'est pas anéantie depuis longtemps. La promptitude de la transformation donne la clef de cet immense et prodigieux phénomène. Ce peuple avait grandi trop vite, et plus vite que ne le permettent les ressources de la nature humaine, les lois d'une croissance normale et saine. Ce peuple n'avait pas eu son adolescence lente et, à l'âge des modifications physiques et morales, il a pris des vices, contracté des manies et attrapé des tares irrémédiables. Ou bien, pour emprunter un mot de M. Paul Bourget, ce peuple n'a pas suivi, dans son développement, toutes ses étapes, l'une après l'autre. La vérité psychologique, si importante, que le roman de *l'Étape* a formulée ne s'applique pas seulement à l'histoire des individus et des familles, mais aux collectivités plus vastes, et aux nations. Les nations, de même que les individus, ont leur âme, leur corps, leur tempérament; et il leur faut une hygiène, comme une éthique; elles ont leurs maladies, au cours desquelles se manifeste la qualité authentique de leur nature, excellente ou abjecte, leurs maladies graves ou non, quelquefois mortelles. Si l'Allemagne meurt de nietzschéisme révoltant, qui donc y aura-t-il pour la regretter? On la traitera selon ses maximes : son Nietzsche blâme la pitié.

1ᵉʳ novembre 1914.

XV

En 1905, au moment où la Belgique célébrait le soixante-quinzième anniversaire de son indépendance, M. Eugène Gilbert publiait, sous ce titre, *France et Belgique*, une première série d'études littéraires; sous le même titre, une deuxième série parut cette année, peu de semaines avant que ne commençât le martyre de la Belgique et, disons avec une confiance obstinée, peu de mois avant sa renaissance. Les hasards qui ont associé à de grands épisodes d'histoire les deux volumes de cet écrivain soulignent la véritable signification de son œuvre et, à cette œuvre, confèrent une dignité qu'elle mérite; elle est un important témoignage et d'une opportunité, non voulue, d'autant plus saisissante.

M. Gilbert est un critique très avisé, très simple, très juste et qui a cette qualité la meilleure : il aime à aimer. Il lit avec complaisance et admire avec générosité. D'ailleurs, cette indulgence naturelle ne l'induit pas en erreur. Il a du goût; même, il a des principes : catholique, il ne perd nulle occasion d'affirmer ses préférences réfléchies. Son impartialité n'en est aucunement gênée. Au surplus, on a tort si l'on exige d'un critique (ou d'un historien) cette impartialité, cette nudité d'esprit, cette fausse innocence qui ne serait que niaiserie. « Je ne serai impartial que long-temps après ma mort », disait un humoriste; et il se résignait à juger contradictoires l'indifférence et la vie. Le plus honnête critique avoue ses prédilections ; vous êtes avertis : désormais, de quoi vous plaindriez-vous ? Le critique le plus intelligent veille à entendre et à ne point mésestimer ce qu'il n'approuve pas ; et mieux il est sûr de sa doctrine, sûr aussi de sa fidélité à ses idées, moins il tatillonnera autour d'elles. Qui tient une fois ses principales certitudes est plus libre que personne, a plus d'aisance et a une aimable franchise. Tel nous apparaît M. Gilbert, si heureux à la lecture de livres variés, content si le livre lui célèbre ses croyances, et encore très satisfait si l'auteur, un mécréant, rachète par quelque talent sa folie. Les poètes spiritualistes l'enchantent ; mais il ne méconnaît pas la verve de M. Albert Giraud qu'il intitule cependant « poète du paganisme en Belgique ». Enthousiasme et bonhomie, voilà en deux mots sa manière, extrêmement agréable. Notons que, très attentif à la pensée des écrivains, il ne néglige pas d'apprécier l'art et le style. Parfois, il gronde le prosateur qui s'est dépêché. Je le voudrais plus sévère pour un assez grand nombre de néologismes qu'emploient sans discernement, à mon avis, la plupart des romanciers belges ; et lui-même ne semble pas détester cette façon d'écrire, assez amusante et prime-sautière, mais dangereuse : ce n'est rien, ou presque rien.

France et Belgique : M. Gilbert étudia pareillement des littérateurs français et des littérateurs belges ; le roman social et philosophique en France, le roman social et philosophique en Belgique ; le roman provincial français, et le belge ; l'humour français et l'humour en Brabant ; les romanciers de la tradition française et le roman régionaliste en Belgique ; les poètes chrétiens, dans les deux pays ; les essayistes belges et les essayistes français. Il n'établit pas, entre les uns et les autres, un parallèle et il n'aboutit pas à vanter ceux-ci par-dessus ceux-là. D'origine française et d'habitude belge, il s'est plu, dit-il, à « confondre, dans son ouvrage, l'activité littéraire des deux nations ». Il a montré, par ce rapprochement, la fraternité morale et intellectuelle de la France et de la Belgique : belle fraternité, que les événements ont embellie.

Allons plus loin, la littérature belge dérive de la littérature française. Ce n'est pas la diminuer, que de signaler cette dépendance première. En d'autres termes, la Belgique a présentement une littérature qui provient d'une littérature française plus ancienne, au même titre que notre littérature contemporaine. Dans la préface qu'il donnait, il y a neuf ans, à la première série de *France et Belgique*, M. Bourget mentionnait comme évidente et profonde l'influence qu'a exercée notre Balzac sur les romanciers belges : « Ce génie prodigieux, notre Shakspeare, est réellement l'arbre légendaire dont parlait le poète, si vaste qu'un cheval au galop mettrait *cent ans à sortir de son ombre...* » Romanciers belges et romanciers français procèdent de Balzac. En outre, on ne voit pas — et M. Gilbert ne dit pas — qu'un autre Balzac soit né en Belgique, ait marqué prodigieusement sa suprématie et gouverne, chez nos voisins, l'art de l'époque. M. Gilbert ne cite pas un nom qui rayonne universellement et il ne désigne pas une œuvre qui porte le sceau du génie.

Ce qu'il nous présente n'est pas moins digne d'admiration : toute une littérature, ample et diverse, très féconde, vouée à l'amour d'un pays. Il l'appelle « régionaliste » ; oui, et magnifiquement, et minutieusement : pleine de réalité locale, embaumée des odeurs qui montent de la terre. Le « virus des Schopenhauer et des Nietzsche » ne l'a pas atteinte, ni la sociologie scandinave, ni le lyrisme italien, ni généralement la mode étrangère. Elle est bien de chez elle et s'y enferme plus volontiers qu'elle ne court le monde. Elle est un peu casanière et ignore la plupart des toquades ou perversions qui ont, plus d'une fois, touché nos écrivains. Elle a une bonne santé. Elle a une sagesse qui consiste à ne pas croire qu'un petit domaine soit pauvre. Elle laboure son domaine ; et, plus elle le laboure, plus elle y trouve de richesse. Elle ne s'éparpille pas; elle connaît bien ses limites et elle se plaît à s'y confiner. Elle sait qu'il est vain de chercher au delà de son horizon le paysage où l'on aura ses familiarités, ses amitiés.

Voici M. Georges Virrès. Il a écrit *Bonnes gens dans leur petite ville*. Et c'est Tiest, leur petite ville. Peu d'animation, dans la petite ville et aussi dans le roman. Le bruit des voix, le pas des hommes, à Tiest, on les entend lorsque les tâcherons reviennent de l'ouvrage et passent par la place du Tilleul. Autour de ce tilleul, des enfants jouent quelquefois; et, pour troubler le silence de toute la journée, il n'y a qu'eux. Le matin, la clochette du béguinage. M. Georges Virrès analyse comme cela le silence et les relâches du silence, jeux analogues à ceux de l'ombre et de la pénombre. Aux alentours du béguinage, c'est plus tranquille encore : « Ici, maisons et maisonnettes n'étaient pas peinturlurées d'ocre, de couleurs blanches ou rouges; et les vêtements, comme les pierres, avaient les teintes assourdies, presque pieuses du passé qui s'attachait à chaque pan de mur. Les demeures de rentier aux façades régulières, ayant remplacé les pittoresques logis flamands, prenaient dans l'air ambiant des aspects d'un charme désuet, d'une douce monotonie. La population ouvrière ne donnait pas dans les idées nouvelles... » Ces nuances, pour les démêler, il faut avoir observé longtemps la petite ville; et même, ce n'est pas l'observation la plus adroite qui vous les fait apercevoir : c'est une intimité constante qui vous les fait deviner. Ainsi pouvons-nous suivre sur un cher visage le passage à peine visible d'un émoi.

M. Virrès est le peintre du Limbourg, contrée farouche et à laquelle sa misère donne « une sorte de majesté ». Des sapinières sombres, des étendues crayeuses; de distance en distance, des villages aux toits rouges; les chaumières ne sont pas appuyées les unes contre les autres, mais séparées et tristes dans leur isolement; des marais, des landes violacées de bruyères;

et des dunes. Les habitants peinent à la besogne : êtres
bizarres, qui ne révèlent guère leurs passions, et qu'on
dirait mornes, et que brûle une ardeur singulière,
« mystiques jusqu'à la superstition, emportés par
l'amour et la volupté de vivre jusqu'aux plus sanglantes
folies ». L'œuvre de M. Virrès, M. Gilbert l'appelle
« une bible du Limbourg », tant il y voit et il y sent,
vivante, réelle, l'âme de ce pays. Dans la *Terre passionnée,* un paysan, Paul Nisse, fuit avec sa bien-
aimée : triomphe de leur double enchantement! Puis,
à l'instant de quitter le village, Paul Nisse est pris de
désespoir. Et il crierait, car il souffre. Mais il se
maîtrise : Maria, sa bien-aimée, souffre également.
Tous deux cheminent, par la nuit claire qui projette
leurs ombres sur la route. Ils ne se tiennent pas l'un
auprès de l'autre; l'amoureux va devant. Maria gémit.
Paul se retourne, la regarde : elle sanglote. Elle dit :
« Je ne veux pas aller plus loin!... » Peu s'en faut que
la « terre inséparable » ne laisse pas s'éloigner ce couple
éperdu. Paul Nisse épousera sa bien-aimée. Sa bien-
aimée le trompera; et alors il voudra se sauver, n'être
plus au pays de sa honte et de ses larmes. Il ne pourra
pas partir. Il se réfugiera dans sa cabane et dormira sur
le sol; pour apaiser sa douleur, il aura l'éveil du printemps. Les personnages qu'a inventés M. Georges Virrès, en quelque aventure qu'il les emmène, sont domi-
nés par une forte passion, — « la plus enracinée des
passions flamandes », — l'amour de la terre natale,
fût-elle âpre, dure à leur travail, dénuée de grâces
séduisantes. « Singulier pays! Tes rustres semblent si
doux. Tes hommes et tes femmes se ploient au labeur,
à la vie misérable, d'un cœur résigné et confiant. Tes
gens sont pieux. Je les vois, le dimanche, après la
grand'messe, faire le chemin de croix, leurs visages
transfigurés par l'onction; et ils prient, les bras étendus, comme les saint Jean et les Vierges des calvaires.
Vienne le soir, viennent les heures où les cabarets fas-
cinent l'ombre de leurs yeux sanglants, et les instincts

*

17

réfractaires s'allument. Les blousiers sauvages dressent leur haine, guettent l'occasion favorable aux ressentiments, retroussent leurs manches et crachent insolemment... » Terribles gaillards, et dociles comme des enfants à la chanson de la campagne qui les a vus naître et qui fut leur nourrice.

Un peintre excellent de la Wallonie, de ses paysages et de ses mœurs, est l'auteur de *Mihien d'Avène* et de *la Petite reine blanche*, M. Maurice des Ombiaux. Du triste Limbourg, transportons-nous dans des sites plus gais. M. Maurice des Ombiaux nous invite à des bals champêtres, à des banquets, à des fêtes religieuses où ducasses... « Tout le long de la route, depuis les Quatre-Bras jusqu'à l'église, les échoppes qui s'étaient installées à la piquette du jour venaient de relever la bâche grise qui les fermait. Les marchandes achevaient d'arranger sur les établis volants recouverts d'une serviette blanche les caramels, les bâtons de sucre d'orge, les boules de gomme multicolore, les chiques de sirop durci, les bablutes, les babulaires, les couques de Dinant et de Reims, les pains d'épices de Gand et ceux de Verviers. A une corde qui allait de l'un à l'autre montant pendaient les saucisses de Boulogne : le sel dont elles étaient saturées traversait la membrane qui les recouvrait; on eût dit qu'elles avaient été roulées dans la poussière de la route... » Et, autour des boutiques, les enfants ont la « cense » à la main, pour acheter ce qu'ils auront choisi; les gamins « tirent à la chandelle pour gagner un mauvais cigare »; en sarrau bleu, les paysans font manœuvrer le tourniquet, pour l'aubaine d'une pipe ou d'une blague. Et les cloches à toute volée : « Derrière les auvents et les abat-sons, on les voit bondir dans la tour pour répandre dans la campagne et jusqu'aux hameaux lointains leur appel joyeux. » Le canon sur la colline rivalise avec les cloches. Tout le monde dehors; et les femmes, pauvres ou cossues, toutes « étrennent du neuf », qui la robe et qui le bonnet ou le caraco. De la maison communale, sort l'Harmonie, drapeau en tête, précédée du maître-jeune-homme et de ses adjoints. « Ils étaient coiffés d'un bonnet garni de dahlias; une touffe de rubans blancs et rouges était épinglée à leur blouse bleue. Ils entrèrent à grand fracas dans l'église. L'éclat des cuivres s'écrasait contre l'ogive des voûtes, retombait, se cognait contre les murs et rebondissait parmi les ronflements de l'orgue, cependant que les cloches là-haut ne cessaient d'appeler les fidèles... » Joli tableau, et où l'on reconnaît l'art des peintres flamands, l'art d'un Teniers. C'est la même façon méticuleuse de ne rien laisser perdre, dans le détail pittoresque et amusant, le même don d'attraper vite l'exacte vérité, la même patience à l'égard de quelque vulgarité, la même adresse à rehausser, par la justesse de la copie et par son élé gante habileté, la médiocrité banale d'un sujet.

Tout art est une poésie; et cela ne veut pas dire que l'artiste doive chercher son thème hors du spectacle quotidien. Mais alors, quelle poésie trouvera-t-il dans l'humble village où il demeure, sur la route où il se promène parmi les forains et les rustres endimanchés? Cette banale médiocrité, comment la relèvera-t-il? C'est toute la question du réalisme littéraire. Eh bien! le sentiment qu'on ajoute à l'authentique réalité l'ennoblit. Nos écrivains, en général, recourent à quelque ironie ingénieuse, moquerie indulgente et, souvent, satire assez rude. La haine que nourrissait Flaubert contre la bassesse des bourgeois anime, excite les pages qu'il a consacrées au récit de leur tran-tran. Le concours agricole, dans *Madame Bovary,* est le portrait d'une laideur, admirable portrait par la maîtrise du peintre en colère. Et un Zola, quand il accumule les ignominies de *la Terre,* aboutit à une espèce de beauté, par la fureur de son chagrin. Or, plus d'une fois, M. Gilbert, analysant l'œuvre des réalistes belges, les compare à l'auteur de *Bouvard et Pécuchet,* roman de la plus douloureuse raillerie.

Je ne prétends pas que les réalistes belges ne doivent

rien du tout à Flaubert : il a donné à la littérature des
directions impérieuses. Mais enfin, le réalisme de
M. des Ombiaux ne ressemble point à celui de Flaubert,
non, pas plus que M. Virrès, un pessimiste, n'est l'élève
de Zola. Ce qui, à mon avis, caractérise les réalistes
belges, ce n'est pas ce génie de la caricature auquel
nous devons Bouvard et Pécuchet, formidables bonshommes et les héros de la bêtise humaine : c'est, au
contraire, la bienveillance. M. des Ombiaux ne déteste
pas et même ne trouve pas ridicules ces magistrats mu-
nicipaux, si drôlement enrubannés et coiffés de dahlias ;
il a pour eux une cordiale sympathie. La fête sur la
route ne lui déplaît aucunement ; loin de la dénigrer,
il en apprécie la simplicité joyeuse.

Et voici un humoriste belge, M. Léopold Courouble :
un Jean Steen, dit M. Gilbert. Sous le titre de *la
Famille Kaekebroeck*, M. Courouble a réuni quatre
nouvelles qu'on ne peut lire, assure M. Gilbert, « sans
rire aux larmes » et qui sont des études de mœurs
bruxelloises. L'une des héroïnes, Mme Keuterings, on
la rencontre habituellement dans « le bas de la ville »,
corpulente, couverte de bijoux, chaînes, croix, boucles
d'oreilles. Un chapeau rutilant de jais, de perles et de
fleurs, chapeau « percé » qui, au sommet, livre passage
à l'édifice des cheveux. Un châle des Indes, très riche
et qui laisse voir la robe de soie gris d'acier, « couleur
de rollmops ». Elle marche à petits pas et ne va guère
vite, car elle est « courte d'haleine » et l'avoue sans
nul embarras. Mais elle rend visite à ses amies,
Mmes Van Poppel, Timmermans, Posenaer et Van
Steenkiste : autant de personnes très comiques, d'ailleurs honorables. Les négociants de la rue du Miroir et
de la rue des Harengs, les buveurs de lambic, les habi-
tués de la Grande-Harmonie : autant de bons diables
et qui ont le culte de leurs manies, de leurs plaisirs, de
leur respectabilité. C'est tout un monde, un petit monde
singulier, que M. Courouble fait mouvoir avec le plus
joyeux entrain, sans le ménager, sans lui épargner les

traits de sa verve abondante. Seulement, ce petit monde dérisoire, il l'aime. M. Demolder l'a noté : les Kaeke-broeck, Keuterings et Van Poppel, « il dépeint leur vie un peu ridicule avec une complaisance émue; son livre est cordial; il raconte les fêtes de famille de la rue du Rempart-des-Moines à la façon narquoise, bonhomme et tendre dont Jean Steen représentait à coups de pinceau les fêtes des Roys de son temps ». Les intrigues peu ravissantes qui mettent de l'agitation dans l'existence de ses plus ventripotents bourgeois, M. Courouble les raconte gentiment : il a soin de n'en être pas scandalisé; quelle intrépidité calme est la sienne! Il sourit : et l'on devient complice de sa man-suétude. Un vif langage ne l'effraye pas, ni une aven-ture audacieuse. Puis, dès que se présente l'occasion de colorier un gracieux tableau, modeste et intime, il est encore plus content. Par exemple, il va nous conduire au magasin des bonnes demoiselles Janssens, qui tien-nent une papeterie et qui vendent un peu de tout. Elles sont célèbres dans le quartier. Quand il manque, chez les Kaekebroeck ou les Keuterings, quelque chose, la première pensée est de dire : « On aurait peut-être ça chez les demoiselles Janssens... » Et on l'y trouve, en effet, presque toujours... « Lorsqu'on pénétrait dans leur boutique, on humait d'abord un parfum vraiment distingué de crayon Faber ; mais cette odeur, très furtive, disparaissait aussitôt pour laisser place à des remugles d'oignons cuits, de quinquet à pétrole et de chat. Il y faisait au surplus très sombre, à cause de ces images qui mettaient comme des stores à la vitrine et aveuglaient les carreaux de la porte d'entrée. Cette atmosphère écœurante et noire convenait aux deux vieilles filles qui la respiraient depuis quarante ans. Elle était devenue nécessaire à leurs bizarres pou-mons... » Économes, ces demoiselles n'éclairaient point au gaz leur magasin. Le soir, quand on avait poussé la porte et ainsi fait retentir une sonnette enra-gée, l'une des demoiselles, Prudence ou Félicie, arri-

vait sans trop tarder, avec une lampe carcel en porce-
laine blanche. Les grandes personnes tâchaient de ne
pas rester longtemps, à cause de l'odeur. Mais gamins
et fillettes n'en finissaient pas de choisir parmi la quantité des images d'Épinal... « La complaisance des demoiselles Janssens était inaltérable. Elles déposaient le
ballot sur le comptoir, dénouaient la ficelle, ouvraient
le papier de couverture; puis, sans se lasser jamais,
elles feuilletaient les images jusqu'à ce que les petits,
haussés sur les pointes, toujours hésitants, eussent fait
un choix définitif, ce qui était long. Elles savaient leurs
goûts et disaient parfois de leur voix molle et traînante :
— *Non, ça, vous n'aimez pas, n'est-ce pas?*... Ou bien :
— *Non, ça, vous avez déjà eu...* Elles leur étaient
bienveillantes. Les clients disparus, elles retournaient
bien vite se tapir dans la pièce de derrière qui leur ser-
vait de tout, s'occupaient au tricot, à quelque broderie
d'église, à moins qu'elles ne jouassent au bézigue sous
le ronronnement de Pouske, leur gros matou, perché
sur la table. Elles parlaient peu entre elles : c'était
inutile, elles avaient les mêmes pensées. » Et, après
cela, M. Courouble peut, sans inconvénient, plaisanter : longues et minces, toutes plates, sans nulle beauté,
le teint jaune, des yeux pâles de béguines, des cheveux
gris peignés en bandeaux, le nez fort, la bouche ren-
trée, l'une ayant le menton pourvu d'un bouton noir,
velu et pareil à une araignée, il aime les demoiselles
Janssens. Il a des souvenirs avec elles, souvenirs d'enfance et qui l'engageraient à pleurer, s'il ne divertissait
sa mélancolie au souci de parfaire ce dessin du passé.

Les Kaekebroeck et les Keuterings, même un peu gro-
tesques, ne le touchent pas beaucoup moins. Le sentiment qu'indique sa manière, le voici : le rire n'est pas
dérision, la moquerie n'est pas dédain. Familiarité
plutôt; et ancien usage de camaraderie. Entre l'auteur
et ses bonshommes, il y a une entente, une communauté de cœur; on devine que les bonshommes et l'auteur s'égaient ensemble et, ensemble, deviennent

graves, de temps à autre. M. Courouble, vers la fin d'un
de ses volumes, a écrit : « *La Famille Kaekebroeck*,
c'est l'histoire d'un coin de notre Ville chérie, une histoire en petites images crûment coloriées comme celles
d'Épinal. Regardons-les avec indulgence. Peut-être
témoigneront-elles un jour du passé ingénu, quand
Bruxelles, impitoyablement saccagé au profit de la banalité moderne, perdra le souvenir de ses douces
ruelles et ne saura plus même la place de son berceau. »
Que ces lignes sont émouvantes aujourd'hui! Elles
datent de quelque douze années. Et l'on y sent une
inquiétude, mêlée d'erreur et de vérité. Bruxelles impitoyablement saccagé... La pensée du lecteur s'arrête
sur ces mots. D'ailleurs, ce n'est pas la banalité moderne qui menaçait la « ville chérie » de M. Courouble.
S'il annonçait une menace, eh bien! il se trompait de
menace : en tout cas, il préservait contre l'ennemi —
l'ennemi, c'est toujours l'avenir, avec ses troubles provisions de périls, — ce qu'il aimait fidèlement, une vie
d'autrefois, le charme de cette vie, ses défauts adoucis
par la durée, enfin le trésor d'une habitude humaine.

On dirait que les romanciers et les conteurs belges se
sont partagé la tâche auguste de célébrer leur patrie.
Chacun d'eux a pris un coin de province, une ville, un
village. Et le partage ne s'est point fait au hasard ou
capricieusement : il me semble que chacun d'eux a pris
le coin de province, la ville ou le village de sa naissance
et de sa jeunesse, de telle sorte qu'il sût mieux ce qu'il
avait à dire, de telle sorte aussi que l'œuvre profitât de
l'accord véritable et de l'analogie qu'on remarque entre
le sol et les habitants d'un pays. Jadis, quand l'extrême
facilité des transports n'avait pas bouleversé ici-bas
toutes choses, les bâtisses étaient en harmonie de couleur et de forme avec le paysage. On employait, pour
la construction, les matériaux de l'endroit; on les prenait au flanc de la colline. Le plan même des édifices,
leurs dimensions, correspondaient aux ressources et à
l'imagination plus ou moins hardie, plus ou moins

généreuse de la localité. Je trouve une pareille qualité de mesure et de spontanéité naturelle aux récits de ces écrivains, les uns sombres, les autres clairs comme leurs régions d'âpres forêts ou de fertile campagne, les uns tristes comme le Limbourg, les autres enjoués comme leurs vallées au soleil, et quelques-uns plus agités, narquois et impertinents comme les faubourgs des grandes villes.

En Belgique, il y a deux races, la flamande et la wallonne, qui vivent côte à côte ; et chacune a son caractère, son tempérament, ses coutumes. M. Henri Davignon, a consacré plusieurs volumes à l'analyse des différences et des affinités qui opposent et qui rapprochent ces deux races, qui maintiennent l'originalité de chacune et qui permettent leur réunion. Simon Maquinay, de *Déracinée,* un Wallon des environs de Saint-Hubert, amène à un fermier de Desteldonck, en Flandre, une paire de chevaux. Arrivé là, il y demeure ; il entre comme aide-comptable chez un industriel des environs de Gand. Bientôt, il est pris de nostalgie, regrette ses Ardennes, souffre d'exil. Une jeune fille, la nièce du fermier de Desteldonck, Priska Soltendries, s'intéresse à lui gentiment et voudrait le consoler. Simon dit à Priska : « Mon pays est saturé d'un air inconnu au vôtre. Il y passe à la fois l'enivrement de la mer et la vigueur contenue dans les forêts profondes. On se sent près du ciel, si près que les clochers des villages déchirent de leur coq les nuages qui les frôlent. Autour de soi, partout, jusqu'au fond de l'horizon, les bois s'étendent ; ils sont roux maintenant, la feuille craque sur le sol, on entend galoper sous les hêtres les hardes des cerfs et des chevreuils... C'est le cœur de l'Ardenne, et c'est mon cœur aussi... » Et Priska : « Je voudrais connaître votre pays, Simon... » Provisoirement, Simon qui regrette ses forêts d'Ardenne, Priska le conduit au bois qui entoure le château de Desteldonck : un petit bois, des arbres réguliers, élancés, trop élégants ; il leur manque la jonchée des branches mortes. Ce n'est pas l'Ardenne,

sauvage, ample et superbe. Simon s'en ira, quittera
l'existence facile de la plaine pour le labeur de la montagne. Soudain, son âme « s'est imprégnée de tendresse
pour la Flandre rêveuse et paisible » ; et, la Flandre
qui l'émeut, c'est la petite Flamande Priska. Il demande
à Priska : « Vous vouliez connaître mon pays ; ne vou-
driez-vous pas y habiter? — Si vous le voulez, oui,
Simon », répond-elle. « Et tout l'obscur, indéfini, ins-
tinctif dévouement de sa race tient dans la réponse de
la Flamande... » Simon épouse Priska et l'emmène.
Là-bas, en Ardenne, c'est maintenant Priska qui va
souffrir. Dès le voyage, pour aller à Saint-Hubert, elle
frissonne du changement : la ligne de l'horizon s'élève
et enferme le paysage. L'air et la bruine la déconcertent; Simon, lui, hume l'air et la bruine. Il faut
l'amour rassurant de Simon pour empêcher Priska de
défaillir. Et puis, en Wallonie, on a des habitudes de
galanterie taquine et agaçante, qui tourmentent la
rêveuse et fidèle Priska. Une Babette Hurtebise,
coquette et luronne, s'occupe de Simon. Les gens
disent : « Babette a retrouvé son galant » ; et, un jour,
Priska n'a pas fait exprès de voir Simon baiser la bouche
de Babette. Priska se réfugie dans le silence et dans la
piété. Peu à peu, elle s'apaise; elle songe : « Babette
et Simon, des amis d'enfance; et voilà jeux de Wallonie... » Priska sort de l'église où elle a prié; elle rencontre son mari et lui sourit avec douceur. Cependant,
ces deux êtres sont séparés par un étrange malentendu,
qui vient des différences de leurs races; et le malentendu persiste jusqu'à un incident bizarre, brutal,
jusqu'à un dénouement qui a l'air d'un symbole. Ce
dénouement, lorsque M. Davignon l'a inventé, il ne
pouvait pas lui attribuer cette qualité de symbole que
nous y apercevons aujourd'hui... Un jour, Priska et
Simon, des parents et des amis sont allés voir les cerfs
s'ébattre dans la forêt. Priska ne s'attend à rien; mais
un fou concupiscent se jette sur elle et est sur le point
de la terrasser : Simon court et sauve Priska. Elle est

bientôt dans les bras de Simon, le sent très fort, très bon, sent plus encore que leur union les protège. C'est la sauvage agression de ce bandit luxurieux qui révèle aux deux races distinctes leur unité profonde et leur devoir de bonne entente.

Je ne veux pas prêter à ces écrivains belges un don de prophétie; je ne les présente pas comme les annonciateurs des événements extraordinaires et terribles que nous voyons et des lendemains que nous entrevoyons. Toujours est-il qu'à lire, dans les volumes de M. Gilbert, les résumés de leurs romans et de leurs nouvelles, nous sommes à chaque instant touchés d'une allusion plus ou moins nette et, quelquefois, étonnante d'à-propos et de vérité, qui s'éveille, apparaît et rayonne mystérieusement. Ce n'est pas sorcellerie; ou bien, toute la sorcellerie de ces conteurs provient de la science très pénétrante et intime qu'ils ont de leur pays et de l'âme de leur pays. La destinée n'est-elle pas écrite, en quelque façon, dans les derniers replis des âmes? Ils ont été jusqu'à l'âme de leur Belgique et ils y ont lu, je ne dis pas les hasards, au moins les volontés certaines.

Enfin, ne sera-t-on point surpris, — ému aussi, — de trouver dans le dernier recueil de M. Gilbert (et j'insiste sur ce fait que le volume est de plusieurs semaines antérieur à la présente guerre) tout un chapitre, et bien touchant, relatif à nos provinces de Lorraine et d'Alsace? L'occasion, pour le critique, ce fut une enquête menée au bord du Rhin par deux journalistes belges, M. Dumont-Wilden et M. Léon Souguenet. Leur étude, M. Gilbert l'a classée parmi les œuvres des écrivains régionalistes. C'est une indication déjà sur la question que posaient et qu'ont résolue MM. Dumont-Wilden et Souguenet : que devient, après de longues années de conquête, une région durement soumise à l'entreprise du vainqueur? A bicyclette, ils ont parcouru les villes et les villages des pays annexés, causant avec les gens qu'ils rencontraient, couchant à l'au-

berge, interrogeant les paysans, les bourgeois, les fonctionnaires, les hommes politiques, écoutant bien,
regardant avec soin; et ils ont travaillé « avec tout le
désir d'impartialité dont se croyaient capables deux
hommes vivant dans l'atmosphère fiévreuse et passionnée de ce temps ». Cette impartialité, ce n'était pas
de l'indifférence : « il faudrait avoir l'âme glacée pour
ne pas avoir envie de se ranger dans l'un ou l'autre
parti, quand on parcourt le théâtre d'une guerre séculaire ». Ils ont recueilli tous les témoignages, sans faus-
seté; et ils les ont tous interprétés avec bonne foi. Leur
enquête n'aurait eu, autrement, nul intérêt. Seulement,
ils examinaient le problème de la germanisation dans
nos provinces; et ils désiraient de pouvoir, en toute sincérité renseignée, répondre : non, ces provinces ne sont
pas germanisées, au bout de quarante-quatre ans. C'est
ce qu'ils répondent. Le livre que leur enquête leur a
donné porte ce titre : *la Victoire des vaincus*. Notre
victoire, à nous vaincus de 1870, ce fut, en attendant
mieux, l'âme française demeurée intacte, en Alsace et
en Lorraine. Or, demanderons-nous, qu'importe à ces
écrivains belges? ou, plutôt, que leur importait?...
Amitié pour nous, certes : remercions-les; et, tant est
forte leur joie d'annoncer la victoire des vaincus, on
dirait que le pressentiment des jours prochains les a
frôlés. Il y a, dans toute la littérature contemporaine,
en Belgique, des signes de l'avenir.

Mais alors, quoi! l'état-major allemand ne lit donc
pas? De ces frivolités, romans et nouvelles, non sans
doute!... Il avait partout, et en Belgique, un prodigieux
service d'espionnage : ses espions ne lisent donc pas?...
Eh bien! la littérature belge leur eût donné un avertissement profitable et qu'ils ont méconnu. Ils auraient
su, oui, par les livres des conteurs, faiseurs de fables
toutes pleines de vérité, que cette nation, si tendre-
ment attachée à ses paysages et à ses coutumes, si
jalouse de son originalité, si heureuse de son indépendance et pieusement fière de ses traditions jusqu'en

leur détail pittoresque ou simple, ne se laisserait pas envahir sans dresser contre l'insolent sa furieuse résistance ; et, au départ de la campagne qu'il organisait, l'état-major allemand n'aurait pas commis cette immense erreur de supposer, hypothèse riche en désastres, le renoncement et l'avilissement belges. C'est une grande et admirable dignité, pour les écrivains, d'être, en de telles conjonctures, et même si on a refusé de les entendre, les porte-parole d'un peuple.

1er décembre 1914.

XVI

VOLTAIRE EN PRUSSE

En 1758, vers l'automne, Voltaire demeurait aux Délices, bien agréablement. L'abbé Xavier Bettinelli alla le voir et le trouva dans son jardin, fort content de recevoir, disait-il, u: Italien, un jésuite, un Bettinelli : « C'est trop d'honneur pour ma cabane!... » Et il faisait gentiment le modeste; il affectait de n'être qu'un paysan, montrait son bâton, qui avait un hoyau à l'un des bouts et une serpette à l'autre : « C'est avec ces outils que je sème mon blé, comme ma salade, grains à grains; ma récolte est plus abondante que celle que je sème dans les livres pour le bien de l'humanité... » Il portait une grande houppelande qui l'emmitouflait jusqu'aux pieds et, sur la tête, un bonnet de velours noir qui descendait jusqu'aux yeux, laissant passer les bouts de la perruque, le nez et le menton pointus. Il souriait, vantait son bonheur, son beau lac Léman, les montagnes qui le garantissaient contre les vents du nord, se comparait à Catulle qui, auprès du lac de Garde, composait de belles élégies : « Moi, je fais ici de bonnes géorgiques. » Le jardinage, la culture des oignons et des tulipes, la surveillance des maçons, la discussion des baux et fermages, autant de plaisirs, sans compter l'orgueil de manger ses légumes, ses œufs, de boire son vin, de produire le chanvre et le lin de ses chemises, la soie de ses bas. Et la grosse Mme Denis était-là. Bettinelli avait vu cette rareté, un homme de génie fort satisfait.

Voltaire, à cette époque, est toute bonhomie, aménité, gracieuseté. Il possède deux biens qu'il a toujours considérés comme la condition de la félicité en ce monde et qu'il n'a point acquis sans peine : la fortune et la liberté. Il est riche. Il n'a rien négligé pour le devenir. Son précepte fut celui-ci : « être attentif à toutes les opérations que le ministère, toujours obéré et toujours inconstant, fait dans les finances de l'État; il y en a toujours quelqu'une dont un particulier peut profiter sans avoir obligation à personne. » Voire, il n'a méprisé ni les petites ni les grandes spéculations, ni les plus honnêtes ni les moins glorieuses; ses fonds, il les place dans le commerce et les banques à Leipzig, Amsterdam ou Cadix; il prête au maréchal de Richelieu, au duc de Wurtemberg, à l'Électeur palatin. Quant à sa liberté, il l'a installée très confortablement loin de Paris. A Genève, les calvinistes ont tenté de le taquiner, touchant les reproches qu'il adressait à Calvin pour avoir fait brûler Servet à petit feu sur des fagots verts. Lesdits sectateurs d'une religion mal commode, souhaitant de prouver que leur apôtre était un excellent homme, ont prié le conseil de Genève de leur communiquer les pièces du procès de Servet. Voltaire a prié le conseil de n'en rien faire et de ne point permettre que, dans Genève, on écrivît aucunement contre Voltaire. Ainsi procéda le conseil : et ce n'était pas la liberté des calvinistes que réclamait Voltaire, mais la sienne exactement. Divers ministres s'avisèrent cependant de compiler un pamphlet : « J'ai trouvé le moyen de faire saisir les exemplaires et de les supprimer par autorité du magistrat. » Ces gens ne recommenceront pas, sans doute. Et Voltaire s'en réjouit : quelle république, assure-t-il, celle dont on a, quand on veut, les chefs à dîner chez soi! Pour l'attrister, il y aurait, somme toute, l'Europe, « l'Allemagne inondée de sang, la France ruinée de fond en comble, nos armées, nos flottes battues, nos ministres renvoyés l'un après l'autre sans que nos affaires aillent mieux... » Il n'y pense pas beaucoup ; s'il y pense, c'est pour se féliciter d'avoir trouvé son abri pendant l'orage. Il se demande s'il n'a pas honte de son bonheur; tout compte fait, non : ce n'est pas sa faute, s'il a manqué de maladresse. Il est énormément égoïste et d'autant plus aimable qu'il a besoin qu'on lui pardonne sa chère tranquillité.

Voilà le temps où il se mit à écrire ses mémoires, si amusants, peu célèbres et qu'on ne lit guère, je ne sais trop pourquoi. Mais une édition nouvelle de ce petit volume vient de paraître, — ou bien avait paru dans les dernières semaines qu'on lisait volontiers, avant la guerre, — par les soins de M. René Descharmes : jolie édition, le texte sans fautes et qui plaît aux yeux, puis des notes, un commentaire précieux, élégant, le modèle de l'érudition à la française. J'insiste : louons M. Descharmes qui a eu le goût de ne pas alourdir une œuvre charmante et d'offrir au lecteur, sans la lui imposer, une aide opportune. Aucun pédantisme; et tous les renseignements de chronologie ou d'histoire qui nous manqueraient, on nous les donne. Ensuite, nous sommes curieux de savoir si Voltaire dit la vérité : les mémorialistes, habituellement, ne brillent pas par là, soit qu'ils cèdent à l'orgueil avantageux d'un Chateaubriand ou à l'orgueil cynique d'un Rousseau. M. Descharmes n'a rien laissé passer, de Voltaire, sans contrôle; eh bien ! Voltaire est de bonne foi. Il ne dit pas tout, évidemment; et, en cas de bisbille entre lui et le prochain, c'est le prochain qui a tort; et, les gens qu'il n'aime pas, il les déteste; et il ne cesse pas d'être malicieux, méchant, perfide, l'injustice même assez souvent; et il ne ménage pas les grands hommes, sauf un, lui; et, des autres grands hommes, ou de taille moyenne, il a tracé de terribles caricatures. Il aimait la vérité, mais sans fureur; il voulait qu'elle l'éclairât et ne l'illuminât point; il ne se privait pas d'elle et il l'arrangeait à sa guise : il en faisait quelque chose d'impitoyable et de divertissant.

Ses mémoires; ou, plutôt, le récit de quelques

années de sa vie. Un épisode : son aventure avec le roi
de Prusse Frédéric II. Et quelle aventure comique! Il
nous invite à être gais, touchant la Prusse : qui ne
saisira cette occasion? plus sérieusement, à connaître
les origines de la puissance et de la civilisation prus-
siennes : spectacle surprenant!

A Berlin, dans l'Allée de la Victoire, on voit les statues magnifiques et fort laides des fondateurs de la monarchie; et chacun d'eux vous a grand air, en marbre,
un geste souverain, la dignité la plus grave. Mais lui,
Voltaire, ce n'est pas cette déférence, si naturelle à un
sculpteur officiel, qui l'empêchera de nous montrer des
bonshommes tout autres, et autrement vivants, et authentiques. Son Frédéric-Guillaume, un gros garçon,
très avare, très mauvais. On le rencontrait dans les rues,
à pied, « vêtu d'un méchant habit de drap bleu, à boutons de cuivre, qui lui venait à la moitié des cuisses; et
quand il achetait un habit neuf, il faisait servir ses
vieux boutons ». Armé d'une grosse canne de sergent,
il passait, chaque matin, la revue de son régiment de
géants : le plus petit soldat du premier rang avait sept
pieds de haut; et lui n'était qu'en largeur. S'il sortait
en carrosse, deux heiduques placés aux portières en cas
qu'il tombât se donnaient la main par-dessus l'impériale. Après la revue, il se promenait par la ville; et, à
son approche, les gens se sauvaient. S'il apercevait une
femme à baguenauder, il vous la secouait : « Va-t'en
chez toi, gueuse; une honnête femme doit être dans
son ménage! » Puis un bon soufflet, un coup de pied
dans le ventre et des coups de canne. Il traitait pareillement « les ministres du saint Évangile quand il leur
prenait envie d'aller voir la parade ». C'est pour cela
qu'on évitait de se trouver sur son chemin. Il était
brutal à merveille. Un jour qu'il n'approuvait pas une
idée de la princesse Guillelmine, sa fille, — celle-là
qui devint la margrave de Baireuth et qui avait beaucoup d'esprit, — il la mena jusqu'à une fenêtre par où
il pensa la jeter. La reine arriva justement lorsque la

princesse allait faire le saut; et elle la retint par ses
jupes : « il en resta, dit Voltaire, à la princesse une
contusion au-dessous du téton gauche qu'elle a conservée
toute sa vie comme une marque des sentiments pater-
nels et qu'elle m'a fait l'honneur de me montrer ». La
cupidité de Frédéric-Guillaume tracassait méticuleuse-
ment son peuple. Il acheta, et à très bon compte, les
terres de ses nobles; ceux-ci eurent de l'argent et le
dépensèrent : il établit des impôts sur la consommation
et ainsi l'argent qu'il avait payé retournait dans ses
coffres. Puis il organisa un système d'amendes très
fertile. Par exemple, si une fille faisait un enfant, la
famille devait au Roi une petite somme, « pour la façon ». Et la baronne de Kniphausen, riche veuve ber-
linoise, eut le tort de tomber mère trop de mois après
le décès de son époux : « le Roi lui écrivit de sa main
que, pour sauver son honneur, elle envoyât sur-le-
champ trente mille livres à son trésor; elle fut obligée
de les emprunter et fut ruinée. » C'est ainsi qu'on fait
les bonnes maisons; et Frédéric-Guillaume, en peu
d'années, devint le roi le plus riche de l'Europe; son
peuple, évidemment, le plus pauvre, l'argent n'ayant
pas le don d'ubiquité.

La manière de Voltaire, ne la voit-on pas? En même
temps qu'il plaisante, il a dessiné un portrait. On
n'y songeait pas; et y songeait-il? Mais on a le personnage sous les yeux, ridicule et vivant. Aucun trait qui
ne se soit posé à la place précise où il marquait un caractère : peu de traits, et chacun d'eux fortement
accusé, tous réunis comme dans une réalité manifeste.
Et ce n'est pas là, certainement, tout Frédéric-Guillaume : il y avait, dans ce monarque, autre chose et,
probablement, une grandeur que Voltaire se plut à méconnaître. On devine, sinon cette grandeur, au moins
une suprématie de l'intelligence, de la volonté. Que de
sûreté, dans cet art si rapide; dans cette fausse nonchalance d'un prompt récit, quelle rigueur avisée !
Puis, les débuts de la monarchie prussienne, est-ce que

**

Voltaire ne les a pas attrapés le mieux du monde! Une
petite monarchie de gens qui sont des caporaux parvenus et qui ont leur projet de réussite, dont ils ne dé-
mordent pas. Il leur faut des soldats, de l'argent pour
se procurer des soldats, une discipline pour tenir les
soldats. C'est toute l'intention de Frédéric-Guillaume ;
une intention que Voltaire, quant à lui, n'estime pas
beaucoup. Mais enfin, lorsqu'il racontera, — et avec
moins de chagrin qu'il ne l'aurait dû, avec le plus vil
entrain, disons-le, — notre défaite de Rosbach, « la
défaite la plus inouïe et la plus complète dont l'histoire
ait jamais parlé », il saura bien l'expliquer par des
motifs impérieux : « La discipline et l'exercice militaire
que Frédéric-Guillaume avait établis, et que le fils
avait fortifiés, furent la véritable cause de cette étrange
victoire ; l'exercice prussien s'était perfectionné pendant cinquante ans... » Voltaire débrouille fort bien
tout cela. Seulement, ce caporalisme l'impatiente, le
choque. Il est de bonne humeur et ne va point se
fâcher ; mais il se moque, avec plus de gaieté que de
colère.

Il ne prend point au sérieux ces Prussiens qu'un Frédéric-Guillaume mène à la baguette. Il les présente
comme de pauvres diables, des rustres et à peine dé-
grossis. Frédéric-Guillaume les a dressés à la ma-
nœuvre ; qui les civilisera ? Ce n'est point l'affaire de ce
« vandale ». Mais ce vandale a un fils, tout différent de
lui, féru de poésie, de philosophie, de musique, liseur
passionné, joueur de flûte. Et, quand le roi pinçait le
prince héréditaire en train de lire, il lui arrachait le
livre des mains pour le jeter au feu ; en train de filer
des sons mélodieux, il lui cassait sa flûte. Le vandale
résolut même d'en finir avec cet incorrigible jeune
homme et de lui faire couper la tête : « il considérait
qu'il avait trois autres garçons dont aucun ne faisait
des vers et que c'était assez pour la grandeur de la
Prusse ». Les juges ne manquaient pas à Berlin ; et ils
n'étaient pas désobéissants : de sorte que le prince

héréditaire fut à la veille de son dernier jour quand
Charles VI, l'empereur, voulut bien lui sauver la vie.
L'Empereur envoya au roi de Prusse le comte de
Seckendorf, lequel plaida la cause de l'imprudent
mélomane et n'obtint pas sans peine qu'il n'eût
pas le cou tranché. Plus tard, le prince héréditaire,
devenu roi de Prusse, glissa dans les *Mémoires de
Brandebourg* un affreux portrait de Seckendorf : « après
cela, dit Voltaire, servez les princes et empêchez qu'on
ne leur coupe la tête ! » Mais Voltaire eut pitié, semble-
t-il, de cet adolescent malheureux, si touchant peut-
être dans son amour de la littérature et de la pensée,
de la musique et de tous les arts qui ornent la vie, si
résolu à défendre les intérêts de la raison, victime et
presque martyr de ses idées et de ses goûts ; oh ! l'aimable prince !... Voltaire ne l'a-t-il pas aimé ? Il dit :
« Je crus que je l'aimais. » Singulière petite phrase : il
ne l'aime plus et la nouvelle rancune veut qu'il doute
de l'avoir aimé. Il le déteste maintenant et il taquine
le souvenir de son ancien attachement : plus il le taquine et mieux on devine qu'il n'est pas en querelle
avec une vaine illusion d'amitié. Voltaire a aimé le roi
de Prusse. Mais, bien entendu, il l'a aimé à sa manière, qui n'est pas très sentimentale, ni très dévouée,
ni dépourvue d'égoïsme, et surtout qui n'est point
aveugle. A nul moment un Voltaire ne se trompe sur
son émoi et ne se dupe lui-même sur la qualité de sa
tendresse ; il sait ce qu'il éprouve et n'aide point son
cœur à être plus alarmé : voilà de mauvaises conditions
pour réussir en amour, et même en amitié. L'on connaît trop sa faiblesse et l'imperfection de l'autre : tant
de clairvoyance est, en général, l'ennemie des passions
affectueuses. Et Frédéric II était muni d'une intelligence analogue. Leurs analogies suffirent à rapprocher
le monarque et le philosophe ; seulement ils se ressemblaient par des mérites et des défauts qui les devaient
séparer.

Le Prussien fit les premières avances, à l'époque où

il n'était que prince royal. Son père le tenant à l'écart
des affaires, il occupait son loisir à correspondre avec
les gens de lettres de France les plus célèbres : « Le
principal fardeau tomba sur moi », dit Voltaire, encore
un peu plus flatté que mécontent. Ce furent des épîtres
en vers et en prose, traités de métaphysique, de politique et d'histoire... « Il me traitait d'homme divin;
je le traitais de Salomon. Les épithètes ne nous coû-
taient rien... » Et l'on échangea de menus cadeaux : le
philosophe donna une très belle écritoire de Martin et
reçut quelques colifichets d'ambre. C'est lui qui le
raconte. Évidemment, l'écritoire lui paraît plus belle
et précieuse que les colifichets d'ambre. Le philosophe
ne néglige pas de compter. Il a conscience de donner
plus qu'il ne reçoit. Cette impression durera tout le
temps : elle lui flatte son orgueil et lui tourmente sa
cupidité. Quand Voltaire était à Cirey, le prince eut
l'attention de lui envoyer un ambassadeur comme à
un roi, ce baron de Keyserling que la margrave de
Baireuth appelle « grand étourdi et bavard qui faisait
le bel esprit et n'était qu'une bibliothèque renversée»
Le « petit ambassadeur dans la province de Raison »,
selon le mot de Frédéric, était chargé de remettre à
Voltaire un portrait du prince, de lui demander pour
le prince *la Pucelle*, *la Philosophie de Newton* et *le
Siècle de Louis XIV,* probablement aussi de voir un
peu si le philosophe méritait la curiosité du prince.
Voltaire accueillit l'ambassadeur avec mille politesses,
grands et petits soins, et avec des illuminations dans le
parc de Cirey : « Les lumières dessinaient les chiffres
et le nom du prince royal, et cette devise, *l'Espérance
du genre humain.* » Voltaire est enchanté; Voltaire est
vaincu doucement. Le prince royal lui écrit : « mon
cher ami » et lui promet monts et merveilles pour le
jour qu'il sera sur le trône. Frédéric devint roi et aussitôt envoya au roi de France, — aux deux rois de
France, Louis XV et Voltaire, — un ambassadeur
extraordinaire. Il avait choisi un manchot, parce que

le ministre de France à Berlin, Valori, manquait, à la main gauche, de quelques doigts emportés par la mitraille au siège de Douai. Voltaire était alors à Bruxelles, avec Mme du Châtelet. Le diplomate s'arrêta donc à Bruxelles. « Camas (c'est le nom du manchot), en arrivant au cabaret, me dépêcha un jeune homme, qu'il avait fait son page, pour me dire qu'il était trop fatigué pour venir chez moi, qu'il me priait de me rendre chez lui sur l'heure... » C'est un peu cavalier, de la part d'un ambassadeur, cette façon de déranger les gens auprès desquels son souverain l'accrédite : Voltaire eût souhaité un protocole plus cérémonieux. Mais Camas ajoutait qu'il apportait « le plus grand et le plus magnifique présent » du Roi son maître. « Courez vite, dit Mme du Châtelet; on vous envoie sûrement les diamants de la couronne! »

Et Voltaire courut. « Je trouvai l'ambassadeur qui, pour toute valise, avait derrière sa chaise un quartaut de vin de la cave du feu Roi, que le Roi régnant m'ordonnait de boire. Je m'épuisai en protestations d'étonnement et de reconnaissance sur les marques liquides des bontés de Sa Majesté, substituées aux solides dont elle m'avait flatté; et je partageai le quartaut avec Camas. » Première déception! Voltaire attendait mieux, il attendait plus solide. Il n'a pas encore vu son royal admirateur; avant de se lancer dans une aventure qui le tente et qui l'inquiète, il n'est qu'aux pourparlers et déjà il se demande si l'affaire est bonne : il craint que non. Les beaux esprits, dans les cafés parisiens, crèvent d'envie et conjecturent avec chagrin que sa fortune est faite. Il manque d'assurance et ne se fie qu'à moitié aux munificences que le Septentrion lui destine. Il hésite. Mais le Roi n'hésite pas. Le Roi lui annonce qu'il est à Strasbourg, en voyage, et que, pour aller le voir, incognito, il poussera jusqu'à Bruxelles. Le Roi lui-même! Et Voltaire, à l'idée d'avoir chez lui une Majesté, ne se sent plus de joie : « Nous préparâmes une belle maison. » Nous, c'était Voltaire et son incomparable amie la marquise du Châtelet. Malheureusement, à deux lieues de Clèves, le Roi tombe malade; et c'est Voltaire qui se dérangera. Pour la seconde fois, les choses tournent un peu autrement qu'il ne l'espérait. L'ambassadeur fatigué, le Roi malade : ce sont les Prussiens qui recherchent Voltaire et, avec ces contre-temps, c'est lui qui a l'air de faire des avances; il n'aime pas beaucoup ça. Le Roi était au petit château de Meuse. Et, quand arriva Voltaire, il sut que Maupertuis l'avait précédé, ce Maupertuis que possédait « la rage d'être président d'une académie » : on le logeait au grenier. Dans la cour du château, le conseiller privé ministre d'État Rambonet soufflait dans ses doigts et montrait des manchettes de toile très sales, un chapeau troué, une vieille perruque. Eh bien! si c'est ainsi que le roi de Prusse entretient son ministre d'État et loge un savant géomètre, Voltaire n'a plus envie de lier sa destinée au règne d'un si pauvre monarque. Cependant, on le conduit à l'appartement de Sa Majesté : « Il n'y avait que les quatre murailles. J'aperçus, dans un cabinet, à la lueur d'une bougie, un petit grabat de deux pieds et demi de large; sur lequel était un petit homme affublé d'une robe de chambre de gros drap bleu : c'était le Roi, qui suait et qui tremblait sous une méchante couverture, dans un accès de fièvre violent... » Quelle misère, et peu engageante!... Mais enfin, l'accès de fièvre passa. Le Roi se leva, s'habilla et put se mettre à table. Un charmant souper; il y avait Algarotti, Maupertuis, Keyserling, un ministre ou deux; et l'on traita de la liberté, de l'immortalité de l'âme, des androgynes de Platon. Aussitôt, quel plaisir! Sur les androgynes de Platon, et sur les diverses théories de l'amour énoncées au *Banquet*, Voltaire a de subtiles plaisanteries à lancer : le Roi ne redoute pas du tout les propos lestes, les considérations cyniques et drôles. Sur l'immortalité de l'âme, il est d'accord avec Voltaire, contre les dogmes chrétiens. Et Voltaire lui présente

si joliment ses hypothèses subversives! Il n'attaque pas
Dieu : saint Thomas seulement. Il se doute qu'un Roi,
même éclairé, ne professe pas l'athéisme aussi effrontément qu'un philosophe de Paris. Mais Dieu? Ne limitons pas la puissance divine. Locke fut bien sage et
« le seul métaphysicien raisonnable », quand il nous
avertissait de ne pas nier que Dieu pût « accorder le
don du sentiment et de la pensée à l'être appelé matière ». Donc, nous serons matérialistes, avec le consen-
tement de Dieu; nous révoquerons en doute l'immortalité de l'âme, par déférence pour la puissance divine.
Le Roi se plaît à ces hardiesses qui, au surplus, renfor-
cent bien adroitement les doctrines d'autorité. Sur la
liberté, entendons-nous : il y a la liberté métaphysique, si lointaine qu'il ne faut pas s'en effrayer, et la
liberté du citoyen dans l'État. Là-dessus, quel est l'avis
du Roi, fils d'un despote et qui eut à revendiquer sa
liberté malaisément, despote lui-même? Ici commencent les contrariétés. Mais la liberté que réclame Voltaire se concilie le mieux du monde avec la tyrannie,
pourvu que personnellement il soit en bons termes
avec le tyran. Que dit le Roi?... Principalement, c'est
Voltaire qui parle; et il est un de ces bavards délicieux
qui déclarent charmants causeurs les gens dociles à
écouter. Voltaire fut enchanté de Frédéric.

Si nous cherchons les raisons véritables de cette
amitié qui réunit quelque temps le plus malin Français
et un Teuton, somme toute, assez rude, n'oublions
pas le génie de Frédéric, les prestiges de son intelligence. Mais surtout, n'en doutons pas, ce qui séduisit
Voltaire, c'est le spectacle assez pervers et très agui-
chant pour lui d'un roi incrédule, délibérément libertin d'esprit, et l'ami des lumières, et l'ennemi de la
superstition : roi philosophe et qui, sur le trône, réali-
sera peut-être les espérances des penseurs et qui, en
attendant, vous divertit par les gaillardises imprévues
de sa majesté; un échantillon d'humanité tout neuf, un
peu cocasse, et attrayant. Et puis, c'est un roi. Un

homme?... Un roi!... L'on n'a guère de préjugés et
l'on dévoue un talent merveilleux à combattre l'inéga-
lité : tout de même, on sent le prix d'une faveur royale
qui vous chatouille gentiment. « Je ne laissai pas,
avoue Voltaire, de me sentir attaché à lui, car il avait
de l'esprit, des grâces, et de plus il était roi, ce qui
fait toujours une grande séduction, attendu la faiblesse
humaine. » Ah! Voltaire n'est pas un révolutionnaire,
quant à lui. Il avait l'intelligence imprudente et, en
quelque sorte, licencieuse : elle le conduisait aux extrémités d'un libre jugement. Mais il avait, pour le
retenir, un bon instinct bourgeois, dans la pratique.
Un bourgeois est d'abord un homme qui refuse d'être
volé, un conservateur et, autant dire, un homme qui
tient à conserver ses avantages, plutôt à les augmenter.
Sur la question des bénéfices pécuniaires et glorieux,
Voltaire ne badine pas. Les idées qui le gêneraient ou
qui le tromperaient, il les écarte ; et il redoute l'imposture. Mais aussi, les idées qu'il accepte afin de réagir contre l'imposture, il ne veut pas être volé par elle.
Les contradictions qui résulteraient de tout cela, il les
arrange. Et il vit habilement.

C'est ainsi qu'ayant pesé les inconvénients et les
aubaines, il partit pour la Prusse et entra dans l'esclavage d'un roi qui avait su le prendre. On n'ignore pas
ses mécomptes. Les débuts, ravissants : le Roi le flattait
comme, d'habitude, ce sont les gens de lettres qui
flattent les rois ; et Voltaire ne dissimule pas qu'il fut
« enivré » d'encens prussien. Puis, décidément, le Roi
n'était pas généreux ; de sorte que Voltaire, pour se
rattraper, manigança, de concert avec un juif déshon-
nête, une petite affaire de diamants qui aboutit à un
procès et à un scandale : le Roi le traita de fripon.
Puis, le Roi l'importunait, touchant ces fameuses
« œuvres de poëshie » qu'il fallait corriger et qui
étaient souvent incorrigibles. Enfin, le Roi pressait
Voltaire comme une orange : « et on la jette quand on
a avalé le jus ». Voltaire s'aperçut que diminuait son

crédit; et il s'en alla : qui ne connait l'aventure tragi-
comique de Francfort, et le conseiller Schmid, et le
résident Freytag, et toute cette affaire « d'Ostrogoths et
de Vandales » ? Voltaire eut à payer cent quarante écus
par jour, pendant le temps de sa prison; et trente
ducats au bourgmestre; et on lui confisqua ses effets et
bagages. Il écrit avec chagrin : « Je perdis environ la
somme que le Roi avait dépensée pour me faire venir
chez lui et pour prendre mes leçons; partant, nous
fûmes quittes. » Et, quittes, c'est-à-dire que Voltaire
eut l'assurance de ne rien devoir à Frédéric; mais,
sans nul espoir de rentrer dans ses beaux débours de
complaisance et de génie, il estima qu'il était le créan-
cier du roi de Prusse. Il se remboursa comme il put, et
en monnaie de singe : espièglerie et rancune satisfaite.
Le petit volume de ses mémoires n'est pas autre chose
et est bien le chef-d'œuvre du genre.

Le roi de Prusse y passe de mauvais quarts d'heure.
Une terrible moquerie, et si gaie, si vraie jusque dans
l'injustice que nul portrait moins malveillant ne supprime cette caricature et, sans doute, n'est plus ressem-
blant. Si Frédéric fut un grand capitaine, comme je crois
qu'il faut l'admettre, le voici à la bataille de Molwitz.
Marie-Thérèse avait assemblé, sous les ordres de son
maréchal Neipperg, vingt mille hommes à peu près.
Et la cavalerie prussienne céda devant la cavalerie
autrichienne : dès le premier choc, le Roi « s'enfuit
jusqu'à Oppeln, à douze grandes lieues du champ où
l'on se battait » ; Maupertuis l'accompagnait, monté sur
un âne. Maupertuis fut pris et dépouillé par les hou-
sards. Mais Frédéric se sauva. Il passa la nuit dans un
cabaret de village, près de Ratibor. « Il était désespéré,
se croyait réduit à traverser la moitié de la Pologne
pour rentrer dans le nord de ses États, lorsqu'un de
ses chasseurs arriva du camp de Molwitz et lui annonça
qu'il avait gagné la bataille. Cette nouvelle lui fut con-
firmée un quart d'heure après par un aide de camp. La
nouvelle était vraie. Le maréchal de Schwerin était un

élève de Charles XII; il gagna la bataille aussitôt que le roi de Prusse se fut enfui ». Frédéric II capitaine, le voilà, selon Voltaire. Le politique? Il a déclaré la guerre à la reine de Bohême et de Hongrie; et il écrit : « L'ambition, l'intérêt, le désir de faire parler de moi l'emportèrent et la guerre fut résolue. » Cette phrase n'est plus dans les ouvrages du Roi. C'est Voltaire qui la lui a fait supprimer. Il le regrette maintenant : « C'est dommage, dit-il; un aveu si rare devait passer à la postérité et servir à faire voir sur quoi sont fondées presque toutes les guerres. Nous autres gens de lettres, poètes, historiens, déclamateurs d'académie, nous célébrons ces beaux exploits; et voilà un roi qui les fait, et qui les condamne. » Cependant, après avoir résumé en une page les principales victoires de ce conquérant, Voltaire ne lui marchande pas son admiration : « Gustave-Adolphe n'avait pas fait de si grandes choses. Il fallut bien alors lui pardonner ses vers, ses plaisanteries, ses petites malices, et même ses péchés contre le sexe féminin. Tous les défauts de l'homme disparurent devant la gloire du héros. » Seulement, ce n'est point au héros que Voltaire avait eu affaire; et c'est aux défauts de l'homme qu'il a consacré tout son divertissant petit ouvrage.

Ne le lui reprochons pas, s'il nous divertit; et il me semble que jamais l'art de Voltaire n'a été plus étonnant, dru et alerte, son langage plus parfait, plus économe des mots, plus exact et rapide, sa méchanceté plus riche et heureuse. Pourtant, ce livre laisse à qui vient de le lire avec délices je ne sais quelle irritation, je ne sais quel malaise. Livre adorable, et qu'on déteste! Quand Voltaire lance à la fin son grand éloge de Frédéric, c'est tout de suite après que les Français ont « jeté leurs armes, perdu leur canon, leurs munitions, leurs vivres et surtout la tête », s'éparpillent et sont vaincus. Voltaire l'écrit sans nul embarras, sans nulle mélancolie : et, de sa part, que de bassesse!... Oui; mais, dira-t-on, que d'impartialité! Cette impar-

tialité ne l'empêche pas de rapetisser cela même qu'il
a vu chez nos vainqueurs. Tout ce dont il parle, il le
rapetisse. Il est plus intelligent que personne : et il est
plus léger que personne. Il comprend, certes; mais il
s'échappe, à l'instant où l'on pouvait peut-être souhaiter
qu'il se posât, pour songer un peu. Joubert le compare
à un singe; et l'on se rappelle, dans *la Jungle* de Ru-
dyard Kipling, les singes : ils n'ont pas de mémoire,
ils n'achèvent pas le geste qu'ils ont commencé, ils
sont le jouet d'une distraction perpétuelle; ce qu'ils
saisissent, ils le laissent tomber. C'est bien cela, et pour
Voltaire, en quelque mesure. Une calembredaine : et il
n'est plus là; on le cherche. Il a traité ainsi, de cette
façon sautillante, agile et souvent absurde, tous les
grands problèmes qui sont le tracas de l'humanité, les
problèmes de l'âme, les problèmes de la vie, et les problèmes de Dieu. Ses yeux très vifs, et miraculeusement
perçants, et clignotants ont aperçu ce qui échappe au
regard du vulgaire; et toujours il s'est esquivé trop
vite. Son bizarre génie ne médite pas. En Prusse et
dans cette relation de son séjour à Berlin, sous le règne
de l'homme qui a constitué la puissance prussienne, il
avait à examiner les préludes de cette puissance, à
deviner au moins un peu d'avenir et à s'inquiéter,
ne fût-il pas prophète. Rosbach suffisait à l'avertir.
Mais Rosbach ne l'a point ému, non, pas plus que
ne l'intéressent les « quelques arpents de neige »
pour lesquels la France fut en guerre l'an 1756. Que
lui importe? Cependant, il a été mêlé à de graves
négociations presque diplomatiques : il ne les a pas
prises gravement. Pourquoi? Ah! lisez-le : « Toutes
les commodités de la vie, en ameublements, en
équipages, en bonne chère, se trouvent dans mes
deux maisons; une société douce et de gens d'esprit remplit les moments que l'étude et le soin de
ma santé me laissent... » Là-dessus, il s'arrête volontiers; et un certain égoïsme est le malheur de la
plus belle intelligence : on n'aime que soi et, le reste,

on l'aperçoit, fût-ce avec génie, comme par mégarde.

Ce qui sauve néanmoins ces *Mémoires* d'offenser trop le lecteur, en même temps qu'ils l'amusent, c'est, à mon gré, une coïncidence : l'esprit de Voltaire et l'esprit de la France, en querelle avec les Germains, se confondent de telle sorte que la suprématie de Voltair tourne au contentement de notre orgueil. Quoi qu'il e soit de Frédéric II et de sa juste renommée, il apparaît ici comme le héros de la prime Allemagne, un barbare hier et qui se met, non sans effort, non sans gaucherie, à l'école de la civilisation : c'est à l'école de la France. Il ne réussit pas très facilement à devenir le bon élève de Voltaire. Et Voltaire a le dos à peine tourné que le disciple recommence à n'être qu'un fils de « Vandale ou d'Ostrogoth ». Et Voltaire, qui en pâtit, le raille avec une impertinence jolie. C'est bien. Voltaire qui, dans le récit des batailles, montre fort peu de sentiment national, se redresse et vous a un excellent air de fierté, quand il s'agit de la pensée, de la conversation, de l'art et du goût : ce n'est pas à lui qu'on eût fait croire que la « kultur » était là-bas; et, à cette prétention des barbares, il a répondu par avance et pour jamais, évasivement et avec le meilleur dédain. Son tort est d'avoir négligé les menaces de la barbarie et les moyens de préserver le plus beau royaume sous le ciel, celui de l'intelligence aimable.

1er janvier 1915.

XVII

En 1772, il y avait à Gœttingue un petit groupe de
jeunes gens un peu fous, émus de poésie et qui s'aban-
donnaient à leur imagination résolument. C'étaient
Voss, Bürger, Hœlty, les frères Stolberg, Leisewitz,
Miller et quelques autres, plus ou moins célèbres
depuis lors. Vers la fin de l'été, un soir, comme le clair
de lune était particulièrement beau, ils partirent pour
une promenade, au cours de laquelle il leur serait
donné de communier avec l'admirable nature. Ils
gagnèrent la campagne, burent du lait dans la cabane
d'un paysan, puis arrivèrent à un endroit où les chênes
faisaient une sorte de bosquet charmant. Ils couron-
nèrent de feuillage leurs chapeaux. Et ensuite, ces
grands garçons, déraisonnables sans barguigner, dan-
sèrent une ronde. Ils prirent à témoin de leur amitié
la lune indifférente et les innocentes étoiles et fondè-
rent un cercle de camarades qui, en souvenir de cette
heure enchantée, porterait le nom du Bosquet. L'année
suivante, le 2 juillet, les membres du Bosquet se réunirent chez l'un d'eux, pour célébrer l'un des plus
ennuyeux poètes d'Allemagne, — mais ils l'adoraient,
— l'auteur de *la Messiade,* Frédéric-Gottlieb Klopstock.
Aujourd'hui, nous avons beaucoup de peine, je crois,
à nous figurer ce vif enthousiasme qu'on eut pour ce
Klopstock. Un passage de *Werther* m'a toujours étonné,
même déçu. Les deux amants sont à la fenêtre. Au
loin, le tonnerre gronde ; les champs, mouillés de pluie,

exhalent des parfums enivrants. Accoudée, la jeune
fille regarde le ciel, et bientôt regarde le bien-aimé;
ses yeux sont pleins de larmes. Elle pose sa main sur
la main de Werther, en disant... On s'attend qu'elle
dise quelque chose de tendre et de pâmé... Elle dit :
« Klopstock ! » Une Lolotte de chez nous aurait trouvé
mieux, il me semble. Mais enfin, Klopstock était alors
le poète préféré de toutes les âmes sentimentales. Et
les jeunes gens du Bosquet, précurseurs de ce mouvement romantique appelé *Sturm und Drang*, — autant
dire, si je ne me trompe, Orage et Désir, bref Passion,
— avaient choisi Klopstock pour leur maître, ou mieux
leur prophète. Ils se réunirent donc, le 2 juillet 1773,
dans la chambre de Hahn, leur ami. S'ils ne firent pas
leurs agapes dehors et à même la sainte nature, c'est
qu'il pleuvait ce jour-là. Une longue table était tout
ornée de fleurs. Et, à la place d'honneur, il y avait un
grand fauteuil, enguirlandé de giroflées et de roses : le
fauteuil de ce Klopstock. Seulement, Klopstock n'étant
pas là, on assit, pour ainsi parler, sur son fauteuil son
œuvre, la pile de ses œuvres complètes. On commença
par des chants triomphaux; l'on mangea; l'on vida, en
l'honneur du poète, maints verres de vin du Rhin : ce
fut, pour Hahn, l'occasion de déclamer à très haute
voix une ode de Klopstock, *le Vin du Rhin*. D'autres
odes, sur la liberté, eurent un succès magnifique : et
l'on gardait son chapeau sur la tête, en signe de désinvolture. Quelqu'un, Bürger probablement, cita le nom
de Wieland. Aussitôt tout le monde se leva et cria :
«Mort à Wieland, corrupteur des mœurs allemandes! »
et : « Mort à Voltaire! » Voltaire, c'était, pour cette
jeunesse allemande, le vivant symbole de la France et
de sa littérature; et, Wieland, ils ne lui pardonnaient
pas d'être, dans leur pays, le poète qui avait le plus
parfaitement subi, ou reçu, l'influence française. Car
ils cédaient à une violente velléité nationaliste : et c'est
toute la signification de leur repas. Wieland était, à
leurs yeux, le traître. Sous le fauteuil où siégeait

l'œuvre complète de Klopstock, ils avaient jeté, après l'avoir mise en lambeaux, l'*Idris* de Wieland. Puis, quand le punch flamba, l'on y alluma les pipes, au moyen de feuillets arrachés à l'*Idris*. Un poète au cœur fatigué, qui ne fumait pas, dut racheter sa nonchalance en piétinant ce qui restait du volume. Et, parmi les relents de la mangeaille, la fumée du tabac, les vapeurs de l'alcool, on jura d'en finir avec l'hégémonie française, avec la débauche de Lutèce, avec l'impiété des philosophes parisiens : on rendrait à la vieille Allemagne son pur esprit, sa pure littérature et sa chasteté légendaire. On écrivit à Klopstock, pour lui demander sa bénédiction, qu'il donna très volontiers, car il était l'obligeance même.

Cette révolte ne manquait pas d'entrain ; et l'on peut dire qu'elle eut des conséquences, si elle marque le début de l'autonomie intellectuelle que l'Allemagne chercha désormais. Dans les années qui ont suivi notre défaite de Rosbach, il est certain que le prestige de la France diminua dans les pays voisins. Et Frédéric II, à qui l'Allemagne dut son orgueil en ce temps-là, ne goûtait, lui, que notre littérature et nos arts : les événements tournent à leur manière capricieuse et autrement que ne le devinaient, ou ne le souhaitaient, leurs auteurs principaux. Mais une révolte est l'indice d'une servitude. L'influence française, que ces jeunes gens de Gœttingue voulaient secouer, on l'a niée ou bien on l'a réduite à peu de chose, même en France : ces jeunes gens la sentaient forte, la sentaient lourde et efficace. Plus ils mettent d'énergie à la dénoncer comme une détestable oppression, mieux ils avouent qu'elle leur a pesé. D'ailleurs, c'est vite fait, de boire à la santé du libre génie allemand : c'est plus difficile de le manifester par des poèmes ; et, quand ces écrivains, prompts à trinquer, en furent à publier leurs écrits nouveaux, on put voir qu'ils étaient encore les élèves, parfois dissipés, de nos poètes.

La question de l'influence française en Allemagne,

passionnément controversée depuis longtemps, et mal
posée presque toujours, et faussée à l'envi par des
historiens illustres, des critiques notoires, a tenté l'un
de nos érudits les plus attentifs, M. Reynaud, qui
vient de lui consacrer un volume de plus de cinq cents
pages, in-octavo; et ce n'est, dit-il, qu'un « tableau
largement brossé » : non, non, mais le travail d'un
peintre méticuleux!... Son *Histoire générale de l'influence française en Allemagne,* M. Reynaud la vit
d'abord, assure-t-il, comme une espèce d'introduction
à une étude beaucoup moins rapide et succincte. Mais,
une introduction de cinq cents pages, cela dépasse les
limites habituelles d'un avant-propos : et il consentit
alors que, somme toute, il avait écrit une histoire.
Néanmoins, il continue ses recherches. Sur les *Origines
de l'influence française en Allemagne,* de 850 à 1150,
il a donné un premier tome, énorme; et il prépare le
second : le deuxième, qui sait?... Il y a là un peu
d'excès, à mon avis. La patience de l'auteur, si méri-
toire, demande au lecteur une assiduité remarquable.
L'auteur avoue qu'il n'ose pas s'adresser aux « gens du
monde » ; il ne prétend qu'aux « gens cultivés ». C'est
déjà très joli! Mais son livre, son résumé, n'est pas
d'une lecture aisée et perpétuellement agréable. Peut-
être aurait-il mieux valu résumer davantage encore, ne
point accumuler les petits faits qui tendent tous à une
même conclusion, dégager plus nettement les épisodes
caractéristiques, et enfin marcher d'une allure un peu
plus gaillarde. Nous piétinons quelquefois, auprès de
notre guide. Après avoir piétiné, nous ne savons plus
où il nous mène. Et cet inconvénient l'oblige à des
redites, qui ne sont amusantes pour personne. J'insiste :
les érudits ont tort de ne pas veiller à notre plaisir.
Cette négligence, à l'endroit de notre plaisir, n'est pas
fort ancienne chez nous. Et d'où vient-elle? D'Allemagne! L'influence allemande chez nous, c'est ici
qu'on peut la surprendre. Mauvaise influence, et contre
laquelle nous nous révolterons un de ces jours, après

la revanche de Rosbach et de Sedan. Les érudits possèdent la vérité. Ils l'ont découverte; et ils nous la
refusent : c'est nous la refuser que nous l'offrir d'une
façon mal engageante. Sommes-nous frivoles par trop?
Ils ne le sont point assez. Il leur est venu, — d'Allemagne, hélas! — une manie d'austérité, à laquelle je
ne trouve ni utilité ni grâce. Pourquoi ne se conten-
tent-ils pas d'être sérieux? Cela suffirait. Sérieux;
aimables cependant. Ne nous aiment-ils pas? Ils nous
dédaignent; non sans orgueil, ils s'enferment dans
leur solitude. Et ils demeurent ésotériques; nous
demeurons ignorants. Une science plus gentille rendrait service à nous, et même à eux. Peut-être n'est-il
rien qui vaille la peine d'être dit et qu'on ne puisse
dire, presque gaiement, à presque tout le monde.

Cependant, gardons-nous de méconnaître l'effort
considérable de M. Reynaud. Les résultats auxquels il
aboutit laborieusement sont une acquisition véritable;
on a, en le lisant, la certitude heureuse de recevoir,
non pas une opinion : de la réalité, rare présent. Que
de recherches il lui a fallu mener à bien! Cette
influence que notre pays a exercée en Allemagne n'est
pas seulement de qualité littéraire, mais philosophique,
artistique et morale. Elle se révèle de la façon la plus
variée, souvent la plus imprévue, dans les objets où
d'avance on l'aurait le moins soupçonnée. Elle s'infiltre
par des chemins cachés et confus. Puis, une idée qui
passe les frontières ne voyage pas sans des péripéties
nombreuses; elle se modifie, prend les costumes et la
mode des pays qu'elle traverse : et ne va-t-elle pas,
sous de multiples déguisements, nous échapper? Tâche
immense et délicate, celle que M. Reynaud ne craignit
pas d'assumer : examiner dans le détail deux littératures, la française et l'allemande, deux histoires, la
nôtre et l'histoire des Germains, l'histoire politique et
militaire, l'histoire des institutions et l'histoire morale
de deux nations qui sont en rapports de guerre et de
commerce depuis plus d'un millier d'années. Pour

augmenter encore la difficulté de l'entreprise, il y avait
le prodigieux entassement des livres, dissertations et
mémoires qui ont encombré le problème, qui ne l'ont
pas éclairé, qui l'ont obscurci. Je reproche à nos érudits
la lenteur embarrassée de leur dialectique : c'est qu'ils
ne bougent pas commodément parmi la quantité des
matériaux, quelquefois en décombres, apportés par
leurs devanciers. Il y a là du mauvais et du bon. Ce
n'est pas dans un chantier parfait que le savant
moderne travaille, mais dans les démolitions d'une
bâtisse qu'on appelle la science, bâtisse de Babel, toujours à recommencer. Chaque ouvrier la recommence;
et il emploie des pierres que d'autres ont taillées : il
les taille à son tour, corrigeant les fautes d'un imbécile ou d'un maladroit. Et il n'en finit pas. Quant au
problème de l'influence française en Allemagne, comme
il n'en est pas de plus divers et de plus embrouillé,
peut-être aussi n'en est-il pas qui ait également souffert d'une malfaçon, tantôt involontaire et tantôt
pareille à un industrieux sabotage. Ces jeunes gens de
Gœttingue, si ardents à réagir contre l'influence française, ont donné, dans leur pays, le signal d'une activité qui, depuis lors, n'a pas eu de cesse. Les poètes et
les écrivains de toute sorte firent de leur mieux, et avec
succès ou non, pour être originaux; les érudits se char-
gèrent de démontrer qu'au surplus cette influence française n'existait pas et, en quelque sorte, n'avait point
existé.

L'on se trompe, chez nous, sur la science allemande,
quand on se la figure impassible, détachée de tous intérêts autres que la seule et intangible vérité. Ce n'est pas
en Allemagne, c'est en France, au Collège de France,
et en 1870, pendant la guerre, qu'un savant prononça
ces mémorables paroles : « Je professe absolument et
sans réserve cette doctrine, que la science n'a d'autre
objet que la vérité, et la vérité pour elle-même, sans
aucun souci des conséquences que cette vérité pourrait
avoir dans la pratique. Celui qui, par un motif patrio-

tique, religieux et même moral, se permet dans les faits qu'il étudie, dans les conclusions qu'il tire, la plus petite dissimulation, l'altération la plus légère, n'est pas digne d'avoir sa place dans le grand laboratoire où la probité est un titre d'admission plus indispensable que l'habileté.. » Le grand Gaston Paris formulait ainsi l'évangile de la science française, évangile contre lequel les savants d'outre-Rhin ne se privent pas de pécher avec un zèle continu. La France était enclose dans le « cercle de fer » des armées allemandes, lorsque Gaston Paris refusait si noblement de soumettre la science à des arguments patriotiques : et le sujet de son cours était *la Chanson de Roland et la Nationalité française*; d'un bout à l'autre de ses leçons, pas une fois il ne broncha. Mais eux, les savants d'outre-Rhin, c'est après la défaite d'Iéna, puis après la victoire de Sedan qu'ils vouèrent une érudition passionnée à l'initiative commune de requinquer, puis d'exalter l'orgueil national. Je ne dis pas qu'il n'y ait là aucune beauté; mais tromperie, incontestablement. Les érudits allemands — sauf toutes les exceptions honorables qu'on voudra — se sont embauchés dans les troupes irrégulières du pangermanisme. Pour peu qu'on le sache, et c'est l'évidence même, on n'aura guère été surpris du manifeste dit des « Intellectuels allemands », où tant de contre-vérités impudentes compromettent la signature de professeurs et de philologues notoires.

Schlegel a composé son *Cours de littérature dramatique* pour démontrer que, sur les ruines de la civilisation gréco-latine, les Germains christianisés, sublimes inventeurs, ont édifié la civilisation nouvelle. Gervinus a composé son *Histoire de la littérature nationale* « pour signifier à ses compatriotes qu'ayant derrière eux déjà l'apogée de leur production littéraire, ils eussent à se tourner vers l'action ». Mommsen, dans son *Histoire romaine*, « prêchait la restauration de l'Empire ». Ranke, Sybel et Treitschke « préparaient les voies à la Prusse ». Eh bien! qu'ils préparent les voies à la

Prusse, qu'ils prêchent la restauration de l'Empire, encouragent leurs compatriotes à l'action, vantent le génie créateur des Germains, c'est leur idée : qui la leur reprocherait? Seulement, leur idée, ils l'ont dissimulée ou déguisée sous les dehors de l'histoire : et, leur astuce, la voilà. Où l'astuce devient le plus sournoise, c'est dans l'érudition proprement dite. On sait qu'un historien, si intègre qu'on le suppose, cache toujours un orateur : on se méfie. On ne se méfie pas d'un philologue, d'un mythologue. Philologues et mythologues allemands profitèrent de la créance qu'on leur accordait; ils en abusèrent et, sous couleur de science impartiale, ils tirèrent à eux, à la Germanie, ce qui n'appartenait point à eux, ni à la Germanie. En fin de compte, ils élaborèrent cette illusion : « à savoir (dit M. Reynaud) que, dans n'importe quel ordre de faits, il convenait d'abord de définir le rôle de l'Allemagne, les événements les plus importants de la civilisation ne pouvant avoir leur origine que dans un effort spontané du monde germanique. » Les Germains étaient « le sel de la terre ». A toute mythologie étrangère, ces malins trouvaient une racine dans le sol tudesque; les coutumes ou les légendes, les thèmes lyriques ou épiques de l'Espagne, de la France ou de l'Irlande, ils les rattachaient à des origines allemandes. Leurs *Niebelungen* étaient la source de la poésie universelle, tandis que ces *Niebelungen* dépendent très étroitement de nos épopées féodales et tandis que l'auteur des *Niebelungen* avait la tête farcie de notre littérature médiévale. L'architecture gothique, l'art français par excellence, passa pour une invention des Germains, et à tel titre que, sous le règne de Frédéric-Guillaume IV, la cathédrale de Cologne étant restée inachevée, les « Intellectuels allemands » se cotisèrent et, de leurs deniers, payèrent les architectes et maçons qui munirent des suprêmes clochetons et flèches un chef-d'œuvre si allemand. Ce chef-d'œuvre n'était, sauf la vaine surcharge des fioritures, que la mauvaise copie de nos cathédrales.

On ne l'ignorait qu'à demi ; et l'on aima cette imposture qui flattait la fatuité nationale. L'enquête ne serait pas longue pour dénicher, dans la moindre thèse d'un *privat-docent*, les traces de la volonté pangermaniste. Mais oui ! et tels de ces gens qui vous ont l'air de ne chercher que des étymologies, tranquille besogne, sont de faux linguistes : leur intention secrète et la récompense dont l'espoir les anime est d'enlever à la fécondité romane maints rejetons qu'ils offriront au géniteur allemand.

Tout cela, tout ce formidable travail, attifé de pédantisme et fortifié d'un appareil imposant de commentaires et de discussions critiques, c'est la science allemande, annexe de la politique allemande. Ces érudits ne sont pas les simples servants de la vérité, mais plutôt les auxiliaires d'une vérité allemande à la fabrication de laquelle ils ont collaboré puissamment, et en tapinois, et avec des mines benoîtes, comme ces autres auxiliaires du pangermanisme, les informateurs ou espions. Les uns et les autres nous ont dupés.

Si l'on veut voir jusqu'où alla cette duperie, laissons nos romantiques s'attendrir sur la sensibilité allemande : ce sont des poètes. Mais voici deux historiens, Renan et Michelet : ils applaudissent à la victoire de Sadowa, comme au triomphe excellent de la moralité allemande. Et Renan, qui passe pour connaître fort bien le moyen âge, accorde facilement que notre civilisation médiévale provient, en majeure partie, d'Allemagne. Certains phénomènes se sont pourtant manifestés plus tôt et plus complètement chez nous que chez le voisin : Renan déclare, dit M. Reynaud, que « mainte idée germanique avait rencontré chez nous un terrain plus favorable pour germer et s'épanouir que dans sa patrie première ». Cependant, on ne l'aperçoit pas en Allemagne premièrement, cette idée qui a germé, qui s'est épanouie en France. Non ; et, tout simplement, on suppose qu'elle était d'abord là-bas. Pourquoi? C'est un hommage rendu à la bonne Alle-

magne. On aime l'Allemagne. Un peu plus tard, quand
on cessa de l'aimer, on lui continua une déférence de
qualité scientifique. M. Reynaud ne cite, parmi nos
historiens, que Duruy comme ayant résisté à l'engoue-
ment germanique de son époque. Duruy, dans son
Histoire des Romains, écrivait : « Le livre de Tacite est
l'évangile historique de nos voisins et ils en ont fait
sortir quantité d'admirables choses pour l'honneur de
leur race. Avec une imprudente générosité, nos savants
les ont longtemps soutenus dans leurs prétentions à ne
voir d'autres facteurs de la civilisation moderne que le
germanisme, *das Germanentum*, comme si le reste des
nations étaient demeurées inactives et silencieuses devant la révélation nouvelle descendue du Sinaï germanique... » Il ajoutait : « La vérité est que, durant
quatre siècles, cette race de proie fut le fléau du monde;
et Grégoire de Tours répond à Tacite quand il montre
les instincts malfaisants et grossiers de ces hommes sans
respect pour la parole jurée, sans pitié pour le vaincu,
sans foi envers la femme, l'enfant et le faible... » On
dirait ces lignes écrites d'hier, il me semble; Duruy ne
s'était pas trompé sur la race de proie. Les collègues de
Duruy avaient été et, après lui, malgré son avertissement, furent encore menés en erreur par cette érudition
d'outre-Rhin que j'appellerais volontiers, selon le mot
de M. Léon Daudet, un subtil travail d'Avant-guerre.
Favorisée par notre singulière complaisance, la critique allemande arriva le mieux du monde à ses fins :
elle réalisa et, par tous les moyens, elle vivifia cette
doctrine mensongère d'une Allemagne qui a civilisé
l'Europe, que les autres pays ont empêchée d'accomplir toute sa mission et qui, en dépit de toutes résis-
tances, l'accomplira. Or, ne hasardons point de prophéties; mais jugeons le passé. M. Reynaud, les érudits
d'Avant-guerre ne lui imposent pas. Il a repris toute
la question comme si personne ne l'avait résolue
encore d'une manière ou d'une autre. Avec bonne foi,
sans négliger rien, sans ménager ni son temps, ni sa

peine, sans préoccupation d'aucune sorte et animé du
seul désir de savoir, il a étudié une à une toutes les
pièces du procès. Voici sa réponse : depuis l'origine
des deux pays voisins jusqu'à nos jours, et plus ou
moins heureusement selon les siècles, l'influence française, toujours active, a civilisé l'Allemagne ; tout ce
qu'a de civilisation l'Allemagne, l'Allemagne le doit à
la France, et la fameuse *Kultur* que vantent les Germains sans modestie est un cadeau de nous, un cadeau
qui d'ailleurs n'a point embelli chez eux. Pour aboutir
à cette conclusion, si exactement opposée à celle que
constitua le patient orgueil de nos émules, tandis que
nos savants ne déjouaient pas la ruse, il a fallu — on
excusera cette métaphore de guerre — gagner, de tranchée en tranchée, les positions indispensables à une
conquête de vérité : positions d'où l'ennemi nous avait
délogés et qu'aussi nous avions abandonnées trop aisément. Et je reprochais à M. Reynaud la lenteur de ses
manœuvres offensives ; certes, il ne va pas vite : mais
pouvait-il se lancer plus hardiment sur un terrain
miné, parmi les embûches et parmi la préparation formidable de l'imposture ? Il chemine avec une sage précaution ; quand une fois on a compris sa tactique et les
nécessités de sa méthode, on l'accompagne volontiers.

Les cinq cents pages in-octavo de son *Histoire générale*, comment les résumerai-je, si déjà elles ne sont
qu'un résumé ? Je ne souhaite que de retracer les
grandes lignes de l'ouvrage. Eh bien ! dès le commencement de l'Europe, le Germain barbare est, pour la
pensée, le tributaire du Celte : pour la pensée, et dans
l'action même. Le Celte lui enseigne le labourage, la
construction des villages et des villes, le combat, la
poésie qui chante les héros, l'art qui orne la rude
existence. La Gaule chrétienne évangélise la Germanie ;
elle importe en Germanie le secret de la vie policée,
l'organisation de l'État. Nos religieux, Clunisiens, Cis-
terciens et Prémontrés, vont en Germanie défricher le
sol, former des artisans et des artistes, ouvrir les âmes

à de belles croyances. Au douzième siècle, la France
rayonne de prospérité : c'est une des époques les plus
magnifiques de la France, une de celles où ont le mieux
flori ses arts, sa poésie et sa gaieté ; c'est alors que naît la
« douce » France, bien souriante, et qui invente, dans
la richesse, le goût. Puis elle invente son aménité, une
grâce nouvelle du cœur et de l'esprit, la courtoisie. On
a comparé à Racine le poète Chrétien de Troyes : c'est
lui faire beaucoup d'honneur, et plus que de raison.
Mais, dans les poèmes de Chrétien, la politesse du
récit, la finesse des sentiments et une élégance exquise
témoignent en effet de la perfection délicate qui fut, en
ce temps, naturelle et habituelle dans la société française. Le vocabulaire de l'amour n'a jamais été plus
attentif, plus discret; et l'amour n'a jamais été plus
sincère à la fois et plus respectueux ; et les femmes
n'ont jamais été environnées de plus d'égards, et plus
ingénieux. La France porta en Allemagne sa trouvaille,
la courtoisie : dangereux voyage, pour un si fragile
chef-d'œuvre ! Les femmes allemandes ne s'attendaient
pas à une telle aubaine ; et, les Allemands, il leur
fallut renoncer à ces fortes réunions d'hommes où l'on
buvait, où l'on chantait sans vergogne ; il leur fallut,
pour suivre la mode française, apprendre les règles de
la causerie. Or, les critiques d'outre-Rhin réclament
pour leurs ancêtres l'invention de la « Frauenvereh-
rung », — c'est le respect qu'on doit aux dames; —
pas du tout! et les Français ne réussirent pas sans
peine à dresser aux jolies manières ces barbares, d'ailleurs zélés. Le plus difficile fut de leur faire admettre
que, non, ce n'est point aux femmes à commencer
le dialogue de l'amour : ils préféraient qu'on vînt à
eux, avec de la complaisance toute prête. Et puis, le
mysticisme de l'amour les importunait, comme aussi
l'attirail compliqué des épreuves et des délais, tant
de cérémonie ! Les premiers *Minnesinger*, là-dessus,
montrent de la mauvaise humeur et laissent deviner la
maladresse de leurs chevaliers galants, des rustres fort

déconcertés. Un peu plus tard, Wolfram d'Eschenbach,
Gottfried de Strasbourg, Hartmann d'Aue, Walther de
la Vogelweide sont de charmants poètes et au courant
de toute gentillesse : mais, poètes courtois, c'est à la
France qu'ils ont emprunté la maxime de courtoisie,
principe d'élégance et de morale, discipline des passions et loi de renoncement. Tout de même, leurs
bévues trahissent quelquefois leur bonne volonté.
Wolfram d'Eschenbach n'évite pas les fautes d'une
sensualité qu'il contient assez mal; Hartmann d'Aue
ne s'accoutume point à ce que les femmes aimées ou
désirées ne fassent pas toutes les avances; il refuse de
« mettre l'honneur au-dessus de la vie » et ses chevaliers ne risquent pas inutilement, pour le seul plaisir
de l'abnégation, l'aventure de la mort. Les successeurs
de ces poètes sont franchement d'une autre sorte.
Neidhart, lui, remplace les nobles dames par des
Gotons; Steimar débite des ordures. Les seigneurs
n'ont plus pour modèles Arthur de Bretagne et ses compagnons; mais ils épiloguent touchant le prix du blé,
les vendanges et retournent aux maritornes. Qu'est-il
arrivé? L'influence française en Allemagne décline;
aussitôt la vulgarité allemande triomphe. Mais alors,
l'Allemagne organise ses libertés communales, sa bourgeoisie; c'est encore à la France qu'elle demande des
recettes. Puis, sous le règne de Louis XIV, la France
élabore et conduit au plus merveilleux achèvement le
système de ses idées. L'Allemagne adopte ce système
intégralement : « conception de la vie politique, institutions civiles et militaires, attitude envers la religion,
philosophie, usages mondains, rôle social de la femme,
littérature, les arts, les métiers, tout est français, en
Allemagne, jusqu'à la langue elle-même. » Schlosser
écrit : « Nous avions tant de respect pour la langue et
les usages de l'étranger que n'importe quel barbier
français portait en Allemagne le titre de marquis et
que, tandis que le docteur allemand marchait de pair
avec le cocher, le maître de français était reçu à la

cour et frayait avec les altesses. » On proposait à Frédéric II, comme bibliothécaire, le célèbre Winckelmann, qui désirait, en fait d'émoluments, deux mille thalers; et le Roi : « Pour un Allemand, mille thalers, c'est bien assez! » Il engagea un très obscur bénédictin français et lui donna, sans marchander, les deux mille thalers qu'il refusait à Winckelmann. A la table du prince de Zell, un soir, tous les convives étaient français; et quelqu'un dit : « Monseigneur, c'est assez plaisant, il n'y a ici que vous d'étranger. » Tard dans le dix-huitième siècle dure, en Allemagne, la domination spirituelle de notre pays : et Frédéric II le prouve. Quand on s'en aperçut, on se fâcha. Déjà Leibnitz, qui écrivait en français la *Monadologie*, réprimande ses contemporains comme ceci : « Nous avons érigé la France en parangon de tous les agréments : nos jeunes gens, voire nos jeunes princes, ont méconnu en conséquence leur propre pays et admiré par contre toutes les choses de France. Ils ont discrédité leur patrie auprès des étrangers et aidé eux-mêmes à ce discrédit : leur inexpérience a pris, pour les mœurs et pour la langue allemande, une répugnance qui leur reste même quand ils ont acquis de l'âge et de la raison. » Et ces étudiants de Gœttingue, qui se révoltent comme je l'ai raconté, sont des patriotes éperdus. Ils refusent de tolérer plus longtemps le servage intellectuel que la suprématie française leur a imposé. Mais, dans leur révolte même, ils sont les disciples de nos révoltés. Et que feront-ils? Rien.

Les deux époques les plus brillantes de la civilisation, de l'autre côté du Rhin, sont (dit M. Reynaud) celles où l'Allemagne « a été le plus étroitement dépendante de nos mœurs et de nos idées »; et « la loi de son développement ne lui est pas intérieure : c'est la loi de la civilisation française qui devint celle de l'Allemagne ».

Mais, dira-t-on, l'Allemagne a ses poètes, ses philosophes; elle a son originalité. Oui! Et, quand on prouve

que, depuis les origines, l'influence française a éduqué
l'Allemagne, on n'entend pas que l'Allemagne soit
inféconde et nulle : seulement, c'est un fait que l'in-
tervention de notre pays l'a fertilisée. Elle a ses poètes ;
et même, elle a sa poésie. Cela n'empêche pas que ses
plus grands poètes ont reconnu leur dette envers la
France ; et Gœthe s'écriait : « Comment aurais-je pu
haïr les Français, un peuple auquel je dois une si
grande partie de ma formation intellectuelle? » Puis,
elle a ses philosophes ; et il ne s'agit pas de nier la
secousse que la philosophie a reçue d'Emmanuel Kant :
à mon avis, on exagère la valeur de l'emprunt qu'a fait
à Rousseau l'auteur des *Critiques*. Il n'en est pas moins
vrai que la spéculation métaphysique a préludé en
France, que l'admirable scolastique (si étrangement
méconnue) passa de chez nous en Allemagne, que
Leibnitz dépend de notre Descartes et que toute la
philosophie allemande a été suscitée par l'œuvre de
nos philosophes. Et enfin, oui, l'Allemagne a son originalité. Mais, précisément, — et, si je me trompe, la
faute n'en doit pas être imputée à M. Reynaud, que
j'abandonne ici ; d'ailleurs, ne nous effrayons pas des
mots : leur insolence s'atténue à la réflexion, — comme
l'originalité française est une civilisation, l'originalité
allemande est une barbarie. A chaque fois que l'Allemagne a voulu s'émanciper, à chaque fois qu'elle a pu
le faire, elle a déchaîné des instincts, et non pas
ordonné des pensées. A Francfort-sur-le-Mein, le jeune
Gœthe eut sous les yeux des exemples français. Il avait,
chez son père, la compagnie d'un Français distingué,
lieutenant de Soubise, le comte de Thorenc. Il assistait
avec enchantement aux spectacles de la troupe française : « Les chefs-d'œuvre du théâtre français, a-t-il
écrit, seront toujours des chefs-d'œuvre ; c'est à eux
que je dois mon inspiration dramatique. » Parlant à
Eckermann de Voltaire et de nos écrivains, il disait :
« Il ne ressort pas assez nettement de ma biographie
quelle influence ces hommes ont exercée sur ma jeu-

nesse. » Puis quand, à l'instigation du *Sturm und Drang*, il prétendit se dégager de nos écoles, il tomba dans l'extravagance, et voilà tout. Il délirait, ne fût-ce que pour éberluer ses amis. A l'auberge d'Elberfeld, il danse autour de la table si étrangement que ses amis sont, plus qu'éberlués, inquiets. A Darmstadt, souhaitant de montrer aux bonnes gens un poète et sa désinvolture, il se baigne tout nu, content d'ébaubir le monde. Et il a recours à mille absurdités, pour affirmer sa *Genialitat*. Il avait la tête solide et put résister à ce surmenage de déraison ; mais, auprès de lui, un garçon plus débile, le malheureux Lenz, finit dans la démence. Le jeune Gœthe n'est-il pas un peu nietzschéen, déjà? et les promoteurs du *Sturm und Drang* ne sont-ils pas des nietzschéens, par avance? et, l'Allemagne, toutes ses crises de hardiesse indépendante n'ont-elles pas ce même caractère de désordre? Le *Kraftmensch* qu'en ses jours délurés tout patriote allemand tâche d'être, c'est un sauvage vaniteux qui se débride. La sagesse de Gœthe lui vint, non de ses origines germaniques, mais de son éducation française. La Germanie, semblablement, c'est la France qui l'a pourvue des seules règles qui, par moments, lui ont donné bon air; elle ne s'est jamais échappée de nos disciplines que pour se livrer à ses velléités fantasques ou folles. La Germanie a besoin d'être, du dehors, civilisée, ou maîtrisée.

1ᵉʳ février 1915.

XVIII

AU SERVICE DE LA NATION

Pour nous plaire, il faut, à présent, que les livres aient au moins quelque rapport avec notre unique souci ; et nous leur permettons de nous divertir un instant, mais pourvu qu'ils semblent ne pas ignorer notre alarme et nos espérances. Qu'ils n'essayent pas de nous mener trop loin hors de là : nous ne les suivrions plus. Comme, à certains jours, les amis les plus chers, ils n'ont avec nous à choisir qu'entre le silence et une causerie toute pleine de précaution, toute proche de nos sentiments.

Nous pouvons lire *Au service de la Nation*. C'est un recueil de lettres écrites par des volontaires, dans les huit dernières années de l'avant-dernier siècle, et recueillies, annotées par le colonel Ernest Picard. Lettres familières, quelquefois un peu emphatiques, mais avec tant de naïveté ! lettres qui, des armées du Rhin, des armées du Nord, de l'armée des Alpes ou de l'armée d'Italie, allaient trouver, dans les villages et les petites villes de l'intérieur, des mamans, des épouses, des sœurs, des fiancées, des amis et qui les touchaient ainsi que maintenant nous émeuvent celles de nos soldats ; lettres tout exaltées de la grande ferveur patriotique, ininterrompue à travers notre histoire, mais qui a ses périodes d'élan plus vif : à la fin de l'avant-dernier siècle et aujourd'hui, la flamme est particulièrement haute et belle. Regardons-la et chauffons-y nos âmes.

Plusieurs de ces lettres, qui sont vieilles de cent

vingt ans, on les dirait écrites d'hier ; et elles nous font frissonner, quand elles relatent des souffrances dont nous savons que pâtissent nos défenseurs nouveaux. « Des volontaires ont eu les pieds gelés, vu la rigueur du temps... » C'est un lieutenant du cinquième bataillon de Maine-et-Loire qui écrit cela de Metz, le 22 nivôse an III, à la citoyenne veuve Michel, sa mère, marchande de quincaillerie à Angers. La guerre est, de tous les côtés, extrêmement pénible et, par exemple, au Nord où les Impériaux ont l'insupportable manie de se terrer comme des lapins, comme des taupes. Le volontaire Brault s'en plaint, un jour qu'avec un détachement de dragons, deux bataillons d'infanterie, quatre pièces d'artillerie et cinquante soldats de la Carmagnole, il est parti de Bergues pour assiéger Rousbrugge, à trois lieues de là. Il croyait aller vite ; mais baste ! les Impériaux avaient fait des tranchées « de vingt pas en vingt pas sur leur terrain, tout le long de la grande route... » On leur « remplit » leurs terriers et l'on passa. Puis on dut se mettre à l'eau, deux fois, pour franchir des rivières dont ils avaient abîmé les ponts. Et alors ? Alors, « les Impériaux avaient encore fait de fortes tranchées, d'où ils pouvaient avec vingt hommes nous tuer sans que nous puissions seulement en voir un seul... » Ces vils procédés de combat déconcertent nos volontaires. Et, pour se faire mieux comprendre de ses parents, Brault, qui est de Mayenne, leur dit : « Imaginez-vous que le pont de Mayenne a l'arche du milieu coupée, et qu'on a fait des retranchements à hauteur d'homme au bout du pont, du côté de la ville, et que deux mille hommes soient au Saint-Esprit pour assiéger la ville. Voyez si trente hommes, qui ne risquent pas d'être blessés, ne sont pas capables de les retenir et d'en détruire un grand nombre s'ils osent approcher : telle était cependant notre situation ! » Comment se tirer de là ? Le commandant général leur exposa que, pour être vainqueurs, ils n'avaient qu'un moyen : « agir de témérité ». Si l'on s'amusait à tirailler, les volontaires ne tueraient personne et les Impériaux tueraient tout le monde. Il fallait jeter sur le pont quelques planches et, la baïonnette au canon, « entrer d'autorité ». C'est ce qu'on fit. Et l'on se dépêcha. Une planche jetée sur le pont, les soldats n'attendent pas qu'il y en ait une autre. Ils passent; le commandant du bataillon, d'abord; tous les soldats après lui. Une planche qui n'avait pas huit pouces de largeur : « on ne pouvait passer qu'un à un! » Certes, il périt là toute une jeunesse; et le commandant général eut la cuisse cassée, « dont il est mort ». C'est un malheur; mais, si l'on avait barguigné, la ville serait encore à prendre. Ce que les volontaires de 1792 supportent mal, nos soldats aujourd'hui le supportent : la lenteur des opérations, le piétinement. Pour contenter Deguir, volontaire de la 65ᵉ demi-brigade et qui est en avant-garde à l'armée du Bas-Rhin, qu'on lui promette une grande bataille, l'attaque générale; les escarmouches quotidiennes l'impatientent. Et Desbruères, volontaire au 1ᵉʳ bataillon du Doubs, ne tient pas volontiers en place; il réclame de bouger : « cela m'ennuie d'être toujours dans le même endroit ». C'est qu'ils ont tous la ferme assurance de valoir mieux que l'ennemi dans la mêlée, homme contre homme. Grenadier au 60ᵉ régiment d'infanterie, ex-Royal-Marine, le vaillant Tiry est à l'hôpital, blessé. Il écrit « à son épouse »; il lui dit : « J'ai reçu au bras droit une balle, à la première sortie de Mayence, en tombant sur le corps de l'ennemi à deux heures du matin, après avoir égorgé deux sentinelles de la grand'garde. Nous nous sommes battus à l'arme blanche, tué beaucoup. Le feu a commencé à trois heures du matin jusqu'à sept heures, où nous fûmes battus à mitraille et à boulet par l'ennemi. Trop incommodés par ce feu, nous avons pris d'assaut la redoute, tué treize canonniers; j'ai été blessé... » Il ne donne pas autrement de ses nouvelles; mais il conclut : « Nous avons eu l'avantage! » Puis l'ennemi reçut des renforts; et il fallut rentrer dans

Mayence. Tout de même, et quoique blessé, Tiry sortit encore, avec d'autres, pour aller quérir les blessés sur le champ de bataille, — « car les ennemis les achevaient à coups de fusil... » Maintenant, à l'hôpital de Saint-Jean-d'Angély, le grenadier se rappelle tout cela, ses exploits, ceux des camarades, et la médiocrité des ennemis : « qu'ils apprennent à se battre à l'arme blanche, pour se battre avec nous! » Le chagrin de nos hardis gaillards, c'est d'avoir à écrire : « Nous sommes toujours dans la même position. » Le temps leur dure; et ils ne rêvent que d'aller de l'avant. Pour tromper l'ennui des semaines calmes, ils améliorent leur gîte et montrent de l'ingéniosité. Au bivouac de Kastel, en brumaire de l'an III, Brault et ses camarades se construisent une cabane, qui est la plus belle de la division : trente pieds de long sur vingt-quatre de large; un lit de camp « où il pourrait coucher vingt personnes », un peu serrées probablement; une cheminée en briques « avec un escalier pour y descendre ». Il y a, dans les environs, une sapinière : c'est elle qui leur offrit les planches et les tenta de bâtir cet « édifice », une véritable maison, dit Brault, « où je voudrais passer l'hiver; elle nous a coûté six jours de travail, entre six que nous sommes à l'habiter ». Il assure que la cantinière leur a proposé deux cents francs de leur chef-d'œuvre, et qu'ils ont refusé de le donner. Avec la même bonne humeur, le même sourire enfantin de héros, nos soldats nous racontent le luxe dont ils parent leurs tranchées. Ce sont bien les mêmes Français, jadis et de nos jours. Les-mêmes Prussiens? Je crois que oui. Meusnier, Brisson junior et le sergent Achille, qui se sont mis à trois pour donner de leurs nouvelles à l'administrateur du département d'Indre-et-Loire, appellent les Prussiens une « horde de brigands ». Et Demonchy, caporal-fourrier au 44ᵉ bataillon d'infanterie légère, qui ne se gêne pas beaucoup s'il cantonne chez l'habitant, mais qui a de la bonhomie, déteste la sauvagerie des Impériaux : « Ils agissent avec cruauté, au

lieu que nous autres Français, toujours avec humanité. » Fierté charmante ! Et c'est ainsi que les anciens
soldats, en nous parlant d'eux, nous parlent de nos
soldats d'à présent. Ils annoncent l'avenir ; et notre
pensée rêve longtemps autour de cette ligne, adressée
le 29 messidor an IV, à « son cher père, à sa chère
mère, à ses chers frères, parents, amis », par Gagneux,
soldat, 2ᵉ bataillon, 6ᵉ compagnie, 17ᵉ demi-brigade,
armée du Rhin-et-Moselle : « Je vous dirai que nous
avons passé le Rhin ; ça va très bien !... »

Le colonel Ernest Picard — mort avant la publication de son livre, et mort avant la guerre — est un
historien très attentif auquel on doit, notamment,
d'excellentes études, un peu sèches, un peu ardues,
mais précises et rigoureuses, riches de faits et intelligentes, sur la précédente guerre, la perte de l'Alsace,
la campagne de Lorraine, Sedan, les préliminaires de
la paix qui appelait une revanche. Sa compétence militaire l'autorisait à composer une histoire qui fût, en
même temps qu'un récit des événements, l'examen
critique de la stratégie. Mais la stratégie n'est pas une
science abstraite. Une théorie de la guerre tient
compte des réalités que la guerre met en jeu : réalités
parmi lesquelles il n'en est pas de plus efficace que la
valeur individuelle du soldat. Il importe de connaître
le combattant, ses énergies, ses faiblesses peut-être et,
enfin, le total de sa vertu active. Il faut que l'histoire,
peinture de la vie, soit concrète comme la vie. Ces pré-
tendus philosophes de l'histoire, qui nous déroulent
des siècles pareils à des théorèmes, ne sont que des
arrangeurs de néant. Quelquefois, on nous donnerait
à penser que l'immense aventure humaine, au cours
des âges, n'est que la méditation des diplomates. Et,
quelquefois, on dirait que tout se passe dans le cerveau
des capitaines. L'histoire est plus abondante, opulente
et, pour ainsi parler, plantureuse : et qu'on n'omette
pas les foules, qui sont la matière et la substance de

l'histoire. Le colonel Ernest Picard n'a-t-il pas senti que son histoire militaire, très savante, restait un peu maigre, en dépit du méticuleux détail, et théorique, faute d'enfermer dans ses épisodes les foules combattantes? C'est pour cela, j'imagine, qu'il avait résolu d'examiner de plus près le soldat : ces lettres de volontaires le renseignaient bien. Il les a trouvées dans les dépôts d'archives communales et départementales, ou dans les liasses des collectionneurs : il les a tirées de leur sépulture et de leur oubli, ranimées, et il a pù constituer ce témoignage ancien de la valeur française. Nous avions déjà des amis, parmi les héros de cette époque : un Jolicler, un sergent Fricasse et un Gabriel Noël, dans l'épopée militaire de la Révolution, nous émerveillent, nous enchantent. Mais, à cause de leur célébrité, à cause de leur individualité si originale, ils nous ont un air un peu exceptionnel. Ce sont des protagonistes. Voici, avec les moindres personnages que le colonel Ernest Picard ressuscite, la multitude des héros.

Ces gens, rudes et vulgaires, tout barbouillés d'ignorance, fiers de leur brutalité, sublimes, nous apparaissent comme des rédempteurs. Ils font une belle besogne et ils rachètent le crime de leur temps. Ils ne sont point exempts de toute analogie avec ces énergumènes, compagnons de leur enfance peut-être et leurs parents ou leurs frères, qui ont mal tourné, dans les clubs, dans la politique et dans l'anarchie. Une même frénésie a soulevé les uns et les autres, mais ceux-ci pour l'intrigue et ceux-là pour l'abnégation, ceux-ci pour le scandale et ceux-là pour le salut de la patrie. Or, c'est le hasard qui les a séparés si nettement, qui des uns a fait des politiciens et, des autres, des soldats. Les uns, nous les détestons; les autres, nous les glorifions. Pareils d'abord, ils sont allés aux deux extrémités d'une alternative et, tous, portant comme un bagage précieux une idéologie, la même, et que les uns ont avilie, et que les autres ont sanctifiée. Sans doute les idées ne valent-elles quasi rien, par elles-mêmes : des cailloux qu'on ramasse au bord des routes; mais, dans ce caillou, ciselez à votre choix une image obscène ou l'image d'un dieu. Les principes de la Révolution, que les émeutiers de Paris employaient à l'assassinat, sur nos frontières les soldats les employaient à l'héroïsme.

Ces volontaires sont de fameux républicains. Ils ne manquent pas une occasion de déclarer leurs doctrines, et d'afficher « ce saint amour de l'égalité qui caractérise les âmes libres », et de vilipender les aristocrates, les prêtres aussi. D'ailleurs, il y a entre eux des différences, des nuances d'incrédulité. Quelques-uns traitent encore Dieu sans malveillance. Et Jean Gagneux, un Tourangeau, a beau n'aimer pas les Chouans, il n'est pas une forte tête; car il écrit à ses parents : « Je vous écris pour faire réponse à votre lettre qui m'apprend avec plaisir que vous êtes en bonne santé; moi, je suis de même pour le présent, et je prie le Seigneur de nous la continuer à tous... » Plus généralement, s'ils parlent de Dieu, ils le républicanisent sous le nom de l'Être Suprême. Et Colin, Lepreux aîné sont hardis jusqu'à se railler de « tous les saints (ci-devants) du soi-disant Paradis ». Terribles garçons, ces Colin et Lepreux aîné! Entre deux batailles, ils écrivent à leurs amis de la Société populaire, à Saint-Jean-de-Losne : « La ville de Strasbourg va divinement; la guillotine est toujours en activité... » Ils ajoutent qu'elle fait des miracles et convertit bien du monde. Mais, tout ça, c'est de la politique, qu'ils ont prise à Saint-Jean-de-Losne et qui leur traîne dans l'esprit. Des mêmes, voici beaucoup mieux : « Nous vous avions promis des nouvelles. Crions tous : *Vive la République!* Victoires sur victoires, frères et amis! les Français sont à Worms, peut-être à Mayence; le butin qu'ils ont attrapé monte à plus de deux cents millions, sans compter les canons, bagages, prisonniers, etc. Nous sommes bien fâchés de ne pouvoir vous annoncer la prise du Fort-Vauban; nous espérons vous l'apprendre bientôt, car l'on doit

donner aujourd'hui une attaque générale... » Du reste,
ils vont un peu vite : le 16 nivôse an II, les Français
n'étaient ni à Mayence, ni à Worms. Seulement, au
Geissberg et à Frœschwiller, Hoche venait de rempor-
ter ces éclatants succès qui aboutirent, quelques mois
plus tard, à la reprise de l'Alsace. Colin, Lepreux aîné
sont des patriotes qui n'attendent pas : et ils devancent
la victoire. On leur dit bien que la garnison de Fort-
Louis a juré de mourir dans la place. Ils répondent :
« A quoi sert le serment des esclaves contre la valeur
des républicains? » Et, en fait, les Autrichiens de Fort-
Louis (ou Fort-Vauban) ne coururent pas les risques
d'un siège : ils s'esquivèrent, promptement. Lepreux et
Colin, voyez-les : « Quant à nous, républicains et amis,
comptez sur notre zèle. S'il fallait aller aux antipodes
pour le bien de la république, croyez que nous sommes
prêts à partir et que rien ne peut nous écarter du chemin de vrais républicains ! » Ils confondaient la république et la patrie de telle sorte que leur république en
est embellie singulièrement. Cette confusion qui, dans
le langage et dans les sentiments de nos concitoyens,
ne s'est pas maintenue, — il serait trop long de dire
pourquoi, — donne aux lettres de ces volontaires un
petit air démodé, souvent drôle. Par exemple, l'un
d'eux, un artilleur, écrit que nos mortiers « travaillent
en républicains » ; et un autre, au bivouac en avant de
Verchem, le 2 nivôse an II : « Nous couchons dehors
tous les jours et la vermine nous mange, mais c'est
pour la république! » Alors, ils sont très contents; et
ils sont magnifiques. Ils ennoblissent les pires choses : la
vermine, la république de 1793, la carmagnole. Et il
n'est pas jusqu'au refrain sinistre de « Ça ira », ignoble
à Paris dans la bouche des massacreurs, qui ne prenne
le plus bel accent aux couplets de la lettre que voici.
Châtelain, commandant la deuxième escouade des
canonniers au parc de Saverne, l'an IIᵉ de la république
une et indivisible, écrit aux « citoyens magistrats »
d'Avallon, son pays natal : « Le 14 de ce mois (no-

vembre), la générale a battu, et l'on criait : *Aux armes!*
de toutes parts. Le parc d'artillerie de Saverne, où nous
sommes attachés, s'est mis en marche contre l'ennemi.
Mais, dès l'instant que ces brigands d'Autrichiens nous
ont aperçus, ils se sont sauvés comme des lâches. Nous
leur avons envoyé quelques coups de canon qui ont
fait mordre la poussière à plus d'une centaine des
leurs, et nous, nous n'avons perdu que peu de monde
attendu que l'ennemi tire trop haut. Nous ne sommes
qu'à une lieue de l'ennemi. Au moment où je vous
écris, l'on vient de retirer un espion, habillé en gendarme ; il a les yeux bandés et on lui fait faire le tour
de la ville et, de suite, on va lui casser la tête. Encore
un scélérat de moins. Ça ira, ça ira, ça ira!... J'ai
entendu dire qu'il y avait de grandes mesures de prises
par l'état-major de Saverne et que, sous peu de jours,
nous devrions faire un mouvement général avec
l'armée de la Moselle. Par là, l'ennemi se trouvera
attaqué sur trois faces. Ça ira!... Comme je finis ces
mots, le général vient de nous donner ordre de nous
tenir prêts pour quatre heures du matin. Il nous a promis que l'affaire serait très chaude. Tant mieux ; je
vous promets que cela ne m'intimide pas plus que
quand j'allais chanter la messe à Saint-Lazare. Ça ira,
ça ira!... » Et, là-dessus, Châtelain, songeant que les
magistrats sont les « protecteurs des veuves et des
orphelins », leur recommande « sa petite femme et
son fils ». Et puis, avant de signer : « Je suis, citoyens
magistrats, avec le respect dû à des magistrats et votre
égal en droit. La générale bat, je vole au combat. Vive
la république une et indivisible! » Et puis, après la
signature, deux mots encore : « Je vous prie de donner
de mes nouvelles à ma petite et de lui dire que je me
porte bien. » Je ne sais pas ce qu'il est advenu de Châtelain, qui, avait, dans l'esprit, des billevesées et une
certitude.

Ces volontaires, si occupés qu'ils fussent à la défense

du territoire, veillaient à conserver de bonnes relations
avec les politiciens de chez eux, magistrats du peuple,
membres des sociétés jacobines ou fonctionnaires de la
Révolution. Les gens du département d'Indre-et-Loire
correspondent très volontiers avec Clément de Ris, con-
ventionnel bientôt et qui plus tard deviendra raisonnable, sénateur et pair de France. Clément de Ris est
l'obligeance même. On s'adresse à lui pour donner de
ses nouvelles à tous les amis; il fait gentiment les com-
missions affectueuses. Louis Pillaut, qui est en Hollande
à la 29ᵉ demi-brigade, a laissé à Beauvais-sur-Cher, non
loin de Tours, une belle dont il se souvient et qu'il veut
épouser, Fanquette. Sans doute ne doit-il pas écrire à
Fanquette directement, soit que Fanquette ne sache
pas lire, soit que les parents de cette jeune fille ne
l'aient point encore agréé. Mais, citoyen Clément de
Ris, « embrassez-la bien pour moi; dites-lui que, si
j'étais hirondelle... » Ou : « Dites-lui de ma part que,
de toutes les filles au monde, il n'y en a point que
j'aime mieux... » Pillaut, quelques lignes après, a
oublié qu'il écrivait au citoyen Clément de Ris : il ne
songe plus qu'à Fanquette; et la lettre commencée
pour le citoyen s'achève pour la belle, comme ceci :
« Encore, si j'avais le bonheur de vous voir et de vous
posséder, aimable Fanquette, hélas! que je serais content de voir unir mon cœur et le vôtre par une amitié
tendre et fidèle! Si le moment, mon aimable Fanquette,
me permettait de vous en dire davantage, je vous en
dirais plus, mais ce sera pour une autre occasion.
Adieu, aimable Fanquette, portez-vous toujours bien et
me croyez toujours pour la vie votre ami inséparable,
Pillaut. » Le citoyen Clément de Ris allait évidemment
lire à Fanquette ces jolis propos. Cela, maintes fois.
Mais il arriva que Fanquette fut infidèle à ses doux ser-
ments. Pillaut eut tort de n'être pas là; l'on ne savait
pas quand il reviendrait, s'il reviendrait jamais. Fanquette épousa un autre jeune homme. Le citoyen Clément de Ris en informa Pillaut, qui eut tout le chagrin

possible, avec beaucoup de courage. Pillaut fut magna-
nime et, apprenant que le mari de Fanquette n'était
qu'un « pauvre sujet », il évita de se réjouir de la vengeance que lui accordait la destinée : « Je souhaite que
l'Être Suprême donne à cette ingrate la force de supporter toutes les adversités qu'il pourra lui arriver dans
son alliance, et qu'elle les supporte avec patience tant
terrestre que spirituelle, et qu'ils passent des jours
tranquilles... » Généreux Pillaut, qui répond bonnement à la perfidie!... Au surplus, il ne doute pas qu'à
la paix, quand il pourra « recouvrir sa liberté », il ne
trouve un autre cœur « plus fidèle et plus digne de son
estime ». Provisoirement, il retourne « à son drapeau »,
la tête libre et débarrassée de Fanquette.

Jabouille aussi a des chagrins d'amour; Jabouille
qui, autrement, serait heureux : car on l'a promu
lieutenant, « et lieutenant de gendarmerie, c'est sûrement un fort joli poste ». Mais il voulait épouser une
fille de quinze ans, à quoi son père s'opposa. Maintenant, cette fille est morte. Et Jabouille écrit à son père,
aux fins de lui adresser un « terrible reproche ». Il
affirme que, s'il avait épousé cette fille, elle ne serait
pas morte; « et j'aurais rendu à la société une aimable
femme et une bonne mère ». Il ajoute : « Oui, j'ai
considérablement perdu. Figurez-vous une femme
pleine de talents, de douceur, de beauté, parlant trois
différentes langues et les écrivant de même, enfin dont
l'éducation a plus coûté que n'ont vaillant toutes les
filles de Pionsat... » Pionsat, près de Montaigu-en-
Combrailles, c'est le village de Jabouille... « Je ne
pleure pas facilement; mais, si vous l'eussiez connue,
vous sentiriez ma douleur... » Jabouille pleure; il
avoue qu'il est las et qu'il va se coucher. Ce qui
augmente son déplaisir, c'est ce qui lui permet d'y
songer : trop de loisir! Lieutenant de gendarmerie,
avec les attributions de quartier-maître au service du
trésor : un joli poste, oui, — « pour un capon », —
reprend Jabouille, qui est triste. Ses camarades se

battent nuit et jour : ça les distrait. Mais lui, Jabouille :
« Je n'ai plus l'avantage de voir l'ennemi!... » Jabouille
eut bientôt l'avantage de revoir l'ennemi, de sorte·
qu'il oublia cette fillette de quinze ans. Il se maria et
il eut un fils, qui fut officier dans la Jeune Garde.

Habituellement, l'amour et ses mélancolies ne tourmentent pas nos volontaires. Ainsi, Mme Desbruères,
une maman qui demeure à Indre libre, ci-devant
Châteauroux, se trompe lourdement lorsque, s'étant
fait tirer les cartes, elle se figure que son fils André
rêve d'une jolie maîtresse. Pas du tout! « Je vous dirai
avec vérité que j'ai eu beaucoup de chagrin en quittant
Besançon, mais ce n'est pas pour les filles, c'est plutôt
pour le vin à bon marché, tandis que maintenant nous
ne buvons ni vin ni eau-de-vie, et, les trois quarts du
temps, nous manquons de pain. » Une autre maman,
la citoyenne Michel, a fait à son fils de sages recom-
mandations. Sur le chapitre de l'amour, il ne répond
seulement pas. Et, quant au vin, « je vous dirai qu'un
militaire qui boit un petit coup et qui a la tête échauffée
est heureux; il n'a aucune inquiétude et souci jusqu'au
lendemain... » La citoyenne Michel s'alarme-t-elle, à
craindre que son fils ne soit un ivrogne? « Non, ma
chère maman, soyez persuadée que je me ressouvien-
drai toujours des principes que vous m'avez donnés.
Quand j'aurai le plaisir de vous embrasser, je ne sen-
tirai ni la pipe ni le vin... » Et il ajoute, corrigeant de
gaieté sa tendresse : « Mais, pour la gale, il ne faut
jurer de rien! » Michel est un excellent fils. Il écrit
souvent; et, un jour, dans les premiers temps, une
lettre qu'il reçoit lui fait répandre des larmes : il ne
peut plus lire, car il « pleure de trop bon cœur » et
« croit rêver ». Ce jour-là, s'il pouvait embrasser sa
« chère maman », serait le plus beau jour de sa vie.
Mais il s'éveille bientôt de cette illusion séduisante :
« Insensé que je suis, tu t'aveugles; le bonheur est
loin de toi!... » Un peu d'éloquence n'altère pas la
sincérité de l'émoi; et la simplicité, en littérature,

est la suprême rouerie où réussissent les délicats.

Ces héros sont de bons enfants. Brusques, parfois. Et ainsi, le gendarme Paderno. Son frère a demandé de ses nouvelles et, pour lui écrire, son adresse : « Il se moque de moi! Il croit que c'est comme lui qui est dans sa chambre à caresser sa femme. Triple bombe! s'il a tant envie de m'écrire, il peut m'écrire quand il voudra au champ de bataille, au champ d'honneur, à Modane, près le Mont-Cenis : voilà mon adresse! Et il peut prendre un fusil, et qu'il vienne, je lui donnerai du pain, et de l'ouvrage au fort de la Brunette... » Ah! Paderno n'est pas commode. Mais, en général, ils sont la douceur même et recherchent, en écrivant, les formules de la plus gracieuse politesse : « Ma chère mère, je mets la main à la plume pour vous donner de mes nouvelles et pour en recevoir des vôtres... » Ils joignent à leurs mots d'affection mille cérémonies de déférence. Un peu pressés, ils mettent, pour finir : « Je suis, en attendant de vos nouvelles, votre fils » ; ou bien : « Je suis toujours votre fils » ; ou bien même : « Je suis pour la vie votre fils. » Ils aiment ces déclarations incontestables. Jamais ils ne cessent de penser à leur village. Ceux qui ne savent pas écrire s'adressent à l'obligeance d'un camarade plus lettré. Par exemple, au bivouac de l'avant-garde, en avant de Verchem, le 2 nivôse an II, c'est Joseph Rousseau qui tient la plume. Et il écrit à « son cher père et sa chère mère », comme s'il ne s'agissait que de lui, raconte qu'il vient d'être nommé caporal et qu'il a juré de n'abandonner point son drapeau sans avoir chassé du sol républicain les satellites des despotes couronnés; il raconte nos victoires. Et puis : « Je vais vous dire que nous sommes réunis en groupe pour écrire cette lettre; tous du pays, nous assurons de notre respect nos pères et mères. Nous sommes : Chaumereau, fils du maréchal des logis de gendarmerie; Crépin, Jousset, de Saint-Martin; Thuilier, ci-devant de Saint-Martin. Tous vous font leurs compliments et vous prient de donner de leurs nouvelles à leurs parents en

leur présentant leurs respects. Ils se portent bien. »
L'une des souffrances que nos volontaires endurent le
plus malaisément, c'est la lenteur avec laquelle leur
parvient la réponse, quand ils se sont appliqués à
écrire une belle et bonne lettre. Alors, ils se tourmentent : « Je puis vous dire avec vérité que voilà
trois lettres que je vous envoie sans avoir de vos nouvelles. Je ne sais si vous les avez reçues. Je suis bien
en peine de cela... » Et Gagneux : « Après les plus
vives inquiétudes sur le sort de vos santés et le long
silence de votre part, après vous avoir écrit différentes
lettres pour en recevoir aucune réponse, et ne sachant
à quoi attribuer ce retard, et me voyant privé de la
plus douce satisfaction que je puisse avoir; étant éloigné
de vous, je mets la main à la plume pour m'informer
de l'état de vos santés, ainsi que de celle de mes frère
et sœur et de toute notre famille... » Aux frontières,
les soldats de la république sont enfermés dans leur
besogne et dans leur discipline comme dans un couvent, séparés du reste du monde. Ils reçoivent peu de
lettres; et leurs parents, qui ne sont pas très malins à
écrire, ne les renseignent pas à merveille. Gagneux s'en
plaint : « Vous me dites que ma sœur est mariée, vous
ne me dites pas avec qui! faites-le-moi savoir dans
votre prochaine lettre... » Et Gagneux attend, pour
complimenter sa sœur. Ils sont là-bas comme dans un
couvent; mais le souvenir du village est avec eux et ne
les quitte pas... « J'ai reçu de vos nouvelles le jour de
la fête de chez nous, ce qui m'a fait un sensible
plaisir... » Ils n'oublient pas ces dates d'une gaieté qui
n'est plus pour eux. Les contrées nouvelles que visite
leur marche victorieuse les invitent à comparer les sites,
les récoltes, et à préférer les champs qui les ont vus
naître. Gagneux, quand, avec la 17e demi-brigade, il a
passé le Rhin, constate que le Wurtemberg est un pays
très froid. Et les voici au mois de messidor : le seigle
commence à pousser, le froment se montre à peine, —
« les fruits sont comme chez nous au mois de mai! » Et

Gagneux songe à son petit village d'Azay-sur-Cher, dans la riche Touraine : « Je vous prie de me dire si les vignes sont belles, si la moisson s'avance, si les fruits sont beaux... »

Voilà leur rêverie. Elle ne les amollit pas. Il n'est de rêverie qui tienne, lorsqu'on a le divertissement superbe de vaincre. Et il n'est pas de rêverie pour amollir un Julien Martin, canonnier de l'armée des Ardennes, lequel écrit à son parrain : « Voilà deux jours qu'on parle que l'armée va partir pour aller du côté de Valenciennes. Cela nous ferait un grand plaisir, car nous ne serions que contents de nous battre, car il n'y a rien de plus beau à voir que la guerre, surtout quand il y a deux cents brutals qui pètent là tous à la fois. » L'annonce des batailles les excite et les réjouit. « Il se prépare un coup de collier, dit Brault; nous aurons le plaisir d'être de la partie! » Et Michel, à dix lieues de Francfort, à trente lieues de Solingen et d'Elberfeld, suivant son estimation : « Nous aurons le plaisir d'entrer dans plusieurs villes d'Allemagne! » Et Vidal, tambour-major en chef de la 86e demi-brigade, qu'est-ce qui l'attristerait? « Nous combattons toujours avec succès. Comme tambour-major, je fais porter la terreur chez les ennemis en levant cette canne; ce signal leur devient funeste et fatal. On bat le pas de charge, on croise la baïonnette, on immole à la liberté mille et mille esclaves; les autres, se voyant pressés, fuient à grands pas le champ de bataille. » Pour informer de leurs exploits les père et mère et les amis, chacun a son style. Le sergent Logé, qui se bat dans l'armée de Sambre-et-Meuse, division du général Marceau, et qui a vu les Autrichiens se sauver à toutes jambes, ne va pas par quatre chemins : « Nous les avons foutus tous en déroute! » Joseph Rousseau a plus d'élégance : « Nous avons eu l'avantage de repousser l'ennemi! » Defage est plus lyrique : « De tous côtés, la victoire nous tend les bras. Nous avons pris Mons, Ostende et Bruxelles. Notre armée marche sur Gand. Je vous dirai aussi que nous avons repris Condé et Valenciennes... » Après la bataille de Mons, que nous appelons victoire de Jemmapes, Huret, « républicain, Français et défenseur de la patrie », est comme un peu intimidé de la beauté du récit qu'il va faire : « Je voudrais avoir un génie assez sublime ou un esprit assez éloquent pour tracer le courage et l'intrépidité de nos soldats... » Et, quand on croit la paix prochaine, Rouget : « C'est alors que vous verrez votre fils couvert de lauriers et qui fera part de son triomphe à toute la famille! »

« Jugez voir à propos si nous ne nous sommes pas battus comme il faut! » écrit Bénard, soldat au 57ᵉ régiment, ci-devant Beauvoisis. Et il ne doute pas de l'assentiment.

Soldats d'hier, dignes de leurs neveux!

1ᵉʳ mars 1915.

UNE FRANCE NOUVELLE [1]

On a défini la Renaissance : « du nouveau qui n'est pas neuf » ; elle ressuscitait un passé magnifique, l'antiquité. La nouveauté qu'annoncent ces deux mots d'une « France nouvelle » n'est pas neuve non plus. Elle est neuve pour nous : un bonheur qui revient après quarante-cinq années, grand espace dans la destinée des hommes, — et qui revient quand on n'osait plus l'attendre, — un tel bonheur est un miraculeux prélude. Mais aussi, cette nouveauté n'est pas neuve dans la continuité française; cette nouveauté : la France victorieuse. Une tradition très ancienne se renoue. A travers son histoire séculaire, la France est une nation victorieuse. La défaite qui sera bientôt effacée et que nous avons subie il y a presque un demi-siècle fut un accident. On le répare; déjà l'on a posé la seconde arche du pont qui, franchissant les quarante-cinq années mauvaises, nous remet sur la belle et bonne voie, large et bien éclairée par le soleil de France.

En toute sincérité, je m'excuse d'avoir à prononcer, dès aujourd'hui, ce mot de victoire, quand l'œuvre n'est point achevée : la parole, plus facile que l'acte, va plus vite; et ne va-t-elle pas trop vite? Le même fré-

(1) Conférence donnée, à la Société des Conférences, le 17 mars 1915.

missement que vous sentez, je le sens moi aussi. De telles anticipations froissent notre confiance et alarmeraient notre certitude, si nous cédions à la furtive inquiétude de nos cœurs. Depuis le début de cette guerre et jusqu'à présent, combien m'ont offensé, m'ont déplu les pronostiqueurs intrépides : les uns qui prédisaient le triomphe aisé, les autres qui prédisaient les pires catastrophes; les uns et les autres également dogmatiques et pareillement dénués d'arguments incontestables. Les uns, dès le commencement d'août, même un peu plus tard, et quand ils auraient dû avoir moins d'assurance que jamais, vous partageaient l'Allemagne à tour de bras. Ils donnaient des provinces, distribuaient des territoires : et c'était probablement leur façon d'apprendre la géographie. Ils me rappelaient une caricature d'autrefois, — de Daumier, si je ne me trompe, — où l'on voit des bourgeois, à la terrasse d'un café, jouant aux dominos et construisant l'Europe au gré de leur fantaisie; l'un de ces bonshommes pose le double six et demande : « Avec tout ça, qu'est-ce que nous faisons de l'Autriche?... » Les prophètes de malheur n'étaient et ne sont pas moins désobligeants. C'est à qui découvrira, entre les lignes des communiqués, une cachoterie désespérante. Je me souviendrai toujours avec rancune d'un mécontent qui, dans les premiers jours de septembre et à la veille de la victoire de la Marne, déclarait : « C'est pis qu'en 1870; nous n'aurons seulement pas Reichshoffen! » Et il partit pour Bordeaux.

Pendant que s'accomplit la tâche énorme et auguste, n'est-il pas vrai que nous, qui n'avons pas l'honneur de combattre, nous n'aurions qu'un désir, conforme à la sagesse : le silence? Silence avec autrui, et silence avec nous-mêmes. En attendant, plutôt que de hasarder de l'espoir ou de la crainte, se taire : quel assainissement de la pensée!... Mais on n'impose pas silence au prochain; voire, on n'impose pas silence à soi-même. Et, si nos lèvres se taisent, nos imaginations parlent; de

sorte qu'il vaut encore mieux substituer à tant de
secrets bavardages une opinion nette et réfléchie. Je
m'excuse d'avoir à vous parler dès aujourd'hui de victoire. Et pourtant, ce n'est que franchise : chacun de
nous se parle de victoire; et il ne faut qu'assembler de
bonnes raisons, en faveur de cette confiance, qui est en
outre une volonté.

Notre confiance et — ne marchandons pas à nous-
mêmes la vérité — notre certitude s'appuient sur des
raisons que j'énumère comme suit :

1° Les Allemands avaient préparé le mieux du
monde, et avec un soin qu'il serait futile de nier, une
guerre : je ne dis pas la guerre, mais une guerre, dont
le caractère était, devait être une rapidité foudroyante.
Cette guerre, en tout état de cause, la guerre rapide,
ils l'ont manquée. Après cela, nous ne voyons pas
qu'ils aient eu la souplesse d'invention ni les ressources d'en combiner une autre. Dès le moment qu'ils
se sont mis dans leurs tranchées et recoururent à la
guerre de siège, la plus longue espèce de guerre, eux
si pressés, je crois qu'ils étaient perdus. Et nous, pendant qu'ils préparaient une guerre, je ne suis pas satisfait de le dire, mais il est certain que nous n'en prépa-
rions aucune. Seulement, tout ce que nous aurions dû
faire avant la guerre (et comment ne le fîmes-nous
pas!) nous l'avons fait depuis la guerre : et comment y
sommes-nous parvenus? Ce prodige s'est accompli,
grâce à la stratégie tutélaire de Joffre qui tint en respect, des mois durant, l'envahisseur et nous donna les
délais indispensables; grâce à notre armée qui, de son
courage, bâtit le mur immobile derrière lequel on put
travailler; et grâce à la prodigieuse activité vitale de ce
pays qui, sous la menace et dans la calamité, avec dix dé-
partements envahis, sa jeunesse enrôlée, trouve encore
le moyen de multiplier son armement, ses munitions,
de se créer une artillerie. Ainsi, à mesure que l'armée
allemande périclitait, la nôtre se fortifiait. L'équilibre
se rétablissait, puis il se défaisait — en notre faveur.

2° Jusqu'à la bataille de la Marne la France, l'Europe entière, et aussi l'Allemagne, ont eu obstinément l'idée, qui datait de 1870-71, l'idée que l'armée allemande était invincible. Mais, à la bataille de la Marne, cette armée invincible fut vaincue. Son prestige s'effondra; son prestige que nous subissions et qui nous accablait. Donc, cette armée, en dépit de sa réputation, même en dépit de son incontestable force, n'est pas invincible. Et donc, elle sera vaincue par une armée dont on peut bien dire qu'il n'y en eut pas une autre pareille dans l'histoire : une armée qui, dans la savante retraite, conserve son énergie et qui, après des semaines de repli, sur un ordre soudainement donné, repart et montre qu'elle n'a rien perdu de sa vivacité; une armée qui n'a de faiblesse ni dans la défensive ni dans l'offensive, et qui passe de l'une à l'autre instantanément; une armée qui a cette incroyable souplesse, une sensibilité docile et ardente; une armée à qui l'on peut tout demander, en fait de sacrifice, à qui l'on peut demander la patience et la fougue; une armée si intelligente que, depuis plus d'une demi-année, elle a fait toute espèce de guerre, toujours prête; cette armée : la nôtre. Pour vaincre une armée qui n'est pas invincible, celle-là est bonne qui viendrait à bout d'une invincible armée!...

3° La présente guerre a débuté par des hasards et des à-coups. Il était impossible d'en rien prévoir. Conduite par les Allemands, qui d'abord menèrent tout, cette guerre ne fut longtemps qu'impulsion rude et violence : les succès et les échecs s'y mêlaient en désordre. Mais, un beau jour, Joffre l'a prise dans ses mains raisonnables. Il l'a domptée; il s'est rendu maître d'elle et il l'a forcée d'entrer dans une logique d'où il ne l'a plus laissée sortir. Elle se démenait comme une folle et il l'a contrainte. Il lui a imposé la rigueur d'une dialectique impérieuse qui se développe sans accidents ni aventures, selon ses lois, et chemine vers sa conclusion nécessaire. Les prémisses posées, il faut que le syllogisme aille à ses fins. Dans la mesure où il est permis de comparer avec le cours d'un syllogisme les divers mouvements d'une réalité concrète, oui, l'on peut dire que Joffre a éliminé de cette guerre les contingences. A tant de raison, claire, calme, un peu lente peut-être, infiniment prudente et véritablement cartésienne, confrontez la folie allemande. Je dis résolument : folie. Car c'est une évidente absurdité qui a brisé l'effort de nos ennemis. Leur plan de campagne, élaboré par de savants stratégistes et connu désormais, comportait trois opérations, et dont l'ordre ne pouvait pas être modifié : 1^{nt} l'invasion brusque; 2^{nt} la destruction de la principale armée française; 3^{nt} la prise de Paris. Eh bien, la première opération, l'invasion, ils l'ont réussie; mais, la deuxième opération, destruction de notre principale armée, ils ne l'avaient pas faite, quand ils se lancèrent à la troisième. Une crise de mégalomanie les exaltait; ils oublièrent leur programme : et ils arrivèrent devant Paris, sûrs d'eux-mêmes, puis éperdus. Ils n'eurent qu'à se sauver. Leur folie, c'avait été de vouloir prendre la capitale sans avoir disloqué l'armée qui la défendait; la raison de Joffre, ce fut de préserver l'armée qui défendait la capitale et le pays. Or, folie et raison ne sont pas de même efficacité. Un fou qui survient peut faire un mauvais coup : sa folie ne décuple-t-elle pas sa force? Il est dangereux jusqu'à la minute où on lui tient les poignets. Mais, le fou allemand, Joffre ne l'a-t-il pas maîtrisé?

4º Je vous engage à considérer comme démonstrative cette simple remarque. Tout ce qui vient du front, nouvelles, opinions, sentiments, un mot le résume : confiance. Je ne crois pas que nul de vous ait reçu, d'un chef ou d'un soldat, une lettre où l'on aperçoive un petit découragement, le moindre fléchissement de l'énergie. Cela maintenant; et cela même, durant les jours de la cruelle incertitude. Les quelques civils qui eurent la permission d'aller là-bas et de visiter nos troupes sont revenus tout autres qu'ils n'étaient partis,

**

gaillards et animés d'une foi désormais inébranlable.
Ils ne doutent plus, s'ils ont douté. Oui, la certitude
est là-bas. S'il y a encore du pessimisme chez nous,
c'est à Paris ou dans la province la mieux préservée de
tout péril; c'est à Paris plutôt, et non pas au grand
jour, mais dans des coins et recoins en général très bien
calfeutrés, dans des clubs notamment où font le bridge
et le poker les hommes de loisir. Sans chercher beaucoup, on découvrirait, dans la sécurité de ces lieux
élégants, des officines de tremblant chagrin. Ces messieurs ne sont pas tous de mauvais citoyens. On connaît,
parmi eux, des patriotes incontestables, mais pusilla-
nimes : et, sans doute, ils ne savent pas qu'avec innocence (pour la plupart) ils colportent les bruits malfaisants que nos ennemis inventent et promulguent; ils ne
savent pas qu'ils sont les colporteurs de l'imposture
boche. Ils font une funeste besogne. Et, avec Ronsard,
disons-leur :

> Pères, il ne *faudrait*, à qui la force tremble,
> Par un mauvais conseil les jeunes retarder!

Somme toute, j'aime autant que, s'il y a du pessimisme, il se cache dans des compagnies de non-com-
battants; et que l'optimisme soit au front. Cela vaut
mieux! Entre les deux avis qu'on nous offre, lequel
choisirons-nous? Il me semble que les Poilus ont des
renseignements qui manquent aux *clubmen*.

. Voilà pourquoi j'ai l'entrain d'annoncer, comme la
première des « nouveautés » françaises que nous avons
le droit d'escompter, une France victorieuse. Quel
changement! Depuis l'autre guerre, n'est-il pas vrai
que la vie française avait pris une triste couleur? Je
l'avoue : on s'amusait. Je l'affirme : on s'amusait trop.
Est-ce que je me trompe si, dans l'excès de la frivolité,
de la dépense et de l'agitation, dans l'espèce de
luxueuse étourderie où l'on vécut ces dernières années,
je devine l'essai d'un vain divertissement? Ne cher-
chions-nous pas à nous donner le change? Certes, il y

eut aussi, à l'origine de ce phénomène, la spontanéité
de la race, contente de ressusciter, contente d'avoir
surmonté une épouvantable crise et de triompher par
la richesse, l'industrie, le goût, les arts : une autre race
serait morte; la nôtre, à survivre, se réjouissait. Tout
de même, nous survivions : ce n'est pas exactement
vivre!... Il nous avait fallu renoncer à d'anciennes
prééminences; et en découvrir d'autres. A la force
française incontestée jadis, nous substituâmes une sorte
de suprématie intellectuelle, une royauté de l'esprit.
Cependant, nous sentions, auprès de nous, la menace;
et nous la savions terrible. Rappelez-vous vos pensées
d'alors. A l'éventualité d'une guerre, ne frémissiez-
vous pas? et croyiez-vous votre pays en état de résister
sûrement?... Non, vous ne le croyiez pas. Et combien
de mes contemporains n'ai-je pas vus, parmi ceux qui
montraient le plus d'allégresse quotidienne, frissonner
à l'éventualité d'une guerre, et puis écarter vite cette
idée, et recommencer leur allégresse! Telle fut l'imprudence. Et je ne dis pas que, dans cette imprudence,
il n'y ait eu ni grâce ni fierté. La France, à la veille
de la présente guerre, a bien de l'analogie avec cette
aristocratie charmante qui, à la veille de la Révolution
meurtrière, multiplia les gentillesses et fut exquise plus
que jamais jusqu'au moment de mourir. Enfin, nous
avions établi et notre joie et notre orgueil sur des fictions fragiles; et, en réalité, comme il n'est pas d'équivalence à l'authentique vérité, nous étions une collec-
tivité humiliée. Nous tâchions de l'oublier; nous ne
négligions aucun des faux-semblants qui nous pouvaient masquer notre déchéance. Mais, à chaque instant, le voile s'écartait. Une exigence de Guillaume II,
une exigence à laquelle cédait notre diplomatie; une
insolence que notre diplomatie ne relevait pas; et, de
Guillaume II encore, un air d'impérieuse amabilité
qui nous offensait, que nous tolérions : autant d'ac-
crocs et de déchirures à ce voile qui nous dissimulait
notre désastre. Se sentir faible, ou bien se figurer qu'on

l'est : tourment perpétuel, et que nous avons enduré!

C'est fini. La France nouvelle aura conscience de sa force, non pour en abuser, mais pour n'être plus timide. Et alors, tout est changé. Le ciel se dégage; il se purifie et s'allège. L'atmosphère que nous respirons a une fraîcheur délicieuse. Nous étions malades; et nous recouvrons la santé. Dans nos âmes, dans nos esprits et dans nos cœurs, il se fait de l'ordre. Nous n'avons plus recours à des artifices d'ingéniosité pour composer notre idéologie : elle naît de notre sérénité heureuse. Nos idées ne sont plus les mêmes, ni nos sentiments, ni nos désirs; notre gaieté n'est plus la même. Tout se simplifie : un épanouissement naturel remplace le paradoxal arrangement des dialectiques. La France refleurit.

Une race — la nôtre — n'a pas traversé les siècles dans la gloire, sans s'accoutumer à son aubaine. Puis il fallut tout à coup renoncer à un tel privilège, se plier à un sort différent et prendre une autre habitude : l'habitude d'avoir été vaincue. C'est miracle qu'à un si poignant effort elle n'ait pas flanché. Mais enfin l'effort était visible : et cet effort, en un mot, déformait la France, lui imposait une attitude singulière. On put voir que la défaite n'était pas l'état normal de la France. On le verra prochainement, que l'état normal de la France, c'est la victoire, c'est la paix victorieuse.

S'il y avait, dans mes paroles, la moindre fanfaronnade, j'en serais désolé. Au surplus, pardonnez-moi si je cède à une espérance qui ne me laisse point calme, non plus que vous. L'ennui, c'est d'avoir à dire tout haut ce qu'on se dit tout bas avec moins de scrupule, et d'avoir à déterminer par le trop clair aveu des phrases ce qui vous chante au fond de la pensée. Mais il n'y aura nulle fanfaronnade dans la joie de la France victorieuse. Nous n'avons pas à le craindre. Hélas! non : la gaie victoire nous aura coûté trop cher. Nos émules, à travers l'histoire, nous ont maintes fois représentés comme un peuple assez vaniteux et qui

porte sans modestie le succès. Peut-être se demandent-
ils déjà si nous n'allons pas être insupportables, bientôt : non! Est-ce que nous allons nous enticher de
triomphe? Non.... Pendant les premiers jours de la
guerre, quand nos armées entrèrent en Alsace, entrèrent à Mulhouse, il arriva que cette guerre eut l'air
assez facile, eut l'air, mon Dieu, d'une promenade militaire prestement menée. Tambour battant, nous
reprenions nos provinces, l'ennemi ne supportait pas
notre rencontre; les villages et les villes accueillaient
avec empressement notre arrivée. Quelques jours plus
tard, on lut dans un journal : « ce sera dur! » Et ces
trois mots nous étonnèrent, tant nous étions crédules à
des chimères décevantes. Ce fut et c'est encore très
dur! Les semaines que nous accordions à la guerre
premièrement, sont devenues des mois et puis des sai-
sons, l'hiver; et voici le printemps : ce n'est pas fini. A
la course rapide se substitua le labeur opiniâtre, la
lutte longue pour le gain d'une tranchée. Eh! bien, si
la guerre avait été ce que d'abord nous augurions, cette
promenade militaire, j'accorde que nous, Français, tels
qu'on nous connaît, nous étions capables de n'éviter
point toute gloriole. Ce ne fut point et ce n'est pas
cela!... Dirai-je que je ne le regrette pas? je mentirais
un peu. Cette gloriole, je ne l'aurais pas méprisée : je
ne la mépriserais pas; je l'aimerais, j'avais envie de
gloriole. Nous en étions privés depuis longtemps!...

Mais, après la victoire de la Marne, quand Joffre le
taciturne et le sage eut pris son parti de ne plus cacher
sa victoire sous les formules de sa modestie, on lui
demanda s'il approuvait qu'à Paris on illuminât; et il
répondit : « Non! nous avons eu trop de morts!... »
Admirable réponse, et telle que les Romains, dans
Plutarque même, n'ont pas si beau, n'ont pas si noble
et si touchant!... Paris n'a point illuminé, pour la victoire de la Marne, parce qu'il y avait eu trop de morts.
Et, parce qu'il y aura eu trop de morts, après la guerre,
nos âmes elles non plus n'illumineront pas : elles renon-

ceront à la gloriole; et elles se contenteront de la gloire.
La gloire plus grave; et la gloire plus belle!... Oui,
plus belle : seulement, pour la préférer, nous avons à
dompter l'immense douleur des innombrables deuils
qui nous affligent, l'immense rancune des innombrables infamies que les barbares ont perpétrées, l'immense dégoût que nous laisse la profanation de notre
sol par les hordes pillardes, incendiaires et lubriques;
et il nous faut accepter que, dans toute la France, des
milliers ou des millions de femmes soient inconsolables
et pleurent, chacune, un mort ou bien des morts.
Songez à l'immensité de la douleur; et à sa minutie.
Voilà le prix auquel nous préférons la gloire : la préférez-vous?... La destinée — ou la Providence — nous
épargne : elle ne nous consulte pas sur des problèmes
dont nous serions accablés. Elle nous impose la solu-
tion; et il nous reste de savoir ce qui résulte, avec ou
sans notre agrément, du fait. Eh bien, la France victorieuse — et laborieusement victorieuse — est invitée
à cette joie magnifique, mais grave, que comporte la
gloire durement acquise, payée du sang de toute une
jeunesse, payée des larmes de toute une vieillesse.

La France nouvelle aura reçu, avec le cadeau de la
victoire, le bienfait de l'épreuve. Le bienfait de l'é-
preuve : et le contraste de ces mots, leur paradoxe, je
dirai, blessant, n'est-ce pas le principe même de la vie
morale? Aux cérémonies funèbres, la liturgie chrétienne
chante, auprès du cadavre, le Dieu « dont c'est le
propre d'avoir pitié toujours et d'épargner » : sublime
affirmation de l'antinomie essentielle! Mais, pour que
l'épreuve nous soit tolérable, il nous est nécessaire de
la croire utile. J'ai eu sous les yeux, au début de la
guerre, une lettre qu'un paysan très simple adressait à
ses deux fils, lesquels partaient; il leur disait : « Tâchez
de garder votre vie; mais aussi ne la ménagez pas! »
L'utilité qui permettait une si parfaite abnégation,
c'était le salut de la patrie. Or, à présent que la douleur
a dépassé en étendue, en intensité, en variété cruelle,

toutes les prévisions, il faut que nous sentions utile, fertile en conséquences — et en conséquences qui soient des fins réalisées — la quantité de cette douleur, et sa qualité; il faut que nous sachions que, dans aucun village éloigné, dans le secret de nulle chaumière, il n'est pas une seule maman qui pleure en vain. Et est-ce là du mysticisme? Les positivistes les plus acharnés à confiner leur rêve dans leur doctrine auraient tort de s'écrier là-dessus. La science la plus positive admet et pose même en axiome que « rien ne se perd », que toute énergie se transforme et jamais ne s'anéantit. Cette loi, si c'en est une, gouverne le monde moral autant que le monde physique; et eux, qui habituellement refusent de séparer l'âme de la matière, consentiraient-ils que certains phénomènes, dits de l'âme, pussent échapper à la dynamique universelle? Ainsi, la douleur est féconde.

Nous ne l'aurions pas choisie : certes, qui aurait eu l'effrayant courage de la réclamer?... Seulement, nous l'avons : elle nous a été donnée. Il nous reste de la placer dans l'économie des événements. Prêter une pensée au monde, n'est-ce pas toute la dignité de l'intelligence humaine? lui prêter une pensée, ou bien reconnaître la pensée qui le dirige : et, de cette façon, le monde n'est plus un scandale. Eh! bien, la douleur ne sera point perdue, si, combinée avec la victoire, elle refait la France. Apparemment, la victoire toute seule n'y eût point suffi : mais la victoire douloureuse y suffira.

Si je parle des bienfaits de l'épreuve, une épreuve est une expérience; et, les plus concluantes épreuves, nous les faisons sur nous-mêmes, ou bien elles se font sur nous et notre souffrance nous avertit.

La guerre présente aura été, pour notre pays, l'occasion d'une expérience telle que nul pays n'en avait encore fait de plus ample et méticuleuse, de plus abondamment concluante. Sans doute ne sera-t-elle pas moins fructueuse par là que par ses bénéfices de revanche, de conquête ou de reprise. Quels seront les enseignements de la guerre qui, sur la France nouvelle, auront une influence marquée? Plusieurs apparaissent déjà.

Dès la mobilisation, nous avons assisté à un splendide sursaut national. Instantanément, les partis oubliaient leur querelle. Les antimilitaristes les plus éloquents devinrent d'excellents soldats. Le citoyen le plus contaminé de sophismes abandonna ses projets répugnants et n'eut qu'un sincère regret : ce fut de n'aller pas lui-même planter le drapeau sur les citadelles ennemies. Plus de politique; au lieu de politicaillerie, cette volonté unanime : sauver la France. Et nous vîmes se constituer « l'union sacrée », l'admirable union d'un peuple qui se dresse comme un régiment. Avec quelle déférence émue ne constatons-nous pas que, chez nous, une affiche collée au mur, l'appel de là patrie en danger, supprime la diversité des opinions et enrôle tous les cœurs dans une seule volonté!

L'union sacrée durera-t-elle? A cette question, je voudrais bien répondre : oui. J'aime encore mieux dire la vérité. Je ne crois pas que l'union sacrée dure, en sa perfection, beaucoup plus longtemps que le péril qui l'a réalisée. Je le regrette, en quelque manière. Déjà nous apercevons, dans certains journaux de droite et de gauche, le petit commencement d'une bisbille. Et l'un dit à l'autre : « C'est vous qui avez commencé... » L'autre : « C'est vous... » Ils se souviennent de l'union sacrée; ils se taisent : mais ils font, en silence, des provisions de polémique et, pour entrer en guerre, n'attendent que la paix. Déjà le vieil anticléricalisme des jours tranquilles montre le bout de l'oreille : je la lui pincerais volontiers. Et déjà maints orateurs parlementaires sont las de leur repos. Qu'ils se taisent pourtant! La France écoute leur silence comme jamais elle n'a écouté leur parole. C'est ce qui les fâche, précisément : qu'ils se taisent, tout de même! J'avais espéré qu'on les laisserait à Bordeaux, et non seule-

ment pour les mois de la guerre, mais à jamais. Que
Paris serait charmant! Et nous n'irions pas à Bordeaux,
voilà tout. Bordeaux serait une ville dévouée à l'inconvénient parlementaire; une ville, somme toute, illustre
et sacrifiée. Les dieux ou, du moins, les pouvoirs
publics, en ont décidé autrement. Or, à Bordeaux ou
à Paris, tant que nous aurons un Parlement, il parlera;
et ses discours seront dépourvus d'aménité. D'ailleurs,
n'en soyons pas surpris et, à bien considérer les choses,
notons que le Parlement n'est pas uniquement la cause
de notre désaccord : il en est le signe. Si nous étions
d'accord, tous les Français, nous n'aurions pas besoin
de nourrir et de combler de nos faveurs onéreuses un
bon millier de personnages que nous chargeons de
défendre nos opinions particulières. Et leur contrariété
est l'image de notre mésintelligence. Faut-il compter
qu'après la guerre, l'entente rétablie, nous renonce-
rons au luxe d'entretenir les honorables représentants
de nos discordes? Je préfère ne l'espérer point et me
ménager une aubaine plutôt qu'une déception. Ne
nous forgeons pas une félicité illusoire. Les querelles
datent de loin; la plupart d'entre elles, la guerre les
aura interrompues et non terminées. En toute franchise, je m'attends à un surplus de querelles, parce que
la guerre ne se liquidera pas sans qu'on découvre
des responsabilités d'hommes et de groupes ou de
partis; et, pour tout dire, c'est mon désir que cela
soit débattu, soit réglé. Mais ne devançons pas la fin
de l'union sacrée.

Alors, les querelles continueront? Oui!... Alors, il
n'y aura donc rien de changé? Si fait!... Et la nouveauté la voici : nous posséderons des certitudes et
nous les pourrons opposer à l'erreur. Ces fortes certitudes seront le bienfait de l'épreuve ou de l'expérience.
La guerre nous aura donné la pierre de touche : et
une extraordinaire profusion d'idées fausses n'auront
pas résisté à l'essai. Une expérience telle que celle-ci
aboutit à une évidence claire et manifeste; elle n'offre

pas ses conclusions : elle les inflige. Une évidence,
disais-je ; et il vaudrait mieux dire : des évidences.
N'imaginons pas que tous les problèmes soient désormais résolus ; et la querelle continuera. Mais beaucoup
de problèmes seront bel et bien résolus et nous aurons
en main des faits indéniables, qui ne permettront pas
que la querelle s'éternise.

Il me semble qu'avant la guerre nous vivions dans
un incroyable désordre d'idées. Pendant le dernier
demi-siècle, la France accueillit avec une complaisance
curieuse toutes les idées qui lui venaient de partout :
les plus lointaines ou exotiques la tentaient et les plus
audacieuses la séduisaient. Elle en inventa, quant à
elle, plus que tout l'univers ensemble. Il n'est pas
une extravagance qui n'ait eu chez nous ses apôtres :
quels apôtres, souvent !... Et, comme la France n'avait
plus, en Europe, l'hégémonie de la puissance réelle,
ses enfants — non les pires, mais les plus imprudents
— lui assignèrent un rôle bizarre, que sur nos mon-
naies et nos timbres-poste figure le populaire emblème
de la Semeuse. Ils lui avaient mis le bonnet phrygien.
Et ses cheveux flottaient au vent ; prenez garde : elle
sème dans le vent ! Ils lui prêtaient le geste auguste du
semeur ; prenez garde : le geste du semeur qui a soin
de sa graine est menu, court, attentif ; elle gaspille sa
graine. Ils lui confiaient un lourd sac de semence : le
sac plein de toutes les idées, pêle-mêle, bonnes et mauvaises ; et, mêlées aux mauvaises, les meilleures idées
ne valent rien. Cet emblème de la Semeuse décoiffée,
je ne l'aime pas ; et je souhaite pour la France une autre
allégorie, plus calme, plus reposée. Je veux bien qu'elle
sème ; je voudrais aussi qu'elle prît le temps de récol-
ter. Avant de semer, je voudrais qu'elle eût examiné
la semence, écarté le mauvais grain, pour que la
moisson fût belle, et saine la récolte. Je la voudrais
moins folle et non moins généreuse ; je la voudrais plus
réfléchie.

Dans le semoir de la France, ils avaient fourré toutes

les idées et, parmi les plus attrayantes, les plus déraisonnables. Il me semble qu'avant la guerre nous manquions de preuves souvent, pour démentir une idée fausse. Nous avions l'air d'appeler idées fausses très exactement celles qui n'étaient pas les nôtres. Et ainsi du pacifisme, l'une des idées autour desquelles on accumula le plus de mensonge, quelquefois involontaire. Les idées fausses les plus dangereuses contiennent un peu de vérité. Or, l'amour de la paix est un digne amour; ne préférez-vous point aux horreurs de la guerre les féconds travaux de la paix? Parbleu! et le farceur qui vous interroge de cette façon vous la baille belle! Même, il ajoute à ses tentations les plus émouvantes remarques. Il vous demande si vous approuvez que tant d'argent soit accordé à l'œuvre de guerre, tandis qu'avec cet argent-là vous procéderiez à l'extinction du paupérisme : et quel est le cœur que ne touche et tourmente la misère du prochain? Concluez : les dépenses que réclame le dévorant budget de la guerre, vous les lui refusez; vous les consacrez aux réformes sociales, sources de bonheur, fontaines de prospérité. Les pacifistes ont de quoi séduire une clientèle honorable. Mais, le budget de la guerre, peu sympathique à nos imaginations généreuses, c'est le budget de la défense nationale : et, aujourd'hui, les plus tendres pacifistes ont-ils la conscience rassurée, s'ils avouent à eux-mêmes que plusieurs de leurs générosités ont rogné sur le budget de la défense nationale? Ces pacifistes ne sont pas tous de mauvais patriotes; cependant ils ont nui à la France. Ne pensaient-ils point à elle? Sans doute n'y pensaient-ils point tous les jours; et la principale de leur déconvenue, la voici : les pacifistes ne croyaient pas à la guerre. C'est qu'ils ne voulaient pas y croire; et ils prenaient leurs désirs pour des réalités. Et qu'est-il arrivé? le mol désir des pacifistes est devenu l'opinion générale. Nous avons là-dessus un témoignage irréfutable et tragique : notre Livre jaune, lecture à méditer. Notre Livre jaune démontre le mensonge d'une Allemagne qui feint d'avoir été attaquée : l'agression ne vient pas de nous, mais uniquement d'elle. Est-ce là tout ce que le livre démontre? C'est tout ce qu'il entend démontrer. Mais il révèle aussi notre imprudence. Je crois qu'on ne peut lire sans un frémissement les vingt et une premières pages de ce petit in-octavo. Ces vingt et une premières pages contiennent les dépêches de notre ambassadeur à Berlin, M. Jules Cambon; de notre ministre en Bavière, M. Allizé; les rapports du lieutenant-colonel Serret, notre attaché militaire à Berlin, et M. de Faramond, notre attaché naval. Tous ces documents sont de 1913 et, les plus anciens, déjà significatifs, du 15 mars. Tous ces documents annoncent la possibilité, la probabilité même d'une agression germanique : le 17 mars 1913, M. Jules Cambon termine sa lettre par les mots de « situation grave ». Tous ces documents sont, dans le Livre jaune, rangés sous la rubrique *Avertissements* : avertissements qui n'ont averti personne! Et tous ces documents pourraient être signés Cassandre, — ou bien Stoffel. Je n'adresse évidemment aucun reproche à personne, pour le moment. Je constate qu'en dépit de tous les avertissements, chez nous et jusqu'en haut lieu, l'on ne croyait pas à la guerre. Du moins, tout s'est passé comme si l'on n'y croyait pas. Et, à la vérité, l'on ne parvenait pas à y croire. Comment cela? Pourquoi?...

Nous sommes ici amenés au point central de l'erreur, — et d'une erreur dont les méfaits sont tangibles, dont les méfaits sont (je voudrais l'indiquer) plus nombreux et plus étendus que je ne l'ai dit encore; d'une erreur que la France, avant la guerre, a commise presque universellement; d'une erreur que la France nouvelle aura le devoir et la facilité de ne pas commettre. Si l'on ne crut pas à la guerre, quand la guerre était imminente, c'est qu'on cédait à une illusion partout répandue : à savoir que la guerre est une chose du passé. Nous avions un entrain des plus singuliers à reconduire dans le passé ce qui avait cessé de nous plaire :

et chacun reléguait dans le passé ses bêtes noires particulières. Nous étions les dupes de la doctrine qui a
peut-être fait le plus de mal dans l'idéologie contemporaine : l'idée de l'évolution, selon laquelle certaines
formes politiques, certaines croyances et des coutumes
sont mortes à un moment donné, sont ensevelies sous
la poudre des âges comme certains fossiles sous les
couches des terrains tertiaire ou quaternaire. En vertu
des lois évolutives et, pour ainsi parler, à leur invita-
tion flatteuse, on allait de l'avant. Continuer la courbe
de ce progrès, la suivre et bientôt la prolonger, la mener loin, quelle tentation ! La mener loin, la mener
jusqu'à un avenir qu'on aménage très joliment, qu'on
fabrique de toutes pièces et qu'on pare de ses prédilections; jusqu'à un avenir qui est ravissant et illusoire,
qui a toutes les qualités qu'on souhaite et un seul inconvénient : de n'être qu'une chimère. S'installer dans
cet avenir ou, en d'autres termes, s'installer dans ce
néant. Juger de là tout le reste; considérer le passé
comme de la mort accomplie et le présent comme de la
mort qui se fait. Et, à cet avenir qu'on forge, prêter
une sorte d'immortalité intangible; révérer en lui
l'absolu, qui ne tolère ni doute ni rébellion. Voilà, si
je ne me trompe, ce que fut notre manie : nous habitions hors de chez nous, hors de notre époque et de
ses contingences, qui ne sont que des contingences,
mais réelles; et nous habitions dans l'utopie, qui est
un lieu plus mensonger que les nuages. Les pacifistes,
on ne savait pas où ils prenaient leur assurance. Depuis quarante-quatre ans que la France et l'Allemagne
n'étaient plus en guerre, il y avait d'autres guerres, et
à peu près continues; il y avait des armements, qui
attestaient au moins des projets rudes; et il y avait
enfin des avertissements. Les pacifistes ne voyaient
rien, n'entendaient rien, parce qu'ils ne demeuraient
point ici-bas, mais ailleurs, dans l'avenir. Comme ils
comptaient que l'avenir abolirait la guerre, ils niaient
la guerre. Un de leurs maîtres avait chargé la France

de « déclarer la paix au monde ». Et c'est ainsi que la guerre fut déclarée à la France, prise au dépourvu.

Je ne dis pas qu'il faille négliger l'avenir ; et je n'ai point envie de causer avec les hommes de progrès : ils n'ont pas la niaiserie agréable. D'ailleurs, cette jeunesse qui, acceptant les conditions de la vie actuelle, défendant notre sol sur les mêmes emplacements où les Gaulois repoussèrent la Germanie, use de la même vigueur et prodigue le même héroïsme, cette jeunesse néglige-t-elle l'avenir? Elle travaille moins pour elle que pour l'avenir, car elle accepte de mourir et prépare l'indépendance de ceux qui vivront. Puis, je consens qu'on espère en des jours meilleurs : il n'est pas évident que la barbarie, conservée, alimentée, choyée en Allemagne, y garde toujours son abri. Mais qu'on ne vive point aujourd'hui comme si l'humanité avait déjà franchi toutes ses étapes; et qu'on ne feigne pas de croire que les étapes sont franchies, les étapes qu'elle ne franchira peut-être jamais, car nous n'avons aucune raison d'affirmer que son chemin sera celui que lui assignent les rêveurs! A présent, les rêveurs ont reçu le démenti du fait. Et quel démenti, de quelle violence!... Pour la France nouvelle, je ne souhaite rien tant que ceci : qu'elle veuille tenir compte du fait et préférer le fait aux hâbleries des prophètes. Si, après cette guerre, et parce que l'abomination de cette guerre nous révolte, et parce que cette guerre doit aboutir à la destruction de la Germanie, foyer de guerre incessante, et parce que nous aurons bien gagné les délices de la paix, si la France, après cela, retournant à sa manie de présages, refusait de concevoir la possibilité d'une autre guerre et se confiait à l'idée, qu'on murmure déjà, l'idée que cette guerre est la dernière, elle irait, couronnée de ses plus belles fleurs, à sa perte. Ah! que sa couronne ne lui tombe pas du front sur les yeux et ne l'aveugle pas!...

Avertie par le fait, la France nouvelle ne s'abandonnera point aux billevesées, charmantes quelquefois, puériles toujours, des faiseurs de faux avenir. Informée cruellement, et magnifiquement pourvue de réalité, elle saura que la destinée des hommes et des nations n'est pas douce, mais âpre, et que la lutte est la condition de leur durée. Elle multipliera ses forces de résistance, armements et vertus. Qu'elle soit pacifique, certes, oui : mais pacifiste, non pas.

Le pacifisme n'est qu'un échantillon de ces doctrines qu'inventent les faiseurs de faux avenir ou fuyards de leur temps. Une autre est le socialisme : une autre est l'athéisme. Il y en a d'autres encore : elles dépendent plus ou moins de ces trois-là ; et ces trois-là font un ensemble cohérent. Ces trois-là ont l'analogie d'avoir été les plus florissantes avant la guerre et d'avoir reçu de la guerre le démenti le plus net.

Je ne sais pas du tout quel sort est réservé au socialisme. D'ailleurs, je distingue du socialisme la bonne volonté d'une amélioration sociale et je ne préfère pas l'égoïsme de quelques repus à la voracité de quelques réclamants. Après la guerre, quand toutes les classes de la société française auront bien travaillé côte à côte et mêlé le sang du sacrifice, il me semble qu'une fraternité meilleure unira les compatriotes, que plusieurs malentendus cesseront, que diverses cupidités s'atténueront et que l'ample charité continuera son œuvre adorable. Mais alors, il faudra que les riches se souviennent d'avoir eu leur richesse défendue aussi par des pauvres. La méconnaissance d'un tel devoir amènerait des catastrophes ; et la méconnaissance d'un tel devoir serait d'une laideur qui mériterait son châtiment. Mais, quant au socialisme, — en tant que doctrine, — la guerre lui a porté un coup direct, s'il est vrai (et ce n'est pas contestable) que, pour agir en bons Français (comme ils l'ont fait), les socialistes ont eu à contredire catégoriquement tous leurs principes : internationalisme et négation formelle des patries, antimilitarisme théorique et pratique, substitution de la lutte des classes aux guerres nationales, etc. Tout cela fut balayé en un instant. Et, si je note que les socialistes ont renié leurs principes, ce n'est pas un reproche, certes, ou une ironie. Nous ne manquons pas de politiciens qui abandonnent leurs opinions avec une aisance infinie et qui profitent de leur reniement. Cette fois, ce fut tout autre chose : une admirable et soudaine abnégation. Subitement, nos socialistes ont eu la certitude, la vision claire et persuasive d'un fait : c'est qu'il n'est pas indifférent de vivre sous le régime prussien ou dans la liberté française; plus simplement encore et plus vraiment, c'est qu'il n'est pas indifférent de vivre ailleurs ou bien chez soi; en toute simplicité et vérité, c'est qu'il n'est pas tolérable de savoir le sol natal profané par l'envahisseur. Bref, nos socialistes s'aperçurent qu'ils étaient patriotes, comme tout le monde. Il ne leur fallut pas longtemps pour revenir de la cité future, où ils croyaient avoir leur logement et où ils n'avaient que le campement de leurs songes fumeux, à la cité réelle, cité de riches et de pauvres, cité qu'on protège de sa poitrine et de ses bras. La veille, détestant le capitalisme provisoire, ils se croyaient sincèrement citoyens de l'univers à venir; et ils ont su que non. Qui les a informés de l'erreur où ils se perdaient? Un fait : la guerre.

Nous avons des anticléricaux célèbres qu'on troublerait dans leur sincérité, dans leur foi, en leur disant que le christianisme n'est pas une chose morte, ensevelie à jamais et que, plus généralement, toute religion n'est pas une forme périmée de l'ignorance abolie. Ils ne prétendent plus détruire que le cléricalisme, non la religion, car ils la regardent comme détruite; et, s'ils observent que des attardés fréquentent encore les églises, ils dédaignent des simagrées anodines, restes d'un autre âge. En tout cas, ils savent — et là-dessus ils ne plaisantent pas — que l'avenir sera pur de religions, indemne de dieux et athée comme on ne l'est pas. Car on ne l'est pas! De même que je ne vois pas du tout, dans le monde que nous avons sous les yeux,

le commencement de la paix universelle, ni le commencement du socialisme, je n'y vois pas le commencement de l'athéisme. Il y avait, dans le semoir de la
France échevelée, de la graine de pacifisme : elle n'a
point récolté la paix ; de la graine de socialisme : et il
a poussé du patriotisme ; de la graine d'athéisme... Et,
soudain, voici toute une moisson de piété. Quoi qu'il en
soit de nos opinions particulières, on ne peut contester
que la guerre ait animé, ait exalté une recrudescence
du sentiment religieux et de la pratique religieuse,
recrudescence qui déjà se manifestait depuis quelques
années, que la persécution politique favorisa et que la
guerre amplifia. Que voulez-vous, athées illustres ou
notoires ? il y eut de ces jours de mortelle angoisse où
les pauvres gens avaient besoin d'une consolation ras-
surante et d'un appui moral que vous ne leur offriez
pas : car vous ne savez pas de quelle nullité est votre
philosophie, à certains jours ; en somme, vous n'étiez
pas là ! En outre, les formidables conjonctures où chacun pâtit, mais où chacun est peu de chose, nous
mettent en état de soumission logique à l'égard de
forces qui dominent nos volontés et qu'il n'est pas plus
scientifique d'appeler fatalité que d'appeler providence.
« Tout se passe comme si... » voilà une formule que la
prudence des savants apprécie. Alors, qu'est-ce que la
prudence des savants reprocherait à de pauvres gens
qui, ayant vu la horde allemande, proche de Paris,
tourner bride, diraient que tout s'est passé comme si
la sainte qui veille sur Paris, et qui en détournait jadis
Attila, continuait sa vigilance ?...

Résumons-nous. La guerre a multiplié les faits qui
démentent leurs pronostics aux faiseurs de faux avenir.
Le pacifisme qu'ils annonçaient, le socialisme et
l'athéisme, si la guerre ne les a pas tués, la guerre les
a blessés. Et elle a blessé pareillement la plupart des
présomptions idéologiques autour desquelles se démenait l'éloquence parlementaire, malencontreux symbole
de nos folies principales. Dans un récent volume, con-

sacré au Parlement, à ses pompes et à ses œuvres, — pompes magnifiques et œuvres de néant, — un séna-teur, M. Couyba, écrit : « L'histoire du parlement sous la troisième république, c'est l'histoire de la troi-sième république elle-même. » Eh! bien, non, par bonheur! Ou, si nous avons pu le croire, nous sommes détrompés. La grande erreur, la voilà : qui la commet-tra désormais? En d'autres termes, si l'histoire du par-lement et l'histoire de la république se confondent, l'histoire de la France s'est dégagée de cette double histoire. Pendant que le régime bavardait, la France travaillait.

Ceci m'étonne, chez les faiseurs d'avenir. Philosophes positivistes par ailleurs, négateurs de la finalité, qui est toujours de qualité religieuse, ils n'accordent leur assentiment qu'aux séries de la causalité efficiente. Or, les causes sont dans le passé. Mais ils dénigrent le passé; et ils vagabondent dans l'avenir que seule une finalité perçue leur découvrirait. Quel désordre de leurs cervelles!

Le présent n'est que l'épanouissement du passé. La guerre a montré la valeur indubitable de l'énergie française, lentement élaborée par les âges; elle a mon-tré aussi le péril de l'improvisation. Il doit résulter de là, pour le passé, une aménité qu'on n'avait plus; et, à l'égard du présent, — du passé qui fleurit, — un véri-table amour. Les grandes époques de l'histoire se sont, chacune, aimées, ont eu confiance en elles et ont res-pecté leurs croyances, leurs goûts, ont cultivé leur génie. Mais, hier, si nous avions une tendance absurde à émigrer vers l'avenir, à y bâtir nos châteaux d'illu-sion, c'est que nous n'étions pas contents ni fiers du présent. Nous nous sauvions, ailleurs, n'importe où, jusqu'à des mirages. Nous allons être contents de notre époque! Nous allons vivre dans des réalités heu-reuses!...

Les plus concrètes de ces réalités, je les néglige. Elles sont de qualité, si je ne me trompe, économique; les hommes compétents disent que les dégâts de la guerre seront bientôt réparés et augurent une période de prospérité admirable. Dans cette prospérité, l'âme française achèvera de se refaire, en éliminant ses erreurs les plus « défaisantes », erreurs qui, presque toutes, étaient la conséquence de notre défaite ancienne et erreurs que supprime ainsi le fait même de la victoire.

Pour s'éployer selon sa nature et selon ses destinées authentiques, l'âme française aura cette facilité : l'indépendance. Après l'autre guerre, nous avons réussi à libérer le territoire, et non pas même tout entier : nous n'avons pas libéré si nettement ce territoire, presque aussi envahi que l'autre, l'âme française. Nous savons tous, et nous ne savons que trop, ce qu'il traînait de germanisme, ces temps derniers encore, dans nos méthodes scientifiques et pédagogiques. La *kultur*, pédantesque et logomachique, a certainement nui à notre claire et fine culture : elle risquait de l'accabler. Cette intruse faisait chez nous une besogne « d'avant-guerre », une besogne qui ressemblait à celle de leurs espions, traîtres camouflés de mille grâces. Elle était camouflée comme eux, d'un prestige menteur. Elle sera chassée comme eux ; nous viendrons à bout de ses maléfices.

Germanisme et barbarie vont ensemble et sont deux noms d'un même objet. Durant toute son histoire, l'Allemagne a eu des alternances de barbarie et de civilisation, civilisée quand elle acceptait les disciplines françaises, barbare quand elle avait secoué nos disciplines. Un Allemand cité par Fustel de Coulanges a fait cet aveu, que « la race allemande n'a jamais, par ses propres forces et sans une impulsion extérieure, fait un pas vers la civilisation ». Le traité de Francfort eut pour effet de mettre au premier rang de l'Europe une race de proie et de barbarie. Ce paradoxal retournement de ce qui doit être faillit détraquer l'Europe, et la France d'abord. Stupéfaite d'avoir été vaincue, la France, qui est l'école du genre humain, se mit (pour de certaines choses) à l'école des Barbares. Mais, tout ça, je le répète, c'est fini. Un bienfaisant nettoyage effacera jusqu'au souvenir de cette contamination passagère.

Dans la vie quotidienne, dans les arts et dans la littérature, j'attends les plus beaux changements. A l'imitation de l'Allemagne, par esprit d'émulation, peut-être aussi parce que, nous croyant faibles, nous recherchions les apparences de la force, nous avons fait, ces dernières années, du « colossal ». Il y en a dans l'architecture la plus récente et, par malheur, la plus solide; il y en avait dans notre façon d'être et de paraître, dans les abus de nos splendeurs mondaines, dans l'excès de nos luxes, dans l'énormité vaine de nos dehors. Et il n'est rien de plus contraire au goût français, mesuré, simple, modeste. La littérature, les plus beaux horizons lui sont ouverts. Je ne sais pas où elle ira; mais, où qu'elle aille, elle sentira le plaisir de sa liberté. Il me semble que, dans les années qui ont précédé la guerre, elle a subi des contraintes funestes, par l'invasion d'idées étrangères qui, n'étant pas nées chez nous, n'étaient pas faites pour elle et que, timide, elle n'osait pas éconduire. Elle aura maintenant l'audace de choisir et de se fier à son jugement. Il me semble aussi qu'on l'avait chargée d'un rôle qui n'est pas le sien. Ou bien elle s'en était chargée elle-même, comme elle fait quand le malheur des temps veut que la besogne ne soit pas judicieusement répartie. Alors, ainsi que tout le monde, elle se mêle de ce qui ne la regarde pas. Elle assume les problèmes de la philosophie, de la sociologie, de la politique, de la médecine. Elle s'est embrouillée ainsi lors de la Révolution et entre les deux guerres franco-allemandes, période qui eut tant d'analogie avec la période révolutionnaire. Je relisais Racine, ces jours-ci : Racine, lui, ne traite pas de questions philosophiques, sociologiques, politiques ou médicales; même, il ne traite pas du tout de questions. Peut-être la littérature va-t-elle recommencer à être ce

qu'elle est dans un État bien agencé, ce qu'elle est
pour nos délices, un divertissement. Du reste, je n'en
sais rien. Ne limitons pas l'inconnu; sachons qu'il
sera beau.

L'âme française refaite et la France reconstituée :
ces deux phénomènes se réunissent en une seule épiphanie. Regardez une carte de France, une de celles
qu'on fit sur la fin des mauvaises années et où l'on
négligea de marquer autour de la Lorraine et de l'Alsace un liseré mauve de deuil ou vert d'espérance. La
forme du « plus beau royaume sous le ciel », forme
charmante, variée de fantaisie, harmonieuse, a un fléchissement sur la gauche : et l'on dirait d'une épaule
qui s'est abaissée, l'on dirait d'une infirmité. Oui, la
France avait une épaule écrasée sous le poids de la défaite. Mais elle a secoué ce fardeau. Elle n'est plus
infirme; elle est guérie. La France nouvelle, la voici :
la France belle de santé.

TABLE  DES MATIÈRES

PARIS. — TYP. PLON-NOURRIT ET Cie, 8, RUE GARANCIÈRE. — 21084.